MINHA SEXLIST

Joanna Bolouri

MINHA SEXLIST

Um ano. Uma mulher solteira.
Dez desafios muito indecentes.

Tradução de Débora Chaves

FÁBRICA231

Título original
THE LIST

Primeira publicação na Grã-Bretanha em 2013 pela Quercus
55 Baker Street – 7th Floor, South Block
Londres W1U 8EW

Copyright © 2013 *by* Joanna Bolouri

O direito moral de Joanna Bolouri ser identificada como
autora desta obra foi assegurado por ela em conformidade com
o Copyright, Designs and Patents Act, 1988.

Todos os direitos reservados. Nenhuma parte desta obra pode ser reproduzida,
ou transmitida por qualquer forma ou meio eletrônico ou mecânico,
inclusive fotocópia, gravação ou sistema de armazenagem e
recuperação de informação, sem a permissão escrita do editor.

FÁBRICA231
O selo de entretenimento da Editora Rocco Ltda.

Direitos para a língua portuguesa reservados
com exclusividade para o Brasil à
EDITORA ROCCO LTDA.
Av. Presidente Wilson, 231 – 8º andar
20030-021 – Rio de Janeiro – RJ
Tel.: (21) 3525-2000 – Fax: (21) 3525-2001
rocco@rocco.com.br/www.rocco.com.br

Printed in Brazil/Impresso no Brasil

Preparação de originais
HALIME MUSSER

Esta é uma obra de ficção. Nomes, personagens, estabelecimentos
comerciais, organizações, lugares e acontecimentos são produtos da imaginação
da autora, foram usados de forma fictícia. Qualquer semelhança com
pessoas reais, vivas ou não, acontecimentos, ou localidades, é mera coincidência.

CIP-Brasil. Catalogação na fonte.
Sindicato Nacional dos Editores de Livros, RJ.

B675m	Bolouri, Joanna
	Minha sexlist: um ano, uma mulher solteira, dez desafios muito indecentes / Joanna Bolouri; tradução de Débora Chaves. – 1ª ed. – Rio de Janeiro: Fábrica231, 2015.
	Tradução de: The list
	ISBN 978-85-68432-15-0
	1. Ficção escocesa. I. Chaves, Débora. II. Título.
15-19271	CDD-828.99113
	CDU-821.111(411)-3

Para Nicola, que há 25 anos me faz rir.

JANEIRO

Sábado, 1º de janeiro

Levantei-me da cama há cerca de uma hora me sentindo Nosferatu, minha boca com gosto de piso de estrebaria. Como o minibar está zerado, e não consigo achar um copo em todo o quarto, fui forçada a beber água direto da torneira do banheiro. Merda, estou tão de ressaca que minha cara parece ser de outra pessoa. Lucy ainda está dormindo na outra cama e me recuso a colocar uma roupa e me aventurar lá fora, onde existem pessoas com olhos cheios de julgamento.

Pelo menos a ressaca valeu a pena, porque a festa de ontem foi incrível! Todo ano nós ficamos no hotel Sapphire (preço exorbitante, badalado e enfiado no meio do centro da cidade) para virar o Ano-novo, e toda vez me surpreendo por eles ainda não nos proibirem de entrar aqui. Os outros já tinham feito check-in quando Lucy e eu chegamos, às três e meia. Pegamos o elevador para o nosso andar, arrastando nossas malas desnecessariamente grandes atrás de nós enquanto procurávamos o quarto 413. Trabalho com Lucy há dois anos e ela nunca chega na hora certa para nada.

— Aposto que os outros já estão bêbados e trepando — disse Lucy. — Aposto que estão afogados em Moët e vestindo as calcinhas e cuecas uns dos outros.

Finalmente encontramos nosso quarto, e tentei enfiar o cartão magnético na maçaneta.

— Jesus, você só pensa nisso? E, sinceramente, só estamos meia hora atrasadas. É bem provável que Hazel esteja tentando descobrir os preços do minibar, Kevin deve estar pronto para um chope e Oliver provavelmente...

— Deve estar levando aquela espanhola à loucura — interrompeu Lucy. — Qual é o nome dela mesmo?

— Pedra. Eu só a vi uma vez e a chamei de Pedro, sem querer.

Ela jogou o casaco na cama perto da janela e ligou a TV, enquanto comecei a tirar as coisas da mala, imaginando por que diabos eu trouxe quatro pares de sapatos.

— Vai usar o vestido verde? — perguntei, olhando para o pretinho básico que eu tinha trazido.

— Vou, apesar de ficar parecendo uma dançarina de sapateado irlandês com este meu cabelo ruivo.

Deixei-a com sua dancinha meio irlandesa e fui tomar um banho, empolgada com a nossa noite, e pensando na festa do ano passado: Lucy ficou tão bêbada que dormiu no elevador, e Oliver se escondeu atrás da porta do quarto e me deu um susto tão grande que fiz xixi na calça.

Meu fluxo de pensamento foi interrompido pela batida na porta e pelo sotaque familiar de Dublin:

— Phoebe, estou entrando. Esconda o pinto.

Agarrei a toalha e me enrolei nela no exato momento em que Oliver apareceu por detrás da porta.

— Puta merda, Oliver! — gritei histérica, me afastando dele. — Me dá um pouco de privacidade! Vai espiar os peitos da Pedro.

— É Pedra, e não estou aqui para ver seus peitos, por mais impressionantes que eles sejam. Estou aqui para dizer que o jantar é às sete horas, e ia falar outra coisa, mas a dança irlandesa da Lucy me distraiu e me deu saudade dos malucos de cabelo vermelho.

— Tudo bem, vejo você quando estiver vestida. Sai daqui e vai encher o saco de outra pessoa.

Uma hora e duas taças de vinho depois, Lucy e eu ainda estávamos nos arrumando. O plano, todo ano, é tentar ficar mais ou menos sóbria até meia-noite, mas geralmente estávamos todos muito bêbados na virada do Ano-novo e tomávamos todas até cair. Eu sabia que este ano não seria diferente.

— Pelo menos você não está com Alex — disse Lucy, ajeitando a meia-calça. — Ano passado, aquele cara encheu o saco de todo mundo e falou sem parar daquele trabalho de merda. Ele é um fisioterapeuta, não um mágico fodão.

— Eu sei.

— Quero dizer, ele estava dormindo com a chefe todo aquele tempo e ainda teve a cara de pau de mencioná-la na conversa...

— Chega! — gritei. — Não acabe com a minha alegria falando daquele idiota. É passado. Eu só preciso focar em arranjar alguém que não seja um completo babaca.

— Não seja muito exigente. — Lucy riu. — Além do mais, não é de um namorado que você precisa, Phoebe, é de uma transa! Sexo faz tudo ficar melhor.

— Minha vida sexual vai bem, muito obrigada. O que eu preciso é de outra bebida.

Encontramos Hazel e Kevin no bar, antes do jantar. Eles já tinham entornado meia garrafa de champanhe e Hazel me pegou inspecionando a garrafa.

— Não temos filho hoje para tomar conta. Pretendo ficar totalmente bêbada.

— Ei, não estou criticando. Comemoro o fato de não ter filhos toda noite — respondi.

Hazel estava deslumbrante em seu vestido rosa-claro. Seu cabelo louro estava preso num rabo de cavalo no topo da cabeça e enfeitado com pequenas pedrinhas brilhantes. Kevin, seu marido, usava um kilt e estava muito gato. Eles sempre pareciam tão naturalmente bem-arrumados que me senti horrível naquele vestido preto transpassado, de saltos altos vermelhos e com o mesmo corte de cabelo desde 1995.

— Oliver e Pedra ainda não desceram?

— Considerando o jeito que aqueles dois estavam se agarrando na recepção, eu ficaria surpreso se saíssem do quarto. — Kevin riu e fez uma pausa, obviamente tentando imaginar a cena.

Um garçom meio confuso nos acompanhou até o salão principal, onde sentamos ao redor de mesas lindamente decoradas, com toalhas de linho branco e centros de mesa verdes e vermelhos. Devia ter cerca de cem convidados vestindo roupas de tartã e o clima estava animado. Havia a mesa dos *hipsters* usando chapéus estilosos, prontos para postar no Instagram fotos de seus pratos assim que eles chegassem; a mesa de sempre, dos playboys já bêbados antes mesmo de a comida chegar; e aquela com o casal de meia-idade que não sabe muito bem como agir num lugar desses. A comida no cardápio era tradicional da Escócia: torta de carne, *haggis* e algum tipo de prato especial com tofu para os vegetarianos.

— Esses talheres são imensos — disse Lucy, segurando uma colher de prata perto do rosto. — Adoraria tê-los na minha casa.

— Leve para você, então — falei brincando, mas percebi o olhar em seu rosto. — Ei, clepto! *Não* é para roubar os talheres. Eles fizeram você pagar pelo roupão ano passado, lembra?

— Sim, mas eles não relacionam talheres a números de quartos. Aquele foi um erro de principiante.

Dez minutos depois, Oliver apareceu com seu ar superior e um sorriso malicioso, seguido por Pedra, uma mulher tão linda que me dava vontade de dar um soco na cara dela e outro na minha.

— Finalmente! Vocês se perderam? — perguntei, sabendo muito bem que não era o caso.

— Não — Pedra respondeu, muito séria.

— Estou morrendo de fome — Oliver anunciou, no mesmo instante em que roubava o pãozinho no qual Lucy passava manteiga. — Quando vamos comer?

— É melhor você me dar algum carboidrato em cinco segundos, Webb, ou não me responsabilizo por meus atos — ela grunhiu.

— Você nunca se responsabiliza. — Oliver sorriu maliciosamente, colocando outro pãozinho no prato dela. — Um brinde, por favor. — Ele levantou sua taça e todo mundo o acompanhou. — Para meus bons amigos: Hazel e Kevin, que acabaram com a minha teoria de que todos os casamentos são uma merda; Lucy, o tipo de mulher de que minha mãe tentou me proteger; Phoebe, minha amiga mais antiga e mais engraçada; e, finalmente, à minha adorável namorada, Pedra, a quem eu já me desculpo, isso aqui vai ficar uma bagunça... Ah, e sem esquecer os novos amigos que vamos fazer esta noite e logo deixar pra lá, porque somos seres humanos horríveis. Vamos nessa, porra!

Comemos, rimos, dançamos, e por volta de meia-noite meus sapatos estavam jogados debaixo de uma mesa. Eu tinha saído para fumar uns dezessete mil cigarros e estava prestes a sentir aquela melancolia de Ano-novo tipo "Vou ficar sozinha para sempre" quando começaram a tocar músicas lentas. Ainda bem que Hazel percebeu o meu estado e conseguiu me tirar da beira do abismo.

— Pensando no Alex?

— É. Acho que ainda sinto saudade dele.

— Não, você sente saudade da ideia que tinha dele. Do homem que você achava que ele era.

— Do homem que eu esperava que ele fosse.

— Exatamente!

— Ele era sedutor no começo.

— Ted Bundy também era — ela ironizou.

— Sempre achei que Bundy seria um bom nome para um cachorro.

— Foco, Phoebe.

— Ah, sabe, talvez eu também não tenha me esforçado tanto. Ele era muito apaixonado e carinhoso em alguns momentos. Talvez eu...

— Talvez nada, Phoebe, não dá para saber, mas você não saiu por aí transando com todo mundo e ele saiu! Alex estava te traindo há quatro meses. Foram quatro meses de mentiras para você e para a amante dele! Essa não é uma característica que valha a pena em homem nenhum.

Virei minha tequila de uma vez só.

— Por que eu sempre me sinto atraída por babacas? Nunca vou conhecer ninguém legal.

— Você vai conhecer alguém diferente. Talvez deva procurar alguém que não seja do seu tipo.

— Uma mulher?

— Não. Quero dizer alguém que você jamais consideraria, mas, o mais importante, alguém que mereça você.

— SIM! — gritei, assustando um homem próximo que usava um kilt meio torto. — Este ano eu vou encontrar alguém. Alguém diferente. Alguém incrível!

— Você pode fazer o que quiser. Este vai ser o seu ano, garota. Vá viver sua vida. Agora venha dançar antes que todo mundo se transforme em abóbora.

Então, aqui estou eu, no primeiro dia do meu ano novinho em folha e tudo o que tenho para mostrar até agora é uma ressaca, uma espinha nova no queixo e uma bolsa cheia de talheres que Lucy roubou. Vou voltar para a cama.

Domingo, 2 de janeiro

Hoje decidi refletir sobre minhas promessas de Ano-novo e me tornar instantaneamente uma pessoa melhor e mais útil. Mas, em vez da mesma coisa de sempre — perder peso, ganhar dinheiro, parar de seguir todo mundo no Twitter que use acrônimos estúpidos na conversa —, decidi me perguntar: se eu pudesse reviver o ano passado, o que faria diferente? Todo ano eu faço as mesmas promessas idiotas, nada muda de verdade, e acabo pensando por que me dei ao trabalho. Então, este ano a ideia é escolher uma coisa só, realmente levantar minha bunda da cadeira e correr atrás. A questão é: o quê? Não paro de pensar no que deu errado com Alex, mas quanto mais penso nisso, mais vejo que, desde o início, namorá-lo nunca foi a coisa certa, mesmo antes de ele desaparecer com a Senhorita Peitão. (Eu devia realmente agir como adulta e chamá-la de Susan, mas isso não reflete exatamente meu nível de desprezo.) Na noite em que nos conhecemos, eu estava tão grata por aquele homem alto e bonito ter se interessado por mim que paguei todas as rodadas de bebidas e enfiei o número do meu telefone na mão dele na hora de ir embora. Não tive notícias dele até duas angustiantes semanas depois. Agora, percebo que até aquilo foi revelador. Ele me manteve a uma distância segura durante todo o nosso namoro, de vez em quando me puxando para que eu pudesse ter ideia da pessoa divertida e sensível que ele podia ser, mas só quando ele estava a fim. Enquanto eu sonhava em ficar loucamente apaixonada, no final das contas só consegui ser enganada em alguns momentos. Aquele babaca tem PhD em manipulação, e juro que se você procurar por "filho da puta" no dicionário, vai encontrar uma foto dele segurando meu coração, quem sabe junto da minha cabeça cortada, olhando com ar vitorioso e fazendo uma dancinha. Eu nunca poderia corresponder às expectativas dele... Eu não era tão educada, nem tão elegante e muito menos tão capaz de impressioná-lo. Eu simplesmente não era suficiente. Gastei quatro anos da minha vida com alguém que não tinha o menor interesse em estar comigo. Isso é o que mais dói. Que perda de tempo.

Gastei mais de quinhentas libras em terapia no ano passado, com uma terapeuta americana de quarenta e poucos anos, chamada Pam Potter, cujo nome a deixa com cara de anão de jardim, mas que felizmente me ouve xingar e choramingar em troca de cinquenta libras a hora (ela cobrava um pouco mais barato que os psicólogos com nomes de verdade), e, em seguida, diz: "Estou escutando o que você está dizendo, Phoebe." O fato de ela ter dois ouvidos à disposição me leva a acreditar na sua sinceridade, mas não significa que realmente ajude. No entanto, a terapia de fato me foi útil para chegar às seguintes conclusões: a) Ainda estou muito mal com toda essa história com o Alex, e b) Apesar de eu não ser completamente isenta de culpa em nosso relacionamento, eu merecia mesmo coisa melhor. Não, eu mereço coisa melhor. Este ano eu tenho que tirar Alex da cabeça de uma vez por todas.

Segunda-feira, 3 de janeiro

Fazer um diário foi ideia de Pam Potter. Aparentemente, essa coisa toda de "escrever sobre meus sentimentos" deveria ser terapêutica, mas simplesmente me faz sentir meio estranha.

Eu não escrevia num diário desde que era uma adolescente solitária de 15 anos, que usava um brincão e monocelha. Naquela época, meu diário ficava escondido embaixo do colchão e tinha treze mil palavrões diferentes para descrever meus pais, junto com um pouco de poesia cheia de angústia sobre um garoto da minha turma que nunca falava e usava delineador. Como se vê, ainda gosto de caras que usam delineador, mas sinto menos vontade de xingar meus pais hoje em dia, a não ser quando eles me mandam de Natal aqueles chocolates orgânicos que odeio.

Apesar de ser feriado, tive a primeira sessão mensal do ano com Pam esta noite. Ela pintou o cabelo de castanho durante o Natal e ficou parecendo demais a Tina Fey.

— Como foi o Ano-novo para você? Em nossa última sessão você mencionou que ainda estava sofrendo com sua separação. Isso mudou?

— Não, nada mudou. Tenho a sensação de que a única coisa que faço é pensar nele... ou me lamentar por causa dele... ou apenas sentir falta dele. Mas, ultimamente, acho que tenho visto as coisas com mais clareza.

— De que maneira?

— Eu me atirei de cabeça naquele relacionamento. Sou a primeira a admitir que estava me sentindo sozinha e, quando ele demonstrou interesse por mim, eu me pendurei nele. Acho que eu estava carente, mas ele era pior; era preguiçoso. Ele era preguiçoso demais para terminar o namoro, então, em vez disso, continuou me mantendo ali, até que alguém melhor pudesse me substituir. Ele nem se preocupou em manter o caso em segredo. Eu lembro quando peguei os dois na nossa cama. NA NOSSA CAMA, MERDA!

Pam apenas balançou a cabeça, mas tenho certeza de que, se ela não estivesse sendo paga para ter que ouvir a mesma história pela milionésima vez, já teria me chutado, feliz, janela do consultório afora.

Eu podia sentir meu corpo tremer conforme visualizava o momento em que flagrei Alex. Eu tinha chegado em casa mais cedo por causa de um show cancelado em cima da hora. Entrei e joguei o casaco no sofá, e o vi cair em cima de um sutiã que não era meu. A peça era rosa-choque e tinha o bojo pelo menos três vezes maior que o meu. Os gemidos vindos do quarto responderam a pergunta que eu sequer tive tempo de me fazer.

— Entrei no quarto e fiquei lá parada feito uma idiota. Não consegui nem falar. Ele simplesmente deu de ombros e disse: "Isso ia acabar acontecendo. Você sabe que as coisas não estavam bem entre nós." Fiquei na casa da Hazel até encontrar um lugar para mim. Ela tem sido muito compreensiva. Como todos os meus amigos.

— Ótimo. Isso é importante. Mas já faz quase um ano, Phoebe. Você acha que pode seguir em frente a partir de agora? Você tem demonstrado desejo de fazer isso em várias ocasiões.

— Tenho pensado nas promessas de Ano-novo. Preciso mudar meu jeito de pensar, senão vou ficar presa nesse ciclo para sempre. Eu *vou* mudar. Só não sei como, ainda.

Depois da minha sessão com Pam, liguei para Oliver, para lhe contar os meus planos. Eu quase podia ver sua cara de impaciência ao me ouvir.

— Você não precisa fazer uma lista de promessas idiotas que nunca vai cumprir, Phoebe. Lembra que você ia começar a correr no ano passado?

— Eu comecei a correr. É claro que eu corri. E, de qualquer forma, quero fazer só uma promessa este ano, uma que seja importante.

— Você correu uma vez em volta do parque e depois vomitou na cerca viva, Phoebe. Essa não conta. Você precisa parar de ficar tão tensa planejando as coisas. Você não era assim. Você era divertida e despreocupada! Nós ficávamos bêbados e você me contava todos os seus segredos e dançávamos ao som de música pop de merda às 5 da manhã. Agora, você é tipo uma antiPhoebe.

Muito boa a ajuda dos meus amigos.

— Fiquei meio perdida — respondi, baixinho. — Você sabe que custei um pouco a voltar ao normal depois que me separei do Alex.

— Sei disso, mas acho que está na hora de você começar a sair dessa. E de transar. Você precisa reencontrar seu jeito de ser.

— Cara, você fala exatamente como a Lucy. Vocês dois são obcecados.

— Você parece reprimida.

— Preciso ir agora. Guarde seu conselho sexual para Pedro. Tenho que pensar nos meus planos. Falamos depois.

Sigo o conselho dele e acabo me ferrando. Ele não sabe de nada.

Terça-feira, 4 de janeiro

Voltei ao trabalho hoje, depois do feriado de Ano-novo, e imediatamente tive vontade de tacar fogo em mim mesma. Há três anos trabalho neste jornal e só me diverti durante umas três semanas. Depois de fugir correndo da escola aos 17 anos, vender anúncios foi basicamente o único trabalho para o qual minha suposta personalidade vencedora importou mais que minhas qualificações. Aconteceu da mesma forma quando passei raspando com C em inglês e me diplomei em falsificação, depois de fraudar a assinatura da minha mãe ao longo de todo o último ano de colégio, escrevendo bilhetes para avisar que eu estava doente. Fiquei surpresa por eles não terem feito algum tipo de corrida maluca para arrecadar dinheiro e ajudar na minha recuperação. O problema com o meu trabalho é que, em tese, preciso ser simpática com as pessoas — até mesmo sedutora, além de demonstrar interesse pelo que elas têm a dizer e fazer com que confiem em mim, ou melhor... que ME AMEM a ponto de batizarem sua primeira filha com o meu nome e deserdar a criança porque me amam mais que tudo. O problema é que, na realidade, sou péssima em papo furado, odeio fazer isso e, se a pessoa não quiser comprar espaço publicitário, eu não ligo. Para ser sincera, não estou nem aí. Essa última frase resume perfeitamente meu sentimento em relação ao trabalho: não estou nem aí. Mas eu me esforço ao máximo para ter jogo de cintura e vender minha alma todos os dias porque preciso pagar o aluguel. Compartilhamos o escritório com dez outras empresas, a maioria do setor financeiro, e quase sempre tenho que dividir o elevador com escrotos que usam gravatas ridículas e conversam sobre números e golfe.

O lado bom é a localização magnífica: uma caminhada de uns dois minutos a pé da estação de trem e em cima de um pub e de uma lanchonete onde podem me encontrar quase todas as manhãs comprando café e torradas. O andar da área de vendas é quase todo sem divisórias e minha mesa infelizmente fica de frente para a sala de Frank, o meu chefe, o que dá a ele uma visão completa do que estou fazendo o dia inteiro (o que geralmente é nada). A maioria dos meus colegas de trabalho tem fotos de suas famílias em suas mesas, mas a "bagunça e desarrumação que chamo de mesa de trabalho" (palavras de Frank) é decorada com a foto de um gato com uma melancia na cabeça escondida atrás de copos vazios de café e cartelas de aspirinas. A tradicional reunião matinal de hoje foi praticamente indolor. Muita motivação por parte do referido chefe, que é o fanfarrão mais ridículo da face da Terra, a quem ninguém deu a menor atenção. Depois, coloquei em dia os quatrocentos e-mails que chegaram durante o Natal, totalmente ignorados pela equipe de plantão. Lucy chegou atrasada, como sempre, com a boca cheia de bagel e dando goles no café em sua garrafa térmica brilhosa.

— Tudo bem com você, meu amor? — ela gritou. — Recuperada?

— Sim, estou bem. Quer sair para jantar hoje? Sushi?

— Não posso. Já tenho outro compromisso.

— Carinha novo?

— Carinha velho. Aquele com quem eu saí ano passado, o do cachorro barulhento que eu odiava.

— Você disse que nunca mais ia namorar alguém que tivesse cachorro. O que mudou?

— O cachorro dele morreu.

Tenho 97% de certeza de que Lucy não teve nada a ver com a morte do cachorro. Lucy, como Oliver, é uma namoradora em série. Quando comecei no *The Post*, ela estava namorando dois caras ao mesmo tempo e isso era totalmente aceitável para ela. Ela parece o flautista de Hamelin para os homens, eles vão atrás dela seja lá aonde ela for, mas Lucy não tem nenhuma vontade de se prender tão cedo.

— Sair com os caras é a parte mais divertida. Depois que você começa toda aquela bobagem de morar junto, a coisa fica chata, por isso eu prefiro manter do jeito simples. Adoro a parte de "se conhecer".

Eu, por outro lado, nunca fui muito boa em sair com alguém e a parte de "se conhecer" me deixa apavorada. Saí só umas cinco vezes na vida e sempre terminei em algum tipo de relacionamento. Teve o Chris — meu primeiro namorado na escola, que durou exatamente seis meses, até ele ir para a universidade, em Manchester; Adam e seu pênis incrivelmente grande, que namorei por cinco meses antes de ele decidir que era melhor sumir e se alistar na Força Aérea do que ficar preso em Glasgow comigo; Joseph, que durou apenas três meses por causa dos problemas dele com intimidade e por ser ruim de cama; James, com quem namorei por um ano e que era muito chato, e tinha uma aversão bizarra a feijões cozidos; e por fim o Alex, que acabou se mostrando o maior erro da minha vida. Apesar de ter quase um ano que terminamos, a ideia de ter que encontrar alguém novo continua a me assustar, e não estou a fim de ir atrás de qualquer pessoa tão cedo.

Quinta-feira, 6 de janeiro

Pensei em Alex o dia todo, mas também pensei nela, com seus cachos sedosos e seus peitos empinados, firmes no sutiã rosa gigantesco. Imagino que nunca seja fácil descobrir que você foi traída, mas quando se flagra de verdade os dois trepando na sua cama é uma imagem difícil de apagar. Nunca consegui entender o que ele viu nela e, como sempre, Lucy estava disponível para oferecer uma explicação:

— Vou lhe dizer o que ele viu nela! — ela berrou ao telefone. — Ele viu a porra da mãe. É o complexo de Édipo. O pai dele já morreu, não é mesmo? Isso explica tudo.

— O pai dele está bem vivo, mas ótima teoria. Enfim, como foi seu encontro sem o cachorro?

— Péssimo. Ele falou do cachorro, me mostrou fotos do cachorro e está pensando em ter hamsters, pois está se sentindo muito sozinho. Quem ele pensa que é? Uma garotinha de 8 anos? Vou me ferrar se ficar namorando um cara adulto que cuida de roedores. Bom, preciso correr, mas, por favor, tenta não ficar remoendo demais sobre o Alex. Você vai ficar doida.

Três horas se passaram e ainda estou remoendo. Tenho muitas perguntas sem resposta e sei que nunca serão respondidas. Mesmo se eu tivesse questionado Alex, duvido que me sentisse satisfeita ou mesmo que acreditasse numa palavra dele. Ainda gosto dele — isso está claro. Só não sei se é amor ou uma necessidade de encerrar de vez essa história. Acho que Oliver está errado. Eu não deveria estar tentando encontrar a "Phoebe de antes". Nem eu reconheço mais o meu antigo eu. Talvez Oliver ainda me veja como a garota de 17 anos que fumava maconha em seu quarto e vivia enfiada em boates com ele nos finais de semana. Mas faz um bom tempo que eu não sou mais essa garota. Em vez disso, acho que eu devia aceitar a chegada de uma "nova Phoebe". Uma que seja bem-sucedida, livre e corajosa e que não fale de si mesma na terceira pessoa. Oliver me enviou uma mensagem de texto quando estava indo para casa depois do trabalho:

> Amanhã à noite: eu, você, Jack Daniel's e o The Human League.

Ou ele está tentando me animar ou deu um pé na namorada.

Sexta-feira, 7 de janeiro

Kelly, que trabalha na seção de saúde e beleza, é um ser estranho. Ninguém (a não ser Frank, eu acho) tem a menor ideia de quantos anos ela tem. Ela se veste como uma mulher de vinte e poucos anos, mas tem o rosto marcado de alguém duas vezes mais velha que passou os últimos vinte anos adormecida numa cabine de bronzeamento. Ela pode ser difícil de conviver no trabalho, porque não se preocupa em esconder seu desprezo pelas outras pessoas, demonstrando seus sentimentos ao cuspir expressões de raiva, mau humor e grosseria passivo-agressiva. Esta manhã não foi diferente.

— Se você vai pegar minha caneta emprestado, Brian, eu gostaria que a colocasse de volta no lugar exato onde ela estava. Como posso anotar as informações, se você pegou a merda da minha caneta?

Kelly odeia Brian, e Brian sente o mesmo por ela. Ele trabalha no setor de recrutamento e, mesmo sendo bom no que faz, é um bostinha arrogante e tagarela, conhecido em todo o escritório por suas opiniões sexistas e pela paixão por mulheres peitudas. Aparentemente, nós nos damos bem, mas confesso que muito é porque tenho peitos grandes. Brian olhou para a caneta esferográfica em sua mão.

— Você poderia comprar outra caneta e ter uma extra. Tenho certeza de que essas lindinhas são vendidas em pacotes de dez.

— Não se trata disso. A questão é a seguinte: fique longe das minhas coisas e arranje uma caneta para você. Agora, me dá ela de volta.

— Você não está falando sério, está? — ele riu.

— É claro que estou. Me devolva a caneta.

Ele ficou parado, balançando a cabeça. Então, se levantou, enfiou a caneta dentro da narina esquerda e a deixou lá pendurada enquanto se aproximava da mesa de Kelly.

— Peço desculpas por ter me apropriado de sua importante caneta, Kelly. Vem. Pegue-a.

— Que criança mais detestável você é! — ela exclamou, e arrancou a caneta do nariz dele de uma vez só e a jogou no chão.

Eu ainda estava rindo quando ela passou como um furacão pela minha mesa e entrou na sala de Frank. Dando de ombros,

Brian pegou a caneta e a colocou na mesa dela. Essas pessoas não são normais.

Oliver chegou um pouco depois das sete da noite com uma mala enorme e uma garrafa de bourbon.

— Se mudando para cá? — perguntei, fechando a porta atrás dele.

— Não, estou indo para Edimburgo a trabalho amanhã à tarde e não queria deixar isso no carro. Vou ficar no seu sofá esta noite. Pretendo encher a cara.

Ele me passou a garrafa e tirou o CD *Best of the 80s* da bolsa.

— Você serve, eu coloco isso para tocar. Se você não estiver dançando lá pela faixa seis, não dá mais para a gente ser amigo.

Lá pela faixa cinco ("Kids in America"), eu estava preparando a minha segunda dose e arrastando os pés no piso da cozinha com as minhas meias de dormir cor-de-rosa. No final do CD estávamos os dois muito bêbados e batendo altos papos.

— Você é como um irmão.

— Que merda é essa? Não diga isso! Isso é bizarro.

— Não, quero dizer que você é como da minha família. Você é mais do que apenas meu amigo.

— OK, mas irmão? Você não pode ficar a fim do seu irmão.

— O quê? Eu não estou a fim de você! Você acha que todo mundo é a fim de você.

— Acho isso porque é verdade. Eu sou incrível.

— Não, eu sou incrível. Você é apenas bonito.

— Você é incrível e também bonita, Senhorita Henderson.

— Sou? Você é a fim de mim?

— Não.

— Ah, vai se foder.

Por volta das 5 horas da manhã, fui para a cama deixando o incrível Oliver adormecido no sofá. Talvez eu seja um pouquinho a fim dele, mas jamais vou contar isso a ele.

Sábado, 8 de janeiro

Não levantei antes das quatro da tarde e Oliver já tinha ido para Edimburgo. Pensei em fazer algo produtivo, mas decidi que assistir *Dexter* e comer biscoitos seria uma maneira bem melhor de passar o dia. Agora são 11 horas da noite, estou acordada e cheia de tesão. Muito tesão. Excitação pós-ressaca é brutal. Também ainda estou pensando no maldito idiota do Alex e em maneiras de como esquecê-lo de uma vez. Será que Oliver e Lucy têm razão? Não fiz sexo desde que terminamos e agora estou me transformando numa espécie de hormônio enfurecido que usa o Twitter para expressar seus desejos porque não tem ninguém com quem transar. Quando penso nisso, percebo que minha vida sexual sempre foi um pouco de tentativa e erro. As pessoas falam tanto de como o sexo é maravilhoso, e apesar de sempre ter gostado de sexo, é como assistir ao segundo *Matrix* — partes dele foram muito boas, mas não exatamente inesquecíveis. E nunca fiz sexo só para mim. Sempre foi para a outra pessoa. Talvez seja hora de começar a me preocupar comigo, para variar. Se eu focar em mim, não terei tempo de pensar naquele cretino, não é mesmo? Talvez a melhor maneira de superar essa história seja superar as minhas inibições. A Phoebe antiga, aquela que ama Alex, é tímida e submissa, além de sexualmente reprimida. Se eu me livrar dela, não sentirei nenhuma falta dele. É isso! É isso que vou fazer para mudar, é isso que vou fazer diferente este ano.

Esta vai ser minha única promessa: vou melhorar minha vida sexual! Existe um monte de coisas que eu sempre quis experimentar — vou assumir as rédeas da situação e descobrir se é tudo isso mesmo como dizem.

Quarta-feira, 12 de janeiro

Meu apartamento realmente precisa de uma pequena repaginada, mas não tenho dinheiro nem motivação para fazer alguma coisa a respeito. Trata-se de um quarto e sala mínimo, do tamanho de uma caixa de sapatos, e oito vezes menor que o apartamento que eu dividia com Alex. A cozinha é uma continuação da sala, o que significa que o cheiro de tudo o que eu cozinho fica impregnado no apartamento inteiro por dias, e as paredes são feitas de papel. Dá para ouvir a velha que mora em cima tossindo à noite, e sabe-se lá o que ela me ouviu fazer. Tem um pequeno jardim na frente, onde as flores são plantadas para morrer, e, se algum dia eu conseguir me mudar, vou jogar um fósforo aceso nesse troço na hora de sair.

Lucy deu uma passada depois do jantar e logo se jogou de cara no sofá.

— Boa-noite, Lucy. Ei, por que você está usando calça curta em janeiro? O inverno ainda não chegou no seu planeta?

— O estilo não tem limitações sazonais — ela disse, com a voz abafada pelas almofadas azuis desbotadas do meu sofá. — Vim pedir o que é meu de direito. Devolva a minha chapinha.

— Está no meu quarto. Está nervosa?

Ouvi um grunhido, seguido de outro som não identificado que bem poderia ser um peido.

— Argh. Seus vizinhos estão todos reunidos lá fora, usando roupas de veludo sintético e bebendo. Por que você mora nesta merda?

— É o que posso pagar. Além do mais, estou sempre no trabalho e mal os vejo.

— Eles provavelmente estão imaginando aonde você vai durante o dia. E, por falar nisso, não quero voltar a trabalhar na segunda-feira. Dá para você quebrar as minhas duas pernas, mas de um jeito que não doa?

— Não — respondi, sem tirar os olhos da revista. — Vou ficar entediada sem você por lá.

— Isso não é sobre você. O que está acontecendo?

— Você precisa me ajudar com a minha vida sexual.

Ela começou a simular uma trepada no sofá.

— Estou falando sério! Não faço sexo desde que terminei com Alex.

— O quê? Você não disse que sua vida sexual ia bem? UM ANO INTEIRO? Qual é o seu problema?

— Nada! Quero fazer sexo, mas não quero encarar outra trepada de merda, fingir e depois fazer de conta que ele acabou de fazer algo incrível. Quero que SEJA realmente incrível! Você pode me ajudar com isso. Como faço para mudar as coisas?

Lucy não estava mais falando. Nem fingindo que estava trepando. Ela se virou para me olhar e tirou o cabelo dos olhos.

— Não posso acreditar que você ainda está fingindo aos 30 anos! Você é uma daquelas mulheres que secretamente preferem comer um ovo de chocolate inteirinho na Páscoa a fazer sexo?

— Rá, rá, rá, NÃO! — insisti. — Adoro sexo, é que nunca foi tão bom assim. Quero dizer, tenho certeza de que nem *todo* cara com quem dormi foi horrível...

— Joseph?

— Ai, meu Deus, sim, ele era péssimo.

— Mas por que você finge, afinal de contas? — ela perguntou, parecendo realmente confusa.

— Acho que se eu garantir que o cara está se divertindo e fizer com que se ache sensacional na cama, ele vai continuar saindo comigo e talvez as coisas melhorem. Quer dizer, não sou uma puritana. Existem milhões de coisas que sempre quis experimentar, mas nunca tive coragem ou mesmo um parceiro que fosse sexualmente curioso. Alex não era do tipo aventureiro. Ele era o maldito rei missionário. Cristo, não sei nem por onde começar. Mas andei pensando numa coisa que eu quero mudar neste ano, e é isto: quero mudar minha vida sexual. Quero explorar cada fantasia sórdida que surgir na minha cabeça!

Eu realmente queria contar a ela a outra razão por trás de tudo isso, mas sabia que ela apenas se frustraria se descobrisse que Alex tinha sua cota de participação nisso.

De repente, Lucy saiu do transe e falou:

— Você precisa fazer uma lista!

— Uma lista de quê? Maneiras de preencher o tempo enquanto espero ser virgem de novo?

— Você sabe, como essas listas que viraram moda "Vinte coisas que você devia fazer antes de morrer" ou "Dez lugares para conhecer antes de ter filhos e eles simplesmente atrapalharem tudo". Você devia fazer a sua própria lista, uma lista de desafios sexuais. Uma "Sexlist". Vou te ajudar a fazer uma. Nossa, isso vai ser muito divertido!

Então, colocamos uma música e passamos o resto da noite bebendo vinho, fazendo a sexlist e eventualmente parando para cantar uma para a outra o mais alto possível. Nosso dueto à la Eminem-Dido foi especialmente emocionante. Algumas coisas nunca foram incluídas na sexlist, principalmente porque eram coisas bobas, como transar com artistas de cinema dos anos 1990. Por mais que eu fosse fã de Christian Slater e Johnny

Depp, não ia arriscar receber uma ordem restritiva ao tentar descobrir se eles estariam a fim naquele momento. No final, foi nisto que nós chegamos:

MINHA SEXLIST

1. **Falar sacanagem.** Sou péssima nisso.
2. **Masturbação.** Sou ÓTIMA nisso, mas, ainda assim, a prática leva à perfeição e tenho muita curiosidade sobre a ejaculação feminina.
3. **Homens mais jovens.** Digo "homens", mas um já basta.
4. **Anal.** Isso pode dar muito errado, TERRIVELMENTE errado.
5. **Encenação.** Preciso me fantasiar.
6. **Sexo ao ar livre.** Quero transar ao ar livre. Ou pelo mesmo num jardim de tamanho razoável.
7. **Sexo grupal.** Sexo a três e/ou com outro casal. E sem *bukkake* — nojento.
8. **Sexo com um completo estranho.** Transa de uma noite só, sem toda aquela conversa fiada entediante de antes ou depois.
9. **Bondage.** Porém sem algemas de pelúcia.
10. **Voyeurismo.** Consensual, obviamente. Não ficar espiando pela janela de ninguém.

A principal regra é "com camisinha", mas também criei uma pequena lista de coisas que estão fora de questão. Apesar de eu me considerar uma garota com a cabeça aberta, todo mundo tem seus limites, e estes são os meus:

1. Nada relacionado aos pés. Odeio pés. Eles são feios, monstruosidades cobertas de pele áspera que devem ser mantidas longe do meu rosto em todos os momentos. Nunca sonhei em enfiar meu dedão na boca de alguém, mas isso talvez porque tenho pequenas patas horrorosas.

2. Fazer xixi/cocô no outro. POR QUÊ, DEUS, POR QUÊ? Alguém precisa me explicar isso. Excremento não é uma coisa sensual; nem o meu, nem o de ninguém. Posso dizer que eu nunca faria xixi em alguém, com toda certeza, mesmo se a pessoa estivesse pegando fogo ou fosse queimada por uma água-viva demoníaca. Eu sequer faço xixi no chuveiro, portanto isso nunca vai acontecer.
3. Penetração com o punho. Trabalho de parto ao contrário? Tenho certeza de que isso tem suas vantagens, mas não pretendo descobri-las. Um pau especialmente grande pode me deixar com a sensação de que fui estuprada, logo tenho certeza de que o punho de um cara seria o meu fim.
4. Animais. Quando eu era adolescente, vi o videoclipe de uma mulher chupando o pau de um cavalo. Fiquei torcendo para que ele desse um coice na cara dela. Não deu.
5. Gozada na cara. Acho a ideia completamente degradante, mas entendo que é mais prazeroso para o cara do que para a garota (obviamente). Levando isso em consideração, realmente não quero a imagem da minha cara coberta de esperma gravada na cabeça de um idiota qualquer para todo o sempre. A única vez que eu cheguei perto disso foi aos 17 anos quando toquei uma punheta em meu namorado no sofá. Foi apenas um caso de má pontaria da parte dele e meu olho recebeu a maior parte da porra. Cegueira temporária e vontade de sumir do mapa se seguiram, enquanto ele ria e quase se lambuzava com o próprio pau.

Lucy é bem mais complacente quando se trata de receber uma gozada na cara.

— Acho que é uma coisa territorial. Prefiro isso a ver o cara mijando no canto do quarto.

Faz sentido. Sem dúvida existem milhões de coisas que não posso nem vou fazer, mas até lá o meu limite tem sido desenhado com uma caneta pilot preta.

— Tudo bem, estou indo — disse Lucy, enquanto tirava o casaco —, mas antes de eu ir embora tem uma coisa sobre a qual você deve pensar. Uma coisa que talvez a gente tenha esquecido. Um pequeno detalhe, mas bem importante.

— O quê? O que nós esquecemos?

— Uma pessoa para encarar esses desafios com você. Ah, e a minha chapinha.

Quinta-feira, 13 de janeiro

Um escritório de vendas movimentado não é, infelizmente, o que eu preciso quando só consigo pensar em sexo, ou em quem vou recrutar para me ajudar em minha busca. Lucy chegou às nove e meia e me ligou direto.

— Bom-dia, lindona! Alguma outra ideia de quem você poderia convidar para ser seu companheiro de trepada?

— Ainda não. Vamos com calma. Isso me deixa apavorada! Sei que você está acostumada a tudo isso, mas eu não. Nunca dormi com alguém que não fosse meu namorado. E se eu entrar em pânico e não conseguir? Essa é uma possibilidade bem real.

Lucy sempre foi mais aventureira do que eu, e costumava manter um blog pessoal descrevendo, e classificando, suas numerosas transas. Talvez ela esteja certa. Talvez o truque seja evitar conversas e apenas gemer um para o outro antes de você, bem, gemer um para o outro. Eu realmente me incomodo por ser uma coisa *apenas* física. Para mim, sexo é mais do que só uma atração física, e não estou realmente convencida de transar com pessoas de quem não gosto. Qual é a graça disso? Eu mal consigo bater papo com alguém que não acho interessante. Imagina deixar que essa pessoa tenha acesso à minha vagina. Quero alguém com quem eu também possa me conectar mentalmente. Não necessariamente emocional, mas saber que estamos mais ou menos na mesma sintonia é importante. Em vez de trabalhar, comecei a fazer uma lista com os possíveis participantes:

De: Phoebe Henderson
Para: Lucy Jacobs
Assunto: Homens

Tudo bem, fiz uma lista de caras que talvez topem isso — por favor, analise e comente.

Brian — Sim, eu sei que ele é um babaca, mas é solteiro e bonito.

Paul — Voltou de Nova York agora.

Oliver — É obviamente a minha última opção e duvido que tope, mas ele é atraente e, pelo que ouvi pela parede, parece saber o que está fazendo. Ele ainda está saindo com aquela tal Pedra? Não consigo me lembrar.

Bjs

De: Lucy Jacobs
Para: Phoebe Henderson
Assunto: Re: Homens

Veja os comentários:

Brian — Sim, eu sei que ele é um babaca, mas é solteiro e bonito. Concordo, mas ele é muito novo, um garoto, e com certeza vai contar para o escritório inteiro.

Paul — Voltou de Nova York agora. Talvez... Ele é sarado, mas não o acho sensual. Mas não sou eu que tenho que achar nada, não é mesmo?

Oliver — É obviamente a minha última opção e duvido que tope, mas ele é atraente e, pelo que ouvi pela parede, parece saber o que está fazendo. Ele ainda está saindo com aquela tal Pedra? Não consigo me lembrar. Não tenho a menor ideia, mas você é amiga de Oliver há dezesseis anos. Pedir que ele participe disso pode destruir sua amizade. Reflita com cuidado sobre isso. Dê um tempo. Na realidade, se vocês deixarem de ser amigos, eu posso ir para a cama com ele; portanto, esqueça o que eu disse. ESCOLHA ELE!

De: Phoebe Henderson
Para: Lucy Jacobs
Assunto: Re: Homens

Você não tem permissão para dormir com Oliver, seja como for. Ele é um dos meus melhores amigos e você tem a tendência de fazer os homens chorar. Acho que, como Brian está se sentando a um metro e pouco de distância, posso começar por ele. Preciso encontrar um jeito de abordar o assunto sem simplesmente abrir o jogo e vê-lo me rejeitar ou morrer de rir. Alguma sugestão? Seu cabelo está ótimo, por falar nisso.

De: Lucy Jacobs
Para: Phoebe Henderson
Assunto: Re: Homens

Você acha? Obrigada. A não ser que "ótimo" signifique "espigado", e se esse for o caso, vai tomar no cu. Boa sacada — não há nada pior do que ver alguém tentar se livrar de alguma coisa. Deixe-o bêbado e negue tudo se as coisas saírem errado.

Portanto, organizei um almoço alcoólico com Brian na segunda-feira. Estou rezando para o tiro não sair pela culatra.

Sábado, 15 de janeiro

Sonhei na noite passada que estava sentada num pub com Hazel, e a Senhorita Peitão entrou. Eu rapidamente a arrastei para fora pela alça do sutiã e continuei batendo nela com golpes de kung fu até matá-la. Sou ótima lutadora de kung fu no meu mundo de sonhos.

Levantei cedo para pôr a casa em ordem, mas, cerca de sete minutos depois de começar a faxina, me lembrei que fazer faxina é incrivelmente chato e parei de novo. Na sequência desse intervalo, tomei banho, comi e recebi uma ligação de Oliver.

— Quer ir ao cinema hoje à noite?

— O que está passando? Não quero ver qualquer super-herói de merda com você, Oliver.

— Está passando *Clube dos cinco* no GFT.

— Sério? Adoro esse filme! NÃO, PAPAI, E VOCÊ?

— Phoebe, não vou deixar você vir se é para você passar o resto da noite recitando aleatoriamente os diálogos do filme.

— O leite vai estar à nossa disposição?

— Esquece, vou com outra pessoa.

— Não, nãooo, desculpe. Não faço mais. Adoraria ir.

— Tudo bem, o filme começa às oito. Encontro você lá.

Ele estava parado do lado de fora, fumando, quando cheguei. Um grupo de garotas atrás dele olhava e ria, nitidamente comentando como ele era sarado. Os olhares de desejo delas rapidamente se tornaram olhares de ódio por mim quando o abracei para dizer oi. Conforme o observei fumando, me lembrei da frase do filme: "Oi, enrola um, Johnny" — o filme cujas falas eu prometi não repetir. Apertei os lábios.

Ele percebeu.

— Você está morrendo de vontade de dizer, não está? — ele riu.

— Hã? Dizer o quê? Eu não ia falar nada — menti, quando, naquele momento, minha vontade de falar era maior do que minha necessidade de respirar.

Ele deu longas tragadas de propósito, sorrindo maliciosamente, como costumava fazer. Foi uma tortura, mas a minha determinação era forte. ELE NÃO IA ME FAZER SUCUMBIR À TENTAÇÃO. Se ao menos eu parasse de pensar no assunto, a vontade passaria e...

— ENROLA UM, JOHNNY! — gritei na cara dele, enquanto ele dava a última tragada no cigarro.

Entramos na sala de cinema, deixando o grupo de admiradoras rindo enquanto Oliver me xingava por eu não ser capaz de controlar meu próprio comportamento *geek*.

Mais tarde, Oliver me deixou em casa e já estou aqui há quinze minutos sem ter ninguém para quem repetir as falas do filme. Droga. Por sorte o Twitter é cheio de *geeks* como eu.

Segunda-feira, 17 de janeiro

Depois da reunião matinal de vendas, Marion anunciou que estava entrando em licença-maternidade uma semana antes do planejado por uma simples razão: "Estou muito gorda e cansada demais para essa merda." Frank concordou que ela poderia começar a licença no dia seguinte e todos nós o vimos entrar em pânico, porque ficou óbvio que ele tinha se esquecido de procurar alguém para cobrir o setor dela. Lembrei a Brian que íamos almoçar juntos e saí para retocar a maquiagem no banheiro, para dar ao meu companheiro de trepada em potencial uma razão a menos para dizer não.

Nós nos arrastamos escada abaixo, pedimos a comida e começamos a conversar. Cerca de quinze minutos depois, tive um mau pressentimento. Eu soube que não ia dar certo. Ele, definitivamente, não era a pessoa certa. Abordei de maneira hesitante o tema sexo (que ele ficou mais do que feliz em dar continuidade), mas, então, escutei, boquiaberta, ele se gabar de sua última "conquista", que aparentemente era imprestável na cama e não tinha peito, e ouvi uma história de quando ele encaminhou um SMS de conteúdo sexual, enviado por uma garota da universidade, para todos os seus amigos darem risada. "Foi de matar de rir. Você devia ter visto a cara dela." Porra. Lucy tinha razão. Esse cara contaria a todo mundo no escritório, a seus amigos, aos amigos dos amigos e ao sujeito que vende jornal do lado de fora da Boots. É provável que contasse até para a própria mãe. Não era o cara discreto e maduro que eu imaginava. Mudei de assunto, para algo menos libidinoso, terminei o sanduíche e disse que o achava um babaca. Ele achou que eu estava brincando. Passei o resto da tarde desenhando bonequinhos enforcados de Brian.

Fui encontrar Hazel depois do trabalho. Ela esteve em Londres desde o Ano-novo para visitar a família e apresentar sua neném, Grace, que, como a maioria dos bebês, é absurdamente fofa. A caminhada até lá foi congelante e perigosa, por causa do gelo nas calçadas. Detesto janeiro. É escorregadio e gelado, e passo a maior parte do tempo com a bunda machucada por causa dos espetaculares tombos em público. Hazel me recebeu com um grito histérico e me levou para a cozinha, onde havia tortas de carne moída e vinho quente que ela preparara. Sua casa é muito inspiradora: pisos de tábuas corridas, quartos amplos e um enorme jardim com uma rede entre duas árvores altas (rede de onde caí de bêbada tantas vezes que já perdi a conta). A casa é confortável: dá a sensação de que ali mora uma família. Quando venho aqui, lembro quanto odeio meu apartamento.

— É por isso que amo você — respondi, já sentando à mesa e pegando uma torta. — Então, como foi a viagem? Você se divertiu?

Ela me passou um copo.

— Foi ótima. A família de Kevin é cheia da grana. Eles têm uma banheira de hidromassagem. Eu basicamente morei lá dentro. Só saía para alimentar a Grace e comer *scones*. De qualquer forma, Grace está dormindo com Kevin e eu preciso de uma bebida. Como você está? Sei que passou bem seu primeiro final de ano sem Alex.

— Sim, estou bem. Não me leve a mal, eu pensei nele, mas decidi que está na hora de esquecê-lo de uma vez por todas. Porra, é só nisso que tenho falado esses dias… com Lucy, com Oliver, com Pam Potter e agora com você. Quando isso vai terminar?

— Ele é apenas um hábito que você tem que interromper. Como fumar. Ou como aquela fase em que nós duas fomos à academia três vezes num mês.

— Gosto de fumar e um mês de academia grátis não pode ser realmente considerado um hábito, né? Apesar de que, sem isso, você nunca teria conhecido Kevin.

— Ah, é verdade. Num oceano de barrigas-tanquinho, eu escolhi me apaixonar pelo cara gordinho na esteira. O pique dele era incrível. Ainda é — ela disse dando uma piscadinha.

— Não sei bem o que responder a isso.

Ela serviu mais vinho.

— Precisei de dois anos e de doses regulares de tequila na veia para esquecer o Jon. Eu tinha 34 anos quando me divorciei dele, e casei com Kevin aos 37. A vida continua.

— Nunca planejamos nos casar. Alex deixou claro desde o início que não queria. Acho que topei ir em frente com a coisa porque pensei que ele mudaria de ideia.

Hazel fez uma pausa, mastigando um pedaço de torta, e eu sabia que ela estava pensando em Jon. Ela estava divorciada há dois anos quando nos conhecemos e raramente falava dele, mas sei que Jon era médico e foi cassado por ter conduta inapropriada com uma paciente de 17 anos.

— Você pensa muito no Jon? — perguntei, imaginando se não devia ter ficado de boca fechada, mas ela riu.

— Às vezes penso, mas nunca de maneira carinhosa. Para ser sincera, o acordo de separação me permitiu sair daquela agência de anúncios e ficar independente, então só tenho a agradecer.

— É verdade, mas agora não tenho mais motivo para visitar seu escritório e fingir que estamos falando sobre clientes. Jon tornou o meu dia mais longo, então essa é outra razão para você odiá-lo.

Ela brindou comigo.

— Não preciso de outra razão, mas aceito essa. Percebeu que faz três anos que você apareceu no meu escritório pela primeira vez? Queria ter te conhecido antes de você namorar o Alex. Eu teria sido mais útil em te ajudar a recuperar o seu antigo eu.

— Porra, todo mundo quer que eu volte ao meu "antigo" eu. O meu antigo eu pode sumir. Quero me tornar uma mulher novinha em folha.

Contei detalhadamente meu plano de libertação sexual, enumerando o que eu queria experimentar, mas bem baixinho, para o caso de Kevin ouvir sem querer. Hazel escutou com um enorme sorriso no rosto.

— Cacete! Você é muito corajosa. No momento, minha vida sexual não existe. Nós damos uma rapidinha de vez em quando, enquanto Grace dorme, mas acho que minha vagina ainda está traumatizada pelo parto. Mas espero que você me conte tudo que está tramando. Talvez você me inspire.

— Estou torcendo para ficar inspirada. Quero mesmo superar o Alex.

— Ele que se foda. Você já está há um ano na estrada. Vai ser mais fácil. Você vai ficar bem. Confie em mim.

— É claro que vou ficar bem. Tenho que ficar.

A alternativa é desanimadora demais para ser considerada.

Terça-feira, 18 de janeiro

Enquanto subia a Hope Street a caminho do trabalho hoje de manhã, vi o Alex. Hipócrita, irritante, mas ainda bonito. Preciso me lembrar de nunca namorar alguém que trabalhe num escritório próximo, e muito menos em morar junto. Teria sido mais fácil se o visse sozinho, mas não, tinha que ser ele e a Senhorita Peitão entrando no carro espalhafatoso dela. Se eu pudesse sair correndo sem ser vista, teria tirado os sapatos e fugido sem problemas, mas parece que eu estava segurando um cartaz com a palavra "AQUI!" pintada em letras luminosas, já que os dois olharam para mim ao mesmo tempo. Dava quase para sentir a mira na minha testa, como se eu fosse uma espécie de alvo inimigo da Senhorita Peitão. Ela roubou o meu namorado, não o contrário.

Não houve conversa, apenas um estranho aceno de cabeça da parte dele. Eu me esforcei ao máximo para olhar para frente, quando, pensando bem, eu devia ter atacado os dois com golpes de caratê e os jogado na frente dos carros. Alex me magoou com aquela mulher, e eles não tiveram nem a decência de morrer em algum acidente aleatório, do tipo "casal diabólico comido por pandas", ou ir embora do país. Às vezes, quando penso em tudo que aconteceu, me imagino num daqueles documentários bizarros sobre assassinas, com uma narração dramática: "ELES A MAGOARAM... POR ISSO, ELA QUEBROU O PESCOÇO DOS DOIS." Entrei no escritório e corri para o banheiro. Nem ouvi Lucy entrar. Juro que aquela garota anda como se estivesse sobre rodas.

— E aí? Você não está passando mal, está? Se estiver, não conte comigo. Sou alérgica a vômito.

— Acabei de ver o Alex e aquela mulher na rua. A sensação é de que vou vomitar, pode acreditar. Vi os dois e foi como levar um soco na cara e no estômago ao mesmo tempo. Eles pareciam estupidamente... felizes.

Depois de ouvir Lucy xingá-lo de todos os palavrões que existem no mundo (sendo que alguns eu nunca tinha ouvido antes, inclusive "cabeça de cu"), me senti melhor.

Quarta-feira, 19 de janeiro

Cheguei ao trabalho esta manhã e encontrei um cara novo sentado na antiga mesa de Marion. Perturbadoramente atraente. Tão atraente, na realidade, que quero tocar uma buzina para demonstrar minha gratidão toda vez que ele passa pela minha mesa. Numa rápida apresentação mais tarde, descobri que o nome dele é Stuart. Vi o entusiasmo de Lucy por ele antes de ela me enviar um e-mail:

> **De:** Lucy Jacobs
> **Para:** Phoebe Henderson
> **Assunto:** Gostoso
> Ele é lindo. Talvez eu esteja apaixonada. Vou descobrir o endereço dele, entrar sem ser vista e observá-lo dormir. Você devia incluí-lo em sua lista. Eu nem tenho uma lista, mas ele está na minha.

> **De:** Phoebe Henderson
> **Para:** Lucy Jacobs
> **Assunto:** Re: Gostoso

Aham, boa ideia. "Bem-vindo à empresa, Stuart. Eu sei que você só está aqui há 13 segundos, mas te agrada a ideia de fazer um sexo discreto e sem compromissos comigo? Que tal?"

Relembrada de que era melhor seguir focada em minha busca, liguei para a possibilidade seguinte da minha lista, Paul, e dei um jeito de encontrá-lo naquela noite. Em geral não me sinto atraída por louros, mas tem algo amoroso nele. Ele trabalhou no *The Post* antes de voltar à universidade para estudar economia, e nós mantivemos contato desde então. Ele é um cara adorável, mas nada jamais aconteceu entre nós e eu sempre me perguntei secretamente por quê. Raramente falamos sobre namoro ou sexo, ou qualquer outra coisa além de amigos, música e quantas drogas ele usou no fim de semana anterior e quantas eu não usei. Ele ficou em Nova York nos últimos seis meses e está de volta a Glasgow para assinar a papelada de um apartamento que acabou de comprar e organizar a data de sua mudança.

22 horas. Acabei de chegar do encontro com Paul. Tomamos chá na casa dos pais dele (longe do ideal para sondar se ele estaria disposto a trepar).

— Qual é a sensação de estar em casa? — perguntei, dando uma panorâmica no quarto. — Nossa, Paul, seus pais mantiveram seu quarto *exatamente* igual desde que você saiu de casa?

— Praticamente — ele sorriu. — Embora esteja faltando uma foto autografada do Celtic que ficava na parede atrás da cama. É provável que meu pai a tenha levado para colocar na cabana dele. A sensação é estranha, para falar a verdade. Muita coisa aconteceu desde que estive aqui pela última vez.

— Nem me diga... Tipo, fui obrigada a ir ao cinema sozinha porque "filmes de terror são para idiotas sem imaginação".

— Lucy?

— Quem mais? Todo mundo está animado para te encontrar. Oliver disse que você precisa combinar de jogar futebol com ele.

— Como você anda?

— Entediada como sempre — menti. — Tenho preenchido meu tempo com trabalho, programas da TV americana e coisas desse tipo. Prefiro ouvir o que você tem feito.

— Muito sexo — ele disse, confiante. — Tem sido maravilhoso.

— Seu merda sortudo. Foi o sotaque escocês? Com quantas mulheres você foi para a cama?

— Bem, nenhuma — ele respondeu, sorrindo. — Na realidade, eu me assumi em Nova York. Conheci um cara.

— Se assumiu como? Espera aí. O quê? O QUÊ? Ai, merda! Eu não fazia ideia!

— Pois é, demorei, mas agora é oficial. Mamãe encarou numa boa, mas papai não está lidando muito bem com a história. Ele continua me perguntando se eu gosto de me vestir de mulher e se assisto *Glee*.

Decidi não contar a ele a verdadeira razão pela qual eu quis vê-lo. Sua novidade era muito mais valiosa do que a minha. Tem uma sessão dupla de filmes de terror no cinema semana que vem, aí, então, conto meu plano para o ano. De qualquer forma, tirei-o da lista de candidatos e finalmente fechei o arquivo "Por que nós nunca dormimos juntos?" e o troquei para a seção "Porque não sou homem". Com dois fora, falta apenas Oliver. O que pode ser um grande erro.

Quinta-feira, 20 de janeiro

Convidei Oliver para beber hoje à noite e obviamente ele topou. Não porque sou eu, mas basicamente porque ele é do tipo que nunca recusa uma cerveja. Esperei sentada por quinze minutos, imaginando se ele havia percebido magicamente o que eu queria e fugira do país, mas finalmente apareceu. Quando Oliver entrou no pub, por um segundo pareceu o mesmo garoto de 16 anos que entrou na minha turma do sexto ano no colégio. Eu me lembro de ter ficado encantada com seu sorriso e o cabelo cacheado preto e de como logo nos tornamos amigos, para desgosto de todas as outras garotas da escola que ficaram enlouquecidas por ele. Ele nunca encostou a mão em mim, mas cada um de nós sabia de todos os detalhes sórdidos dos primeiros amassos do outro. Normalmente era fácil conversar sobre sexo com Oliver, mas hoje eu estava nervosa.

Oliver voltou do bar trazendo um coquetel elaborado e uma tulipa de Guinness.

— Que merda é essa? — perguntei ao ver a monstruosidade azul colocada na minha frente.

— O nome é Moody Blue. Não tenho a menor ideia do que tem aí, mas você vai parecer uma idiota tomando isso.

— Eu faço qualquer coisa parecer boa — menti, dando um gole e tentando ignorar a ânsia de vômito por causa daquele líquido superdoce. — Porra, isso tem gosto de sovaco.

— E os seus lábios agora estão manchados de azul. Duas libras bem gastas.

Ele tirou o cachecol e olhou em direção ao bar, piscou para uma garota em pé ao lado de um homem baixo e acima do peso que vestia uma parca.

— Comporte-se. O que Pedra vai pensar? — perguntei, esfregando meus lábios azuis com um guardanapo.

— Não sei. Não estou mais saindo com ela.

— Uau, isso é surpreendente. O que aconteceu? Você também ofereceu a ela um coquetel de sovaco?

— Não, ela me chamou para conhecer os pais. Por que, caralho, eu ia querer fazer uma coisa dessas? Não quero encontrar nem mesmo os meus próprios pais.

— Seus pais são uns amores. Normais. Acho que você foi adotado, ou um grande erro, no mínimo. Tenho pena deles.

— Porra! Qual é a sua desculpa então? Seus pais foram embora do país para evitar você.

— Os problemas de abandono de uma garota só interessam a ela mesma. Vou pegar uma bebida de verdade.

Três gins mais tarde eu tinha finalmente reunido coragem para dizer a ele a verdadeira razão para o nosso encontro.

— Então... sabe a minha promessa de mudar uma coisa? Não me olhe como se não soubesse. Contei a você depois do Ano-novo. De qualquer jeito, decidi o que é.

— Lembro, e espero que não seja aprender zumba ou alguma outra aula de ginástica de merda novamente.

— Não, decidi que vou melhorar minha vida sexual.

— Tudo bem. A ideia parece ótima, mas como você vai fazer isso exatamente? Vai ter aulas ou algo do tipo?

— Não. Fiz uma sexlist de tudo o que sempre quis experimentar e vou colocar cada item em prática. Simples, não?

— Uma sexlist? — ele perguntou, subitamente interessado. — O que tem nela?

— Só... besteira.

— Me conta.

— Não.

De jeito nenhum eu ia contar a ele antes de ele concordar em me ajudar. Ou ele jamais pararia de me perguntar se eu já dei a bunda.

— Tudo bem, mas conhecendo você, provavelmente é fazer sexo com as luzes apagadas ou beijar com a boca aberta ou não tomar banho primeiro...

— Você me faz parecer uma frígida, porra. Saiba que a lista é bem obscena.

— Duvido — ele riu. — Tenho pena do pobre rapaz que vai ter que aguentar isso. Quem é o seu novo cara?

Olhei para ele e sorri.

Ele sorriu de volta e levou o copo até a boca. Dois segundos depois, a ficha caiu. Ele colocou o copo na mesa, sem tirar os olhos de mim.

— Espera aí. Você quer minha ajuda?

— Sim.

— Com esse negócio de sexo?

— Isso.

— O homem por quem você alega não se sentir atraída.

— Bem, eu...

— Mas isso significa que nós vamos ter que...

— É.

Ele olhou para a mesa e eu fiquei ali, desejando estar morta. Depois do que pareceu uma eternidade, ele falou:

— Porra, Phoebe! Eu não esperava por isso. Nossa, esse é um pedido e tanto. Você tem noção do que isso significa? Estou realmente chateado que você considerou adequado esse pedido. Para ser franco, estou me sentindo usado.

— O quê? Merda! Desculpa. Desculpa mesmo. Eu só...

Então, percebi o sorriso malicioso no rosto dele.

— Você está me sacaneando, não está?

— Aham.

— Então, vai me ajudar?

— É claro que vou, bobinha. Outra bebida?

E o vencedor é: Oliver! A caçada está encerrada e consegui o primeiro parceiro de cama da minha vida, meu amigo Oliver. Meu melhor amigo. Será que isso é realmente uma boa ideia? Ai, puta merda!

— Dou uma passada na sua casa amanhã à noite — ele disse quando entrou no táxi. — A gente vê como faz para seguir em frente e você me conta que merda é essa que está na sua sexlist.

Seguir em frente? Isso significa sexo, não significa? Ai, meu Deus, agora estou enjoada. Enquanto voltava do pub para casa, entrei em pânico: as garotas com quem ele transa são lindas. Eu pareço desenhada no Traço Mágico, mas ele deve me achar sexualmente atraente de alguma forma — será? Ou é o sexo sem compromisso que o atrai? Na teoria, é perfeito — sem expectativas se ele vai ligar no dia seguinte, sem enganação, sem borboletas no estômago para me distrair e me transformar numa pessoa confusa e falante demais — apenas sexo. Mas tenho consciência de que ninguém me viu nua desde Alex. Quando se está num relacionamento, detalhes, como estrias ou espinhas na bunda, não importam, mas quando se está apenas transando, elas fazem a diferença? Será que uma olhada na minha celulite o fará reconsiderar? Será que ele vai desistir de transar quando eu deitar e meus peitos caírem para os lados e desaparecerem debaixo dos meus braços?

Liguei para Lucy.

— Ele concordou? Cacete, bom para você! Graças a Deus. Por um segundo achei que eu teria que botar um pênis artificial e dar uma mãozinha. Você é uma pessoa sortuda. Exijo saber de tudo depois.

— Estou nervosa. Você viu o tipo de mulher que ele namora... Elas não têm gordurinhas sobrando.

— Ai, cala a boca. Se essas mulheres fossem tão perfeitas, ele ainda estaria dormindo com elas. Não fique nervosa com isso. Fique nervosa se ele for uma porcaria na cama e você tiver que rejeitá-lo, o que vai ferrar sua amizade e quaisquer fantasias que eu tiver com ele. E eu tenho muitas. Na minha cabeça, ele é um fodedor e tanto.

— Você vai para o inferno.

Sexta-feira, 21 de janeiro

17 horas. Tirei meio dia de folga no trabalho e gastei uma quantidade absurda de tempo me preparando para ele. John Hurt provavelmente gastou menos tempo para se maquiar enquanto filmava *O homem elefante*. Havia pele a ser esfregada, sobrancelhas a serem feitas, unhas dos pés para serem pintadas e, é claro, pernas a serem depiladas. Ninguém quer transar com um bicho peludo.

19 horas. Estou pronta e nervosa. Tentei me distrair flertando com um cara chamado @granted77 no Twitter. Adoro a maneira como a internet está sempre disponível com homens aleatórios para me distrair da realidade.

19:45. Tem uma voz na minha cabeça me dizendo: "Relaxe, é só uma trepada", como o trailer de *A última casa*, no qual lhe dizem: "Para evitar desmaios, continue dizendo a si mesma que é apenas um filme!" Não está funcionando. Estou com vontade de vomitar. Uma parte de mim quer ser atropelada por um carro durante o processo, ou por algo menos doloroso e mortal.

Sábado, 22 de janeiro

Noite passada, Oliver chegou às 20:30 e me agarrou. Literalmente. Ele me pegou de surpresa, pois eu estava pronta para fazer um café e discutir a nossa trepada iminente de uma forma sensata e adulta, mas, antes de me dar conta, meu batom estava borrado e meu cabelo despenteado. Ele me imprensou contra a parede, no chão do corredor, e por fim na cama, onde acho que desloquei o quadril. Mas de um jeito bom. Minha crise neurótica por causa do meu corpo foi uma perda de tempo, pois ele não podia ter ficado mais empolgado. Dessa vez não me importei com as muitas dobras da minha barriga ou com o cabelo grudado e em pé, e a coisa mais esquisita foi: nada pareceu esquisito. Bem, talvez um pouquinho esquisito no início, porque eu automaticamente comparei seu pênis ao de Alex, e embora o de Oliver não fosse grande no comprimento, a grossura era impressionante, a ponto de eu temer que minha boca ficasse parecida com a vítima de *O chamado* depois de fazer um boquete nele. Ele também dedicou um bom tempo a me dar prazer, e não simplesmente agarrou meus peitos e chamou isso de preliminar, um dos truques favoritos de Alex — para dizer a verdade, meu ex podia inclusive fazer fom-fom nos meus peitos. Era ridículo.

Oliver também fala bastante, o que eu adoro. Gosto de sexo barulhento, e apesar de não ser particularmente "faladeira", sou muito escandalosa e é legal ouvir algum tipo de retorno, em vez de ficar imaginando se ele brochou ou adormeceu. Mais tarde nós nos sentamos na cama e conseguimos ter uma conversa bastante madura sobre a sexlist e todas as coisas que eu queria experimentar, e ele não viu problemas em nada e chegou a ponderar sexo com outro casal.

— Isso não é o que eu estava imaginando. Você é muito safada. A encenação... com certeza quero experimentar um pouco de dominação. Nada esquisito demais, mas, como nunca fui submisso, pode ser interessante...

— Esse negócio não te perturba, né?

— Não, por que deveria? É apenas sexo.

— Não tenho a menor ideia se eu vou realmente ter coragem de fazer tudo isso. Ir para a cama com você foi estressante o suficiente! Vamos combinar que nada disso vai deixar nossa relação estranha, tá?

— Vai dar tudo certo, Phoebe. Pare de se preocupar. Não pense demais sobre isso. Ah, e eu não tenho nenhum problema em ver você com outra pessoa. Seria melhor se fosse uma garota. Só estou sugerindo...

— Você vai acabar me fazendo ser dona de uma masmorra bissexual no final disso tudo. Algo mais?

— Sim — ele disse, passando a mão pela minha coxa. — Quero você de novo.

Ele foi embora logo depois da segunda rodada, e foi quando me dei conta de que, para ele, tudo isso era só um acordo entre amigos. Ele me beijou no rosto, como sempre faz. Não houve um beijo prolongado de despedida, nada de segurar na mão, apenas um beijinho na bochecha e uma piada sobre eu precisar fazer a barba. A paixão tinha acabado e nós voltamos a ser amigos. Isso é uma coisa que eu vou precisar compreender, e admito que o comportamento dele me fez cair na real de uma vez só.

Domingo, 23 de janeiro

Oliver e eu fizemos sexo novamente hoje à noite. Passei de nunca fazer sexo a fazer SEXO SEMPRE de uma hora para outra. Sou demais. Mal posso esperar para começar de fato a minha sexlist.

Na primeira vez que transamos na minha cama, foi uma coisa educada e realmente carinhosa. Depois, me levantei e saí do quarto, nua, para pegar um pouco de água, e ele me seguiu até a cozinha, onde transamos em cima da bancada. Fiquei desconfortável por um segundo, quando me dei conta de que estava com a cara nos farelos de torrada, mas ele então começou a sussurrar obscenidades deliciosas no meu ouvido. Tentei retribuir o favor, mas falhei ridiculamente:

— Filho da puta.
— O quê?
— Hã, nada. Vá em frente.

Que momento idiota. Preciso de ajuda nessa parte. Talvez agora seja uma boa hora para enfrentar meu primeiro desafio: falar sacanagens.

Segunda-feira, 24 de janeiro

Hazel estava com Grace fazendo compras na cidade, então fui encontrá-las na hora do almoço para um lanchinho rápido, o que, para mim, significou meia torrada com queijo e uma taça grande de vinho.

— O que você vai fazer hoje à noite? — Hazel perguntou, dando a Grace uma casquinha para roer.

— Nada. Vou provavelmente acabar tomando banho e assistindo *EastEnders*.

— Bom. Então você pode malhar comigo, em vez de fazer isso.

Olhei para Hazel por um segundo e comecei a rir.

— Sai fora. Você sabe o quanto eu odeio ginástica, e fiquei menstruada hoje de manhã. Minhas cólicas dizem não.

— Mas nos divertíamos quando íamos.

— Não, você se divertia. Eu estava sempre à beira de ter um AVC.

— Mas eu ando carregando um monte de peso de bebê...

— Coloque-a no chão, então! Viu! INSTANTANEAMENTE quatro quilos e meio mais leve! Você se parece exatamente como sempre foi, e às vezes isso me dificulta gostar de você.

— Tudo bem, mas, se você mudar de ideia, vai ter aula de ioga às oito.

— Ioga? Você esqueceu o que aconteceu quando fiz essa aula de ioga ano passado?

Ela já estava rindo.

— Aquela coitada que peidou deve ter ficado muito envergonhada.

Estava quase histérica.

— E não foi apenas o peido, mas a duração dele. Foi como um solo de trombone.

— Acho que você foi a primeira pessoa a ser expulsa de uma aula de ioga por rir.

Eu tentei me recompor.

— É exatamente por isso que não vou voltar. Só a lembrança daquilo me faz mijar na calça. Eu não duraria dois minutos antes de eles me arrastarem à força para fora da academia.

Hazel vestiu o casaco em Grace e começou a arrumar as coisas dela.

— Tudo bem, eu vou, mas, por favor, fique ciente de que você é uma amiga horrorosa por me deixar fazer isso sozinha.

— Você terá o prazer da última risada quando estiver em forma e sarada, e eu tão gorda que vou precisar ser içada do meu apartamento para algum documentário do Canal 5. Merda, já é essa hora? Preciso correr.

Me despedi das duas com um beijo e, apesar dos saltos altos, corri de volta para o escritório como uma campeã. Quem precisa malhar?

Terça-feira, 25 de janeiro

Fazer confissões na cama sempre me traz à memória imagens de Doris Day em *Confidências à meia-noite*, usando uma camisola abotoada até o pescoço e torcendo para ser cortejada pelo protagonista gay. Como tantas coisas na vida, bancar esse tipo me passou pela cabeça, mas o medo paralisante de me transformar numa completa idiota me impediu. Na maioria das vezes, eu apenas gemo o mais alto que posso, para compensar, gritando alguns *assim, asssiiiim* para criar um efeito, mas, em geral, mantenho a boca fechada.

Acho que falar sacanagem exige certo grau de confiança sexual, coisa que no passado me faltou muito, já que nunca me achei especialmente sensual. Quando paro para analisar as minhas transas com Alex, me vejo dissecando tudo o que disse ou fiz e isso me acovarda. Não tenho cachos longos e esvoaçantes, nem um cabelo incrível para sacudir sobre os ombros ou para prender como se fosse uma musa da *Playboy*. Meu cabelo é grosso e liso e costuma cair no rosto, me deixando parecida com algum monstro de filme de terror japonês que ameaça sair da tela da TV. Cheguei até mesmo a testar minha "cara de sexo" na frente do espelho, mas me descobri mais parecida com alguém que acabou de ser requisitada para fazer uma operação matemática longa e complexa do que uma verdadeira candidata sexual. Merda. Combine isso à minha incapacidade de demonstrar os meus desejos com naturalidade e exigir de maneira convincente uma chicotada na bunda, e eu me sinto um tanto ridícula. Não ajuda em nada achar que falar sacanagens sempre me parece artificial, como um filme pornô de quinta categoria, iniciado por um solo de baixo sempre que um zíper é aberto. Quando tento imitar isso, me vejo disparando ofensas no calor da paixão, como se tivesse Tourette pornográfico. Preciso me sentir mais confortável com essa ideia. Conversei com Lucy na hora do almoço:

— O truque é não fazer com que soe forçado. Não tem por que gritar "AI, MEU DEUS, CONTINUA... ISSO, SEU SAFADO!" quando ele está beijando você com carinho ou tirando o cabelo de seu rosto. Você vai apenas deixá-lo sem jeito.

Olhei ao redor, consciente do quão alto ela disse isso e vi a equipe da cantina rindo.

— Você precisa se acostumar a dizer as palavras para outra pessoa. Você não pode achar que elas virão naturalmente, do nada, se não está acostumada. É como aprender uma língua estrangeira. Uma bem sensual. Como francês. Quer praticar comigo?

— Prefiro morrer.

— Que tal entrar numa sala de bate-papo? — disse Lucy. — Você devia entrar na internet e fazer sexo virtual com alguns caras. Isso seria um bom exercício.

Parece ser uma boa ideia, mas receio encontrar apenas um mundo que você paga qualquer coisa por um pênis, cheio de fracassados solitários e retardados sociais, todos à procura de outros fracassados solitários para se masturbar ou de maridos reclamando que suas esposas não os compreendem e que precisam de algum tipo de escapismo. As pessoas normais e felizes não ficam on-line. Ou ficam?

Quarta-feira, 26 de janeiro

Meu chefe, Frank, está obcecado pela nova peça de "arte" que ele orgulhosamente pendurou em seu escritório hoje de manhã. A impressão é de que alguém pintou o quadro como um desafio. Ele falou sobre o quanto é uma obra de arte importante e como foi cara; então, quando ele saiu para almoçar, Stuart entrou rapidamente em sua sala e virou o quadro de cabeça para baixo. Frank foi embora às cinco e meia sem ter notado. Gênio. Nós apostamos por quanto tempo o quadro vai ficar desse jeito. Também notei a bunda de Stuart pela primeira vez hoje. Como sou lenta! Mas acredite em mim, é quase perfeita. Infelizmente, ele me flagrou olhando para ele. Eu culpo os meus hormônios. Não só por isso.

À noite, comecei meu primeiro desafio, ao me inscrever num site chamado *Highland Flings*, apelidada com um nome falso, uma foto falsa e um peito imaginário, tamanho 36DD. Mal consigo acreditar que cheguei a esse ponto.

Estou tentando fazer escolhas inteligentes, mas isso é uma coisa complicada. A maioria dos perfis é de pessoas que obviamente não ganharam nenhum concurso de gramática na escola, e não suporto a ideia de ler frases em que todos os acentos mal colocados ficam piscando para mim, à espera de correção. As mensagens chegam numa rapidez incrível. Até agora, alguns tentaram a babaquice do tipo "Estou querendo conhecer você", enquanto outros foram direto ao ponto e começaram as conversas com "Qual é o tamanho de seu peito?" ou com a obrigatória "O que você está vestindo?".

"ESTOU VESTINDO ALGUMAS ROUPAS, BABACA! FAÇA UM ESFORÇO, PORRA!" É claro que eu não disse isso. Nem sei se posso.

Por sorte, uma ligação da minha mãe me distraiu e evitou que eu jogasse meu laptop pela janela.

— Oi, Phoebe, como você está?

— Bem, mãe. Como estão você e papai?

Meus pais me ligavam toda semana quando moravam em Glasgow. Quando meu pai vendeu sua rede de casas de chá estilo hippie e os dois se mudaram para o Canadá, as ligações se tornaram menos frequentes e foram substituídas por presentes aleatórios de péssima qualidade e cartões-postais das últimas viagens.

— Vamos fazer um safári, querida. Uma ótima oferta de última hora para o Quênia. Como vamos embarcar daqui a uma hora, achei melhor ligar, antes de ficarmos no meio do nada.

— Você pode usar seu celular no Quênia, mãe. Não é a Lua.

— Seu pai decidiu que não vamos levar os telefones. Ele também decidiu que não vamos beber gim, mas isso eu vetei imediatamente. Está tudo bem com você?

— Sim, está tudo ótimo... nada de novo por aqui... tudo velho. Divirta-se! Diga ao papai que mandei um oi, e não deixe que nada a machuque!

— Só se for o seu pai, querida. Ah, não faça esse grunhido, Phoebe. Seu pai e eu não fizemos você passeando de mãos dadas. Relaxe. Estamos indo. Cuide-se!

— Tchau, mãe. Nos falamos logo.

Não importa a minha idade, saber que meus pais fizeram sexo para eu nascer nunca vai ser menos constrangedor. Se eu não fosse filha única, até desconfiaria de que eles transaram mais de uma vez.

Quinta-feira, 27 de janeiro

Frank não estava no escritório hoje, então pude ocupar sua vaga no estacionamento. Oba! Nada de transporte público. Fiquei parada na rodovia por 45 minutos na volta para casa, mas valeu a pena, pois pude cantar bem alto a trilha sonora de *Rocky Horror Picture Show*, sem medo de ser ouvida. Tim Curry vestido de Frank-N-Furter me deixa excitada.

Fiz massa para o jantar e abri uma garrafa de vinho tinto antes de voltar para o meu desafio. Tentei ignorar meus primeiros pensamentos de "Que merda estou fazendo?" e reprimir o desejo avassalador de responder as mensagens com comentários sacanas ou sarcásticos e logo foquei na razão de estar ali. Sei que terei de experimentar isso com Oliver em algum momento, e preciso ser convincente e evitar aqueles sorrisinhos maliciosos. Até agora tem sido apenas um rápido flerte por e-mail/mensagem, mas estou me sentindo mais confiante e finalmente consegui não transformar qualquer coisa numa grande piada.

Contei a Oliver sobre o meu processo de treinamento e ele achou hilário.

— Você não consegue fazer isso! Você é boazinha demais!

— Não sou não. Eu consigo ser sacana, PORRA!

— Phoebe, você me chamou de filho da puta quando estávamos transando e depois me mandou uma mensagem no caminho de casa para me garantir que você não tinha tido realmente a intenção de me chamar assim. Você é o tipo de garota que consegue dizer que quer chupar o meu pau, mas não como realmente gostaria de fazer isso.

Ele está certo. Odeio quando ele tem razão.

Sexta-feira, 28 de janeiro

O trabalho hoje foi um fracasso total. Não quero estar aqui de jeito nenhum, ainda mais agora, envolvida neste meu projeto. Em vários momentos, quase gritei: "FODAM-SE AS SUAS METAS, FRANK — ME DIGA SE ESTOU USANDO ADJETIVOS DEMAIS ENQUANTO FINJO QUE CHUPO SEU PAU."

Depois do trabalho, fui encontrar Pam Potter para a nossa próxima sessão. Ela sempre parece feliz por me ver e abre um enorme sorriso, como o do gato de Cheshire. Continuo esperando que ela acabe logo com a conversa fiada. Por alguma razão, não me parece correto chamá-la apenas de "Pam". Parece normal demais, o que ela não é. Cada caneca em seu escritório tem o formato de um animal, o que não surpreende, já que seu café orgânico cheira a estrume. Eu estava precisando de uma sessão por causa do meu estado emocional depois de ter encontrado Alex na semana passada.

— Você acha que ver Alex a deixou chateada ou foi o fato de que ele estava com a nova namorada?

— As duas coisas. Foi como uma grande bofetada na cara e eu me senti muito vulnerável. Foi uma lembrança de tudo o que venho tentando esquecer.

— Você precisa lembrar que a parte de sua vida com Alex acabou, Phoebe, mas aceite que você será relembrada disso de vez em quando, e tudo bem. É difícil seguir em frente até você fazer as pazes com o seu passado. Você está usando seu tempo livre de maneira produtiva?

Eu poderia ter contado a ela sobre a minha sexlist, mas não estava preparada para essa conversa. Talvez, ironicamente, a única pessoa que estava sendo paga para ouvir os meus segredos mais profundos fosse a única para quem eu não estava disposta a contar.

— Sim, acho que sim. Quer dizer, passo bastante tempo com amigos. Não fico sozinha em casa, pensando no Alex. Bem, não tanto quanto eu costumava ficar. Não tenho nenhum hobby de verdade. É disso que você está falando? Droga, eu deveria ter um hobby?!

Ela sorriu.

— Relaxe. Olhe para este período da sua vida como o início de um novo capítulo. Você não pode reescrever o que já foi escrito, mas pode determinar para onde a história vai a partir daqui, e pode escolher quais personagens manter ou dispensar. Metaforicamente falando, é claro.

Saí de seu consultório me sentindo um pouco como um personagem de livro daquela série "Escolha a sua Aventura": *"Para se permitir esquecer Alex e começar a se curar, vá para a página 9. Para atropelar Alex com um tanque, vá para a página 12. Para encontrar uma nova terapeuta que também atue como assassina, vá para a página 87."*

Mais tarde, encontrei no bate-papo o primeiro amigo que fiz on-line. Bradley é escritor, tem 26 anos, cabelo comprido, é magro e atraente de um modo estranho e excêntrico, à la Russell Brand. Ele me abordou com um inusitado: *Vamos conversar sobre filosofia e Leonard Cohen com trufas e champanhe imaginário?* Mas bem rapidinho seu desejo de parecer interessante e intelectualizado foi substituído por um desejo ainda maior de conversar sobre sua fantasia de me ver fazendo sexo com outra mulher. A testosterona sempre irá superar o intelecto quando o assunto é sexo. Tudo o que eu precisava fazer com esse cara era descrever como minha falsa atividade lésbica estava me deixando excitada:

— Estou ficando com muito tesão de pensar nisso... (Não estava.)

Depois:

— Eu lamberia os mamilos bem devagar, enquanto você observa... (Jura? Lamberia? LAMBERIA?)

Eu não podia contar a ele que estava apenas fantasiando e não sentia nenhum tipo de excitação com nada disso, e percebi que não devia estar soando nada convincente enquanto narrava minhas brincadeiras com todos os tipos de brinquedos sexuais, em todos os tipos de posições, e descrevia a dança flamenca durante o orgasmo. Com o que eu estava digitando? Meus pés? Meu segundo sexo virtual foi com Bill, que me fez assisti-lo se masturbar pela webcam enquanto eu digitava em detalhes o que faria com ele. Ele era um cara bonito — cabelo castanho bagunçado, um rosto legal, embora fosse outro homem magro como um varapau —, mas, pelo que pude perceber, tinha um pau incrivelmente pequeno. Ele ficou de pé algumas vezes em frente à câmera para me mostrar orgulhosamente sua ereção, e fui obrigada a observar a imagem na tela. O pau desaparecia quando ele o segurava com a mão, e como ele tinha mãos bonitas, de menina, eu sequer pude explicar o sumiço dizendo que ele tinha mãos grandes, de urso. Quer dizer, prefiro um pau mediano a um monstro de 20 centímetros me machucando, mas esse era o menor pau que eu já tinha visto. Ainda bem que eu não estava diante da câmera, porque eu teria ficado constrangida, feito alguma piada inadequada e depois deixado escapar um pedido de desculpas enquanto ele se desconectava.

Sábado, 29 de janeiro

Oliver apareceu hoje à tarde e me trouxe almoço: uma pizza comida pela metade e uma garrafa de Irn-Bru.

— Nossa, isso é muito fofo — respondi, abrindo a caixa. — Humm, o que tem nessa pizza? Parece estranha.

— Não sei, encontrei numa lixeira.

— Ah, vai se foder! Agora não sei se você está brincando ou não.

— É claro que estou. É de presunto, milho e pimenta doce. É gostosa, e você vai ter que comer um pouco para anular o efeito do meu bafo de pimenta.

Comi o restante, cuidadosamente estudando seu rosto para o caso de ele revelar que tinha realmente encontrado a pizza numa lixeira. Eu não confio em homens.

Nós nos sentamos no sofá e coloquei *Arrested Development* para assistir. Planejei uma tarde à toa e pensei em mandar Oliver comprar mais pizza depois, mas ele tinha outros planos. Na metade dos créditos de abertura, ele se levantou e começou a desabotoar sua camisa preta. Ele tem completa noção do quanto é bonito nu e acho que sabe que eu curto vê-lo se despir. Ele não tirou os olhos de mim enquanto tirava a roupa.

— Excitada? — perguntou.

— Agora estou.

— Como está indo aquela história de falar sacanagens? — ele continuou, me puxando para perto e me fazendo sentir seu pau duro.

— Humm, bom. Eu acho. É interessante, você sabe... Estou me sentindo mais segura — blefei enquanto ele puxava meu cabelo para trás e sussurrava no meu ouvido: "Vá em frente. Diga o que você vai fazer comigo."

Minha segurança desapareceu e comecei a ficar envergonhada.

— Vou chupar o seu pau — falei rápido.

— Tudo bem... Me diga mais sobre isso...

Ele estava beijando o meu pescoço agora.

— Há, eu vou lamber e depois chupar você.

Eu podia sentir que ele estava começando a rir.

— Me chupar? Lamber o PAU? Verdade? Você já fez isso antes?

Comecei a rir também.

— Ai, meu Deus, eu cortei o seu tesão, não cortei? Você me distraiu com o beijo na nuca!

Oliver tirou a calça.

— Isso te dá a impressão de que perdi o tesão? — ele perguntou, piscando. — Não se preocupe. Algumas pessoas simplesmente não conseguem falar sacanagens. Talvez isso deva ser algo para eu fazer, e você ficar ouvindo.

— Você só diz essas merdas para me animar, né?

— Normalmente, sim, mas não neste caso. Eu realmente não acho que você consiga fazer isso.

Decidi provar que ele estava errado. Depois de fazermos sexo, ele tomou banho, enquanto eu preparava uma xícara de chá para nós. Sentamos no sofá e eu o observei cheirar um sanduíche que havia encontrado no fundo da geladeira.

— Ou você está morrendo de fome ou está com pressa. Qual das duas opções? — perguntei enquanto ele empurrava as cascas do pão para o canto do prato como uma criança de 4 anos.

— As duas. Eu disse que encontraria Dave para um chope, apesar de preferir ir para a cama com você de novo.

— Difícil — falei enquanto dava um gole no chá. — Tenho coisas para fazer. Mais tarde te mando uma mensagem.

Empurrei-o porta afora e preparei um gim-tônica para me acalmar para o que estava prestes a fazer. Eu tinha decidido tomar medidas drásticas. Era hora de sexo por telefone. Na verdade, todo o conceito de sexo por telefone é hilário. Primeiro você liga e deixa uma mensagem para os atendentes masculinos: "Oi, eu me chamo [inserir um nome falso aqui] e estou me sentindo sozinha esta noite." *desligue e coloque a cabeça entre as mãos*

Se algum cara se interessar, ele enviará uma mensagem de resposta. Em geral, junto com as frases de: "Oi, eu me chamo [inserir nome masculino falso aqui] e sou um cara realmente 'verdadeiro' e com tesão, em busca de uma dama excitada." *desligue e ponha a mão dentro da calça*

Se tudo correr bem, você pode se conectar e bater papo sobre o tempo, futebol, a crise no Oriente Médio ou engatar um sexo por telefone sem pudores no conforto de seu próprio sofá/carro/barraca.

Precisei de dezessete tentativas e um bocado de vinho antes de finalmente reunir coragem para conversar com alguém. *Dezessete*. No fim, eu me conectei por acaso com um cara de Londres, que contou ter acabado de voltar da academia (por volta de 1:30 da madrugada, faça-me o favor), acalorado, suado e em busca de um bate-papo pornográfico. Isso foi exatamente o que ele teve. Eu estava tão determinada a provar que Oliver estava errado que me transformei num monstro sensual, devassa e suspirante. Descrevi com desenvoltura o que faria com ele, e ele se masturbou ao telefone por, no mínimo, uns dez minutos. Quando ele gozou, eu comemorei, como se tivesse acabado de passar para a próxima fase do *X Factor*, e depois desliguei. Estou feliz de ser a rainha da pornografia de Glasgow, mas estou precisando dar um tempo nisso agora. As pessoas são estranhas.

Domingo, 30 de janeiro

Nesta manhã, tudo o que eu queria fazer era ficar na cama e ler os jornais, mas em vez disso topei me encontrar com Hazel no almoço porque sou uma amiga incrível, e também porque ela estava pagando.

Ela dirigiu até um pequeno pub fora da cidade que servia bules de chá gigantescos e os ovos Benedict mais deliciosos que provei na vida. Para ser sincera, fiquei triste quando o prato acabou.

— Obrigada por vir hoje. Eu tinha que sair um pouco de casa. Não me entenda mal, Kevin é maravilhoso com Grace e, quando está sozinho com ela, ele é profissional. Mas quando estou em casa, é como se ele não soubesse pensar por conta própria. Ela chora, e ele a passa para mim. Estou no banho, e ele aparece dois segundos depois para ela ver a mamãe. Então Gracie me vê e quer um aconchego e eu tenho que sair, pingando por todo lado, e eu QUERO APENAS TOMAR A PORRA DE UM BANHO SOZINHA. AS PESSOAS PRECISAM LAVAR O CABELO!

— Você falou com ele sobre isso? — perguntei, servindo mais chá e tentando não rir de seu desabafo.

— Não. Não quero que ele pense que sou uma filha da puta ou que acho que ele não faz a parte dele, ou, Deus me perdoe, que não quero ficar com a minha filha. Amo a minha filha. Simplesmente preciso de dez minutos para lavar meu cabelo sem uma plateia.

— Então, diga isso a ele. Você é a pessoa mais diplomática que eu conheço. Você vai encontrar as palavras certas. Ou isso ou tranque a porta do banheiro quando entrar.

Ela me olhou como se eu tivesse acabado de achar a cura do câncer.

— Isso! Trancar a porta a chave! Por que não pensei nisso?

Oliver veio direto do trabalho hoje à noite e me presenteou com um buquê de flores. Antes que eu pudesse dizer "Agradeço a lembrança, mas nós não estamos namorando; portanto, qual é a sua?", ele riu da minha cara e disse:

— Não se preocupe. Isso não é um gesto romântico. Minha chefe foi uma vadia hoje, então roubei essas flores da mesa dela na hora de vir embora. É mais um "não enche o meu saco" para ela do que qualquer outra coisa.

Ele se jogou no sofá.

— Sabe, eu estava pensando sobre essa história de falar sacanagens. Não importa que você não consiga fazer isso. A maioria das mulheres não consegue mesmo; então, não se sinta mal por causa disso. Tenho certeza de que você vai ter sucesso nos outros desafios.

Comecei a rir.

— Tire a calça — mandei.

Tirei a saia e a meia-calça em seguida, chutei os tênis para o lado e deslizei sobre ele. Pau duro.

Sussurrei em seu ouvido:

— Eu vou foder com você bem devagarzinho e tomar cada centímetro do seu corpo até você me implorar para te deixar gozar. Dá para sentir o quanto já estou molhada?

Ele levantou uma sobrancelha (cara, eu amo quando ele faz isso) e disse:

— Caralho, Phoebe! Continue falando desse jeito e eu te pego de jeito para mim.

Assim eu fiz.

Segunda-feira, 31 de janeiro

Eu tinha dentista às três da tarde, então saí do trabalho mais cedo só para sentir uma agulha gigantesca ser enfiada na gengiva e ter meus dentes furados por um homem de narinas estranhamente dilatadas. Preferia ter ficado no trabalho.

21:40. Minha boca agora está bastante inchada, me arrastei para a cama e tomei analgésico suficiente para derrubar um cavalo.

22:30. Verifiquei três vezes se a porta da frente estava trancada. Ou desenvolvi um transtorno obsessivo-compulsivo ou os analgésicos são bem mais fortes e provocam perda de memória recente.

23 horas. Ainda estou acordada, mas mentalmente exausta. Tem sido um mês agitado. Fui bem-sucedida ao encontrar um novo amigo colorido e participei de bate-papos descaradamente depravados com estranhos. Alex ainda não entrou em combustão espontânea, o que talvez seja a única desvantagem, mas o lado positivo é que agora estou bem mais confortável sendo obscena e Oliver adora que esta garota educada e profissional, cheia de boas maneiras, possa abrir a boca e fazer marinheiros saírem correndo e gritando de um pub. Consigo dizer alegremente a Oliver exatamente o que pretendo fazer com ele, mesmo quando estou com a boca ocupada. Eu tenho habilidades agora. O desafio de falar sacanagens foi penoso em alguns momentos, mas estou bem feliz com o resultado, e eu diria que minha sexlist começou bem.

FEVEREIRO

Terça-feira, 1º de fevereiro

Oliver tem vindo à minha casa cada vez com mais frequência e hoje à noite ele apareceu sem avisar depois do treino de futebol, todo molhado de suor. Sem dizer uma palavra, ele entrou na minha cozinha, tomou meio litro de água num gole só, foi para o chuveiro e me arrastou junto.

Sexo no boxe do chuveiro é ótimo — espaço apertado com apenas a parede para nos apoiar. Sexo num chuveiro instalado dentro de uma banheira, no entanto, é algo completamente diferente.

— Vou comprar outra cortina para o boxe amanhã, Phoebe. Essa já estava com mofo mesmo.

Foi também a primeira vez que Oliver me viu de perto sem maquiagem e descabelada, e notei seus olhares atentos enquanto eu me secava. Se isso não o afastar, ficarei surpresa. Minha mãe uma vez disse algo que guardei para sempre:

— Me lembro de seu pai dizendo que, na primeira vez que ele me viu sem maquiagem, pensou que tinha acordado ao lado de um homem.

Nossa, eu carrego mais do que uma simples semelhança com a minha mãe. Fico me perguntando se eles oferecem serviço de retoque em hospitais públicos.

Quarta-feira, 2 de fevereiro

Na reunião matinal, Frank anunciou que Marion dera à luz um menino, chamado Harry, que pesava cerca de 4,3 quilos e mãe e filho passavam bem.

— Não acho que ela vá voltar — comentou Kelly. — Ela é uma pessoa legal, mas odiava isso aqui e nunca trabalhou de verdade.

— Obrigado por sua opinião, Kelly — Frank falou, zangado. — Agora, podemos, por favor, garantir que Lucy receba todas as planilhas de chamadas no final do dia? Ela já tem bastante o que fazer, em vez de ficar correndo atrás de vocês em busca de papelada.

— Eu dificilmente diria que Lucy é sobrecarregada... — recomeçou Kelly, antes de Frank mandá-la calar a boca e, em seguida, nos mandar de volta ao trabalho.

— Você nunca se cansa de criticar as pessoas, Kelly? — perguntei enquanto ela se sentava. — Marion acabou de dar à luz e você está falando mal dela. Isso não é legal.

— Só estou falando a verdade — ela disse dando de ombros. — Se alguém se incomoda com isso, azar. Estou aqui para fazer meu trabalho, não para fazer amigos.

— Então fique quieta e faça o seu trabalho, Kelly! — Frank gritou de sua sala, do outro lado. — Você está me deixando com dor de cabeça.

Kelly pode ser uma cretina, mas tem razão em relação à Marion. De jeito nenhum ela escolheria voltar para esse hospício.

Com um pouco de tempo livre hoje à noite, comecei a pensar no próximo desafio, que não exige a ajuda de Oliver ou de ninguém: masturbação.

A masturbação é um daqueles temas que sempre me entusiasmaram, e nunca fui o tipo de mulher "Quem? Eu? Nunca. Eu não preciso. Faça-me o favor..." que você sabe que está ou mentindo ou desesperada de frustração sexual. Acho que isso é explicado por eu ter sido criada por pais que tratavam sexo de forma muito aberta. Para mim, masturbação é uma realidade, mas para algumas mulheres pode ser como fazer cocô. Todo mundo sabe que a gente faz, mas fingimos que não. Como se a mística feminina que nos esforçamos tanto para conquistar desaparecesse de uma hora para outra se o segredo um dia vier à tona.

Usamos palavrões relacionados à genitália para insultar as pessoas, como cara de cu e bundão. E chamamos de punheteiro quem é preguiçoso. Também ensinamos as crianças a não se tocar e não brincar com seus órgãos genitais, geralmente acrescentando um olhar severo, que avisa: "Se você fizer isso, ninguém vai gostar de você" — o que gera uma enorme dose de vergonha e desencadeia o temor de ser pego com as mãos em qualquer lugar perto da bunda. Mas eu nunca embarquei em nenhuma dessas bobagens.

Então, é hora de pensar em alguma coisa nova para masturbação. Novos brinquedinhos eróticos, talvez?

Quinta-feira, 3 de fevereiro

Tenho tido sonhos cada vez mais estranhos desde que retomei minha vida sexual, inclusive o de ontem à noite, que envolveu um boneco de madeira articulado. Ele era holandês (como a maioria dos bonecos de madeira, obviamente) e nós transamos. Assustador, mas estranhamente excitante. Eu teria pesquisado o significado no meu livro dos sonhos, mas é desnecessário, porque o livro interpreta qualquer coisa como morte, mesmo gatinhos sorridentes.

Decidi comprar uns brinquedinhos sexuais neste fim de semana. Na realidade, vou comprar um boneco de madeira. Vou ver se Lucy e Hazel querem ir junto, embora eu já saiba a resposta.

Sábado, 5 de fevereiro

Hoje encontrei as meninas para almoçar no meu restaurante japonês preferido, o Ichiban, na Queen Street. Lucy se atrasou como sempre. Hazel me encontrou lá dentro e pedimos cervejas enquanto olhávamos o cardápio.

— Onde Grace está hoje? — perguntei.

— Kevin está com ela na Hamleys, e tenho a tarde inteira livre. Ainda vamos à Ann Summers?

— Claro, vamos à loja de brinquedos para adultos. Bem mais divertido.

Lucy chegou quando a garçonete trazia nossas bebidas. Ela pediu um saquê e se sentou ao meu lado no banco de madeira comprido.

— Nossa, estou faminta. Fodam-se os palitinhos. Vou comer como um homem de dez mãos. HAZEL! Você colocou Botox?

— Não! — Hazel disse, franzindo a testa.

Mas seu rosto não se movimentou. Nós a olhamos em choque.

— Está bem, eu coloquei. Decisão por impulso. Dói como o inferno. Nunca mais.

— Você vai acabar como aquela mulher que fez tantas cirurgias plásticas que ficou parecendo um leão — respondi, rindo.

— Não vou não! — ela riu, colocando de lado os palitinhos. — Vou fazer 40 anos ano que vem. Considere isso como parte da minha crise de meia-idade. Agora vamos comer. Estou envelhecendo rápido enquanto conversamos.

Depois do almoço, andamos até a Sauchiehall Street para um passeio bem caro pela Ann Summers. Compro a maior parte dos meus brinquedos sexuais pela internet, em vez de nas lojas da Senhorita Summers, porque costuma ser mais barato.

Mas, como tenho me sentido um hormônio ambulante, não poderia esperar uma semana pela entrega e ainda cumprimentar o carteiro, cheia de vergonha, torcendo para que não houvesse nenhuma referência à minha compra no pacote. Por sorte, os GrandespausdementiraparaPhoebe.com costumam ser muito discretos.

Os homens da minha vida reagiram de forma bem diferente aos meus brinquedos sexuais, mas grande parte ficou intimidada. É complicado explicar a eles que os brinquedos são para ser usados inclusive durante a transa, não em vez de. Sexo, para mim, é definitivamente uma coisa de toque, de pele na pele, e será sempre mais excitante do que uma esquisitice fálica de plástico tremendo incontrolavelmente, apesar de os orgasmos proporcionados pelos brinquedos sexuais serem magníficos, e é DIVERTIDO, PORRA!

A última vez que saí para comprar brinquedinhos com um cara, acabei falando sozinha enquanto ele olhava para o chão, constrangido, e arrastava os pés como uma criança, dizendo de vez em quando "Para mim, tanto faz".

Hazel é bastante conservadora quando se trata de brinquedos sexuais — ela gosta da ação vibratória, sem nada enfiado ou muito "lá dentro". Como comentou comigo antes, ela tem tido problemas com sua vida sexual desde que deu à luz.

— Tenho medo de que lá embaixo ainda esteja parecendo um filme de terror. Não quero que Kevin olhe para a minha vagina caso exista um jaguadarte à espreita, então estou indo aos poucos.

Lucy e eu somos bem parecidas, embora ela prefira os modelos exagerados. Eu me satisfaço com um vibrador simples, mas ela prefere o modelo com dupla penetração, cheio de funcionalidades, estimulador de ponto G e tudo o mais que dê a impressão de que vai fazer seus olhos revirarem e reduzi-la a um estado balbuciante. Ela é sempre a primeira da fila para experimentar novos brinquedos.

— Fico curiosa para saber se eles vendem "máquinas de foder". Sabe, como uma Sybian? Eu quero uma dessas. Não me importa o preço. Pago por uma pelo resto da vida.

Os vendedores desse tipo de loja são inteligentes. Eles são solícitos e ficam ali pensando: Oba, você acabou de comprar vaselina suficiente para lubrificar um caminhão, sua PERVERTIDA!, mas nunca levantam sequer a sobrancelha com piercing ou parecem se importar que você tenha colocado bolinhas anais no valor de 150 libras em sua cesta de compras. Portanto, seguindo o conselho de Lucy, me tornei a orgulhosa proprietária de uma coisa que se parece com um aparelho medieval de tortura misturado com vibrador para o ponto G. Após uma mensagem para Oliver, ele agora é dono de um anel peniano com um golfinho. Decidi chamar o brinquedinho de Flipper só para implicar.

Segunda-feira, 7 de fevereiro

Nunca usei os brinquedos da melhor forma com um parceiro, então a noite de hoje foi excitante. O anel peniano durou apenas dez minutos, até Oliver decidir que a pecinha desviava demais a atenção e arrancá-la fora. Mas ele ficou mais do que feliz em experimentar os brinquedos em mim, enquanto eu ficava deitada de bruços, sussurando instruções com a cara enfiada no travesseiro. Ele não hesitou diante da ideia de usar os brinquedos comigo, mas, quando se aproximou do buraco do meu cu, recuei. Literalmente.

— O que foi? — ele perguntou. — Achei que anal estava na sua sexlist.

— Está, mas vou precisar de uma preparação para chegar lá — disse, olhando por sobre meu ombro, agora bem consciente da minha bunda à mostra.

— Ah, tá certo. — Ele deu de ombros. — Podemos tentar outra hora, então. Você vai gostar. Não é nada demais.

— Não é grande coisa? Ah, é mesmo? Vou tentar enfiar o Flipper no seu reto e ver o quão relaxado você fica.

— Para de chamá-lo de Flipper. Você sabia que tem uma espinha enorme na bunda?

— Não é uma espinha, é um sinal. Está ali há anos.

— É estranho, e bem grande. Acho que tem um pelo crescendo nele.

— O QUÊ? OK, você está a um comentário de distância de nunca mais ter permissão de tocar na minha bunda de novo.

— Parece que estou olhando para a cara redonda e deformada de uma bruxa. Tudo bem, vou parar.

Terça-feira, 8 de fevereiro

Por enquanto, estou tentando tirar da cabeça a conversa sobre anal. Sinto curiosidade, mas essa pequena preciosidade certamente precisa de preparação total em todos os aspectos. Dessa vez, não existe uma razão existencial para eu hesitar em fazer isso, é simplesmente por causa do cocô. Por Deus, Oliver colocou o dedo mindinho lá dentro ontem à noite e eu quase tive um ataque do coração. Como vai ser quando ele enfiar o pau?

Eu estava com pressa hoje de manhã e não tive tempo de comprar cigarros no caminho do trabalho. Mendiguei um com Stuart em nosso intervalo de café e, enquanto conversávamos, só consegui pensar em como ele seria na cama. Me perguntei se ele era peludo. Se me subjugaria ou seria delicado o tempo todo.

Ou seja, não escutei uma palavra do que ele disse. Enquanto almoçava, pensei em como Stuart é atraente, e, de repente, ele estava deliciosamente em cima de mim. E estava nu. Foi um passatempo divertido, e receio que esse homem e sua bunda firme tenham me ganhado.

Marquei uma consulta médica amanhã para ver o sinal na minha bunda. Agora estou obcecada, e não paro de tentar vê-lo no espelho, como um gato correndo atrás do seu rabo.

Quarta-feira, 9 de fevereiro

Saí do trabalho mais cedo para ir à consulta e, depois de muito apalpar e cutucar, o médico decidiu remover o sinal; então, voltarei na sexta-feira. Finalmente a coisa avermelhada e indefinida na minha bunda vai sumir. Ele não acha que seja qualquer coisa maligna ou mesmo interessante, o que é bom.

Hazel se ofereceu para ir comigo, mas eu teria que me sentar e ficar olhando para ela enquanto ela se contorce e fica verde à simples visão do bisturi, e, para ser franca, posso passar sem isso.

Quinta-feira, 10 de fevereiro

Lucy está com um novo cara, um "músico" de 21 anos chamado Sam, que leva a vida trabalhando como repositor no supermercado local. Lucy tem a capacidade de atrair e conquistar homens mesmo realizando tarefas mundanas, como fazer compras. Parece que o carinha interrompeu o que estava fazendo para encontrar para ela uma lata de abacaxi sem amassados e foi amor à primeira vista. Digo mesmo amor. Lucy se apaixona e se desapaixona com muita rapidez. Seu último namorado durou três meses, até ela decidir numa manhã que ele se parecia com um lagarto e já era. O cara antes desse — Robert, eu acho — foi trocado quando ela descobriu que ele tinha um CD do Michael Bolton. "Pode imaginar quais outros pequenos segredos sórdidos ele estava escondendo de mim?"

Lucy adora estar apaixonada, ou a ideia de estar apaixonada. Ela está sempre num relacionamento ou com um parceiro de transa até que surja alguém melhor. Para uma mulher independente, sua necessidade de estar acompanhada é bastante surpreendente. Ela é um pouco como Oliver nesse aspecto — nenhum dos dois quer ficar sozinho, mas ambos não querem se comprometer com nada em longo prazo. Sei que Oliver preferiria esmagar seu próprio saco a se casar. Ela também insiste em sair com homens mais jovens: "Adoro ser como a Mrs. Robinson. Mas eu não treparia com Dustin Hoffman."

O trabalho se arrastou como sempre. Frank ainda não percebeu que o quadro está de cabeça para baixo, porque ele é um cretino egocêntrico. Tenho pena da mulher que ficar com ele. Falando nisso, parece que o amor está no ar — deu para ouvir Stuart sussurrando em seu celular com alguma mulher misteriosa, mais cedo, durante o intervalo para fumar. PARE COM ISSO, SEU BONITÃO SUSSURRADOR.

Sexta-feira, 11 de fevereiro

Ai. Isso doeu. O sinal foi retirado pelo dr. Jekyll e sua adorável enfermeira, Mary "Mãos de Tesoura" Reilly. Eles se precipitaram e começaram a cortar antes que a anestesia fizesse efeito.

— AAAAIII!
— Você não pode sentir isso, pode?

— Como assim? Era para eu não sentir?

(Ignora a minha pergunta.)

— Vamos usar mais anestésico local, então.

Ele examina a cicatriz.

— Você se lembra de se sentar em alguma coisa afiada? Como vidro?

— Não.

— Tem certeza?

Pensei em cada tombo que levei quando estava bêbada.

— Não.

Aparentemente, o sinal era mais profundo do que ele tinha achado inicialmente, e levei quatro pontos. O treco feioso avermelhado foi retirado, me deixou uma cicatriz avermelhada feiosa. Não sei o que é pior, mas o meu sonho de ter um bumbum sem marcas foi destruído para sempre.

Oliver veio me visitar à noite e me senti uma aberração de circo.

— Ah, coitadinha! Isso dói?

— Dói.

— Será que dói se eu te curvar sobre o sofá?

— Acho que sim.

— Posso ver?

— Cai fora, Oliver, deve estar nojento, úmido e cheio de sangue.

Nem mesmo a visão de um curativo com sangue e pontos diminui o entusiasmo sexual desse cara.

Sábado, 12 de fevereiro

Fui ao apartamento de Oliver hoje à noite e, mesmo tendo estado lá muitas vezes, nunca deixo de me impressionar com o lugar, o que não é nenhuma surpresa, considerando que eu moro num barraco. É bem grande, com uma lareira de mármore, pé-direito alto e uma vista direta para as janelas de outras pessoas, o que já nos proporcionou várias horas de diversão. O quarto dele também é maior do que o meu apartamento inteiro. Ele ganha fortunas trabalhando com TI, dinheiro que gasta numa velocidade assustadora.

— Phoebe, nós podemos dormir com outras pessoas? — ele perguntou enquanto eu me vestia para ir para casa.

— Eu não estou dormindo com ninguém — respondi —, mas só estou com você porque não consegui achar outra pessoa, lembra? Nós não estamos namorando, e não há nenhuma razão para não sair com outras pessoas, não é mesmo?

— É o que eu achava, mas queria checar. Estou a fim de uma garota e quero transar com ela.

— Ah, sempre um romântico incorrigível. Não deixe que eu o impeça. Você pode transar com quem quiser, mas se você me passar alguma doença bizarra, eu te mato.

Mas, por um segundo, me senti ofendida por ele querer transar com outra pessoa. Eu não era suficiente para ele? Não sou ciumenta, mas nós colocamos nosso acordo em prática há poucas semanas, e ele já está pensando em seguir em frente. Droga, é isso o que sempre faço: suponho que é porque não sou boa suficiente. Então, resolvi focar em como conquistar Stuart, se eu tiver a oportunidade, e em como isso não afetaria Oliver em nada ou no fato de ele ser bom de cama, e tudo fez sentido. Então, por que continuo chateada?

Domingo, 13 de fevereiro

Bem, meus sonhos com pretendentes sexuais inusitados voltaram. Noite passada, tive o sonho mais depravado possível com

Stephen Fry. Suas mãos eram grandes como pás e ele sussurrava a sacanagem mais eloquente que já ouvi na vida.

— Ah, eu fiquei com ele! — disse Lucy no almoço. — Na minha imaginação, é claro. O meu sonho mais recente foi com Gordon Ramsay. Acordei quase gritando: "SIM, CHEF!" Mas o mais intenso foi com Noel Fielding, que me comeu num elevador. Ainda sinto calafrios quando penso nisso.

Eu gostaria que ela calasse a boca.

Segunda-feira, 14 de fevereiro

A melhor coisa de fevereiro é que a neve finalmente começa a derreter, e a pior coisa é o maldito Dia dos Namorados. De todos os dias comemorativos, esse é o que mais odeio. É a maior trapaça desde o bronzeamento artificial e ainda assim as pessoas insistem em comemorar. Todos os anos que passei solteira, sabia que não receberia um buquê de flores exagerado e ridiculamente caro, ou corações de chocolate, ou mesmo um cartão. Mas todo ano ainda tem um pedaço meu que idiotamente espera que alguém lá fora esteja loucamente apaixonado por mim e enfim tome algum tipo de atitude. Isso nunca acontece. Eu nunca vivi exatamente uma história de amor, não a história de amor que Hollywood vomita em todo mundo, nos fazendo sentir seres humanos inferiores porque sabemos que ninguém vai correr descalço feito louco até o aeroporto para nos impedir de aceitar um emprego em Nova York. O gesto de carinho mais significativo de Alex foi dar uma escapada até Roma no meu aniversário de 30 anos. Eu digo "dar uma escapada", mas foi mais um "pulinho". Ele pagou 40 libras por voos promocionais e eu fui atrás de hotel. Foi quando ele disse que me amava pela primeira vez. Em nosso primeiro Dia dos Namorados juntos, comprei um cartão e um CD para ele, e ele não me deu nada. Desde então, não comemorar esse dia virou uma regra que sequer precisou ser conversada. Mas apesar de eu não levar muita fé nessa coisa de Dia dos Namorados, parte de mim realmente gostaria que ele tivesse dado alguma demonstração boba só por me amar.

Quase todas as garotas do escritório receberam flores. Até Lucy recebeu um buquê de seu músico, o que a emocionou a ponto de dar altas gargalhadas com a garota da entrega. Eu apenas sorri e tentei não me importar com os olhares de pena na minha direção, vindos do escritório transformado em jardim botânico.

Então, este ano não foi exceção e sei que amanhã eu vou me lembrar de por que jurei nunca mais me envolver com alguém, mas hoje estou sentindo muita falta de algo que nunca tive: alguém que se importe comigo, merda.

Terça-feira, 15 de fevereiro

Dia dos Namorados idiota. Andei pensando em algumas coisas a caminho do trabalho hoje de manhã e cheguei a uma conclusão bastante óbvia. Nos relacionamentos anteriores, não tive um pingo de autoestima, me colocando disponível o tempo todo e sempre apavorada de estragar tudo. É claro que ninguém nunca lutou por mim. Não dei a eles nenhuma razão para isso. Estou exalando autoconsciência de uma maneira positiva neste momento e me sinto grata por não precisar me preocupar mais com essas merdas.

O escritório ainda está lotado de buquês de rosas, mas voltou a ser o ambiente de trabalho de sempre. Stuart ainda está mantendo a namorada em segredo, e eu o peguei caminhando com um andar estranho em direção ao banheiro, após uma longa conversa com ela na hora do almoço. Deve ter sido excitante. Vou colocar o telefone dele no lixo quando ele não estiver olhando.

Quarta-feira, 16 de fevereiro

Merda, Alex está fumando do lado de fora do prédio onde trabalha na mesma hora que eu. Será que ele está fazendo de propósito? Esse homem passou a maior parte do nosso relacionamento reclamando comigo para que eu parasse de fumar depois de ele ter parado, e agora está fumando de novo. Ah, talvez ele tenha finalmente entendido que está transando com alguém que devia estar num museu e o estresse esteja sendo alto demais. No entanto, ele parece bem. Muito bem.

O problema, não importa o quanto eu o odeie (e eu o odeio), é que ainda sinto um nó no estômago e tenho um pouco de saudade dele toda vez que o vejo. Ainda me recordo do quanto o adorava. Em seguida, lembro de como me senti quando ele me traiu, e tudo desaparece rapidinho. Sei que o amei, mas não consigo lembrar bem os motivos... Então, por que continuo gostando dele?

Ele pode me ver da janela de seu escritório diretamente do outro lado da rua. Susan converteu um antigo escritório numa clínica de fisioterapia, que logo atraiu uma grande quantidade de clientes entre jogadores de futebol e esportistas de todos os tipos. Uma vez visitei seu trabalho. É bem mais arrumado que meu escritório — há uma grande quantidade de equipamentos de última geração e paredes cobertas com painéis de madeira.

O fato de nossos escritórios serem na mesma rua e um de frente para o outro costumava ser "fofo" quando estávamos juntos. Dava para dar um tchauzinho da janela, descer juntos para fumar e nos encontrar depois do trabalho, mas agora que nos odiamos é completamente bizarro. No futuro vou ter que adotar um disfarce convincente, caso ele decida descer para fumar toda vez que eu fizer isso. Aposto que, ano passado, enquanto eu acenava para ele da janela, ELA estava embaixo da mesa masturbando-o com seus peitos. Os monstros.

Quinta-feira, 17 de fevereiro

Dei um jeito de sair para os intervalos de fumar sem ver a Senhorita Peitão ou o Alex. Obviamente, quando não o vejo, imagino o que ele está fazendo e, quando o localizo, rezo para que ele pegue fogo junto com seu cigarro.

Lucy veio trabalhar hoje coberta de chupões mal disfarçados por baixo de uma camisa polo branca.

— Eu sei! Não diga nada! — ela gritou quando viu minha cara. — O amor deixa marcas. Na minha idade!

De: Lucy Jacobs
Para: Phoebe Henderson
Assunto: Eu me sinto uma idiota

Nenhuma garota com quem eu troquei carícias jamais se pendurou no meu pescoço como se fosse a porra de um morcego frugívoro, então por que os caras precisam fazer isso? Talvez seja uma questão de posse, como uma marca. Eu nem percebi que ele estava fazendo isso, até ser tarde demais. Agora, estou fedendo a pasta de dentes, que, por sinal, não ajuda a disfarçar os chupões de JEITO NENHUM. Eu poderia igualmente tê-los coberto com a geleia da sua tia Pat.

Então, Lucy troca carícias com garotas e, o que é mais interessante, eu tenho uma tia Pat! Só que não tenho. Será que isso foi um eufemismo?

Sexta-feira, 18 de fevereiro

Voltei aos meus desafios, e a única coisa que não aperfeiçoei na masturbação é a ejaculação feminina. Segundo algumas pessoas, ela é mais difícil de compreender do que o ponto G. Só presenciei o fenômeno em filmes pornô, e basicamente parece que a mulher está fazendo xixi em cima de algum pobre-diabo e fingindo gozar escandalosamente. Quanto mais eu leio e vejo filmes sobre (quase sempre perplexa), mais curiosa fico. Estou querendo experimentar muitas coisas nessa minha busca, mas, se acabar sendo apenas competição de fazer xixi, estou fora.

— Fazer uma mulher ejacular é provavelmente a coisa mais excitante da vida — disse Oliver, antes de admitir que nunca conseguiu, mas que tem isso no alto de sua lista de prioridades.

O meu ponto G pode ter enganado muitos homens no passado, mas sei que ele está lá e estou ansiosa para me tornar a melhor amiga dele. Com isso em mente, pesquisei na internet tudo o que pude pensar sobre ejaculação feminina, desde onde ela começa, até como se faz para alcançá-la. Na teoria, tudo se resume a pressionar, intensificar e liberar — bastante simples, certo? Errado. Fiquei nessa por umas três horas (três horas assumidamente prazerosas), mas nada aconteceu. Nem mesmo uma gota. Estou começando a achar que a minha primeira teoria de que tudo isso não passa de bobagem está certa. Ejaculação feminina é tudo, menos simples, e agora estou exausta e com cãibras na mão, que ficou torta que nem uma garra.

Sábado, 19 de fevereiro

Está ficando chato. Deve ter uma fórmula para isso, como lavar o cabelo com xampu: ensaboar, enxaguar, repetir. Vários sites e livros explicam que algumas mulheres conseguem chegar lá e outras não, mas não vou comprar essa ideia. Um conselho que me deixou meio em dúvida sobre tudo isso foi: "Você pode sentir vontade de fazer xixi, mas continue." Como assim? Continue? Mas e o xixi? PELO AMOR DE DEUS, E O XIXI?

Receio que, no fim das contas, eu apenas me torne uma adulta bem-sucedida em mijar na cama.

Domingo, 20 de fevereiro

Fiquei deitada na cama até uma da tarde e ainda me sinto cansada, o que significa que minha menstruação deve estar vindo como um dos cavaleiros do Apocalipse. Também estou com um tesão desesperado, outro sinal infalível.

Não me importo de fazer sexo nos dias finais da menstruação e nunca saí com algum cara que achasse isso um problema — eles não ligam que eu pareça a Carrie na noite de formatura após o sexo.

Eu me lembro de ler em algum lugar que "sexo durante a menstruação" é um dos maiores tabus, o que eu acho uma completa bobagem. Ou você faz ou não faz; ponto final. A não ser que você seja um garoto de 15 anos, isso não importa para a maioria dos caras, e é preciso bem mais do que um pouco de sangue para impedi-los de transar. Se os papéis fossem invertidos, eu certamente não daria a mínima. No momento, me sinto como uma chaleira sexual que está sempre fervendo, apenas querendo que alguém desligue o maldito fogo.

Segunda-feira, 21 de fevereiro

Segundas-feiras são extremamente depressivas quando você não fez porra nenhuma no final de semana. Eu fiz menos do que nada, o que não me impediu de consumir zilhões de calorias. O cavaleiro chegou como previsto, então avisei no trabalho que estou passando mal e tudo o que desejo é encostar um saco de água quente na barriga e resmungar. Estou com vontade de fazer uma histerectomia e alugar meu espaço vazio para artistas iniciantes. Mas tenho sorte, porque minha menstruação dura apenas quatro dias. Lucy fica menstruada a cada três semanas e dura uns sete anos. Entrei no Twitter para reclamar da segunda-feira junto com o pessoal e proclamar o meu ódio por tudo, e imediatamente recebi uma mensagem direta de @granted77:

> **O que você está fazendo?**
> Estou na cama.
> **Então, isso quer dizer que você está nua?**
> Sim, mas sem clima de paquerar alguém que usa um avatar de cachorro de desenho animado.
> **Pena. Acho você gostosa.**
> Não estou me sentindo bem para continuar com isso, mas não vou esquecer. ☺

19 horas. Dormi o dia inteiro. Isso é maravilhoso. Sou como aquele cara, Van Winkle. Vou fazer um pouco de chá e assistir a um filme.

0:45. Achei que assistir *Atividade paranormal* seria uma ótima ideia. Me enganei. Agora tenho certeza de que alguma coisa vai me puxar pelo pé e me arrastar para fora da cama. Isso é totalmente possível de acontecer. ESSA MERDA É REAL. Droga, é por isso que eu não devia morar sozinha.

Terça-feira, 22 de fevereiro

Liguei novamente para o trabalho, avisando que estou doente. Estou ferrada de qualquer maneira — é só uma questão de tempo, antes de ser descoberta e demitida, portanto a empresa não vai sofrer se eu não estiver lá, olhando as horas passarem.

Passei a manhã assistindo *Dexter* e me peguei pensando que, se ele fosse uma pessoa de verdade, eu ignoraria sem maiores problemas ele ser um assassino em série, se isso significasse poder dividir a cama com o Senhor "investigue as amostras de sangue" Morgan. Na realidade, fora isso, acho que eu realmente gostaria de ser o Dexter. Embora ficar deitada na cama seja legal, comecei a pensar em como poderia ter um dia mais produtivo do que fantasiar com um personagem fictício ou assassinar "Cosmic Love" com a minha voz HORROROSA. O desafio da ejaculação está começando a parecer mais trabalho que diversão. Cheguei até a fingir que não me importo e me ataquei com o vibrador para ver se um movimento surpreendente de ninja funcionava. Não funcionou. Então, desisti e mandei um e-mail para Lucy — sabia que ela estaria morrendo de tédio sem mim.

> **De:** Phoebe Henderson
> **Para:** Lucy Jacobs
> **Assunto:** Xixi ou prazer?
>
> Como estão as coisas? Queria sua opinião sobre o desafio da ejaculação, porque estou começando a achar que ou é maluquice e aquelas mulheres estão simplesmente fazendo xixi, ou a minha vagina não funciona direito. Ah, e eu amo *Dexter* mais do que você. Bjs, P.

De: Lucy Jacobs
Para: Phoebe Henderson
Assunto: Re: Xixi ou prazer?

Oiê! Estou bem, mas totalmente ENTEDIADA. Frank está perambulando pelo andar como Herr Wanker, então imagino que seu pessoal ainda não tenha batido a meta. *Dexter* é EXCELENTE — e aceito ficar em segundo lugar, é compreensível. Mas continue tentando, vai acontecer, e pode acreditar em mim, não se trata de xixi, senão meu quarto teria cheiro de casa de repouso.

De: Phoebe Henderson
Para: Lucy Jacobs
Assunto: Re: Xixi ou prazer?

Você é minha heroína.

Sexta-feira, 25 de fevereiro

A namorada com quem Stuart fala no telefone veio encontrá-lo depois do trabalho hoje. Seu nome é Laura. Ele parece apaixonado. Ela se parece com a Paris Hilton e, portanto, é meu completo oposto: loura, magra, peitos pequenos e tem uma paixão nítida por roupas de grife e apliques de cabelo. Se esse é o tipo de garota que ele procura, posso descartar a possibilidade de um dia levá-lo para a cama. "Oi, Stuart, o que acha de mim? Sou tão pálida que as minhas veias parecem um mapa rodoviário, e posso garantir que minha bunda tem pelo menos duas manchas. Possivelmente mais, já que minha lingerie é de nylon." Que ótimo partido.

Estive com a Pam às cinco e meia da tarde. Conversamos sobre o Dia dos Namorados e como eu, apesar de odiar a ideia, ainda estava bastante magoada porque ninguém gosta de mim o suficiente para me enviar um cartão. Contei que tinha visto Alex na frente do escritório dele, que ainda não me sentia confortável vendo aquele lindo rosto cretino, e revisamos de maneira geral os milhões de questões que já conversamos.

— Este mês parece estar sendo emocionalmente difícil para você. Não acha que ainda está focada demais no passado? Eu sugiro descobrir algo novo para se concentrar. Um novo interesse? Algum tipo de desafio, talvez?

— Ah, estou bem mais adiantada do que você pensa — respondi.

Sábado, 26 de fevereiro

Desde que comecei minha sexlist, tenho pensado muito em sexo, mais do que jamais pensei antes. O que noto é a variedade de pessoas que surgem na minha cabeça quando estou excitada. Quando eu era mais nova, gostava dos garotos bonitos com corpos sarados e sorrisos charmosos, tipos que a minha mãe aprovaria, bons para virar marido. Mais recentemente são os caras que talvez não sejam tão bonitos, tão musculosos, ou mesmo tão respeitáveis, mas que me atraem mentalmente. Homens altos. Principalmente homens altos. Vince Vaughn, Zachary Levi, Jason Segel, Eric Bana, sabe como, homens que nunca olhariam duas vezes para mim, mas poderiam facilmente olhar por cima da minha cabeça para dar uma conferida na gostosa do outro lado da sala. Se eu reconheço um músico que usa delineador ou esmalte preto, sua imagem fica guardada num lugar seguro, junto com o cara intelectualizado e bonitão que usa óculos e trabalha em marketing, e com o cara gordinho de mãos grandes que me atende com frequência no Tesco. Nunca fui capaz de visualizar outra pessoa quando estou transando com alguém, só quando me masturbo. Isso sempre me pareceu ser algo desonesto e, digamos, meio traiçoeiro. Acho que os homens são mais capazes disso do que as mulheres, como Brian lá do trabalho uma vez comentou: "Se você está irritado e excitado, não importa muito. Colocá-la de quatro e apagar as luzes resolvem o problema de ter de olhar para uma garota feia."

Argh. Não dá para acreditar que eu pensei em dormir com ele.

Domingo, 27 de fevereiro

Para minha irritação, ainda não consegui completar plenamente o desafio da masturbação. A ejaculação ainda me escapa e, por isso, passei para o item seguinte: sexo grupal, ou, mais especificamente, sexo a três. Isso pode demorar um pouco, pois Oliver decidiu esquiar com os amigos durante uma semana. Que audácia a dele! Eu aqui esperando um pouco de ação a três, e ele prefere ficar bêbado e escorregar numa montanha por aí.

Lucy me perguntou se não quero assistir à nova banda de seu namorado no sábado.

— Vai ser divertido! Vai ter bebida barata e eles são realmente muito bons.

Traduzindo: "Tenho que ir ou ele vai achar que não me importo e vou ficar muito entediada se você não for junto."

Nunca gostei muito de assistir a bandas desconhecidas. Os shows ficam lotados de garotos barulhentos junto com seus amigos barulhentos que foram obrigados a comprar um ingresso. Obviamente, concordei em ir. Não estou fazendo nada mesmo e preciso compensar meu último final de semana, que foi pra lá de tranquilo. Lucy, é claro, ficou animadíssima:

— Oba! Ele tem alguns amigos legais, sabia? E sexo com um homem mais jovem não está na sua sexlist?

— Não quero ofender, mas seu namorado tem 21 anos. O que diabos eu faria com alguém de 21 anos?

— O que você quiser fazer — ela disse, rindo.

— Eu estava pensando em alguém de 28, 29 anos.

— Ah, pelo amor de Deus, seja mais aventureira, mulher!

Os homens mais jovens com quem fui para a cama quando era mais nova foram inúteis. Muito desajeitados, esfregavam sempre uns oito centímetros acima do ponto certo, e achavam que enfiar o punho quase todo em mim seria excitante. Tenho certeza de que muitos garotos são maravilhosos na cama, mas não acho que eu tenha paciência para encontrá-los. Estou tentando elevar a minha vida sexual a um novo patamar, não voltar aos meus 17 anos. Mas talvez ela esteja certa. Eu disse TALVEZ.

Segunda-feira, 28 de fevereiro

— Você está errada a respeito dos homens mais jovens — Lucy anunciou no trabalho esta manhã.

— E como você sabe que estou errada?

— Porque eu estou certa... Hoje à noite você vai conhecer Richard, um dos caras da banda de Sam. Está tudo combinado. Ele viu sua foto e achou você uma gata. Esteja no The Box às oito — ela disse.

— Quem é você? Meu cafetão? Se ele acha que eu sou uma gata, então é um retardado. Por que você quer que eu fique com alguém mentalmente instável?

— Ele é muito atraente. Parece com aquele cara do filme que você gostou.

— Por Deus, Lucy, isso realmente limita as opções. Quem? Jason Bateman? Peter Sellers? Simon Pegg?

— Não. Vince Vaughn.

Duvido que seja. Eu suspeito que Lucy esteja tentando me atrair sob falso pretexto, pois ela tem plena consciência do tesão que sinto por Vince Vaughn, que deixa as minhas pernas trêmulas. É um truque barato.

MARÇO

Terça-feira, 1º de março

Eu estava totalmente em dúvida, mas ainda assim curiosa com o "encontro" de Lucy, então coloquei minha melhor lingerie (por baixo da roupa, obviamente) e fui para o pub, torcendo para que tivesse Jack Daniel's suficiente para tornar todo mundo mais interessante, inclusive eu.

Mas eu devia aprender a confiar mais em Lucy. Eu a reconheci no fundo do pub, sentada com seu namorado e com Richard, que estava de costas para mim. Quando ele se virou, parecia exatamente uma versão mais jovem e desarrumada, porém da mesma altura de Vince Vaughn. Fiquei vermelha e dei um enorme sorriso de "Eu te devo essa" para Lucy.

A noite correu bem, e embora eu pudesse ter montado nele lá mesmo por ser tão gostoso, meus medos iniciais se confirmaram quando percebi que tínhamos muito pouco em comum. Ele bebeu litros de sidra como se fosse refrigerante, me mostrou três vídeos no YouTube de paródias do Batman e achou hilário que eu tivesse nascido nos anos 70.

— Você usou calça pantalona e gostava do Abba?

— Eu tinha 2 anos.

— Mas eram os anos 70, cara, isso é muito divertido. Você era do tipo hippie ou garota disco?

— EU TINHA 2 ANOS! Quando você nasceu?

— Em 1990.

Eu tinha 12 anos quando ele nasceu. DOZE.

— Bem, é como eu te perguntar se você era fã do New Kids on the Block.

— Quem?

— Esquece.

Eu gosto de ser desafiada pelos meus homens, e o único desafio que ele poderia propor é uma partida de tênis no Wii do amigo com quem divide apartamento. Por sorte, quanto mais bêbada fiquei, mais encantador ele se tornou, e eu continuava decidida a completar o desafio de dormir com um cara mais novo. Portanto, quando ele pronunciou as palavras "Você é muito gata para a sua idade", levou pouco tempo para irmos ao apartamento que ele dividia com seu amigo John: um lugar legal, mas com um número inusitado de almofadas espalhadas para dois caras heterossexuais.

Seja como for, nós começamos a nos agarrar. O beijo foi ótimo, mas ele era exageradamente apressado e precisei enviar muitos sinais para que fosse mais devagar. Nessa altura, eu não acreditava que teríamos nada além de uma transa medíocre, mas, a seu favor, ele me chupou assim que tirei a calcinha e, para falar a verdade, parecia saber o que estava fazendo. Pelo menos achei. De repente, ele parou no meio e anunciou que tinha uma confissão a fazer:

— Não consigo achar seu clitóris.

— Hã? Como assim não consegue encontrar o clitóris? Sua língua estava justamente nele.

— Aquilo era o seu clitóris?!

— ...

Depois dessa, foi minha vez de cair de boca nele... por apenas uns vinte segundos, antes de perceber que ele ia gozar. Então decidi deixá-lo me comer, em vez de escapar elegantemente até o banheiro para cuspir. O pau dele era enorme e tinha uma leve curvatura que acionou meu ponto G.

O sexo foi bom, mas fiquei com a sensação de que ele estava nervosamente tentando seguir uma lista mental. Acho que alguém diz a todos os adolescentes na escola que preliminares significam tocar todos os pontos sensíveis de uma vez, mas assim que você penetrar uma mulher, esqueça a existência desses pontos e "SIMPLESMENTE META COMO SE A SUA VIDA DEPENDESSE DISSO, RAPAZ!". Ele tinha explorado cada área — meus peitos, minhas coxas, meu pescoço e até as minhas orelhas, mas tão logo ele entrou em mim, tudo isso ficou de lado e fui obrigada a ficar encarando seu rosto concentrado. Até mesmo a barba dele parecia estar concentrada.

— Lamba meus mamilos.

— Já fiz isso.

— Não existe um limite para as lambidas, sabe? Seja como for, isso me deixa molhada.

— Ah. Desculpe.

— Não se preocupe, você não precisa se desculpar.

— Desculpe.

Por causa de toda a diversão que ando tendo com Oliver, minhas expectativas se tornaram mais altas, mas sei que é injusto da minha parte esperar que alguém faça tudo certinho na primeira vez, ou saiba exatamente o que eu quero. De qualquer modo, não foi nada mal — quando Richard deixou de ficar tão nervoso, vislumbrei reflexos de um cara que tinha de tudo para ser muito bom de cama. Se isso tivesse acontecido com Lucy, ela teria transformado a transa num treinamento militar, gritando "ASSUMA SUA POSIÇÃO, SOLDADO!" após um começo inseguro ou uma movimentação de língua no lugar errado. Pelo lado positivo, uns dois minutos depois de termos transado, ele estava pronto e disposto a recomeçar. No final da terceira vez, minha vagina deixou dolorosamente claro que não aguentava mais. Então, Richard começou a me entediar com um papo de música e um incidente super hilário que aconteceu durante um show "incrível" com seu amigo "Speedy" no fim de semana anterior, que acabou com os dois vomitando na casa de sua avó. Devo ter parecido o Papa-Léguas, pela velocidade com que fugi no meio da noite.

Posso eliminar da minha sexlist o desafio de transar com um homem mais novo, e até que não foi ruim. Richard ficou muito empolgado com o meu corpo, quase a ponto de eu checar se não havia outra pessoa com "peitos empinados" ao meu lado na cama. Eu me senti sensual com ele, e estar no controle me fez sentir poderosa: forte como um touro. Eu gosto do meu novo eu.

Trocamos telefones e talvez eu ligue para ele um dia. Talvez ele não deixe lembranças na minha vida, mas pode deixar lembranças na minha cama. Uma garota tem necessidades, afinal de contas.

Quarta-feira, 2 de março

Ir para o trabalho hoje foi mais chato do que o normal, porque o trem ficou parado fora da estação por 25 minutos e eu não tinha o meu iPod para me distrair. Mas me animei um pouco quando vi na minha frente um homem de terno elegante cruzar as pernas e deixar à mostra um par de meias da Hannah Montana e uma pele lisinha. Enquanto eu esperava o trem se movimentar, decidi que ele devia se chamar Xavier. Xavier tinha uma esposa chamada Shirley e seis filhos que tocavam piano juntos, ao mesmo tempo. Ele trabalhava numa agência de publicidade de dia e à noite comandava uma rave underground em homenagem à Disney, onde todo mundo deixava os peitos de fora e dançava ao som de Miley Cyrus e dos remixes hardcore de "Step in Time", de *Mary Poppins*. Meus sonhos foram destruídos quando ele pegou o telefone e avisou que chegaria atrasado ao trabalho: "Oi, Nicola, é o Alistair. O trem está atrasado, mas não devo demorar. Tudo bem, só diga à sra. Harris que chegarei em breve e dê a ela uma lista de imóveis para avaliação enquanto espera. Fique bem. Tchau."

Com isso, o imaginário Xavier morreu num terrível acidente de trator. No espaço.

Mais tarde naquele dia, Oliver me enviou das rampas de esqui, pela bilionésima vez, uma mensagem de texto sobre o desafio anal, obviamente bêbado:

Sua bunda vai receber bastamte de atensão qndo eu voltar.

Não, até você aprender a escrever corretamente.

Apesar da sua mensagem idiota, estou meio que excitada. Nunca fiz sexo anal com meus namorados anteriores. Lembro de conversar sobre isso com Alex, mas ele fez cara de nojo e foi em frente com seus planos de dominação vaginal. Agora que estou solteira de novo, encontro uma euforia sobre sexo anal em todo lugar que vou. Lucy até compra kits caseiros para enema, para evitar qualquer problema com cocô, e aparentemente faz sexo anal com mais frequência que sexo normal. Não posso evitar rir descontroladamente quando ela menciona que o "anel está ardendo". Hazel está convencida de que nenhuma mulher gosta disso de verdade — elas só topam para agradar seus parceiros, como as idiotas do filme *Mulheres perfeitas*.

Para ser franca, eu ainda não tenho certeza de quanto prazer vou sentir com anal. Aconteceu um incidente com Adam, quando eu estava bêbada e tinha 19 anos, uma tentativa dissimulada que logo interrompi com gritos de "AI" e chutes na canela dele. Por isso, tenho noção de que pode doer um pouco, mas deve ter algo de bom, né? Certamente nem todas as mulheres fazem caretas, se roem e aguentam isso só para agradar seus homens.

Quinta-feira, 3 de março

Durante um momento particularmente tranquilo no escritório, Lucy gritou com todas as suas forças: "Richard estava perguntando sobre você. Você vai vê-lo novamente?"

Ainda bem que o resto da conversa continuou pelo telefone, como pessoas normais.

— Não decidi. Não quero que ele tenha expectativas — expliquei.

— Se você matar o cara de tanto transar, ele certamente vai criar expectativas. Ele disse ao Sam que gosta de você. Ah, ele também disse que o seu boquete é o melhor. De todos os tempos. Sam chegou a ficar excitado só de ouvir. Eu estabeleci um limite quando ele quis me contar como foi.

— Ah, corta essa! Garotos são estranhos. Qual é a base de comparação dele? Alguém de 18 anos? É claro que ele vai achar isso — falei baixinho, levemente envergonhada, mas secretamente encantada.

— Bem, não magoe o cara, amiga. Lembre que ele é só um bebê.

Exatamente. Oliver e eu temos um sexo fantástico porque não tem emoção envolvida e éramos amigos antes de tudo. A pergunta crucial do dia, no entanto, é: eu faço mesmo um bom boquete? Vou ter que esperar até Oliver voltar e perguntar a ele. Ele vai me dizer a verdade... Não tem motivo para ele não falar; bem... a não ser para continuar sendo chupado, obviamente.

Sexta-feira, 4 de março

Estou excitada. Desde a hora em que acordei estou subindo pelas paredes. Estou num daqueles dias que nenhuma quantidade de trabalho manual vai me satisfazer. Preciso de pele na pele, mãos na minha bunda e a boca de alguém na minha. Está ficando absurdo; não posso nem comer uma banana normalmente. Pensei em ligar para Richard e dar uma rapidinha depois do trabalho, mas logo mudei de ideia. Preciso de meu salvador descompromissado, que provavelmente está transando com alguma garota chamada Heidi num teleférico de esqui. Também não fiz progressos na minha busca pela ejaculação. Talvez precise de um treinamento especializado e de engenhocas estilo James Bond. Lucy me enviou uma mensagem esta noite, dizendo que vai dar um pequeno jantar de aniversário no dia 20, e que quer um vale-spa, em vez das merdas que eu costumo comprar para ela. Eu ficaria magoada se não fosse verdade.

Sábado, 5 de março

Contrariando o que eu mesma tinha decidido, acabei no show de Sam com Lucy, me sentindo estranha por encontrar Richard novamente, mas ávida para aproveitar as promoções de bebida barata. O show era num bar na Sauchiehall Street, área frequentada por estudantes, onde todo mundo vai para encher a cara ou transar, de preferência os dois. Determinada a não dar a Richard a impressão errada, vesti um jeans largo, tênis e uma blusa de mangas compridas. Lucy, é claro, estava de minivestido e botas até os joelhos, o que me fazia parecer ainda mais deselegante, mas, pra variar, eu estava satisfeita. Eu não queria dar a impressão de que tinha feito algum tipo de esforço. Fui até o bar e pedi uma dose de tequila e dois Cuba Libres enquanto procurava sinais de Richard pelo salão. Localizei-o montando seu instrumento no palco e, merda, ele parecia ótimo: jeans, camisa branca com uma gravata preta estreita *e* de barba feita. Ele acenou para mim com naturalidade e continuou afinando sua guitarra enquanto eu abria caminho até uma mesa e me sentava ao lado de Lucy.

— Ele está bonito, Phoebe. Tem certeza de que não quer voltar lá?

Bebi minha tequila num gole só e olhei para ele.

— Mais algumas doses e não vou ter mais certeza de nada.

Depois do show (definição livre, pois era um bando de garotos de vinte e poucos anos imitando Blink-182 nos primórdios e falhando ridiculamente), eu estava bêbada, mas ainda capaz de manter uma conversa. Ainda assim, fiquei realmente surpresa quando Richard me cercou na saída do banheiro e me agarrou. Depois disso, deixamos todo mundo no pub e fomos novamente para a casa dele. Depois de algumas taças de vinho em seu apartamento, as coisas ficaram interessantes. Desta vez ele foi carinhoso, menos apressado, e quando sua boca encontrou o ponto sensível que tenho no pescoço, minhas roupas foram parar numa pilha bagunçada no chão. Adoro que a maioria dos homens tem uma parte do corpo de sua preferência: para Oliver é a minha bunda, Stuart, do trabalho, sempre olha para as minhas pernas, e Richard é como uma criança numa fábrica de chocolates quando chega perto dos meus peitos. Fui embora assim que terminamos. Não quero que ele pense que sou sua namorada e espero que ele entenda isso. Encontrei seu colega de apartamento na saída (forte, beleza juvenil e coberto de tatuagens) e andei até o ponto de táxi mais próximo com as pernas trêmulas e um sorriso misterioso, imaginando se o suposto colega de apartamento estaria disposto a um sexo a três. Será que agora sou incapaz de ver um membro do sexo oposto sem imediatamente classificá-lo como uma transa em potencial?

Segunda-feira, 7 de março

Oliver voltou, graças a Deus. Obriguei-o a vir aqui esta noite e praticamente montei nele no corredor. A sessão com Richard no sábado parece ter apenas estimulado minha libido infinita e, após uma sessão-maratona, ficamos deitados na cama.

— Eu faço um bom boquete? — perguntei, enquanto tentava acabar com as cãibras nos dedos dos pés.

— Não. Você faz um boquete SENSACIONAL — ele respondeu, acendendo um cigarro. — É realmente inesquecível! Você faz essa combinação de coisas, com as duas mãos, língua e lábios. Você devia ensinar essa merda. Ia ganhar muita grana.

— Está me sacaneando agora? Meu boquete está na média, mas você está com medo de me contar e eu ficar aborrecida e nunca mais chupar você novamente?

— Porra, aceite o elogio. Você faz um boquete excepcional. Sua vaqueira invertida precisa ser aprimorada, mas, tirando isso, eu estou feliz.

Fiquei tentada a defender a vaqueira, mas ele tinha razão. Nunca me senti muito confortável nessa posição. Sempre fiquei desequilibrada e é bom que eu esteja de costas, assim ele não pode ver a expressão de concentração total no meu rosto. Tenho certeza de que coloco minha língua para fora quando estou realmente focada.

Sexta-feira, 11 de março

Tirei a manhã de folga para comprar calcinha e sutiã. Tenho dois conjuntos de lingerie para o "momento sensual", que ultimamente foram lavados aproximadamente umas 75 vezes e estão à beira da desintegração. Eu me esforcei ao máximo para ignorar meu lado racional, que queria apenas comprar conjuntos pretos e brancos a preços razoáveis, e optei por modelos vermelhos e azuis fluorescentes caríssimos, além de um corselete preto com cinta-liga, os quais eu espero que deixem Oliver excitado antes mesmo que eu os coloque. Nada mais justo. Se ele aparecesse usando cueca rasgada toda vez, eu teria uma péssima impressão. Voltei ao trabalho carregando várias sacolas, que tratei de esconder e trancar na minha gaveta. A última vez que Lucy comprou lingerie e deixou as sacolas à vista, ela voltou ao escritório e encontrou todo mundo experimentando pelo menos um dos modelos. Até eu.

Ignorei as mensagens dos clientes à minha espera e liguei para Oliver.

— Comprei lingerie nova.

— Merda. Comprou? Alguma coisa azul?

— Talvez. Podemos tentar anal hoje à noite. Vamos resolver isso de uma vez.

— Puta merda, Phoebe, não vou fazer um tratamento de canal em você.

— Tenho certeza de que é menos invasivo.

— Você vai adorar. Vou chegar por volta das nove.

Na hora que ele chegou, eu já tinha me "preparado" com o kit para enema. Eu me sentia enjoada. Eu realmente achava que ia espalhar cocô pelo chão todo? Que merda eu sou? Um elefante? Eu estava mais preocupada em sujar tudo de cocô do que sentir alguma dor, mas Oliver prometeu parar se doer.

Vesti minha lingerie azul nova. Ele não conseguia parar de sorrir.

— Você está incrível! E nós vamos fazer sexo anal! Essa é a melhor noite de todas!

— Ai, merda. Estou nervosa.

— Olha, Phoebs, nós não precisamos fazer isso, se você não quiser.

— Eu quero. Nós queremos. Estou de saco cheio de ficar imaginando como é. Essa é uma parte fundamental da minha metamorfose sexual.

— Vamos beber alguma coisa antes. Talvez um Valium? Um pouco de cetamina?

— Oliver! Você está piorando as coisas!

Meia hora e uma dose reforçada de Jack e Coca depois, eu estava pronta. Oliver voltou do banheiro e colocou uma toalha no chão.

Meu Deus!, pensei. Um SERÁ QUE VAI SUJAR TUDO MESMO? rapidamente seguido por ESSA É A MINHA MELHOR TOALHA!. Eu tinha certeza do que ia acontecer a seguir: preliminares, dedos em ação, muita vaselina, eu gritando e fazendo cara de dor. Estou preparada.

Mas não foi nem de longe o que imaginei.

Nós começamos nos agarrando e, como sempre, fiquei no ponto assim que Oliver beijou meu pescoço, mas então ele me fez ficar de quatro e desapareceu atrás de mim. Assustada, eu olhei por cima do ombro e o vi lubrificando os dedos com um leve sorriso no rosto.

Foi uma sensação estranha quando ele começou, mas não desagradável. Com certeza estranha. Eu devo ter travado, porque ele começou a massagear meus peitos com a outra mão, enquanto circundava o clitóris bem devagarzinho com o polegar. Funcionou. Antes que eu percebesse, havia dois dedos lá dentro, e, de repente, senti uma forte onda de excitação tomar conta de mim. Depois disso, levou um tempo para ele entrar completamente: alguns pedidos meus de *vai mais devagar, porra!* e grandes quantidades de vaselina, mas assim que começamos e eu finalmente conseguir superar a sensação de que precisava ir ao banheiro, entrei no clima. É difícil de descrever o que senti, mas sem dúvida foi gostoso.

Essa foi também, talvez, a coisa mais submissa que já fiz na vida. Eu mal conseguia me mexer e toda a experiência foi impressionante. Estou muito feliz de ter escolhido alguém que não abusaria da enorme quantidade de poder em suas mãos, e que compreende que essa não é uma área em que você entra com tudo. Oliver foi carinhoso, se certificou de que eu estava feliz em todos os momentos e fez questão de dizer o quanto achou "gostoso pra cacete" tudo aquilo. Assim como eu achei.

Ele passou a noite comigo e transamos até não conseguirmos mais nos mexer. Anal + vibrador = UAU! Isso é tudo o que tenho a dizer sobre hoje. Oliver e eu deveríamos estar fazendo isso desde o colégio. Considero esse desafio um grande sucesso. Sou totalmente adepta. Totalmente.

Segunda-feira, 14 de março

Depois do trabalho, as garotas e eu fomos fazer as unhas no novo salão na Byres Road. Eu tinha conseguido anúncios gratuitos no jornal em troca de serviços de manicure e a promessa de que eles nunca contariam ao meu chefe. Lucy e eu encontramos Hazel do lado de fora, e então nos sentamos na bancada de manicures, bebendo Prosecco de graça e escolhendo nossas cores.

— Preto — decidi, descartando a coleção de cores pastel exibida na minha frente.

Eu podia sentir Hazel me olhando.

— Pare de ser tão *emo*, Phoebe. Achei que isso era seu novo eu.

— Tudo bem, vamos fazer o seguinte: vou colocar qualquer cor que você escolher, se VOCÊ ficar com o preto, Hazel.

Lucy riu.

— Hazel de unhas pretas? Jesus, o que as mamães maravilhosas achariam? Você seria expulsa da aula de mamãe e bebê.

— Preto não combina comigo — Hazel respondeu com tranquilidade, passando a mão pelo cabelo louro. — Kevin odiaria, mas eu não daria a mínima para o que aquelas mães idiotas acham.

— Prove isso, então. — Peguei seu costumeiro tom de rosa perolado e o troquei pelo preto que eu já tinha escolhido. — Se você fizer isso, eu também faço.

Saímos do salão 45 minutos depois: Lucy com seu vermelho de sempre, eu com as unhas da Barbie e Hazel com incríveis garras pretas. Recebi uma mensagem dela há meia hora:

Acredita que Kevin gosta das minhas unhas? E muito. Quem diria!

Isso pode soar como a ousadia mais careta já realizada, mas fazer Hazel ficar minimamente rock and roll já compensa andar por aí nas próximas duas semanas com unhas que parecem marshmallows.

Terça-feira, 15 de março

Agora que sexo anal foi realizado com sucesso, passo para o próximo desafio da minha sexlist: encenação. Um programa que eu vi na TV hoje à noite me deu algumas ideias. Um casal contratou uma empresa para ajudá-los a encenar sua fantasia de "sequestro": o cara é atacado por uns sujeitos usando balaclavas, que gritam muito alto com ele. Em seguida, ele é enfiado numa van e levado para uma casa afastada, onde seu sequestrador (quer dizer, sua esposa) está esperando, vestida como uma dominadora sensual, porém aterrorizante. Tenho que admitir, a ideia como um todo é bem legal, e fiquei impressionada por eles terem contratado ajuda externa. Eu nunca participei de nenhum tipo de encenação, principalmente porque sempre achei ser algo para casais entediados. Bem, exceto por uma fantasia de empregada francesa bem duvidosa que comprei pela internet uma vez, que parecia *très* ridícula e que logo acabou na lixeira (especialmente porque Adam, o cara com quem eu estava saindo, me deixou limpar seu quarto antes do sexo, o que me recuso a acreditar que era apenas para me "ajudar a entrar no personagem"). Vou ligar para Oliver amanhã e conversar sobre o que devemos fazer. APOSTO que ele vai dizer "prostituta", o danadinho.

Quarta-feira, 16 de março

Trabalho com o grupo mais estranho de pessoas e, se não fosse por Lucy, tenho certeza de que já teria matado pelo menos uma delas a essa altura. Como se trata de um ambiente de vendas, todo mundo é obcecado com o bônus de equipe, que só pode ser recebido quando o grupo bate a meta. Obviamente, isso só se aplica à equipe de vendas, ou seja, Lucy, do administrativo, não dá a mínima, e com frequência se oferece para organizar uma grande xícara de CALA A PORRA DA BOCA para todo mundo. A questão é que as pessoas nunca querem comprar nada interessante com o dinheiro extra. Brian sempre escolhe algo novo e totalmente sem graça para o carro, e posso ver Kelly já planejando sua próxima sessão de bronzeamento artificial com Jennifer, uma mulher que "não te deixa cheia de manchas e que vale as 40 libras". (Posso ver todo mundo olhando as pernas manchadas dela e fazendo uma anotação mental para evitar Jennifer e sua arma bronzeadora como se fosse uma praga.) O pior deles é Frank, que é nitidamente um idiota, mas do tipo muito inteligente. Ele recebe grandes boladas de dinheiro para fazer nada e, então, compra coisas com elas. Não satisfeito com seu quadro de cabeça para baixo, ele hoje surgiu ofuscante no escritório com uma nova joia, o que faz com que todos os outros exibicionistas chorem incontrolavelmente e queiram se esforçar mais.

— Não tem outro igual, vocês sabem — disse Frank, mexendo o punho pelo escritório como um mágico. — Somente um como esse.

Lucy agarrou o braço dele para olhar mais de perto.

— *Uau, Uau*. Você tem as iniciais gravadas nele e tudo o mais. Isso. *Sim*. É. Especial.

O triste é que a maioria das pessoas no escritório, inclusive Stuart, estava realmente impressionada, mas eu vou perdoar esse pequeno erro porque o amo.

De: Lucy Jacobs
Para: Phoebe Henderson
Assunto: Tique-taque

Aquele relógio me fez ter vontade de esfaquear o Frank na cara, mas até que estou achando ele muito sensual hoje. Pena que ele seja um cretino, porque eu o pegaria. Ele se parece com o David Duchovny. Já notou isso?

De: Phoebe Henderson
Para: Lucy Jacobs
Assunto: Re: Tique-taque

Eu queria que esse último e-mail tivesse um botão de "descurtir".

De: Lucy Jacobs
Para: Phoebe Henderson
Assunto: Re: Tique-taque

Não se esqueça do meu aniversário no domingo. Você pode trazer um vinho? Valeu, te amo, bjs.

Merda, eu tinha esquecido completamente. Preciso comprar aquele vale-spa para ela. Como eu ainda consigo ter alguma amiga?

Quinta-feira, 17 de março

Saí do escritório em tempo recorde à tardinha e corri para casa, a fim de me preparar para a primeira encenação que planejei com Oliver. Nós decidimos por três cenários, e o primeiro é baseado na relação muito comum do professor com a estudante universitária: sr. Webb e srta. Henderson tendo uma aula particular que inevitavelmente acaba numa transa pesada e proibida. Uma estudante ingênua toda certinha chegou ao apartamento de Oliver, carregando uma pasta cheia de artigos (na realidade, apenas algumas revistas que vim lendo no trem), vestida de maneira casual, de jeans e com uma lingerie provocante por baixo da roupa. "Oi, Phoebe. Pronta para a nossa sessão?" foram as primeiras palavras que o "sr. Webb" murmurou quando abriu a porta, de terno e com o cabelo todo despenteado.

Puta merda, Oliver se preparou.

Nós nos sentamos um de frente para o outro à mesa da cozinha, e enquanto nos olhávamos me lembrei de algo importante: eu não tinha planejado esta parte. Merda. Eu estava tão excitada por encenar esta fantasia que esqueci um detalhe crucial: como diabos nós realmente encenamos isso? Minhas habilidades de improvisação são duvidosas, para dizer o mínimo, e eu quase podia me ouvir sendo alvo de vaias — "Uuuhh, canastrona!" — enquanto vasculhava o cérebro, tentando evitar qualquer frase que soasse como uma fala de Robin Askwith ou de Sid James.

Oliver, por outro lado, tinha nitidamente feito uma pequena preparação, e bem na hora que eu ia entrar em pânico, ele pegou uma coisa embaixo da mesa.

— Eu tenho um material para você analisar, srta. Henderson. Avise-me se precisar de mais explicações.

Ele me passou três revistas pornográficas e recostou-se na cadeira.

Comecei a folhear as revistas, satisfeita por elas não serem daquelas quase no limite do proibido ou com vovós transando, e senti as minhas bochechas ficarem quentes, não tanto por estar constrangida, mas porque isso estava começando a ser a coisa mais excitante que eu já tinha feito na vida.

Desabotoei alguns botões do meu cardigã, deixando à vista a beirinha do sutiã meia-taça vermelho que eu havia comprado. Oliver tinha me dito que lingerie vermelha o deixava excitado, e eu pretendia descobrir o quanto isso era verdade. Eu o fiz esperar alguns minutos, estudando as revistas, lambendo os lábios e sentindo seus olhos fixos na minha boca.

— Eu não entendo isso — eu disse, empurrando a revista pela mesa. — Você pode me explicar exatamente como isso funciona?

Ele colocou os óculos para olhar a página que eu estava mostrando e comecei a me animar. Um homem bonito de óculos tem o mesmo efeito em mim que a lingerie vermelha tem em Oliver. Conforme ele se levantou para se colocar atrás da minha cadeira, o volume em sua calça me disse tudo o que eu precisava saber, então desabotoei mais alguns botões. Ele se inclinou e sua respiração no meu pescoço me deixou toda arrepiada.

— Essa é uma posição complexa, srta. Henderson — sussurrou ele em meu ouvido. — Eu poderia explicá-la para você, ou poderia mostrá-la.

Ele enfiou uma das mãos dentro do meu sutiã e eu podia ouvi-lo tirando o cinto com a outra. Eu estava tão excitada que me esqueci de ser racional, ignorei meu personagem e me virei, empurrando-o para a mesa da cozinha. Ele tirou meu jeans em tempo recorde, mas o fiz deixar sua camisa e a gravata. Ah, e os óculos.

Minha noção preestabelecida de que encenação é apenas para casais sexualmente entediados foi totalmente repensada. Eu ainda estava excitada no chuveiro, depois da transa. Dizer que foi um sucesso seria pouco para definir.

— Não acredito que você tenha revistas pornográficas. A internet é cheia de coisas grátis. Por que você as comprou? — perguntei, enquanto saía do chuveiro e começava a me secar.

— Eu tenho essas revistas, há anos. Elas podem virar itens de colecionador um dia.

— Em qual universo? Naquele onde as pessoas colecionam revistas de sacanagem cobertas por DNA irlandês? Se você jogar uma luz UV nessas revistas, vai parecer uma cena de crime.

— Faz sentido.

Preparei chá para nós dois e voltamos para a cama. Passei a noite lá. Estava aconchegante demais para ir para casa. Hoje foi um bom dia.

Sábado, 19 de março

Eu estava comprando um vinho para a festa de Lucy no dia seguinte, quando encontrei NOVAMENTE com Alex. Um desastre total. Tudo parecia bem no início: ele estava bonito, eu senti borboletas no estômago e cheguei a ficar grata quando ele foi simpático comigo. Fala sério! É como se eu não tivesse aprendido nada. Nós começamos a flertar (eu sou uma tremenda idiota) e, de repente, a Senhorita Peitão apareceu com uma caixa de vinho presa entre os peitos.

— Ah, Phoebe — ela pareceu desconfortável.

— Perfeito — falei meio sussurrando. — Não existe espetáculo sem emoção, não é? Estou contente de ver que essa farsa ainda está sendo encenada.

Conforme comecei a me afastar, a Senhorita Peitão gritou:

— Nós vamos nos casar, Phoebe! No final do ano. Supere!

Pude sentir o rosto esquentar e me virei para encarar Alex mais uma vez.

— Casar?! Ah, que idiota eu sou! Então, num minuto você está flertando comigo e no outro você ESTÁ SE CASANDO? Com ESSA COISA? Quando você me dizia que não via razão para se casar, era outra mentira? Como assim, você vai viver feliz para sempre com essa caixa gigante de vinho e com seus peitos gigantescos?

— ESPERE AÍ UM MOMENTO! — ela gritou, parecendo que ia entrar em combustão espontânea.

— Esperar para o quê? Para que você possa dormir com o meu namorado? Ah, espera um pouquinho, VOCÊ JÁ FEZ ISSO!

— Vamos embora, Lexy — ela disse, segurando a mão dele enquanto ele desfrutava da carnificina.

— LEXY? Ai, meu Deus, tem nome de bichinho de estimação e tudo. Que tal MOLEQUE? Parece mais apropriado.

À medida que eles saíram apressados e resmungando, aproveitei para sacanear a idade dela e o vinho que ela escolheu dizendo que aquela caixa de vinho era mais apreciada na "porra dos anos 1970". Não foi o meu melhor momento. Não tenho certeza se estava zangada ou surpresa, ou simplesmente aborrecida comigo mesma por baixar a guarda para ele. Por um segundo, enquanto estávamos conversando, eu senti falta dele, *realmente* senti falta dele. Que porra tem de errado comigo?

Domingo, 20 de março

Cheguei à casa de Lucy por volta das oito, para o jantar de aniversário dela, junto com Paul e Hazel. Oliver tinha de trabalhar, então dei a ela uma garrafa de champanhe em nome dele. Ela mora a meia hora de mim, numa casa que seus avós lhe deixaram, numa propriedade pequena e tranquila, linda e muito elegante. A casa é um bangalô de dois quartos com uma ampla sala de jantar/estar e um banheiro com uma banheira de hidromassagem. Não é por acaso que ela está sempre atrasada para tudo; eu também não teria nenhuma pressa de sair. Sam estava lá para dar os parabéns, mas tinha que ensaiar com a banda. Ele saiu todo confiante, antes de comermos, e, graças a Deus, não houve menção a Richard. Lucy adorou seu vale-spa e o jantar estava delicioso. Como presente de aniversário, Paul contratou um restaurante mexicano próximo para preparar um pequeno banquete para nós. Paul e Lucy têm uma relação estranha. Eles também ficaram amigos quando ele trabalhou no *The Post,* mas se tornaram bem mais íntimos do que eu e Paul jamais fomos. Eles se parecem mais com irmãos — se adoram, mas implicam um com o outro o tempo todo.

Depois da sobremesa, tomamos café com docinhos e contei sobre meu encontro mais cedo com Alex e a Senhorita Peitão, torcendo para que alguém fizesse eu me sentir melhor a respeito do que aconteceu.

— Se ele quer transar com alguém cem anos mais velho do que ele é porque é um idiota — anunciou Lucy.

— Bem, você está transando com alguém cem anos mais novo. Vou começar a chamá-la de Humbert — Paul comentou.

— Pare de ser malvado comigo no meu aniversário, seu príncipe dos gays.

A implicância continuou, até que começamos a tomar vodca e Hazel caiu desmaiada no banheiro.

Estou em casa agora e a pergunta que ainda está machucando meu coração não é por que ele vai se casar com ela... É por que ele não quis se casar comigo.

Não estou lidando nada bem com isso. PAM POTTER, CADÊ VOCÊ?

Quarta-feira, 23 de março

A primeira coisa que fiz pela manhã foi ligar para Pam, pedindo uma consulta, e ela concordou em me encaixar depois de sua última sessão, às seis. Agora mal passou das três e não parei de pensar no Alex e NAQUELA MULHER o dia todo... E no casamento deles... E nos seus futuros filhos... E me machucando com essa história toda. Quero conversar com Lucy ou Hazel sobre como estou me sentindo, mas sei que existe um limite para a quantidade de choramingos que elas podem aguentar antes de se irritarem por eu ser tão patética. Deus sabe o quanto já estou zangada comigo mesma.

20 horas. Minha sessão com Pam foi boa. Foi um alívio tão grande simplesmente vomitar toda a merda que estava envenenando minha cabeça. Destaques incluídos:

(Sobre Alex)

Pam: Por que você está tão chateada por ele se casar?

Eu: Ele sempre disse que nunca se casaria. Agora eu sei que ele simplesmente não queria se casar comigo. Me sinto uma idiota.

(Sobre este diário)

Pam: Nós conversamos ano passado sobre manter um diário. Você se esforçou para fazer isso?

Eu: Sim. Nossa, sim. Muitas coisas escritas. Estou anotando tudo. Apesar de o conteúdo ser quase todo sexual. É como *O diário secreto da molécula de estrogênio*. (Ela não riu.)

(Sobre sexo)

Eu: Não sei por que a minha vida sexual é tão importante agora.

Pam: Acho que a questão devia ser: por que você não achava a sua vida sexual importante antes?

Bem colocado. Eu me sinto bem melhor por ter me aberto com alguém além das minhas amigas. Pelo menos Pam não começou uma briga e me chamou de príncipe dos gays. Mas, no final da sessão, ela me disse que passará algumas semanas na Flórida, visitando sua família, então terei que encher o saco de alguma outra pessoa enquanto ela estiver fora.

Quinta-feira, 24 de março

Este mês parece estar indo de mal a pior. Justo quando achei que não podia chegar mais fundo no poço, algo aconteceu hoje que me fez desejar nunca ter embarcado nessa maldita lista de desafios.

Enquanto Frank estava fora, numa reunião, decidi, em minha infinita sabedoria, usar sua sala para dar um telefonema erótico surpresa para Oliver diretamente do trabalho. Só que Frank voltou, não é ótimo? Voltou exatamente quando eu dizia as palavras "Eu vou colocar seu pau na minha boca" — Frank tirou o telefone da minha mão e disse: "Você não vai não", e desligou.

Tenho uma reunião logo cedo amanhã e estou com vontade de vomitar. Obviamente, Oliver acha isso hilário e não curte a falta de senso de humor do meu chefe.

— Ele é homem, Phoebe. Deve estar rindo disso com a mulher dele.

— Ele é divorciado.

— Tudo bem, então ele vai tocar uma punheta enquanto pensa em você colocando sua...

— ECA! Cala a boca!

— Veja, eu conheço seu chefe. Ele é um arrogante. Essa é provavelmente a coisa mais excitante que já aconteceu com ele.

— Então você não acha que ele vai me demitir?

— Bom, eu não disse isso...

— Ai, meu Deus. Eu vou ser demitida com certeza.

MINHA SEXLIST

Sexta-feira, 25 de março

Hoje de manhã me esgueirei furtivamente pelo escritório apenas para descobrir que Frank não estava lá, o que significa que pude relaxar por exatos trinta minutos, até ele me ligar e dizer que nossa reunião havia sido transferida para segunda-feira de manhã. Imbecil. Eu tenho agora o fim de semana inteiro para chorar e procurar emprego. Passei o resto da tarde saindo para fumar e flertando no Twitter com @granted77. Ele mudou a foto do avatar por uma de seu rosto e parece ser bastante atraente. Agora estou em casa, andando de um lado para outro na sala, imaginando se eu deveria aprender uma profissão.

Segunda-feira, 28 de março

Eu me sentei humildemente na reunião matinal, desejando que Frank tivesse um ataque cardíaco fatal de repente e eu me safasse. Em seguida, rastejei para dentro de sua sala para a inevitável humilhação e demissão. Ou assim eu achava.

— Parece que nós temos um problema, Phoebe. Você usou minha sala para ligações pessoais e pelo que pude ouvir não era uma emergência familiar.

— Ah, deixa disso, não foi tão mal assim. — Tentei lembrar exatamente o que eu tinha falado. — Até onde você ouviu?

— O suficiente, Phoebe, eu ouvi o suficiente. Pelos seus e-mails, também sei que a sua cabeça não anda no trabalho ultimamente. Esses seus desafios parecem ser mais importantes do que dar 100% de você para o seu trabalho, o qual você é paga para fazer.

Cretino traiçoeiro.

— VOCÊ LEU MEUS E-MAILS? ISSO É…

Ele pediu que eu me calasse. Ele realmente me mandou calar a boca!

— Você quer manter seu emprego, Phoebe?

— Claro que quero! Poxa, me desculpe. Isso foi... pouco profissional.

— Sem boas referências da nossa empresa, as chances de encontrar outra coisa neste mercado são bem pequenas.

— Eu entendi, Frank. Pedi desculpas. O que mais você quer?

Ele fez uma pausa e começou a procurar uns papéis em sua mesa. Parecia atrapalhado.

— Bem... eu...

— Me dê uma suspensão, qualquer coisa.

— Tem uma coisa que, hum...

Ele começou a digitar, olhando para a tela desligada de seu computador.

— Que coisa? Por Deus, Frank! Diga logo o que eu preciso fazer para manter o meu emprego.

Ele continuou em silêncio, e comecei a ficar meio descontrolada. Conseguia sentir meu lábio inferior tremer. Me levantei para sair e ele fez um sinal para eu esperar e continuou:

— Me adicione à sua sexlist.

— O que você disse? — perguntei, incrédula.

— Vamos dizer que as coisas não estão indo muito bem para mim... com as mulheres. Talvez você possa me dar algumas dicas, pois não consigo passar do terceiro encontro, eu...

Totalmente bizarro.

— Não estou certa de ser a melhor pessoa para você estar contando isso...

— Resumindo: se você me ajudar, eu não vou levar isso adiante.

Nós dois nos olhamos por um tempo como numa cena de novela mexicana. Eu estava furiosa.

— Ajudar você? Sai fora, Frank! Não vou dormir com você. Prefiro ser demitida. Isso é chantagem.

— Eu não falei em dormir com você. Por Deus, não. Você é muito diferente do meu tipo. Quero apenas algumas orientações. Devo estar fazendo algo errado e acho que você é quem pode me ajudar a descobrir o que é. Pense nisso e me diga amanhã.

Por isso, estou pensando no assunto. Ele já me enviou dois e-mails e dá para notar que está realmente desesperado. Será que eu deveria considerar a possibilidade? Será que eu poderia transformar esse babaca pretensioso em alguém que vale a pena namorar? No momento estou tão revoltada com ele que quero arrancar fora meus próprios cílios.

Terça-feira, 29 de março

Eu cedi. Depois de considerar a alternativa de precisar me cadastrar na central de empregos e inventar uma explicação por ter sido demitida, decidi ajudar Frank. Parece que agora tenho um desafio extra para acrescentar à sexlist, algo que vai me manter no emprego que odeio, mas preciso, e que tem me ajudado parar de pensar em Alex e sua Bridezilla. Mas a nova tarefa não tirou Stuart e sua bundinha empinada da minha cabeça, apesar de tudo. Ele me enviou um e-mail hoje à tarde:

De: Stuart Sinclair
Para: Phoebe Henderson
Assunto: Boa tarde
Belas pernas. Agora, de volta ao trabalho.

De: Phoebe Henderson
Para: Stuart Sinclair

Assunto: Re: Boa tarde.
Ah, você está a fim delas.

Quarta-feira, 30 de março

De volta aos negócios, e na próxima encenação, serei uma prostituta e Oliver, meu cliente. Esta pequena pérola saiu inteiramente da cabeça dele. E não se trata do tipo de garota de *A bela da tarde*, com chá e garotas gostosas que falam "Por que você não toma um banho divino?", ah, não. *Isso* seria muito civilizado. Oliver quer que eu me vista como uma puta de rua: salto alto, minissaia, meia-arrastão e todos os outros itens do visual estereotipado que se vê num filme ruim com prostitutas, cafetões e dois detetives envolvidos numa busca policial. Na realidade, a maior parte das fantasias de Oliver envolve cenários-clichê, como médicos e enfermeiras, alguém aparecendo para consertar o controle remoto ou algo igualmente idiota, mas é justo que ele ganhe uma de suas escolhas neste desafio específico.

— Seja vulgar e não chore se eu for cruel com você.

Estou com a terrível sensação de que vou acabar parecendo um transexual dos anos 1980. Se pingar algum dinheiro na minha mão, vou ficar com ele.

Quinta-feira, 31 de março

— Que merda é essa? O escritório está com cheiro de caldo de carne — comentei ao entrar na sala esta manhã.

Brian levantou a cabeça de sua mesa e mostrou a caneca de café.

— Bovril — ele declarou, triunfante. — Qual é o problema? Você não gosta de um pouco de carne pela manhã?

— Ah, por favor, é cedo demais para insinuações, Brian, e essa coisa fede.

— Estou quase no fim. Você seria imprestável num jogo de futebol. Nós tomamos litros disso.

— Mais uma razão para evitar esportes.

Ele deu de ombros e continuou bebendo, enquanto eu fazia barulhos de quem vai vomitar do outro lado da sala. Engraçadinho.

O dia se arrastou. Tomei umas vinte xícaras de chá e reclamei no Twitter. Praticamente saí correndo do escritório às cinco, desesperada para chegar em casa e ter uma noite relaxante, mas, quando cheguei na estação, meu trem estava atrasado. Típico, uma merda. Sentei no Burger King por 45 minutos, tomei devagar um milk-shake e comi batatas fritas, enquanto refletia sobre como o mês tem sido estranho. Transei com um cara mais jovem, perdi minha virgindade anal, encenei meu primeiro personagem de verdade e, de alguma forma, concordei em transformar meu chefe num cara mais atraente para as mulheres simplesmente para não ser demitida. Estou exausta. Parece que vai ser um ano interessante.

ABRIL

Sexta-feira, 1º de abril

Richard me enviou uma mensagem às seis da manhã, dizendo que queria me ver novamente. Eu, com educação, mas firmeza, respondi que não, muito obrigada. Qual seria o objetivo disso? Já tenho um parceiro de sexo casual.

Sábado, 2 de abril

O clima escocês é péssimo. Choveu tanto hoje que não pude fazer nada, a não ser ficar à toa, de roupão, falando merda no Twitter, assistindo a vídeos no YouTube e comendo biscoitos. Estava com um tesão desesperado e comecei a enviar fotos dos meus peitos para Oliver, principalmente porque sabia que ele estava enrolado no trabalho o dia todo e me divertia imaginá-lo de pau duro no momento errado. As mulheres têm essa facilidade quando se trata disso — podemos estar totalmente excitadas e ninguém vai saber. Richard enviou MAIS UMA mensagem depois de eu dizer que não estava a fim. Eu o ignorei. Ai, meu Deus, se toca, cara!

De: Oliver Webb
Para: Phoebe Henderson
Assunto: Entediado
Lindos peitos. Mais por favor.

De: Phoebe Henderson
Para: Oliver Webb
Assunto: Re: Entediado

Você *tem* que estar entediado. Existe uma internet cheia de peitos bem mais impressionantes do que os meus. De qualquer jeito, você não deveria estar olhando peitos. Deus está de olho.

Ah, assisti àquele filme pornô que você deixou aqui. Bem, partes dele.

Não funcionou para mim, tinha muita estimulação anal com a língua, e o cara não tira as meias. Estimular o ânus com a língua usando meias nunca é excitante.

Quando você sai?

De: Oliver Webb
Para: Phoebe Henderson
Assunto: Re: Entediado

Estimulação do ânus sem tirar as meias? É assim que vou chamar a primeira indiazinha norte-americana que adotarmos. Vou ficar até as dez, depois vou sair com uma garota chamada Sandra, que me acha charmoso. Ela está certa, é claro. Bem, se você não vai mais me mandar fotos dos peitos, eu não vou mandar uma foto do meu pau.

De: Phoebe Henderson
Para: Oliver Webb
Assunto: Re: Entediado

Muito bom. Acabei de comer. Tudo bem, vá se divertir com a Sandra então, mas esse é um nome sem imaginação e ela não vai mandar fotos dos peitos como eu. Não diga que não o avisei.

Considerando que Oliver vai passar a noite toda e provavelmente amanhã de manhã com a Sandra Chatonilda, a encenação de prostituta vai ter de esperar.

O próximo item da sexlist é sexo ao ar livre. Eu sempre fantasiei sobre isso — não estou me referindo a extremos, como *dogging*, mas a ideia de ser observada ou mesmo flagrada provoca um arrepio obsceno pela minha espinha.

A maior parte da minha vida sexual não foi cheia de aventura: basicamente deitada de costas na cama, comportada e segura, distante de olhos curiosos e sem riscos. Eu me culpo por isso. Seria fácil dizer que meus parceiros foram todos sexualmente entediantes, mas até onde eu sei eles poderiam até ser capazes de fazer sexo enquanto saltavam de paraquedas ou de bungee-jump, eu que nunca procurei saber. Lembro ter perguntado ao Alex certa vez se ele toparia usar brinquedos sexuais, e ele me olhou como se eu tivesse acabado de mijar no seu tênis favorito. Ao me lembrar disso agora, fico surpresa por ter esperado pela permissão de outra pessoa para buscar o que eu quero, seja lá o que for. Sei que quero um elemento de risco, mas, acima de tudo, quero um pouco de emoção! Como sexo no cinema, quando pessoas bonitas que sentem tesão umas pelas outras se encontram em lugares arriscados e estimulantes e ninguém vai preso. Cheguei perto algumas vezes, quando fiz um boquete em meu ex-namorado, James, atrás de um restaurante. Durou cerca de dez segundos, e decidimos nos esconder atrás de umas lixeiras enormes; não tem nada como o fedor de comida podre para acabar com o clima. A segunda vez foi quando me embolei com Alex numa cabine telefônica no início do nosso namoro. O lugar era apertado, cheirava a urina e ele estava longe de ser o Superman.

Quanto mais penso nisso, mais excitada fico, imaginando todos os tipos de atividades pervertidas ao ar livre, então decidi que vai realmente acontecer. Preciso apenas deixar claro para Oliver que não pretendo caminhar no mato ou acampar — sou muitas coisas, mas não sou ESSE tipo de garota. Enviei uma mensagem para avisá-lo de que eu estou pronta para fazer isso:

Ei. SEXO *AL FRESCO*. Vamos nessa. Me liga ou me envia uma mensagem urgente.

Espero que a Senhorita Chatonilda veja o telefone dele.

Domingo, 3 de abril

Liguei para minha mãe cedo, para desejar um feliz aniversário. Dei a ela vales-presente da Amazon, já que não tenho a menor ideia do que ela gosta.

— Obrigada, querida! Seu pai me deu ingressos para ver o Muse. Parece que eles vão fazer um show beneficente.

— MUSE? Você tem 60 anos! Quando começou a gostar de Muse?

— Desde que ouvi "Plug in Baby". Banda incrível. Tenho 60 anos, Phoebe. Isso não significa que sou uma anciã.

— Eu sei, estou apenas surpresa. Achei que você veria Cat Stevens ou algum outro hippie enrugado.

— Talvez há vinte anos, mas ele agora se chama Yusuf e está religioso demais para o meu gosto. Agora preciso ir. Nós vamos nadar. Tchau, querida, e obrigada pelos vales!

Muse? Meus pais nunca deixam de me surpreender. Liguei duas vezes para Oliver e caiu direto na caixa postal. Ele também não respondeu as minhas mensagens. Onde diabos ele está?

Segunda-feira, 4 de abril

Oliver ainda não retornou minhas ligações, apesar de eu ter deixado hoje diversos recados "Acabe comigo num estacionamento, pooorrraaaa!", em seu celular. Então, desisti e saí para beber com Stuart depois do trabalho. Ah, como esperei por este dia! Ele é o único vendedor que conheci até hoje que também é um ser humano decente. Além disso, ele tem a boca perfeita e morde os lábios de nervoso toda hora, o que me deixa louca. Estou falando sério. Tive que reunir toda a minha força de vontade e determinação para não pular sobre a mesa, agarrar sua gravata e lamber seu rosto. Mas dormir com alguém com quem você trabalha é sempre uma coisa complicada, que exige discrição — principalmente caso seja um desastre ou a pessoa me ache gorda e conte a todo mundo.

Nós flertamos o dia inteiro e, na hora de ir para casa, enrolamos com nossas coisas até o escritório ficar vazio.

— O que você está a fim de fazer? — perguntou Stuart, desligando seu computador.

— Nada demais — respondi casualmente. — Beber?

— Sim — ele riu —, com certeza.

Fomos até o pub no térreo, pedimos algumas doses e nos espremos juntos na ponta de uma mesa. Nosso papo inicial sobre trabalho logo se transformou num jogo etílico de "verdade ou consequência". Sim, começou como uma diversão inocente, até que alguém lançou o desafio de ver o quanto ele conseguiria me deixar molhada embaixo da mesa. Um desafio que, a propósito, ele aceitou. A hora de o pub fechar foi se aproximando e a tensão sexual já estava insuportável.

— Quer sair daqui? — ele perguntou, e de repente me dei conta de que Oliver não era o único que podia me ajudar com meu próximo desafio.

Saímos praticamente correndo porta afora, desejando ter capas de invisibilidade para podermos transar ali mesmo na rua, mas acabamos num beco atrás do pub, eu com a meia-calça embolada nos tornozelos, agarrada a uma cerca irregular de arame. Eu podia ouvir as pessoas passando pela entrada do beco, muitas vozes e risadas. Foi excitante saber que nós podíamos ser pegos ou vistos.

— Não acredito que estamos fazendo isso — Stuart falou ofegante, no meio da transa. — Há tempos eu quero te comer.

— Eu também — falei, entre gemidos. — Agora, mete mais forte, vai.

Foi excitante, apaixonante e totalmente congelante. Eu me senti incrivelmente sexy e muito, muito ousada. Assim que minha mente considerou a situação, a única coisa que consegui pensar foi "Ele era a fim de mim!", como se eu fosse uma adolescente apaixonada. Eu poderia ter continuado alegremente por horas, mas, quando acabamos, ajeitamos nossas roupas e nos beijamos por alguns minutos antes de decidirmos que era hora de cair fora. Então, com uma promessa de discrição e um olhar de despedida um pouco mais longo que o normal, nós nos separamos. Pela primeira vez, mal posso esperar para ir trabalhar amanhã.

Enviei uma mensagem para Oliver antes de ir dormir:

Onde você está? Morreu? Me avise.

Terça-feira, 5 de abril

Não foi nada complicado encontrar Stuart no trabalho e também não me deparei com um escritório cheio de risinhos ridículos, o que foi um alívio. Nós trocamos alguns e-mails elogiando um ao outro sobre a nossa sessão, mas ele conseguiu estragar tudo dizendo "Eu tenho namorada, você sabe. Não posso fazer isso de novo". Desmancha-prazeres.

Finalmente consegui localizar Oliver. Ele estava em Brighton, num seminário, o que basicamente significa uma hora de palestra sobre tecnologia e vinte horas de abuso de cocaína e Jack Daniel's.

— Foi mortal. Dormi com duas irmãs.
— Por favor, me diga que não foi ao mesmo tempo.
— Por Deus, não, Phoebs. Uma depois da outra.
— Sim. Isso melhora muito a coisa. E a Sandra?
— Você estava certa. Ela não quis dormir comigo no primeiro encontro, e foi uma merda no final das contas. Tudo o que ela fez foi falar do seu maldito gato. Mas tinha uma bunda legal.

Da minha parte, contei a ele sobre Stuart do trabalho e por um segundo ele pareceu irritado. Nada justo, considerando que ele esteve longe, transando com uma família inteira, mas sua reação foi: "Pensei que estava ajudando você com esse negócio. Achei que íamos fazer outra encenação antes."

— Você estava fora com as gêmeas incestuosas e não consegui te achar. Nós ainda vamos fazer a encenação. Não tem uma ordem específica para isso, Oliver. Além do mais, tudo isso se trata de eu assumir o controle do meu universo sexual. Fique feliz por mim!

— Eu sei. Eu estou! Estava apenas ansioso por isso, só isso. Bom, nós vamos fazer isso ao ar livre também. Te busco depois do trabalho, amanhã.

Quarta-feira, 6 de abril

Oliver estava me esperando como combinado e o flagrei dando uma olhada em Stuart enquanto ele descia a rua.

— Achei que você não gostava de cabelo muito curto — Oliver resmungou.

Andamos de carro por cerca de quarenta minutos e mal nos falamos durante o trajeto. Num certo ponto, saímos da rodovia e subimos uma estrada de terra que ia sabe-se Deus para onde. Oliver parou o carro, se olhou no espelho retrovisor, desceu e deu a volta para abrir minha porta. Ele estava meio estranho e comecei a sentir um aperto no estômago, como se ele estivesse prestes a me matar ou algo assim.

Comecei a falar, mas é difícil dizer alguma coisa quando a pessoa cala sua boca pressionando os lábios nos seus. Desisti e me entreguei.

Caminhamos em volta do carro até a frente e ele arrancou minha meia-calça e a calcinha. Eu disse "arrancou", mas foi mais um gesto de rasgar, que teria sido mais sensual se eu não estivesse vestida com calcinha e meia de poliamida. Com um pouco de ajuda elas foram lançadas sobre uns arbustos próximos e fui virada de um jeito teatral e comida sobre o capô do carro. Embora fosse óbvio que ele me queria, dava para ver que Oliver estava tentando superar a trepada com Stuart, para, em seguida, pular na minha frente e gritar "EU SOU O CAMPEÃO, EU SOU A PORRA DO CAMPEÃO!". Nesse meio-tempo, enquanto beijava meu pescoço, ele aproximou a boca do meu ouvido e disse:

— Nunca é tão bom assim com outra pessoa, não é?

Respondi a verdade:

— Não. Não é.

Depois que terminamos, ele me beijou e se ofereceu para me ajudar a procurar a calcinha. Nós a encontramos, mas a roupa já estava sendo explorada por alguns insetos, então a deixei pra lá com prazer.

— Você quer ficar lá em casa hoje? Posso levar você em casa para pegar uma calcinha nova antes.

— Não, preciso ir para casa. Quero fazer umas coisas de mulherzinha, tipo pintar as unhas e cobrir a cara com lama. E estou exausta. Mas isso foi divertido.

Oliver me levou para casa, onde eu caí na cama, rindo sozinha e me sentindo meio molenga. O desafio do sexo ao ar livre foi definitivamente o meu preferido até agora e foi melhor do que eu imaginava. Não tenho certeza se foi o elemento de perigo, as mordidinhas de lábio de Stuart ou a trepada competitiva de Oliver que me excitou mais, mas pretendo fazer tudo isso com mais frequência. Só peço a Deus que eu não acabe em algum site tipo *Flagrada trepando pelas câmeras de segurança.*

Quinta-feira, 7 de abril

— Você está livre hoje à noite, Phoebe? Deixe-me levá-la para sair.

Existem certas frases que você nunca quer ouvir do seu chefe, e essa é uma delas.

— Espere um momento, Romeu! Eu deixei claro que...

Mas antes que eu pudesse terminar a frase, mais palavras saíram daquele buraco na cara dele:

— Bem, não teremos exatamente um encontro, mas eu ando tendo alguns problemas ultimamente e não sei por quê. Estou ficando de saco cheio e você prometeu que me ajudaria.

— Você está me *obrigando* a ajudá-lo. Isso está com cara de chantagem, Frank. Mas tudo bem. Vamos direto do trabalho, separados. Não vou deixar a Maureen, do administrativo, se chicotear em fúria por nos ver saindo juntos. E você vai pagar.

Combinei de encontrar Frank num restaurante italiano aconchegante bem do *ouuuutro* lado da cidade. Eu estava sentada no bar, esperando por ele, quando Oliver ligou.

— Você quer comer alguma coisa? Estou morrendo de fome e...

— Desculpe, Oliver, já estou num encontro. Bem, encontro de mentira. Com Frank. Explico depois.

Minhas palavras foram recebidas com um silêncio longo o suficiente para me deixar desconfortável.

— Passe mais tarde lá em casa, se quiser. Você pode me comer! — brinquei.

Minha tentativa de fazer piada não colou, assim como o tom dele:

— Não, tudo bem. Vejo você depois.

Oliver desligou na minha cara, e isso me irritou. O que ele espera? Que eu fique à sua disposição? Então, Frank entrou parecendo atordoado e ainda usando aquele relógio idiota. Nós nos sentamos à mesa e a garçonete trouxe os cardápios. O encontro tinha oficialmente começado.

— Nossa sopa de hoje é minestrone. Posso trazer alguma bebida?

— Vou tomar uma taça de vinho branco seco — respondeu Frank, enquanto tirava o paletó. — Tamanho grande.

— É melhor trazer a garrafa — acrescentei, observando-o despir mentalmente a garçonete. — Nós vamos precisar.

Ela se afastou, completamente alheia ao fato de que tinha acabado de ser incluída nas opções de masturbação de Frank. Alguns minutos depois, a garçonete voltou com o vinho e anotou nosso pedido: raviólis de cogumelo para mim e algum tipo de risoto de peixe para Frank.

— Então, você conseguiu vender aquela meia página de anúncio? — Frank começou, servindo-se de vinho.

— Sem conversa de trabalho, Frank. É chato. Surpreenda-me com o seu papo.

— Meu papo?

— Sua conversa, você sabe, uma conversa inteligente.

Dez minutos depois eu sabia exatamente qual era o problema e, quando acabamos de comer, decidi atacar o mal pela raiz:

— Frank, sabe que você é a pior pessoa com que eu já saí em toda a minha vida? E quando eu digo "em toda a minha vida", o que eu realmente quero dizer é "TODA A MINHA VIDA!".

Ele pareceu confuso de verdade.

— Até agora você se virou duas vezes no meio da conversa para olhar a bunda da garçonete, se serviu de vinho sem me oferecer, conseguiu transformar duas conversas isoladas em piadas realmente chatas sobre comprar merdas caras... E, por falar nisso, seu relógio é pretensioso...

— Meu Deus, Phoebe, você não precisa ser tão direta sobre isso! Eu sabia que alguma coisa do tipo aconteceria — falou ele de maneira entrecortada. — Veja só, Phoebe, existem dois tipos de pessoas neste mundo: pessoas como você e pessoas como eu.

— O quê, "narcisistas" e "chantageados"? Você pode estar certo — eu disse revirando os olhos. — E essa exata declaração que você acabou de fazer é a razão pela qual as mulheres preferem ficar em casa e se automutilar, em vez de saírem com você. Lembre-se disso.

Ele não estava satisfeito.

— Veja, você me pediu ajuda. Pare de agir como um bebê chorão. Eu vou escrever tudo isso e te mandar por e-mail de manhã. Meu conselho é PARE DE MARCAR ENCONTROS até resolver isso, mas o primeiro passo é se livrar desse maldito relógio. Ele é pavoroso.

A única coisa que não mencionei foi que, apesar de não saber se comportar socialmente, ele tinha um cheiro gostoso, tipo baunilha, e isso me lembrou de bolo e... PARE COM ISSO, Phoebe! Sob nenhuma circunstância você vai provar seu chefe.

Sexta-feira, 8 de abril

Cheguei ao escritório às nove da manhã, café com leite na mão e olhos protegidos do cardigã amarelo brilhante que Kelly estava usando. No instante em que sentei, o telefone tocou. Era Frank.

— Bom-dia, Phoebe.

— Bom-dia.

— Sobre ontem à noite, eu adoraria os seus comentários ASAP.

Ele pronunciou "azápi". Eu não podia deixar ele escapar com essa.

— Você sabe que ASAP não é realmente uma palavra? Você deve soletrar cada letra. Não é como...

— Ah, pare de dar uma de espertinha. E ande logo com isso. E depois consiga vender aquela meia página.

Ele desligou, eu abri o e-mail e respondi treze mensagens incrivelmente desimportantes antes de conseguir voltar ao e-mail para ele. Ao escrever, fui rápida e rasteira:

De: Phoebe Henderson

Para: Frank McCallum

Assunto: Mais detalhes da nossa reunião

Frank,

Em relação à nossa reunião de ontem, aqui estão algumas sugestões que, em minha opinião, podem realmente ajudar você com o seu problema:

1. A não ser que você seja um rapper, pare de usar joias exageradas, seu maníaco.

2. Considere por um instante que existem muitas mulheres no mundo que não ligam a mínima para o preço das coisas, e muito menos o quanto você pagou por elas.

3. Se você precisa olhar para a bunda de outras mulheres durante um encontro, aprenda a fazer isso de maneira sutil, pelo amor de Deus.

4. Quando sua companhia falar, *deixe-a terminar*. Também ajuda se a sua resposta não começar com "Foi a mesma coisa quando eu...", porque não é nada parecido

com qualquer coisa que você tenha feito um dia. E, por favor, não discuta, porque não é.

Pense nisso e podemos fazer uma nova tentativa.

Sábado, 9 de abril

Oliver me ligou hoje à noite, por sorte de bom humor, contando que irá ao Club Noir na próxima sexta-feira com uma garota do trabalho chamada Simone. Eu nem sabia que ele gostava de dança burlesca. Ele acrescentou que até eu ficaria a fim dela, o que me lembra do meu próximo desafio: sexo grupal ou, mais especificamente, sexo a três. Mas, antes de pensar em começar este desafio específico, vou precisar considerar uma questão: eu gosto de mulheres? A única resposta que encontrei até agora é: não sei.

Eu consigo apreciar uma mulher bonita a ponto de me encantar por ela, mas posso dizer que nunca fantasiei em rasgar suas roupas do jeito que imagino fazer com muitos, muitos, MUITOS homens, de Jack White a Eddie Izzard, e até mesmo aqueles dois caras do *MasterChef*. Muitas vezes me pego imaginando se eles seriam tão detalhistas na cama como são com a comida que fazem... Mas eu estou divagando.

Se vou me jogar nisso, é melhor haver a possibilidade de eu realmente querer transar com os dois sexos? Eu me lembro de ter beijado uma garota quanto tinha 17 anos. Nós estávamos completamente bêbadas e infelizmente a escola inteira descobriu, me rotulando de "lésbica", do que eu só consegui me livrar anos depois. Mas havia uma parte de mim que amava secretamente o fato de a minha sexualidade ser tratada de maneira tão ambígua (principalmente porque eu queria ser a Madonna) e que isso irritava as garotas e intrigava os garotos. O que eu realmente acredito é que atração é algo que não se tem controle, e embora eu me classifique como heterossexual, estou aberta à possibilidade de ter prazer com mulheres também. Se eu fosse totalmente heterossexual, talvez eu sequer considerasse a ideia. Não! O objetivo desses desafios é fazer coisas que o meu antigo eu jamais faria, não importa o quanto elas me assustem. Será que estou analisando demais tudo? Sexo é só sexo... Certo?

Segunda-feira, 11 de abril

Frank me chamou em sua sala na hora do almoço. Ele não estava usando seu relógio. Graças a Deus.

— Então, quando podemos marcar outro encontro? É ainda mais urgente, pois conheci uma mulher no fim de semana e gostei dela. Vanessa. Quero dizer, ela é apenas uma balconista, mas...

— Por Deus, ouça a si mesmo, Frank: "*apenas uma balconista.*" Quem você pensa que é?

Ele pareceu constrangido.

— Bem, eu realmente gosto dela e não quero botar tudo a perder. Você estará livre amanhã à noite?

— Não sei, eu...

— Então está combinado. Pronto.

Como eu me meti nisso? Estou começando a achar que ser demitida teria sido menos inconveniente. Ainda assim, se eu puder ajudá-lo a impressionar Vanessa, ele vai largar do meu pé, então vale a pena.

Terça-feira, 12 de abril

Combinamos de ir a um restaurante indiano hoje à noite, pois Frank conhece o dono e consegue um desconto de amigo. Eu o encontrei no carro dele (escondido num estacionamento subterrâneo) e fiquei abaixada, até que saímos do centro da cidade.

— Meu Deus, Phoebe, você fica assim tão constrangida de ser vista comigo?

— Eu disse a você que me recuso a ser alvo de fofocas no trabalho. Se alguém nos vir juntos, nunca mais vou me livrar disso.

— Bem, muitas vezes eu deixo a Maureen, da contabilidade, em casa.

— Eu nunca vi isso acontecer.

— Não, ela fica abaixada no banco traseiro até pegarmos a autoestrada — ele falou rindo baixinho.

— Você acabou de fazer uma piada? Puta merda, talvez ainda haja esperança para você! Quanto falta para chegarmos lá? Estou morrendo de fome.

Cinco minutos depois, entramos numa rua secundária e vimos o restaurante. Não tinha muito para se ver do lado de fora, mas dentro era aconchegante, atraente e cheio de arte indiana moderna e colorida. Os aromas de cominho e açafrão me lembraram do quanto eu estava faminta.

— Frank! — Uma voz surgiu do outro lado da sala.

— Bom te ver!

Um garçom indiano bonito apareceu e deu um abraço em Frank. Fiquei surpresa por alguém parecer verdadeiramente feliz em ver Frank, a ponto de fazer contato físico com ele.

Ele nos levou até nossa mesa, onde havia uma garrafa de vinho à nossa espera.

— Vou mandar alguém vir aqui num minuto para anotar os pedidos. Aproveitem!

Frank serviu o vinho (primeiro para mim). Era nítido que ele tinha feito o dever de casa.

Surpreendentemente, eu jantei com uma versão de Frank relaxada e sem joias ostensivas, que fez piadas, elogiou meus olhos verdes (sem ser brega demais) e foi pessoalmente buscar água quando comi um curry que fez a minha cara arder. Depois do jantar, tive que perguntar como ele tinha conseguido. Quer dizer, ele estava quase um ser humano normal.

— Quando alguém aponta tão agressivamente seus pontos fracos, é difícil ignorá-los, Phoebe. Não quero mais ficar sozinho, simples assim. Ficar vulnerável não é algo natural para mim, mas estou tentando.

— Não se preocupe, você vai ficar bem!

E, pela primeira vez em três anos de trabalho com Frank, sorri para ele. Deve ter sido muito impressionante.

Quarta-feira, 13 de abril

Saí do trabalho às cinco e meia hoje e, depois de ficar em pé no ponto de táxi em plena chuva por quinze minutos, peguei um táxi para a casa de Oliver. Estava chovendo forte, meus pés estavam me matando e acho que me sentia mais excitada com a ideia de tirar os sapatos e deitar em frente à lareira do que realmente em vê-lo.

Oliver abriu a porta para uma mulher encharcada com uma garrafa de vinho numa das mãos e os sapatos na outra. Meia hora depois, eu tinha tomado banho, estava deitada em frente ao fogo, vestindo o roupão macio dele e ouvindo Regina Spektor. Quero me casar com esse apartamento.

Como uma imagem cotidiana, Oliver se sentou de frente para mim no sofá de couro marrom, lendo o jornal e bebericando vinho tinto.

— Confortável? — ele perguntou, olhando de relance na minha direção.

— Muito. Está perfeito. Simplesmente me ignore se eu começar a ronronar.

Ele deixou o jornal de lado.

— Isso me dá tesão. Estou muito feliz que você tenha iniciado esses desafios. Você anda uma putinha muito sexy ultimamente.

— Talvez eu sempre tenha sido.

— E eu nunca tenha percebido. Então, qual é o próximo item da sexlist?

Ele se recostou no sofá e sua camiseta se levantou um pouco, deixando à mostra aquela barriga de tanquinho deliciosa.

— Você está a fim de uma transa a três?

Ele balançou a cabeça concordando, os olhos fechados. O cara é tão tranquilo que às vezes tenho vontade de cutucá-lo na cara para ver se ainda está vivo.

— Você já fez sexo a três?

Novamente, ele balançou a cabeça dizendo que sim.

— Ah, QUAL É? Me diga alguma coisa! Como é? Foi bom?

Ele engoliu o vinho de uma vez só.

— Foi normal. Um pouco decepcionante, para falar a verdade. Parece que alguém sempre precisa esperar sua vez. Se nem todo mundo estiver realmente no clima da transa, não faz nenhum sentido. Mas comi duas mulheres, tenho que admitir.

— Espere aí, estou confusa. Então, se não foi tão bom assim, por que fazer de novo comigo?

— Você não me escutou? Eu fiquei com duas mulheres.

É justo.

Ele concordou em "dar uma busca", como se fosse um investigador particular de sexo.

Sexta-feira, 15 de abril

Não tive muito tempo de refletir sobre sexo a três antes de receber uma ligação:

— Phoebs! Lembra da Simone? A garota do trabalho? Ela concordou. O sexo a três. Tudo bem para você?

— Como? Sim? NÃO! É uma e meia da madrugada, estou na cama. E descabelada.

— Não perca tempo se arrumando. Estaremos aí em meia hora.

— Como? Agora...

E ele desligou.

É, com muito sangue-frio, Oliver esteve na noite burlesca e conseguiu convencer sua acompanhante a fazer sexo a três. Simples assim. Ai, merda. Eu poderia tê-lo matado, e realmente planejei sua morte enquanto tomava banho, escovava os dentes, escondia o meu pijama e colocava uma calcinha sexy. Que diabos ele estava pensando? E, o mais importante, que porra de pessoa ele está trazendo? Se ele trouxer uma mulher horrorosa, os dois vão embora, mas ele não faria isso. Ela será linda e eu serei o estepe. Por que eu disse sim? Eu ainda não cheguei a nenhuma conclusão sobre o "garota com garota" e agora a decisão, aparentemente, foi tirada de mim. Eu gostaria de ter dado uma olhada nela antes.

Uma hora depois, a campainha tocou e entraram Oliver e Simone, parecendo muito satisfeitos um com o outro e obviamente um pouco bêbados por causa da noitada. Ele vestia terno e gravata e ela usava um vestido lápis, acompanhado de incríveis sapatos vermelhos que eu morri de vontade de experimentar.

Ela não era feia, graças a Deus: loura, pequena, se comparada a mim, e bonita como uma bonequinha. Ele ficou parado, com as mãos ao redor da cintura dela, se aninhando no pescoço dela, e eu fiquei lá sem saber para onde olhar. Dizer que os minutos seguintes foram desconfortáveis seria eufemismo. Acho que cheguei a oferecer um chá em determinado momento, mas, quando finalmente fomos para o quarto, começaram os beijos, a desculpa perfeita para não falarmos mais nada. Oliver pareceu diferente com Simone. Ele era muito assertivo, quase dominador, e ela aceitava, fazendo exatamente o que ele mandava. Eu me senti estranha, mas achei que quando se está em Roma...

Oliver e eu nos beijamos, Oliver depois beijou Simone, e me disse com determinação: "Beija ela." Então nós duas nos beijamos, e digo que foi muito, *muito* bom. Todo o resto se tornou um borrão depois disso. Houve muita pegação e mais beijos, mãos por todos os lados, e me lembro de perguntas pipocando sem parar na minha cabeça: Será que eles preferem que eu não esteja aqui? Ele gosta mais do corpo dela do que do meu? Eu deveria ter me depilado toda? Mas, quando ficamos totalmente nus, esqueci as minhas inseguranças e comecei a curtir aquilo. Será que eu gostava de garotas? Talvez isso fosse o começo de algo novo? Mas à medida que chupava Simone, minhas perguntas foram respondidas com um retumbante "NÃO!", como se dito pela voz forte e grave de Brian Blessed vinda do alto.

O beijo foi ótimo. Sentir o corpo dela foi incrível... Mas aquilo não pareceu ser a coisa certa conforme desci mais. Não consigo explicar, mas não tive prazer naquilo. Eu me senti como uma adolescente desajeitada que nunca chegou perto de uma vagina e não tinha a menor ideia de onde estavam as coisas. Agora, quando penso nisso, parece estranho: afinal de contas, eu tenho uma vagina e um conhecimento prático profundo de onde estão todas as partes boas, mas não soube o que fazer com a vagina de outra pessoa na minha frente. Oliver rapidamente me resgatou e nós nos beijamos enquanto ele transava com ela. Depois, coloquei uma roupa e me sentei na sala enquanto eles se vestiam. Apareceram logo depois, me agradecendo pelo encontro agradável, e chamaram um táxi. E eu fiquei lá, encolhida, com o rosto entre as mãos, cheia de vontade de sumir. Outro desafio cortado da sexlist, mas e o veredito? Completamente assustador e totalmente fora da minha zona de conforto. Dá para entender por que Oliver achou decepcionante o sexo a três na outra ocasião. Pareceu artificial e minha falta de experiência com mulheres me fez sentir como uma idiota. Logo, a não ser que eu leia o mais rápido possível o manual de *Cunilíngua para leigos*, não consigo me sentir disposta a repetir. Acho que, quando existem três pessoas, uma delas sempre vai se sentir sobrando. Hoje fui eu. Seria mais fácil com dois homens?

Sábado, 16 de abril

Acordei com o som do telefone tocando e por um segundo achei que poderia ser Oliver avisando que estava de volta com Simone para uma segunda rodada. Graças a Deus era Paul, ligando para chamar uma Phoebe extremamente cansada para uma reunião em sua casa hoje à noite.

— É apenas uma festinha de aniversário, nada chique, e também uma desculpa para apresentar o meu namorado, Dan. Ele veio de Nova York e estou torcendo para que não volte; então, seja boazinha!

— Eu sou sempre boazinha! É com Lucy que você tem que conversar!

— Ah, não se preocupe, ela está bem prevenida. Na realidade, ameaçada. Hazel não pode vir, e Oliver está ocupado, mas deve ser divertido! Tenho que correr... Vejo você às oito?

Às seis, comi qualquer coisa. Pensando bem, pão de alho não foi uma boa ideia, mas desde que Paul se assumiu, todos os homens que ele me apresenta são gays (exceto um cara que ele chama de "John careca"), então beijar está definitivamente fora de opção.

Cheguei ao novo apartamento de Paul, que é o típico apartamento de homem solteiro no centro da cidade. Tudo é moderno, grande demais e pouco mobiliado, exceto pela gravura de Salvador Dalí gigantesca pendurada numa das paredes. Acima do burburinho das conversas, eu podia ouvir *Immaculate Collection*, de Madonna, saindo do iPod. Boa escolha.

Beijei Paul no rosto, ciente do meu bafo de alho, torcendo para que a bebida camuflasse o cheiro e permitisse uma conversa com qualquer pessoa a menos de trezentos metros de distância.

Lucy já estava lá, oferecendo um prato com uns bolinhos de formato esquisito.

— Fiz umas bolinhas de espinafre. Deu meio errado.

Eu concordei e me virei de volta para Paul, na tentativa de não precisar provar alguma.

— Eu devia ter arranjado mais cadeiras. Detesto quando as pessoas se encostam nas paredes.

— Quem são todas essas pessoas? Eu não conheço quase ninguém.

— São basicamente colegas de trabalho e parceiros. Eu não esperava que todo mundo viesse! Acho que vou precisar arranjar mais bebida.

— Bem, onde ele está? Onde está o novo namorado? Quero conhecê-lo!

— Está vendo aquele cara perto da janela conversando com aquele garoto? É ele.

E lá, de pé ao lado do novo namorado de Paul, estava Richard. Eu me virei rapidamente e sussurrei: "O que diabos ele está fazendo aqui?"

— O quê? Dan é o motivo pelo qual estou dando esta festa! O que você achou? Gostoso, não é? A bunda dele é...

— Não. Richard. O cara com quem ele está conversando. O garoto... Richard. Eu fui para a cama com ele. E o estou ignorando desde então! Isso vai ser totalmente constrangedor.

Senti uma bandeja de bolinhas de espinafre deformadas sendo enfiada entre mim e Paul.

— Desculpe, Phoebe, Sam o trouxe, mas os dois logo vão embora. Simplesmente sorria e daqui a pouco ele vai desaparecer.

Mas ele não desapareceu logo. Nem mesmo quando Sam foi embora. Richard se manteve bem visível e me seguiu a noite inteira, me dizendo como não conseguia parar de pensar em mim e como eu era diferente das outras mulheres que ele conhecia. De onde veio tudo isso?

— Qual o seu problema? — perguntei de repente, depois que ele quase entrou no banheiro, atrás de mim.

— Eu não consigo parar de pensar em você — ele despejou. — A sensação do seu corpo, seu cheiro, eu fico relembrando sem parar, sem parar...

— Olha, Richard, eu não estou interessada — respondi, irritada. — Você é um amor, mas é muito novo para mim. Nós nos divertimos. Vamos simplesmente deixar as coisas como estão, tudo bem?

— MAS EU QUERO VER VOCÊ DE NOVO! — gritou ele.

Merda, ele estava tendo um ataque! Achei que ele podia se transformar no Rumpelstiltskin e exigir que eu desse meu primogênito.

Lucy por fim o convenceu a ir embora, e eu passei o resto da noite me sentindo péssima. Ainda que sem intenção, eu seduzi esse cara. Achei que, como eu não tinha dado importância, ele tinha feito o mesmo.

E me senti uma perfeita canalha.

Domingo, 17 de abril

Lucy cancelou nosso almoço para se encontrar com Sam, então, em vez de sair de casa, preferi passar a tarde na cama, cochilando e me divertindo com meus brinquedos. Comecei a me empolgar e, de repente, aconteceu! A sensação era como se eu fosse fazer xixi, então continuei, enfiei mais forte e gozei. Em voz alta e provavelmente aos berros, gritando "ISSO É ESPARTA!", por estar fantasiando com Gerard Butler (peço a Deus por não ter gritado). Foi incrível. Meu vibrador parecia ter saído da torneira e a mancha molhada era bastante impressionante. EU EJACULEI! Ah, viva para mim, sou quase uma estrela pornô! Bem, exceto pelo fato de que minha família ainda fala comigo e nunca vou clarear meu ânus. Em seguida, me senti como se tivesse sido socada por uma onda de sono incontrolável, e adormeci em tempo recorde: e bem na mancha molhada. O desafio da masturbação estava completo e, para ser bastante franca, mereço uma medalha: me esforcei para isso.

Cometi o erro de enviar uma mensagem para Oliver quando acordei, e ele demorou exatos dezessete minutos para chegar ao meu apartamento. Nem tive tempo de me vestir, antes que ele me jogasse de costas na cama, tentando me conquistar com as seguintes palavras:

— Vamos dar uma olhada nisso.

Apesar de me deixar com os ossos do púbis muito doloridos depois da primeira tentativa, Oliver conseguiu dominar a técnica e transformá-la numa arte. Posso vê-lo olhando para os lençóis no final e pensando "Eu fiz isso".

Ele foi embora por volta da meia-noite, sorrindo para si mesmo. Joguei os lençóis usados na máquina de lavar e adormeci no sofá. Porra, isso faz uma sujeira danada.

Quarta-feira, 20 de abril

Acordei às sete da manhã e encontrei oito chamadas perdidas e uma mensagem de texto, todas de Richard:

> Vc é uma vaca s/coracao, nunca + me ligue novamente

"Nunca +"? Grr. E, ENTÃO, durante minha tarde de trabalho, surge um e-mail de Alex. ALEX-filho-de-uma-puta. Na realidade, prendi a respiração enquanto lia a mensagem, porque, como todo mundo sabe, prender a respiração funciona como uma espécie de campo de força que evita danos emocionais causados por e-mails desnecessários.

De: Alex Anderson
Para: Phoebe Henderson
Assunto: Oi
Phoebe,
Ando pensando em você desde que nos encontramos outro dia. Eu me sinto mal pelo jeito como as coisas aconteceram e também como nossa relação acabou. Podemos nos encontrar para um café ou alguma outra coisa? Ou posso levá-la para comer sushi?
Beijos, A.

Um beijo e tudo o mais. O que diabos está acontecendo? Ainda não respondi. Não acho que o filtro de palavrões do e-mail do trabalho seria suficiente.

Quinta-feira, 21 de abril

Lucy e Sam se separaram porque, ao contrário dela, ele me considera uma cretina. Pelo menos foi assim que ela explicou. Por alguma razão, Richard parece achar que nós tivemos algo realmente especial e conta a todo mundo como eu o abandonei e como ele nunca mais vai sentir a mesma coisa por nenhuma outra pessoa. NUNCA MAIS, NUNCA MAIS, NUNCA MAIS. Eu realmente sei como escolhê-los. Preciso me lembrar de retirar fisicamente o coração na minha próxima transa.

Frank vai se encontrar com a balconista Vanessa amanhã à noite. Ele vai levá-la a algum restaurante de frutos do mar pretensioso próximo ao rio Clyde, onde eles servem cavalo-marinho flambado ou alguma coisa do tipo. Nós revisamos as coisas na hora do almoço para prepará-lo.

— Certo, Frank, vamos repassar alguns cenários possíveis. Se ela elogiar alguma coisa que você esteja usando...

— Agradeço e não menciono quanto custou.

— Isso. Não a elogie logo depois, pois vai parecer pouco sincero. Próximo, se a sua garçonete se parecer com a Cameron Diaz, você vai...

— Ficar excitado. Ah, pare de me olhar feio, eu estou brincando. Não vou olhar com malícia para ela ou prestar mais atenção nela do que em Vanessa.

— Bom. Isso também inclui quando Vanessa for ao banheiro. Não use isso como desculpa para flertar com a garçonete gostosona. Seja respeitoso.

— Mais alguma coisa?

— Sim, use algo azul. Você fica bem de azul.

— Ah. Fico?

Ele começou a ficar um pouco vermelho.

— Eu estava esperando você dizer algo maldoso. Azul, é? Anotado.

Sexta-feira, 22 de abril

É o fim de semana da Páscoa, então não trabalho até terça-feira, o que não poderia vir em melhor hora, pois minha menstruação começou e estou com os hormônios malucos. Eu quero rir, chorar e começar uma briga, tudo ao mesmo tempo, mas, acima de tudo, eu quero fazer sexo. Ah, como eu quero fazer sexo. Oliver diz que não se importa que eu esteja menstruada, mas desta vez eu me importo. Eu me sinto tão sexy quanto uma batata. Além do mais, uma espinha enorme apareceu na minha cara, então, por causa disso e do sofrimento da menstruação, vou ficar quietinha no meu apartamento. O encontro de Frank é hoje à noite. Fico imaginando se ele vai estragar tudo. Aposto que vai. Aposto que ele vai esquecer tudo o que eu disse e vai continuar falando do preço que ele vendeu a alma ao Diabo. Por que estou pensando em Frank quando não estou sequer no escritório? Comporte-se.

Terça-feira, 26 de abril

Encurralei Frank depois da reunião matinal, desesperada para saber como foi o encontro. Somente para que eu pudesse dizer a ele onde errou, é claro.

— Acho que correu tudo bem — ele disse timidamente. — O jantar foi ótimo, e eu fui um perfeito cavalheiro.

— Você deu em cima da equipe de garçonetes?

— Não, eu não achei o garçom Sean atraente.

— Ah. Tudo bem, então, qual é o próximo passo?

— Bem, Vanessa aceitou me ver novamente, então isso é um bom sinal. Ah, e ela não é apenas uma balconista, ela é dona do negócio, mas não tem medo de meter a mão na massa. Não que isso importe, é claro.

— Então por que essa cara preocupada? — perguntei, enquanto me sentava à mesa dele. — Não teve beijo de boa noite?

— Nós nos beijamos na hora da despedida. Foi legal.

— E aí?

Ele olhou em silêncio para a parede por um momento.

— Há quanto tempo o quadro está de cabeça para baixo?

— Eu não tinha percebido — menti. — Responda a pergunta.

— É delicado. Digamos que eu não tenho ficado com ninguém há algum tempo. Estou nervoso e, se rir, eu mato você.

— Rá, rá... Ah. Tudo bem. Acho que não gosto do rumo que essa conversa está tomando. Você realmente quer dicas de sexo? Sem chance.

— Ah, qual é, Phoebe! Me dê algumas sugestões, só isso. Depois de ouvir a sua ligação, tenho certeza de que posso aprender muito.

— Não force a barra, Frank. Já estou me sentindo responsável o suficiente.

Ele parecia tão patético que eu finalmente cedi:

— Tudo bem, vou ver o que posso fazer, mas depois disso você está por sua conta.

— Feito.

Poxa vida, sou eu que supostamente estou numa jornada de descoberta sexual, não ele.

Quarta-feira, 27 de abril

— Parece que você tem visto Frank bastante nesses últimos tempos — Oliver comentou quando fui à sua casa esta noite.

— Essa é a última vez. Eu o fiz prometer.

— Bom, eu não gosto de te dividir com ninguém.

No minuto em que as palavras saíram de sua boca, pude vê-lo começar a entrar em pânico.

— Quero dizer, faça o que quiser, estou apenas sendo egoísta. Nós dois somos espíritos livres.

— Tá, você me ama secretamente e isso está deixando você louco de ciúme — eu ri.

Oliver também riu, mas não de um jeito convincente. Espero que ele não esteja começando a ficar de saco cheio de mim.

Quinta-feira, 28 de abril

— Só eu estou achando, ou Frank está agindo de maneira mais, digamos, normal nesses últimos tempos? — perguntou Lucy, que tinha decidido vir até a minha mesa para conversar enquanto eu tentava trabalhar. — Ele me agradeceu por uma coisa hoje de manhã. Isso nunca acontece.

Dei de ombros e mantive a boca fechada.

— Parece detestável, mas eu realmente gosto dele às vezes. Quando ele não está sendo um cretino. Eu sonhei que ele estava...

— Eu não quero ouvir isso! Vai ser como aquele sonho em que você transou com o Christian Bale na minha casa e o fez gritar com você como naquele viral do YouTube. Bobagens como essa ficam na minha cabeça.

Lucy deu uma risadinha.

— BOM PARA VOCÊ! Adoro ele. Na realidade, esse é outro que Frank me faz lembrar. Bale escandaloso. Boa pegada que ele é.

— Pare de me distrair, preciso terminar esses pedidos.

Ela pulou da minha mesa e voltou para a dela, assoviando o tema de Batman no caminho. Não tenho a menor ideia de como vou abordar essa história de sexo com Frank. O que eu sei é que Lucy não pode saber disso nunca. Ela me colocaria num canhão e me lançaria no espaço.

Sexta-feira, 29 de abril

O país todo ganhou folga para celebrar o casamento do príncipe William e de Kate Middleton. Acreditei que, como eu, ninguém realmente dava a mínima e usaria o dia livre para dormir, mas tanto Lucy quanto Hazel apareceram às onze da manhã, munidas de Cava e canapés. Lucy estava usando uma tiara. Eu sequer estava vestida.

— Nós vamos assistir ao casamento aqui — disse Lucy, empurrando a bebida para a minha mão. — Você tem uma boa TV.

— Sério? — perguntei, enquanto elas passavam por mim em direção à sala. — Vocês estão interessadas nessa merda?

— Sim, claro! — exclamou Hazel, ligando a BBC One. — Príncipes e princesas? Pode apostar que estou.

— Eu quero apenas ver o que todo mundo está vestindo — disse Lucy, se jogando no sofá. — Vai ser tudo monumental, com chapéus ridículos e calcinhas tipo cinta para segurar a barriga por baixo de vestidos de designers idiotas. Alguém sempre está um horror. Estou aqui para esse show.

— Bem, fiquem à vontade — eu disse, balançando a cabeça. — Vou tomar banho e arrumar a casa até vocês duas irem embora e me deixarem voltar para a cama.

Eu me ocupei com a limpeza do apartamento e de vez em quando olhava a tela, quando Lucy ria alto por causa do chapéu de alguém, mas sem prestar muita atenção. Minha postura durou até o casamento realmente começar, quando não pude mais resistir. Acabei me entregando, e me enfiei entre Lucy e Hazel, hipnotizada pela absoluta grandiosidade do evento. No momento em que eles se beijaram na sacada, eu estava na terceira taça de Cava, soluçando num lencinho.

— Ela agora é uma princesa de verdade — funguei. — Quero ser uma princesa.

— Você certamente mudou de tom — riu Hazel. — Ela está realmente linda. Deve ser esquisito ficar em exibição pública desse jeito.

— Eu sei! — concordou Lucy. — Imagine o que era a sua vida. Num instante você está enchendo a cara no bar da universidade, no outro você está noiva de um príncipe e se casando na frente do mundo todo. Se ela discretamente, em público, puxar a calcinha que está entrando na bunda, vai virar manchete de capa. Eu odiaria isso.

Tirei a tiara da cabeça de Lucy e a coloquei na minha.

— Detesto descobrir o que eu nunca serei. É depressivo. Eu vi no YouTube o vídeo daquele leão abraçando o homem que o resgatou e pensei: "Eu nunca vou ser uma salvadora de leões." Não gosto da ideia de que a minha vida será sempre assim, desinteressante.

Lucy mordeu seu canapé e concordou:

— Sei o que quer dizer. Lembro quando Obama foi empossado e eu percebi: "Nunca vou ser o primeiro presidente negro dos Estados Unidos!"

— Vai se foder — eu ri. — Estou falando sério!

Hazel finalmente parou de rir e disse:

— Você criou uma sexlist com a qual a maioria das mulheres tem apenas coragem de fantasiar e a está colocando em prática. Você pode não ser uma princesa, mas é uma inspiração.

Ergui minha taça.

— SIM, EU SOU. Um brinde para transar e abrir caminho rumo a uma vida mais significativa!

Por volta das nove, Lucy e Hazel finalmente foram embora, e eu fui para a cama, ainda usando a tiara de Lucy.

MAIO

Domingo, 1º de maio

11 horas. Ainda estou considerando a possibilidade de me encontrar com Alex. Talvez isso me ajude a superar tudo o que aconteceu. A sexlist me mostrou que sou mais do que capaz de mudar, de assumir as rédeas da minha vida e estar no comando. Talvez esse seja um bom teste para ver até onde eu cheguei. E ele está oferecendo sushi.

Não. Isso é ridículo, eu vou pagar pelo meu próprio sushi, e ele pode ir para o inferno! Nenhuma quantidade de *maki* vale tanto incômodo. Eu meio que me pergunto se ele ainda sente algo por mim, mas a minha parte pé no chão acha que ele continua apenas jogando o seu jogo de sempre. Quaisquer que sejam seus motivos, as coisas parecem não estar indo tão bem para ele como eu tinha imaginado. Talvez ele não esteja saudando estranhos na rua antes de ir correndo para casa e rir com ELA de como a vida é maravilhosa sem mim. E abrir para ela todos os seus sentimentos, que jamais conseguiu me contar porque nunca me amou como a ama. Aposto que ela não sabe que ele está me enviando e-mails. Ele está escondendo isso dela, e, preciso admitir, estou achando um tanto intrigante.

21 horas. Depois de ficar na cama, pensando bastante no assunto, decidi que NÃO vou me encontrar com Alex, isso está certo. Eu acho... Sim, está. Apesar da minha fantasia de estar lá sentada toda sensual e ele pedindo perdão, sei que não seria assim. É provável que o encontro se transformasse em outra sessão de grosserias, e eu posso passar sem isso. Ele simplesmente falaria coisas além do limite aceitável, numa lenga-lenga interminável, e eu desistiria de ser sensata ou mesmo racional, e começaria a xingá-lo. A melhor coisa a fazer é ignorá-lo. Pam Potter acha que tenho dificuldade de manter o controle quando estou perto dele. Na opinião dela, ele me manipula tão profundamente que eu tenho dificuldade de lembrar quem sou quando estou na presença dele. Ela também acha que um dia vai me convencer a ficar diante dela fazendo *tapping* na minha própria cabeça, enquanto repito que sou uma pessoa fantástica e que isso não está acontecendo. Só estou cansada de ficar com raiva quando o vejo, então a solução óbvia é não vê-lo. No entanto, eu bateria na cabeça dele com alegria.

Segunda-feira, 2 de maio

Achei que uma transadinha no feriado bancário seria legal, então tentei convencer Oliver a passar aqui depois da sua partida de futebol no final da tarde. Eu queria sentir seu cheiro de homem enquanto apertava suas coxas, mas em vez disso ele saiu novamente com aquela garota, Simone. Egoísta. Ele me ligou a caminho do encontro.

— Acabei de lembrar algo muito importante. É o meu aniversário no mês que vem. O que você vai me dar?

— Você está indo se encontrar com Simon...

— Simone.

— Seja que nome for, mas você só consegue pensar no seu aniversário? Desgraçado. Talvez eu lhe dê uma camiseta "Eu ♥ Simone" e uma calça para combinar?

— Não me dê roupa. Você não é minha mãe.

— Bom, com todo o sexo que estamos tendo, a sensação deve ser a de fazer aniversário todo mês, Oliver.

— Não mesmo, a não ser que ejacular em todos os meus lençóis seja a sua ideia de presente. Mais roupa suja pra lavar não é um presente, Phoebe.

— Pare de reclamar. Vejo você amanhã, na nossa próxima encenação.

— Ah, ótimo. Momento prostituta! Posso chamá-la por um nome diferente? Como Candice? Ou Chastity?

— Se você precisar.

No final das contas, acabei me arrastando até a casa de Lucy, onde pedimos comida e entornamos duas garrafas de vinho. Lá pelas dez eu estava deitada de bruços no sofá dela com o primeiro botão da calça aberto, suando por causa do pão *naan*, enquanto Lucy, deitada no chão, terminava o último *popadom*.

— Vai dormir aqui em casa hoje? Eu tenho mais vinho.

— Não, derramei *korma* nessa calça, vou precisar ir para casa.

— Posso te emprestar uma calça.

— Você é tamanho quarenta. Eu não sou tamanho quarenta desde o colégio. Antigamente, eu tinha a barriga chapada e um espaço entre as coxas, você sabe. Agora, eu como até não poder mais ver os pés.

— Você deixou uma calça preta há um tempão aqui. E, shhh, você é linda. Curvilínea, como Christina Hendricks. Ela é uma deusa.

— E você está bêbada. Mas concordo que pareço exatamente como ela. É estranho. Vou dizer uma coisa: ficarei pelo vinho, se você pegar seu box de *Mad Men* pra gente assistir.

— Aaah. Feito.

Assistimos *Mad Men* até as três, quando Lucy começou a roncar e fui forçada a me retirar para o quarto de visitas.

Terça-feira, 3 de maio

Fui trabalhar com Lucy esta manhã, o que obviamente significa que eu estava atrasada, usando a calça preta justa que tinha deixado no quarto dela ano passado, depois de uma bebedeira no Arches. Refinada. No meio da tarde, lembrei que Oliver e eu tínhamos uma encenação planejada para aquela noite e inventei uma consulta no médico para sair mais cedo. Oliver tinha me enviado por e-mail uma foto com um tipo de "visual" para eu me inspirar, o que parecia mais atriz pornô do que prostituta de esquina de rua. A foto era de uma morena com maquiagem carregada, minissaia preta, meia, cinta-liga e saltos absurdamente altos, parecidos com aqueles que eu comprei ano passado num surto de otimismo, mas nunca usei porque apertavam meus pés. Cheguei em casa, tomei um banho, raspei as pernas e sequei o cabelo, depois gastei vinte minutos passando delineador preto, 475 camadas de rímel e batom vermelho. Vesti um microvestido preto superjusto e tentei copiar a foto da melhor forma possível: lingerie vermelha, meia arrastão preta e cinta-liga. Levei os saltos altos na mão enquanto corria só de meias em direção ao meu carro. Rezei a Deus para não ser vista, ou parada pela polícia, já que a minha visão estava prejudicada pela quantidade de rímel aplicado nos cílios. Devo admitir que, embora me sentisse como alguém excluído de uma festa de Halloween, encarnei rapidamente o personagem e fiquei totalmente excitada com o que ele poderia ter planejado. Subi as escadas até o apartamento dele e coloquei os estúpidos saltos altos enquanto tocava a campainha. Ele abriu a porta vestido com um roupão de banho e por um segundo achei que ele tinha esquecido. No entanto, vendo sua indiscreta ereção, percebi que tinha chegado na hora certa. Passei mancando por ele e atirei as chaves na mesa do corredor de entrada (errei, é claro, e elas caíram num sapato). Ainda assim, não satisfeita com a entrada desajeitada, me virei e sussurrei as palavras "O que você quer?", numa voz surpreendentemente rouca que nem eu mesma reconheci.

Ele entrou na sala de estar, deixou cair o roupão e me disse para ficar de joelhos. Tirei o casaco, dei um jeito de caminhar cambaleando até a sala com os meus sapatos idiotas e agradeci por ficar de joelhos. Eu estava no meio do caminho de um dos meus melhores boquetes quando ele puxou meu rosto para cima, de modo que eu olhasse para ele, e perguntou:

— Quanto custa o sexo anal?

Eu tive que resistir à vontade de gritar "UM MILHÃO DE DÓLARES!", mas só balancei a cabeça, horrorizada por não lembrar quando foi a última vez que fui ao banheiro. De repente, a diversão acabou para mim e tudo o que eu consegui pensar era que, se alguma coisa desse errado, eu poderia me esfaquear com o meu próprio salto stiletto.

Ele percebeu a minha expressão preocupada e sussurrou:

— Não se preocupe. Se rolar bagunça, deixa bagunça. Continue.

Ele começou a transar comigo por trás, mas pela primeira vez foi meio básico. Só metendo e eventualmente dizendo "Sua vagabunda imunda" para criar um efeito.

Olhei por cima do ombro.

— Não é o que você tinha imaginado?

Ele deu de ombros e parou de meter.

— Não. Nem de longe. Isso estava muito diferente na minha imaginação.

— Sou eu? Eu estou ridícula, não estou?

— Não, você está sensual. Na minha cabeça, isso era bem mais indecente e sem emoções. Isso é impossível de fazer quando se está transando com sua melhor amiga.

— Emoção? Desde quando você começou a ter emoções?

— Eu falei em emoção? Eu quis dizer esfolação. Esses lençóis são ásperos.

Ele foi até a beirada da cama e acendeu um cigarro.

— Não posso acreditar que a transa acabou enquanto eu falava da quantidade de fios do lençol.

Dei uma tragada no cigarro dele e o descabelei.

— Você imaginou isso como pornografia, não foi? Não faz mal. Eu sou uma prostituta de merda, de qualquer forma. Mas você ainda vai me pagar, né?

— Não até eu gozar na sua bunda.

Ele me pediu para eu dormir lá. E fiquei. Mas não fizemos sexo novamente, apenas conversamos e ficamos juntos. Parece que a segunda encenação foi um fiasco, mas eu tive café da manhã na cama, então não foi tão mal assim. Tudo bem, ele queimou a torrada, mas é a intenção que vale.

Quarta-feira, 4 de maio

Você sabe o que acontece quando se passa muito tempo fazendo/pensando/escrevendo sobre sexo? O seu peixe morre, é isso o que acontece. Ao voltar para casa, vinda da casa de Oliver, encontrei meu peixe dourado boiando num aquário de água muito verde e tive que jogá-lo no vaso sanitário e dar a descarga, junto com uma aranha que matei mais cedo. É assim que assassinos em série começam? Não é à toa que Hazel nunca me pede para tomar conta da filha dela.

Quinta-feira, 5 de maio

De folga do trabalho, passei metade da manhã rearrumando os móveis da sala até decidir que parecia melhor como estava antes. Na parte da tarde, fui fazer compras. Comprei comida pronta, maçãs vermelhas, alguns descansos de copo no formato de margaridas e dois frascos de um condicionador de cabelo caro que estava pela metade do preço e que vão ficar ótimos ao lado dos outros dezessete frascos que eu já tenho.

Às quatro e meia, eu tinha uma consulta marcada com Pam, que finalmente voltou de férias. Ela me recebeu na porta, bronzeada e parecendo uma vaqueira, de camisa xadrez e jeans.

— As férias foram boas? — perguntei educadamente.

— Sim, foram, obrigada por perguntar. Sente-se, Phoebe.

Sentei na costumeira poltrona violeta e coloquei a bolsa ao lado dos meus pés.

— Então, como você está? Alguma coisa em particular que você queira falar a respeito hoje?

— Meu chefe. Frank.

— Você está tendo problemas no trabalho? — perguntou ela, parecendo surpresa por eu não estar falando sobre o Alex pela primeira vez.

— Não. Não tenho certeza. Basicamente, ele me flagrou numa situação comprometedora durante o trabalho e nós fizemos um acordo para que eu pudesse continuar no emprego.

— Você quer me contar que tipo de acordo é esse?

Merda, não. Tentei ser o mais vaga possível. Ainda não acreditava que tinha concordado.

— Eu o ajudo a dar um rumo na sua vida pessoal. Maneira de falar. É uma bobeira, mas ainda assim eu me sinto... um pouco desconfortável com a coisa toda.

Ela fechou o notebook.

— Entendo. Diga-me, Phoebe... você diz que "nós" chegamos a um acordo, mas foi um acordo porposto por Frank, com seus próprios termos, e você concordou com ele?

— Bem. Sim.

Droga, ela é boa.

— E você está preocupada que a posição de autoridade dele permita que ele a manipule sempre que ele quiser?

— Sim. Quer dizer, não. Eu não deixaria que ele me manipulasse. Ele não é assim tão esperto.

— Mas foi esperto o suficiente para usar seu erro a favor dele.

— Humm...

— Pense um pouco sobre isso, Phoebe. Seja lá qual for o arranjo, não parece que ele seja do tipo em que os dois lados têm o mesmo peso. Você acha que isso pode criar problemas?

— Você está dizendo que eu não deveria confiar nele.

— Estou dizendo que você deveria ficar atenta com ele. E com você mesma. Mais alguma coisa antes de encerrarmos hoje?

Pensei sobre todas as coisas que tinham acontecido no último mês: o sexo a três, a transa com Stuart, o fora em Richard e a ejaculação feminina, mas escolhi contar a ela sobre o e-mail de Alex querendo me encontrar. Os outros acontecimentos estavam sob controle, eu escolhi fazê-los, mas com Alex eu sempre tenho a sensação de que não tenho controle de nada.

— Por que você acha que Alex quer te ver? — perguntou Pam Potter. — Você acredita que ele realmente quer corrigir suas ações?

Pensei nisso por um momento.

— Ele é muito manipulador, então não acredito nem por um segundo que ele queira consertar as coisas. Eu fico irritada por ele achar que tem direito de continuar fazendo parte da minha vida. Eu sei como ele funciona. Ele quer alguma coisa, só não descobri ainda o que é.

Meia hora depois, recebi outra mensagem dele:

Não vou desistir. Só quero conversar. Por favor, me liga.

Eu o ignorei mais uma vez. Não sei o que ele quer, mas tenho a sensação de que vou descobrir logo.

Sexta-feira, 6 de maio

Hoje à tarde, no trabalho, Kelly teve um ataque quando foi fazer café e encontrou sua caneca suja na pia.

— Parem de usar as minhas coisas, porra! — gritou ela, mostrando a caneca branca enorme com o nome KELLY impresso em vermelho na lateral. — Não é higiênico!

Lucy olhou para a caneca.

— Mas como vamos saber que é sua?

Kelly olhou furiosa para ela.

— Você não é engraçada. Você gostaria que eu usasse a sua caneca?

— Eu não tenho uma caneca. Eu tenho uma garrafa térmica.

— Tudo bem, a sua garrafa térmica, então. E se eu usasse a sua garrafa?

— Por que você usaria a minha garrafa térmica se você tem a sua própria caneca?

Eu comecei a rir, e Frank apareceu na porta de sua sala.

— Eu usei a sua caneca, Kelly. Você pode, por favor, parar de atrapalhar o escritório e voltar a trabalhar?

Kelly se sentou e colocou a caneca em sua gaveta com fechadura, resmungando sobre a injustiça de tudo aquilo. Frank saiu da sala e começou a falar comigo sem parar sobre uma cópia para um cliente que tinha um erro de digitação. Considerando que o cliente a enviou diretamente para a produção, achei injusto levar a culpa por algo que não participei. Eu o acompanhei de volta à sua sala para dizer isso.

— AQUELE MALDITO ANÚNCIO NÃO FOI… — gritei, fechando a porta atrás de mim.

— Ah, ótimo, você está aqui. Sim, sim, eu sei, eu só precisava de uma desculpa para chamá-la aqui. Eu dormi com a Vanessa e ela disse que foi bom. Achei que você devia saber — ele disse com um sorriso radiante.

— Sim, obrigada por contar, Frank. Embora "bom" não seja necessariamente uma palavra para se festejar. Fenomenal, sim. Incrível, com certeza. Bom... Nem tanto.

— Bem, ela também não teve um desempenho exatamente brilhante, mas foi a nossa primeira vez. Nós dois estávamos um pouco travados.

Eu me levantei.

— Confie em mim, Frank. Se você não tivesse se contido, teria recebido todo tipo de elogio hoje de manhã. Na próxima vez, simplesmente se deixe levar. Eu imagino que você é horrível na cama, mas se essa mulher gosta de você o suficiente para vê-lo nu, então faça com que valha a pena para ela.

— EU NÃO SOU HORRÍVEL! — ele gritou, levantando-se da cadeira e depois afundando nela de volta, quando o escritório inteiro se virou para ver o que estava acontecendo. — Na realidade, eu sou muito bom. Não, eu sou ÓTIMO de cama. Não consigo imaginar você calando a boca por tempo suficiente para ser qualquer outra coisa além de um estorvo na cama.

— Está certo, tudo bem, estou indo agora — respondi. — E se você realmente achasse isso, nós não estaríamos tendo esta discussão, não é mesmo?

Eu voltei à minha mesa, chateada com o comentário dele. Ele me faz parecer uma pessoa horrorosa.

De: Phoebe Henderson
Para: Frank McCallum
Assunto: Eu
Eu sou excelente na cama. Viva com isso.

Ele não respondeu, mas eu pude ouvi-lo rindo em sua sala.

Domingo, 8 de maio

Como o dia estava lindo, eu e Oliver decidimos almoçar no parque Kelvingrove, parando primeiro na Marks & Spencer para comprar os comes e bebes.

— Sushis ou sanduíches? — ele perguntou, examinando a vitrine refrigerada.

— Acho que você já sabe a resposta — respondi, olhando em volta para todos os compradores domingueiros que obviamente gostariam de estar em qualquer outro lugar, em vez de aqui.

Ele pegou uma caixa pequena de *maki* e uma maior de *tamago* e *nigiri* de camarão. Balancei a cabeça em aprovação antes de me encaminhar ao balcão da padaria.

Depois de gastar vinte libras, nós nos dirigimos ao parque, passando por diversos jovens sem a parte de cima da roupa. Acontece uma coisa curiosa em Glasgow quando o sol aparece. Todo mundo deixa de lado o que está fazendo e fica parado durante pelo menos dez minutos olhando para cima, como a cena de *Independence Day*, pensando no que é aquela enorme bola de fogo no céu. Depois as pessoas andam por aí meio nuas, na esperança de pegar uma cor ou de serem abduzidas por alienígenas. Eu e Oliver não somos diferentes. Descobrimos um lugar perto de uma árvore e colocamos a manta xadrez na grama. O parque estava tão verde, radiante e cheio de pessoas que, ao contrário de sempre, não estavam molhadas de chuva e nem infelizes.

Oliver serviu as minigarrafas de vinho branco que nós compramos e me deitei, usando a jaqueta jeans dele como travesseiro, deixando que ele desempacotasse o restante da comida e a dividisse entre nós.

— Você comprou rolinhos de pecã! Posso morrer feliz agora! — ele exclamou, pegando as nozes que enfeitavam seu doce.

— Você veio aqui para morrer? Por que você está comendo sua sobremesa antes? Coma o sushi.

— Você não manda em mim.

— Agora ESTE seria um desafio interessante! Devíamos fazer isso depois?

— Não, vamos tentar troca de casais — disse Oliver, jogando pedacinhos de biscoito para um pombo. — Eu sempre imaginei como seria, e tecnicamente a troca de casais cai na categoria de "sexo grupal", certo?

— É verdade. Apesar de que seriam duas mulheres fingindo e dois homens comparando suas "armas" enquanto verificam disfarçadamente quem tem o pau maior — repliquei. — Você está a fim disso?

— Sim. Totalmente. Vamos nessa.

— Tudo bem, mas estou meio receosa — admiti. — Confio minha vida a você, mas e se o cara for violento demais? Ou ficar esquisito?

— Eu vou estar lá. Se você estiver desconfortável, entrar em pânico ou simplesmente não quiser ir até o fim, nós vamos embora. Fim da história. Mas eu acho que vai ser maravilhoso... e gostoso.

— Por que nós não éramos assim no colégio? — perguntei, me sentando e puxando a saia de estampa floral sobre os joelhos. — Nós podíamos ter matado aula no quinto ano e feito todo tipo de coisa.

— Eu era. Na época, você era lésbica, se lembra? Além do mais, você era divertida demais para ir para a cama. Você era a única que tornava o meu dia suportável. Eu não podia me arriscar a estragar isso.

— O quê? E agora você pode?

— A ideia foi sua, lembra? E que tipo de amigo eu seria se não ajudasse você e o seu corpo nu a resolverem seus problemas?

— Seu esforço será reconhecido um dia.

Terminamos de almoçar e ficamos tomando sol até ele desaparecer, nos deixando sem opção, a não ser arrumar as coisas e ir embora para casa.

— O que você quer fazer agora? — perguntei, colocando a manta no banco de trás do carro. — São sete e meia ainda.

— Nós podemos fazer uma caminhada — ele sugeriu. — Está gostoso na rua.

Nós voltamos para o apartamento de Oliver, deixamos o carro e começamos pelo West End. As ruas arborizadas estavam tranquilas enquanto passávamos pelas maravilhosas casas geminadas e fileiras de carros brilhando novinhos em folha.

— Eu quero morar aqui — eu disse, suspirando diante das luzes aconchegantes que se viam das janelas. — É tudo tão bonito.

— As pessoas que moram aqui estão provavelmente devendo os olhos da cara — ele riu. — Olha aí, cuidado com o buraco no...

Tropecei com vontade num buraco na calçada, mas Oliver me segurou antes que eu caísse de bunda.

— Você está bem?

— Sim. Envergonhada, mas bem.

— Aqui, segure aqui — ele disse, enlaçando meu braço no dele. — Também está ficando mais frio agora.

Não estava, mas eu não contestei. A sensação era boa.

Como estava previsto, às nove a chuva recomeçou, e nós corremos de volta para o apartamento de Oliver, molhados até os ossos.

Tirei a roupa no banheiro e fiquei lá, só de calcinha branca, secando o cabelo com uma toalha de rosto.

Ele bateu na porta e me ofereceu o roupão dele.

— Liguei o aquecimento. Está frio aqui.

Ele pegou meu sutiã do chão e me entregou.

— Você quer colocar isso ou devo apenas pendurá-lo em seus mamilos?

Antes que eu pudesse pensar numa resposta espirituosa, ele me agarrou, pressionando o corpo contra o meu, e senti uma onda de excitação tomar conta de mim.

Ele me empurrou para o chão, tirou minha calcinha e enfiou a cabeça entre as minhas pernas. Isso durou cerca de cinco segundos, antes de...

— Você está com um cheiro estranho.

— O quê? Estou? Ai, merda.

Rapidamente afastei a minha vagina ofensiva dele.

— Tudo bem, nós podemos apenas...

— Estou morta de vergonha! Veja como estou vermelha! Não vamos fazer nada!

Eu me vesti e fui para casa, rezando a Deus para não estar com alguma DST terrível, que me deixasse com um cheiro nojento e sem sexo pelo resto da vida. Não há nada como ouvir que a sua xereca fede para aumentar a sua autoestima. Isso é o tipo de merda que os garotos de escola dizem para fazer com que as garotas fiquem inseguras, e sei que Oliver não teve essa intenção, mas fiquei perturbada com a coisa toda. Talvez eu não me sinta tão confiante quando pensava.

0:55. Mensagem de Alex:

Quero ver você. Por favor. Sinto sua falta.

O QUÊ? Ah, que dia de merda.

Segunda-feira, 9 de maio

Hoje de manhã, tive que esperar uma hora no médico, antes de responder a um monte de perguntas sobre a minha vida sexual e encarar a coleta do maldito esfregaço vaginal. Deus, como eu odeio tudo isso, deve haver um jeito de tornar esse exame menos desconfortável. Quem sabe se ele fosse realizado por filhotinhos de gatos.

— Ligue na quarta-feira... Você terá os resultados.

Para evitar preocupação com os possíveis resultados, decidi seguir em frente com o planejamento para o desafio da troca de casais. Depois do sexo a três com Simone, tenho medo de que isso seja um erro, mas me tranquilizei com o pensamento de que outro cara entrando na equação pode equilibrar as coisas. Também achei que tinha que me certificar de que Oliver estaria à vontade estando nu e de pau duro na frente de outro cara. Levei uma pizza para a casa dele hoje à noite para poder enchê-lo de perguntas. Ele não parecia estar preocupado com isso:

— Contanto que não haja nenhuma briga de espadas, eu não dou a mínima.

Preferi não contar a ele que, para mim, a visão de dois homens nus juntos e suados na verdade era muito excitante, e apenas sorri em vez disso.

— Então, o que é excitante? — ele perguntou, sabendo muito bem.

— Você sabe aquele troço que a gente assistiu com dois caras e aquela ruiva? Quando ela se sentou no colo de um cara e então...

— Ah. Entendi. Você quer uma DP, né? *Oooh yeah* — ele caçoou num sotaque americano horroroso. — Você quer transar de *todas as formas*.

— Exatamente — concordei, com a expressão séria.

Cheguei mais perto dele, tentando ser sedutora.

— Quero seu pau na minha boca enquanto o outro cara me chupa e...

— Melhor ver aquele cheiro então, né? — ele riu alto da própria brincadeira, e em resposta eu joguei a pizza dele no chão.

Terça-feira, 10 de maio

Fui cortar o cabelo com Hazel depois do trabalho, usando uns vales que ela tinha comprado há tempos e esquecido. Eu estava feliz com o programa: meu cabelo estava muito arrepiado e eu ainda podia aproveitar para colocar o papo em dia com ela.

— Então, quais são as novidades? — ela perguntou, enquanto seu cabelo era desembaraçado por uma assistente mal-humorada de cabelo roxo chamada Morven, que parecia estar a ponto de matar todo mundo no salão.

— Bem, nada demais. O de sempre.

De jeito nenhum eu contaria a ela sobre a minha vagina podre na frente de Morven.

— Acabamos de marcar férias na Grécia. Duas semanas ao sol, com tudo incluído. Mal posso esperar para relaxar na piscina e ler uns romances vagabundos.

— Incrível! Quando você vai?

Morven passou para mim antes de fazer uma pausa e murmurar "Chá ou café?" em nossa direção. Sua expressão dizia que, se ela tivesse que ir à cozinha por nossa causa, nossas bebidas seriam batizadas com cuspe. Recusamos e continuamos conversando:

— Sábado. Grace vai adorar. Eles têm uma espécie de clube para bebês, onde tigres gigantes dançam para eles.

— Estou com inveja. Eu quero tigres gigantes dançando para mim. Não vou ter férias este ano, a não ser que eu ganhe na loteria.

— Na realidade, você tem que jogar na loteria para poder dizer isso, Phoebe.

Um cabelereiro alto chamado Patrick apareceu para cortar o cabelo de Hazel e, comparado com Morven, ele realmente parecia feliz por estar lá. Infelizmente, meu cabelo seria cuidado por "Eve", cujo cabelo parecia com o de Kate Bush depois que ela subiu correndo aquela montanha.

— Então, o que posso fazer por você hoje? — Eve perguntou, olhando para mim no espelho.

— Só uma arrumada, na verdade. Aparar as pontas e a franja. Nada muito drástico.

— Você ficaria bem de cabelo curto.

— Não, eu não acho...

— Ficaria. Você devia fazer algo mais estiloso. Seu look é muito anos 1960. Não estamos mais nos anos 1960.

— Obrigada, mas não. Tive cabelo curto uma vez e fiquei parecendo um bonequinho de Lego. Sabe aquele cabelo tipo aplique...

Ela não estava rindo. Pegou então uma garrafa plástica e começou a borrifar o meu cabelo com uma coisa que cheirava a chiclete.

— Tudo bem. — Ela deu de ombros, pegando uma tesoura do cinto. — O que você quiser.

Lancei um olhar de pânico para Hazel, que estava envolvida numa conversa sobre as necessidades de seu cabelo e nem percebeu.

— Só uma acertada, Patrick, eu gosto desse estilo. Talvez cortar um pouco as camadas.

— Sem problemas, Hazel.

Droga. Típico. Esse era o pior salão do mundo.

Quarenta e cinco minutos depois, nós estávamos prontas. Apesar de ter relutado tanto para dar uma aparada no meu cabelo, Eve fez um bom trabalho. Posso ter uma vagina defeituosa, mas meu cabelo é moderno e maravilhoso.

Quarta-feira, 11 de maio

Após a reunião matinal, dei uma saída rápida e liguei para o médico para pegar o resultado do meu exame.

— Você vai ter que vir aqui e conversar a respeito — falou a recepcionista com a voz estridente ao telefone. — Posso marcar para você vir às cinco e meia.

— Como? Por quê? É sério? O que eu tenho?

— Você vai precisar vir aqui para conversar a respeito com o médico. Posso te agendar?

— Tudo bem.

Voltei para o escritório e liguei para Lucy.

— Eles não vão me dizer pelo telefone. Tenho que ir lá às cinco e meia. Devo me preocupar?

— Sim.

— MESMO?

— Não.

— Ah, você não ajuda nada. Pare de rir.

— Desculpe. Eles nunca falam sobre essas coisas pelo telefone. Vai ficar tudo bem. Relaxe.

— Não vou conseguir me concentrar em nada agora.

— E daí? É só trabalho.

— Bem lembrado.

Pelas seis horas seguintes eu tentei me distrair rearrumando minha mesa, rearrumando a mesa de Lucy, fazendo quinze viagens para tomar café e fingindo estar interessada quando Frank contou uma história sobre um tipo de queijo.

Peguei um táxi para o médico, e ainda bem que só precisei esperar alguns minutos antes de ser chamada.

— Tudo bem, seus testes de gonorreia e clamídia deram negativo — o médico me disse —, mas nós encontramos uma coisa: VB.

— Ai, meu Deus. Isso não é bom. Não posso acreditar nisso. Sou sempre cuidadosa. O que é isso?

— Vaginose bacteriana. Não é uma DST. É quando a bactéria que habita sua vagina fica desequilibrada.

— Minha vagina está desequilibrada?

— Não, as bactérias estão. Meu conselho é não se lavar com nada perfumado. Fumantes são mais suscetíveis a isso, então essa é outra razão para parar de fumar. Vou lhe dar um gel. Você vai ficar boa rapidinho.

Dez minutos depois, eu estava na farmácia, esperando pela minha medicação, e me sentindo grata por não estar com alguma doença sexual esquisita. Quando finalmente cheguei em casa, Oliver estava me esperando.

— E aí? Você está bem?

— Sim. É VB. Uma coisa da vagina, NÃO uma coisa sexual. Vou passar um gel. Está tudo bem.

— Preciso fazer algum exame?

— Não, a não ser que você tenha uma vagina.

Nós subimos e ele fez um café enquanto eu tirava os sapatos e me deitava no sofá.

— Isso tem sido emocionalmente cansativo... e constrangedor. Você nunca mais vai chegar perto das minhas partes femininas a ponto de sentir o cheiro.

— Ah, tá, aposto que isso não vai durar muito tempo. Nós dois gostamos muito disso. De qualquer jeito, me agradeça por ter lhe contado. Muitos caras teriam ficado quietos, e rido sobre isso quando estivessem bêbados com seus amigos, caso algum dia vocês terminassem.

Receio que isso seja verdade.

Ele terminou o café e se levantou para ir embora.

— Tenho futebol agora, mas volto amanhã para a gente começar o desafio dos casais.

— Ah, você vai agora? E se eu tiver planos?

— Você tem?

— Não.

— Cala a boca, então. Amanhã às oito. A gente se vê.

E assim eu fiquei sozinha para enfrentar uma noite de aplicação de gel e porcaria na TV. Eu sou muito rock and roll.

Quinta-feira, 12 de maio

Caramba, dormi demais e me atrasei para o trabalho, o que me obrigou a correr como uma idiota para pegar o trem. Depois, fui obrigada a me sentar ao lado de um cara que cheirava a alho, me maquiando e passando rímel no nariz quando o trem freava de repente.

Quando estava saindo da estação, me dei conta de que tinha esquecido o cigarro. Entrei rapidinho numa loja nos arredores e, ao pegar a carteira para pagar, puxei junto um absorvente. O bonitinho que estava no caixa riu e disse:

— Não se preocupe, isso acontece com a minha mãe o tempo todo.

A mãe dele? Seu merdinha. Não estava sendo um bom começo de dia. Outros destaques incluíram cair enquanto subia a escada e respingar café na camisa branca.

Terminei tudo o que tinha para fazer às quatro horas, então fiquei fazendo jogos de palavras com Lucy para passar a última hora. O tema era "substituir palavras dos títulos de filmes por comida". Sugerimos várias, inclusive *Batatas do Caribe*, *O quiabo veste Prada* e *O último frango em Paris*, mas Lucy venceu com *Nove bananas e meia de amor* bem na hora em que Frank saiu e ameaçou confiscar meu celular. Quando deu cinco horas, eu estava pronta para ir embora e passar a noite com Oliver.

Ele apareceu mais tarde, como combinado. Trouxe algumas cervejas e ficamos meio altos enquanto procurávamos por um casal on-line, já que havíamos decidido que a internet era a maneira mais fácil e discreta de achar alguém. Ele entrou completamente no clima. Ele mencionou que seu colega Gary e a namorada poderiam topar, mas rapidamente reconsiderou sua ideia, quando o lembrei de que precisaria olhar para a cara do amigo todo dia depois do encontro.

— *Bom-dia, Oliver.*

— *Bom-dia, Gary. Em algum momento do dia eu vou me lembrar de suas bolas enterradas na minha amiga Phoebe. Sua cara suada de sexo ficará impressa na minha memória para sempre.*

— Entendo seu argumento. — Ele deu de ombros. — Fim de jogo.

Para termos acesso ao site, tivemos que publicar nosso próprio anúncio, que dizia:

O & P. Procurando conhecer casal atraente com menos de 45 anos para diversão discreta. Nada de jogos eróticos envolvendo fluidos corporais ou merdas bizarras.

Alguns minutos depois, estávamos inscritos e prontos para começar.

Navegar por sites de trocas de casais é como olhar para um acidente de carro. Uma pitada de curiosidade mórbida toma conta, e você não consegue parar de olhar. Montes de casais "normais" à procura de experimentar e compartilhar encontros sexuais com outras pessoas que pensam da mesma forma. Nós tentamos levar a coisa a sério, mas éramos os depravados mais ridículos e imprestáveis do mundo. As salas de bate-papo com câmeras eram engraçadíssimas, variando de casais transando enquanto voyeurs observavam, até caras que pareciam ter acabado de sair da prisão, sendo que um deles se sentou nu diante da câmera usando um capacete de Stormtrooper. Havia também uma incrível quantidade de casais de meia-idade que mal pareciam estar casados, dispostos a jogos eróticos envolvendo fluidos corporais, especialmente urina, e festas sexuais — me chame de conservadora, mas por enquanto não vou mergulhar de cabeça nesse poço de desespero.

Encontrar um casal jovem, bonito, que seja discreto, tenha senso de humor e pratique sexo seguro deveria ser simples, certo? Porra nenhuma, nós poderíamos igualmente estar procurando um unicórnio que tocasse banjo, pois eles simplesmente parecem não existir.

— E eles? — perguntou Oliver, clicando numa foto.

— Eles parecem ser legais.

Eu li o anúncio:

Sue e Duncan. Casal profissional e atraente em busca de diversão segura com casal parecido. Precisa ser limpo, aparado/depilado e discreto.

— O anúncio deles é melhor do que o nosso. Sim, tudo bem — concordei. — Devemos enviar um e-mail para eles?

— As fotos deles são um tesão. Nós devíamos colocar algumas fotos. Não vamos conseguir uma resposta sem elas.

— É, você está certo.

Oliver pareceu surpreso.

— Mesmo? Nunca, nem por um segundo, eu pensei que você toparia isso.

— Eu sei. Às vezes eu mesma me surpreendo. Só tome cuidado para meu rosto não aparecer. Nada para me identificar.

Eu mal tinha terminado a frase e Oliver já estava se despindo e procurando pela minha máquina fotográfica.

— Como devemos fazer isso? Não vou abrir as pernas e deixar você desaparecer lá dentro com o flash ligado.

Ele riu.

— Relaxe. Eu já fiz isso antes e...

— É claro que você fez.

— E se você não quer seu rosto nelas, é mais fácil se eu tirar as fotos enquanto estamos transando com você de quatro.

Tirei a roupa e fiquei de quatro na cama, com Oliver atrás de mim. Eu podia ouvi-lo ajustando a máquina.

— Eu me sinto uma idiota assim — eu disse com impaciência.
— Tira logo, antes que eu mude de ideia.

Então eu ouvi o primeiro de muitos cliques. Ele tirou fotos dele dentro de mim, fora de mim, me dando palmadas, segurando meus peitos, gozando em mim e, assim que ele terminou, peguei a máquina, ansiosa para ver o que ele fotografou.

— AH, PUTA MERDA, MEU RABO ESTÁ GIGANTE.
— Meu pau também está.

Canalha convencido.

— Argh, eu não tinha noção de que meu cu era assim. Preciso fazer um cleareamento… e ele é manchado. Apague essas fotos imediatamente.

— Não. Elas são sexy. E vão para o site e, assim, podemos enviar um e-mail para Sue e Duncan.

No fim da noite, a minha bunda enorme e gorda estava on-line e uma mensagem estava a caminho de Sue e Duncan. Nós também encontramos outro casal, J e Y, que não eram tão atraentes quanto a nossa primeira escolha, mas o anúncio deles nos fez rir:

Casal procurando experimentar com outros. Se você tem a aparência de quem deveria estar num programa de entrevistas matinal, por favor nem se incomode em entrar em contato.

Oliver foi embora à uma da madrugada, levando o cartão de memória com ele.

— Você vai apagar isso cinco segundos depois que eu for embora. Eu sei qual é a sua, Henderson.

— E se um dia nós brigarmos e você usar essas fotos contra mim? — protestei. — E se a sua máquina for roubada e a minha boceta acabar num site pornográfico bizarro? Isso pode acontecer.

— Duas coisas: número um: só um mau caráter faria uma coisa dessas. E número dois: existem 17 milhões de vaginas na internet. Algumas têm até mesmo seu próprio canal no YouTube. Ninguém se importa, Phoebe, pare de se preocupar tanto. Eu volto amanhã pra gente continuar. Preciso levantar às seis para trabalhar.

E ele se foi, levando as minhas fotos pornográficas mal iluminadas. Depois desse desafio, elas vão ser apagadas da face da Terra. Recebi uma mensagem direta no Twitter de @granted77 um pouco antes de dormir, tentando falar obscenidades tarde da noite, mas não respondi. Tive momentos on-line suficientes por hoje.

Sexta-feira, 13 de maio

21 horas. Da mesma forma que todo mundo tem planos hoje à noite, eu decidi ter uma noite "minha". Vinho tinto, filmes de terror e quantos Doritos eu conseguir enfiar na boca.

21:30. Encontrei uma cópia on-line de *Sobrenatural*, que é considerado um bom filme de terror, e Patrick Wilson é o protagonista, motivo suficiente. SIIIM! Seu rosto é bem perfeito.

23:15. A carinha bonita de Patrick Wilson não compensa o fato de eu não querer ver mais nada. Não lido bem com a existência de fantasmas em cada porra de casa que já foi construída. Talvez tenha que ligar para Oliver e pedir que venha dormir aqui.

0:30. O Doritos acabou, e Oliver está se recusando a trazer mais, apesar das minhas mensagens pedintes:

> Você quer que eu leve mais um pacote de salgadinhos? Essa hora?

Sim.

Sai fora... Ah, espere aí. Você assistiu a filmes de terror?

Aham.

Então, você está com medo e não quer ficar sozinha?

Hum... talvez. Você vai vir?

Óóóó, coitadinha. A resposta continua sendo não. Você tem razão de estar assustada, porque sempre pressenti alguma coisa sinistra à espreita na sua casa. Durma bem!

Cretino.

1:15. Estou assistindo uma comédia romântica bobinha com Matthew McConaughey. Eu preferia ir dormir irritada com esse filme péssimo a ficar tão assustada. Oh, querida, o bolo do casamento está estragado. Ótimo.

Sábado, 14 de maio

Eu estava tomando café da manhã quando Oliver ligou para o meu celular.

— Os fantasmas não te mataram? Isso é bom.

— Só consegui dormir depois das quatro da manhã. Acho que o peito depilado do Matthew McConaughey os assustou. Como vão as coisas?

— Aquele casal que enviamos um e-mail quer nos conhecer hoje à noite.

— Qual casal? — perguntei com a boca cheia de cereal, agora insegura se tinha coragem de ir em frente com isso.

— Sue e Duncan. Os bonitões. Vamos nessa. Vou responder a eles.

Puta merda! Está acontecendo.

Oliver chegou por volta das seis e tomou um banho enquanto eu me aprontava no quarto.

— Esta saia combina? — perguntei, entrando no banheiro. — Achei muito curta.

— Não, está ótima. Você está arrumada demais. Vou de camiseta e jeans.

— Ninguém se importa com o que você veste. Você é homem — expliquei, alisando a saia sobre a barriga.

— Nervosa? — Ele sorriu.

— Muito. Mas na expectativa de riscar outro desafio da minha sexlist. Fiz até um enema, você sabe. Para o caso de...

— Informação demais. Agora cai fora e me deixa tomar banho.

Às sete, Oliver e eu estávamos prontos. Entramos no carro e, quando estávamos no final da rua, ele recebeu uma mensagem de texto:

Sue está parecendo uma maluca. Cancelado hoje à noite.
Desculpe.

— Ah, isso é simplesmente magnífico! — gritei, agitando as mãos no ar. — Quanto tempo perdido!

Oliver colocou a mão no meu colo e começou a dar meia-volta.

— Eu estava esperando por isso. Fodam-se eles. Nós vamos encontrar outras pessoas.

Nós nos arrastamos de volta para casa, decepcionados, e ficamos vendo TV, aborrecidos. Agora são onze horas, Oliver dormiu no outro sofá, e eu estou terminando uma garrafa de vinho. Mais cedo ele me disse que abandonar Alex foi a melhor coisa que eu já fiz na vida. No caso, para nós dois.

Ele está certíssimo. Se ainda estivesse com Alex, eu estaria dormindo e ele provavelmente estaria sentado à mesa da sala de jantar, assinalando minhas ligações na conta de telefone com um marcador de texto.

Domingo, 15 de maio

Acordei com Oliver passando o braço em volta de mim e sua perna peluda em cima da minha. Ele deve ter se arrastado durante a noite. O som do bipe do celular dele o fez se mexer.

— Estou exausto — ele murmurou. — Posso ficar aqui e dormir o dia todo?

— Sim. Lucy vai vir mais tarde para comer *chilli*, mas não tenho nada marcado até lá.

— Você não tem nada para fazer agora — ele sussurrou, passando a mão pelo meu corpo. — Posso vir para o jantar também?

— Com certeza.

— Ótimo, e agora você pode ficar na cama comigo.

Ele subiu a mão até meu peito.

— Segura rapidinho. Preciso fazer xixi.

Enquanto eu estava no banheiro, ouvi quando Oliver gritou da cama:

— É uma mensagem de Sue e Duncan pedindo desculpas. Eles nos convidaram novamente para o próximo fim de semana.

— Eles podem sumir.

— Não seja tão precipitada. Você ainda quer terminar esse desafio, não é?

Voltei correndo para a cama e puxei as cobertas.

— É claro, só não gosto de ser enrolada. Vou pensar a respeito. Além do mais, a Sue pode ser horrorosa. Agora fiquei desconfiada.

Ele me puxou para junto e começou a beijar o meu pescoço.

— Chega de papo. Empina um pouco a bunda.

Ele escorregou para dentro de mim e me abraçou forte e fizemos um sexo matinal muito lento e sonolento. Quando gozei, a sensação se espalhou por todo o meu corpo.

Lucy chegou às cinco e meia para jantar, segurando um buquê de lírios e três garrafas de margarita mix industrializada. Oliver foi buscar a tequila e alguns copos, e guardei o casaco dela.

— Espero não estar interrompendo nada — ela disse, sorrindo —, e espero que você tenha lavado as mãos...

— Pare de fazer brincadeiras de mau gosto — eu disse, fazendo cara feia. — Sente-se. O jantar está pronto.

Carreguei a travessa branca grande cheia de *chilli*, que ocupou quase toda a pequena mesa.

— Está uma delícia — disse Lucy. — Meu *chilli* é horrível.

— Isso é impressionante — provocou Oliver.

— Ah, comportem-se. Vocês dois parecem que vão cair de cansaço. Imagino que "a sexlist" esteja indo bem.

— Ótima. — Oliver deu um sorriso amplo. — Você não concorda, Phoebe?

Balancei a cabeça.

— Acho que é a primeira vez que alguém nos pergunta sobre isso. Que estranho.

— Bem, eu ajudei você sugerindo alguns desafios — disse Lucy. — Em qual vocês estão agora?

— No de quatro pessoas — respondi solenemente, enquanto pegava mais salada.

— Phoebs não tem certeza se quer ir em frente com a troca de casais. — Riu Oliver. — Ela está com medo de a mulher ser a Aileen Wuornos de Glasgow.

— Não é nada disso. — Ri. — Só não tenho certeza se isso vai trazer algo de bom. E o próprio parceiro dela chamou-a de maluca. Só isso.

— Você tem que fazer isso — afirmou Lucy. — Eu sempre quis saber como é a sensação. Oliver vai protegê-la da mulher maluca.

Ai, meu Deus, então existe algo que Lucy ainda não fez! Meu lado competitivo me fez querer seguir em frente por essa exata razão.

— Não, eu vou fazer. Não cheguei tão longe para cair fora. Se tem uma coisa que eu sou é determinada. Quem quer o último taco?

— Eu! — disse Oliver, já pegando no prato. — E vai ser fantástico. Mesmo se for horrível, ainda assim vamos nos divertir. Nós sempre nos divertimos.

— Epa! — rosnou Lucy. — Não vão ficar de chamego para cima de mim agora. Eu ainda estou comendo.

Oliver deixou Lucy em casa depois do jantar e foi para casa. Agora estou embolada no sofá, ouvindo White Stripes, tentando abafar o som da vizinha assistindo à TV. A gargalhada dela é estridente. A mulher ri como se estivesse pegando fogo.

Terça-feira, 17 de maio

Quando eu tinha 16 anos, minha orientadora educacional perguntou o que eu queria fazer quando saísse do colégio. Acho que murmurei alguma coisa sobre ser famosa, mas em nenhum momento eu disse que queria um emprego que odiava, com um chefe que me chantageia em troca de conselhos sexuais. Esse não teria sido sequer o meu plano B, caso a ideia de ser famosa não emplacasse. Ainda assim, aqui estou nesta exata posição e acho que Frank está se divertindo mais que eu.

De: Frank McCallum

Para: Phoebe Henderson

Assunto: Odeio dizer isso, mas...

Você estava certa. Nós transamos de novo e eu me esforcei ao máximo. Ela ficou nitidamente feliz. Fez um boquete horrível, mas, apesar disso, correu tudo muito bem. Ela até já me enviou duas mensagens dizendo isso.

De: Phoebe Henderson

Para: Frank McCallum

Assunto: Re: Odeio dizer isso, mas...

RÁ! Eu disse a você. Lamento pelo boquete, mas tenho certeza de que você pode mostrar a ela onde ela está errando.

Saudações,

Henderson CONVENCIDA

De: Frank McCallum

Para: Phoebe Henderson

Assunto: Re: Odeio dizer isso, mas...

Sim, sim. Acho que eu lhe devo uma. Mas você continua com seu emprego, então imagino que isso seja suficiente.

De: Phoebe Henderson

Para: Frank McCallum

Assunto: Re: Odeio dizer isso, mas...

Você sempre destrói um momento legal. Espero que ela o arranque a dentadas.

Eu podia ouvi-lo rindo, e então meu telefone tocou.

— Eu sou agradecido. De verdade. Ela é charmosa e estou feliz.

— Bom para você. Para ser franca, você está muito mais legal do que costumava ser. Ela está te fazendo bem.

Parece que o meu trabalho aqui acabou.

Sexta-feira, 20 de maio

Preciso admitir que estou impressionada com a mudança de Frank — todo mundo está. Ele está realmente mais calmo. Nem consigo lembrar a última vez que ele mencionou o quanto pagou por alguma coisa, e ele é engraçado quando não está se esforçando demais para ser um babaca. Aparentemente, Vanessa deu um motivo para ele sorrir, e ele está mesmo a fim dela. Nós conversamos um pouco depois do trabalho e, se ele não fosse o meu chefe, nós poderíamos ser amigos. Não acredito que acabei de dizer isso. Ele quer me encontrar pela última vez e prometeu que vai parar com isso. É melhor que ele pare — não sou especialista em nada, e não vejo o que mais eu posso fazer. Cortar o cabelo dele?

Sábado, 21 de maio

Oliver apareceu por volta das cinco, algumas horas antes do nosso aguardado encontro com Sue e Duncan na casa deles no lado sul da cidade. Eu ainda tenho restrições com a coisa toda, como expliquei a Oliver enquanto andava de um lado para outro pela sala de estar, à espera da hora de sair.

— Ele a chamou de maluca — eu disse. — Por que nós deveríamos sequer pensar nisso de novo? Eu gostaria de fazer isso com pessoas que gostam uma da outra e que, de preferência, tenham uma boa saúde mental!

— Negaram uma troca de casais para o cara, Phoebe. Eu consigo entender de onde veio a mensagem raivosa dele — respondeu Oliver, do sofá. — Isso não significa que ela é maluca. É provável que ela seja muito legal. Para uma maluca.

— Tudo bem, mas se ela nos matar, a culpa é sua.

Ele ligou a TV enquanto eu me arrumava e fiquei olhando para o guarda-roupa, torcendo para que a roupa ideal pulasse em cima de mim. Ou, em vez disso, um mundo mágico aparecesse e eu pudesse ficar de conversa fiada e tomando chá com um veado.

Oliver enfiou a cabeça pela porta vinte minutos depois.

— Já está pronta?

Dei um giro para ele, me sentindo muito feminina num vestido floral.

— Este serve?

— Porra, você está linda. Estou quase arrependido de ter que dividi-la hoje à noite.

— Nós vamos mesmo fazer isso? — perguntei, retocando o batom. — Merda, vamos, antes que eu mude de ideia.

Desta vez fomos até a casa deles. Eles moravam a quinze minutos de carro, num bangalô pequeno de tijolos vermelhos, com um jardim imaculado na frente, cheio de gnomos. Para ser sincera, eu me senti como Guliver. Bati na porta e prendi a respiração. Através do vidro fosco, vi a silhueta de um homem vindo em nossa direção. Oliver colocou a mão nas minhas costas e sussurrou: "Aqui vamos nós."

Fomos recebidos por Duncan, um designer de websites, muito alto e de músculos definidos, como dava para ver pela camiseta branca. Ele nos levou para a sala de estar, onde conhecemos a maluca, Sue, uma estudante veterana bastante em forma que foi surpreendentemente calorosa. Ela nos abraçou e nos convidou para nos sentarmos enquanto Duncan pegava o vinho. Comecei a relaxar um pouco.

— Eu peço desculpas pela vez passada — ela disse, tirando os sapatos. — Fiquei meio nervosa. Estou feliz por vocês concordarem em nos conhecer. Espero que não pensem que sou mal-educada.

— Ah, nós entendemos — respondi. — Não se preocupe, nós não demos muita importância.

Duncan voltou com o vinho e se sentou ao lado de Sue.

— Um brinde a uma noite interessante — ele ofereceu.

Logo eu estava tão entretida na conversa que esqueci por que estávamos lá, até que Duncan se levantou e estendeu a mão para mim. Sendo a garota delicada e perspicaz que eu sou, ofereci a ele o meu copo. Ele riu, colocou o copo na mesa, segurou minha mão e me levou para o quarto. Eu fui, sem palavras, oferecendo a Oliver um olhar de "Ai, porra" conforme saíamos da sala.

O quarto era lindo, com velas e iluminação suave, e me senti imediatamente segura de que as minhas imperfeições corporais pelo menos não seriam observadas de perto sob uma lâmpada fluorescente pelos dois estranhos.

Começamos a nos beijar e a nos despir, e não me senti nada envergonhada. Ele sabia o que estava fazendo e eu alegremente me entreguei. Coloquei, inclusive, a camisinha com a boca e resisti à vontade de gritar "TAM-TAM!", como se eu tivesse acabado de tirar a toalha da mesa e as flores ainda estivessem de pé sobre ela. Um progresso para mim.

Ele me empurrou para a cama e abriu minhas pernas com o joelho. Antes que eu percebesse, minhas pernas estavam enroscadas nele e ele se mexia delicadamente dentro de mim, perguntando se estava tudo bem. Estava mais do que bem.

— Mais forte — respondi. — Mete mais forte.

A porta do quarto se abriu e Oliver e Sue entraram, ambos nus, com Oliver de pé atrás dela, as mãos se movimentando pelo corpo dela enquanto nos observavam. Virei a cabeça para Oliver, que me olhava fixamente. Mesmo beijando o pescoço de Sue, o olhar dele nunca me deixou.

Em menos de dez minutos já éramos uma grande pilha suada na cama. Todo mundo estava beijando todo mundo (não Duncan e Oliver, infelizmente — acho que isso teria sido excitante para mim e o fim para Oliver), e preciso admitir que a visão de Oliver chupando Sue enquanto Duncan metia em mim com vontade era incrível. Havia uma voz tolinha na minha cabeça narrando tudo o que acontecia, tipo *"Ah, veja, agora eu estou beijando uma mulher"* e *"Ah, veja, agora têm duas ereções apontadas diretamente para mim como espadas"*, mas eu continuei, determinada a não deixar que um detalhe como o meu próprio monólogo interior se interpusesse entre mim e o sexo a quatro.

A etapa seguinte vai permanecer para sempre fixada na parte depravada da minha memória. Duncan se deitou na cama e eu montei nele tão graciosamente quanto minha natureza desastrada permitiu. Começamos a transar, e percebi Oliver indo para trás de mim e, em seguida, o barulho da embalagem da camisinha sendo rasgada. No instante seguinte, o senti enfiar os dedos no meu cu, e logo ele estava dentro de mim e eu não consegui mais me mexer. Ou falar. Ou respirar. Sue começou a me beijar. Ah, sim, eu era a Rainha do Sexo a Quatro, e foi a coisa mais surpreendente que já experimentei na vida. Totalmente impressionante, às vezes desconfortável, mas não entrei em pânico nem me senti violada, como eu temia. Depois, assisti a eles enquanto transaram com Sue e gozaram nela.

Nós voltamos para casa às gargalhadas e muito satisfeitos com nós mesmos. Mesmo Oliver, que é tranquilão, estava impressionado com como as coisas correram bem.

— Isso podia ter sido um desastre — ele afirmou, rindo e colocando um CD para tocar.

— Totalmente verdade. Eles podiam ser débeis mentais, ou ter nos matado, ou AINDA PIOR, ser simplesmente muito ruins de cama. Ai, Deus, Radiohead não, Oliver, é improvável que isso mantenha o nosso bom humor.

— Você gostou quando eu...

Imediatamente o interrompi:

— Coloque da seguinte maneira: aquilo vai ser o ápice das minhas fantasias de masturbação com o chuveirinho por um longo tempo.

Ele sorriu para mim e nós ficamos o resto do caminho num silêncio triunfante. Outro desafio completado. Eu venci esse.

Domingo, 22 de maio

Saí da casa de Oliver e caminhei até a estação Central à tarde, apenas para descobrir que o meu trem tinha sido cancelado, mas eu estava de tão bom humor que não dei a mínima. Decidi esperar no bar da estação e tomar um café rápido quando recebi o pior elogio possível de dois moleques:

Moleque 1: Ela se parece com a Katy Perry.

Moleque 2: Não, ela se parece com a mãe da Katy Perry.

Eu me virei e olhei feio para eles.

— Valeu, gata, ele ainda daria um trato em você.

Ah, será? Ah, que máximo: *Certo, garotão, largue o seu salgadinho, arranque essa calça, vire o boné para trás e vamos nessa.*

Prometi esquecer isso, mas ainda aplico montes de creme antienvelhecimento antes de ir para a cama.

Terça-feira, 24 de maio

Saí com Oliver para seu jantar de aniversário hoje à noite, principalmente porque eu sabia que isso me daria créditos sexuais depois. Ele trabalhou até as sete, então o encontrei no Centro. Ele parecia cansado.

— FELIZ ANIVERSÁRIO! Você está horrível — eu disse enquanto o abraçava. — Você está se sentindo bem? Suas olheiras estão enormes.

— Nossa, obrigado — ele respondeu, passando a mão pelo cabelo oleoso. — Sim, a noite passada foi pesada. Os caras do trabalho me levaram para uma boate de striptease. Fiquei bêbado. Nada que um pouco de comida não resolva.

Fomos a uma churrascaria onde eles atiram pedaços enormes de carne e peixe numa grelha e você fica lá e diz *Ah!* enquanto os assam. Comprei para ele o livro *Death of a Ladies' Man*, primeiro porque é maravilhoso e sensual, mas também para lembrá-lo do que acontece quando um mulherengo inveterado transa com a mulher errada.

— Então, me conte sobre a sua noite — pedi enquanto o via enfiar três camarões VG na boca ao mesmo tempo. — Você recebeu uma *lap dance*?

— Recebi. Para ser sincero, não sou tão fã dessas danças. As garotas são uns amores e tal, mas é uma coisa meio fria. Sem sentimento.

— Mas você estava com uma mulher seminua dançando no seu colo. Isso foi divertido, com certeza.

— Não. Ela estava com um cheiro de suor meio forte.

— Eca. Isso me deixou nojinho. Acho que para mim basta.

Tivemos uma noite ótima, mas agora são três da madrugada e estou enjoada como uma cadela e passando mal por todos os buracos. Oliver foi para casa gritando "JESUS CRISTO, PHOEBE, ISSO CHEIRA A ESTRUME!" e, se eu não estivesse tão perto de morrer, já teria me matado de tanto constrangimento. Não ligo para estar passando mal, mas fico pensando em como vou ser capaz de olhar novamente para Oliver depois disso. Se já não fosse ruim o suficiente ele ter aguentado o cheiro da minha VB, agora conhece meus intestinos zangados.

Estou me sentindo péssima. Eu teria reclamado com o restaurante, mas, conhecendo minha sorte, eles provavelmente me ofereceriam uma refeição gratuita se eu voltar.

Quarta-feira, 25 de maio

Fiquei aliviada de receber uma mensagem de Oliver pela manhã, perguntando se eu estava me sentindo melhor e se podia, por favor, desinfetar a casa antes de ele vir me ver. Aaah! Estou agradecida por ele ter decidido voltar, mas consciente de que vou ter que aturar uma noite de infindáveis piadas de dor de barriga e as humilhações de sempre. Liguei para o trabalho, avisando que estava doente, e tive que falar com Kelly, pois Frank ainda não tinha chegado.

— Você pode avisar ao Frank que estou passando mal e não posso ir trabalhar?

— O que você tem? — ela perguntou de forma brusca.

— Intoxicação alimentar.

— Ah, é mesmo?

— É.

— Parece meio de repente.

— Intoxicação alimentar costuma ser assim, Kelly.

— Você sabe que se espera que você fique em casa o dia todo, para o caso de precisarmos entrar em contato.

— Estarei em casa. Diga ao Frank para me ligar, se ele quiser conversar sobre a funcionária dedicada que você é. Adeus.

Então me arrastei para debaixo do chuveiro e me concentrei em colocar fogo no banheiro antes de Oliver chegar.

Quinta-feira, 26 de maio

Estou me sentindo bem melhor hoje. Oliver foi tão atencioso ontem à noite; ele não tentou me tocar, fez chá e até mesmo dormiu no sofá para o caso de eu passar mal novamente. É claro que não teve nada a ver com o fato de eu ter todos os canais da TV a cabo e haver uma luta de boxe marcada para bem tarde da noite, com certeza.

Sexta-feira, 27 de maio

O maldito Frank achou que avisei que estava doente para evitar nosso próximo encontro, ou, melhor dizendo, nosso último encontro. Parece que o mundo inteiro ainda gira ao redor dele, mas ele acabou se convencendo de que eu fiquei mesmo doente (aparentemente, a irmã dele teve uma intoxicação alimentar no mesmo restaurante, o que garante que é verdade). Concordei em encontrá-lo na segunda-feira, para acabar com essa história e encerrar as coisas com ele. Depois posso voltar a ter um pouco de normalidade.

Também descobri que Hazel é genial. Os pais dela têm uma casa em Skye e vamos todos de carro até lá para festejar o meu aniversário, que é daqui a alguns meses, mas eu não me importo! Ela disse que a casa tem lugar para oito pessoas, uma lareira de verdade e fica a quilômetros de distância de qualquer outra coisa, então podemos gritar e bater tambor e tudo o mais. Presentes antecipados de aniversário são os melhores.

Terça-feira, 31 de maio

A minha diversão durante o trajeto de trem para o trabalho hoje de manhã se resumiu em tentar não coçar uma pereba que apareceu na parte de dentro da minha coxa. Mas, quando o trem chegou à estação Central, eu desisti e praticamente enfiei as unhas dentro da calça para alcançar a filha da puta. Coçar as partes mais íntimas em público nunca é bonito de se ver, mas eu estava desesperada.

Consegui convencer uma loja de automóveis a anunciar conosco, o que pareceu agradar Frank.

— Muito bem, nós estamos tentando conquistá-los há anos. O que os convenceu?

— Um grande desconto.

— Bom. Tente arrancar mais dinheiro de alguém para que nossos números subam. Você pode ficar um pouco mais tarde hoje à noite? Gostaria de conversar com você.

— Tudo bem, mas é a última vez, Frank. Você prometeu. Acho que cumpri muito bem a minha parte do acordo até aqui.

— É verdade. É o último. Palavra de escoteiro.

Todo mundo foi embora, e eu espertamente fingi que estava ao telefone, para evitar que Lucy ficasse me esperando ou imaginando por que eu não estava indo embora. Quando o escritório esvaziou, entrei na sala de Frank e me sentei.

— Certo, para o que você precisa de ajuda agora?

— Eu estava pensando se não há alguma outra coisa que eu possa fazer pela Vanessa que ainda não estou fazendo.

— O que você quer dizer?

— Você sabe... na cama. Sexualmente.

— Ai, minha nossa. Sexualmente — eu ri.

— Não me sacaneia — ele disse, parecendo envergonhado. — Ah, preciso de uma bebida.

E o idiota tirou uma garrafa de bourbon da gaveta de baixo e correu para pegar uma Coca para mim na máquina de refrigerantes. Como é que eu não sabia que aquilo estava lá?

Quando ele voltou, peguei a lata e coloquei um pouco de Coca na caneca de café.

— Realmente não sei o que dizer, Frank. Por que não me conta o que você faz normalmente na cama? A não ser que vá me deixar assustada.

Ele engoliu sua bebida de um gole só, pura.

— Nós fazemos as coisas normais. Provavelmente entediantes quando comparadas com os seus padrões de perversão...

— EI!

— ... mas eu só quero ter certeza de que estou dando a ela o máximo de prazer possível.

Estendi o braço com a caneca para ele me servir de bourbon.

— Talvez você devesse fazer essa pergunta a Vanessa.

— Ah, não seja boba. Depois ela vai pensar que eu não sei o que estou fazendo.

— É exatamente isso o que eu estou pensando.

— Comporte-se. Veja só, eu vou descrever o que faço, e se você puder responder ou aconselhar sem dar uma de espertinha, eu agradeço. Agora, beba tudo.

Uma hora depois, nós dois estávamos bêbados.

— Arrá! Em nome de Deus, Frank. A não ser que ela peça para você mordê-la, NÃO MORDA! Não é de estranhar que ela não tenha ficado impressionada. Isso não é a porra do *Crepúsculo*.

— Pare de xingar. Eu só queria ser diferente. Sabe quando você olha para uma pessoa e a vontade de fazer amor com ela toma conta de você e não há nada que se possa fazer a respeito? Eu sinto isso com ela, e realmente não deveria dizer isso, mas imaginei isso também com você. Muitas vezes.

Nós nos olhamos e no fundo do meu estômago eu soube o que aconteceria. Não consegui me controlar. Não sei se foi a bebida ou ele ter se tornado mais agradável para mim ao longo das últimas semanas, mas naquele momento eu podia dizer que ele me queria e eu sentia a mesma coisa.

— Me mostra como você beija — pedi, olhando para ele por cima da borda da minha caneca.

— O quê? Como, quer dizer...

Coloquei a caneca na mesa e me inclinei, parando a alguns milímetros do rosto dele. Ele estava com cheiro de bebida e aquele pós-barba que eu tinha sentido antes.

— Mostre — sussurrei.

Ele se inclinou e me beijou. Uau, ele me beijou gostoso, suave inicialmente, depois suas mãos subiram para o meu rosto e cabelo. Eu me afastei e nós dois fizemos uma pausa para compreender o que estava acontecendo. No instante seguinte, eu estava sem blusa, com a saia levantada e montada nele em sua cadeira giratória. Ele me levantou de seu colo, me virou e me inclinou sobre a mesa. Excitada, tirei a calcinha enquanto ele colocava uma camisinha.

Em poucos segundos ele estava dentro de mim.

Foi intenso, foi excitante e a sensação foi maravilhosa. Repetimos sobre a mesa, depois no chão, onde nossos joelhos sofreram terríveis queimaduras por causa do carpete. Foi intenso, foi sensual... e foi totalmente ERRADO. Qual é o meu problema? Então, agora eu não posso sequer beber alguma coisa com o desgraçado do meu chefe sem transar com ele?

— Tão pervertida quanto eu imaginava — ele riu, fechando a calça. — Talvez na próxima vez a gente possa fazer isso em algum outro lugar mais bacana do que no meu escritório.

— Próxima vez? — perguntei, surpresa por ele não achar que aquilo tinha sido uma coisa única. Que arrogante. — Isso foi um erro, Frank. E vai nos causar muitos problemas — continuei enquanto abotoava desajeitadamente a saia e começava a procurar pelos sapatos, por fim encontrando-os embaixo da mesa dele.

— Você ainda não respondeu a minha pergunta. Alguma outra coisa que você ache que eu possa fazer? Pela sua reação, imagino que não...

— Não, foi bom. Acho que a melhor coisa que você pode fazer pela Vanessa é não transar com mais ninguém. Vou para casa agora.

Saí correndo do escritório e peguei um táxi para casa. Por alguma razão, a voz de Christian Bale surgiu na minha cabeça, gritando: "Então, você transou com seu chefe, Phoebe. AH, PARABÉNS! PARABÉNS PARA VOCÊ!"

Mas, para ser sincera, não foi "bom": foi incrível. No entanto, quanto mais eu penso no assunto, mais percebo que Frank provavelmente nunca teve nenhuma dúvida sobre quão bom ele era na cama. Acabei de ser enrolada. Pam Potter estava totalmente certa, já que ela antecipou isso semanas atrás. Aquele babaca. Fingindo ser ingênuo sobre sexo, me fazendo pensar que eu estava no comando quando todo o tempo ele estava me seduzindo. Eu podia matá-lo.

JUNHO

Quarta-feira, 1º de junho

— Me desculpe — Frank disse quando eu marchei, zangada, em sua sala, assim que cheguei ao escritório —, mas depois que você me pediu para beijá-la, não consegui me controlar.

— Seu canalha de merda. Toda aquela bobagem sobre querer ajuda e fingir estar inseguro sobre o que fazer... Era tudo papo furado, não era? Você planejou isso?

Ele olhou para mim.

— Mantenha a voz baixa. Nós dois quisemos a noite passada, Phoebe. Não aja como se não tivesse pensado a respeito também.

— Nunca mais vamos falar disso novamente — insisti. — Diga a Vanessa que eu disse oi.

Saí da sala dele e fui trabalhar.

Até as sete da noite nós já tínhamos trepado duas vezes no banheiro dos funcionários.

Quinta-feira, 2 de junho

Apesar de trepar com o chefe não estar na minha sexlist incial, e eu odiar admitir isso, a sensação é muito excitante. Mas não deveria ser excitante. Deveria ser desagradável, imoral, degradante e constrangedor. Merda, é o Frank, pelo amor de Deus. Melhorado ou não, esse é o homem que compra arte infantiloide e usava aquele relógio absurdo e todo faiscante, e que se acha tão melhor do que qualquer outro ser humano do planeta; aquele que no passado eu quis esfaquear repetidamente com a colher que guardo na minha gaveta pra comer iogurte, e é aquele que me fez gozar duas vezes no chão de sua sala e me dá borboletas no estômago toda vez em que penso nele. Toda vez que ele passa pela minha mesa, eu me lembro dele dentro de mim, de seu hálito no meu pescoço e de suas mãos na minha bunda, e embora exista uma grande parte de mim que queira distância dele, o sexo é de deixar os joelhos tremendo.

Uma ligação dele mais cedo me fez acreditar que sente o mesmo:

— Phoebe. Encontre-me no estacionamento amanhã, depois do trabalho.

— Por quê? — perguntei, sabendo muito bem o motivo.

— Porque vou levá-la para a minha casa, abrir um champanhe e fazer amor com você. Como deve ser.

Aaah, "como deve ser". É claro que ele diria algo totalmente cafona assim quando estou rodeada de pessoas no escritório e não posso gritar com ele. Isso certamente desviou meu foco para longe de Alex, o que é uma boa coisa, mas tenho a sensação de que estou me metendo em algo que provavelmente vai mudar de direção e me morder a bunda.

Sexta-feira, 3 de junho

Por que eu não sou uma dessas mulheres que se excitam com homens ricos? Isso facilitaria muito a vida. Eu conseguiria tudo:

— Olhe os meus peitos! Agora me dê um pouco de grana para comprar alguma coisa! Qualquer coisa!

E ele diria algo assim:

— Você é a melhor namorada do MUNDO. Tome uns euros! (Porque ele é francês.)

Tenho certeza de que seria muito agradável viver luxuosamente e ter maços de dinheiro à disposição, mas sempre estive mais interessada num encontro de mentes do que no conteúdo da carteira de alguém. Após um rápido amasso no carro depois do trabalho, fomos até o novo apartamento de Frank, sem dúvida caríssimo. Ao abrir a porta, ele mostrou um hall monumental, com várias portas dando numa sala de estar enorme no fim. Como esperado, a decoração era de fato equivocada. As paredes estavam lotadas de uma mistura bizarra de arte abstrata e tribal, com um tapete de estampa de zebra estendido no chão e um lustre pendurado. Havia dúzias de estatuetas de madeira em todos os lugares, móveis minimalistas e uma TV de tela plana do tamanho da minha cama.

— Champanhe? — perguntou ele, tirando o meu casaco. — Sente-se.

Afundei no imenso sofá vermelho de quina e balancei a cabeça concordando, incapaz de tirar os olhos de uma estátua luminescente de dragão que me encarava do canto da sala.

— Então, seu apartamento é... espaçoso, Frank. Você tem um gosto bastante eclético.

— É, eu tenho. Acho que é possível apreciar diversas formas de arte e design ao mesmo tempo.

— E na mesma sala.

— Você tem *O mundo de Sofia* em sua gaveta da escrivaninha. Eu não esperaria que uma pessoa que lê literatura de mulherzinha entenda de arte.

— *O mundo de Sofia* não é... — comecei, me esforçando muito para não rir. — Deixa pra lá. Você está certo, Frank. Eu não compreendo o seu mundo. Ver o que o motiva a nível pessoal é realmente revelador.

— Realmente, mas não acho que viemos aqui para discutir literatura.

Ele tirou o copo da minha mão e o colocou num porta-copos de mosaico de vidro.

— Nós viemos aqui para conversar sobre o porta-copos? Porque eu realmente acho que devíamos.

— Você é uma coisinha engraçada, sabia? — ele disse, me pegando pela mão e me levantando.

Tudo o que eu conseguia pensar era "Seu merda arrogante, onde está a sua namorada?", mas mantive a boca fechada e o segui até o quarto, morrendo de curiosidade para ver se ele tinha teto espelhado e um casal de tigres rugindo lá dentro. Ele diminuiu as luzes e tentou ser romântico comigo, o que pareceu estranho, considerando que nossos encontros anteriores foram cheios de uma paixão descontrolada. Eu esperava que ele batesse palmas e a voz de Barry White começasse a fluir do abajur. Em vez disso, para meu horror, ouvi as notas de abertura de *My Heart Will Go On*, de Celine Dion, saindo do estéreo.

— Não. Não. NÃO. Desligue isso!

— Achei que você gostasse dessa música. É romântica.

— Você está de sacanagem comigo?! Essa música me faz querer me jogar de um barco que não está nem afundando...

— Certo.

— ... ou flutuando...

— Tudo bem. Entendi, Phoebe. Vou trocar.

Celine foi substituída por Dean Martin, e ele me beijou com delicadeza, e afagou meu cabelo e, para ser sincera, aquilo foi muito irritante.

— Pare de ser tão delicado. Eu não quero fazer amor, eu quero transar.

— Não. Isso é mais legal e você vai...

— Cale a boca, Frank. Não estou te perguntando, estou mandando.

Ele parou de repente, me segurou pelos braços e me jogou na cama, puxou a minha calcinha para o lado e começou a meter com força. Força demais num determinado momento. Talvez eu devesse ter deixado claro que, embora quisesse sexo, não queria que ele cavasse um buraco do tamanho de seu pau enorme nos meus rins. Apesar de tudo, acabou rápido e comecei a procurar pela minha saia, torcendo para que ele simplesmente se desintegrasse.

— Não sei o que dá em você, Phoebe Henderson — ele disse enquanto eu me vestia. — Você é um pé no saco, além de falar palavrões demais, mas tem alguma coisa que me atrai até você abrir a boca. É nessa hora que eu quero estrangulá-la.

Terça-feira, 7 de junho

Fui beber com Hazel e Lucy no Centro hoje à noite. Ao contrário de sempre, Lucy foi pontual e eu fui a última a chegar. O bar estava cheio para uma terça-feira à noite, mas examinei o ambiente e vi as duas afundadas no sofá de couro marrom perto da janela. Hazel estava com uma aparência incrível depois das férias. Seu bronzeado estava impecável.

Elas acenaram para mim, e Lucy levantou o copo para mostrar que já tinha pedido a minha bebida. Dei um abraço em Hazel antes de me sentar.

— Você está maravilhosa! O sol realmente clareou seu cabelo, e *esse bronzeado*! Nossa, você me deixa com inveja.

— Eu nunca me bronzeio. Você é muito sortuda — Lucy acrescentou, olhando irritada para as sardas em seu braço. — Preciso usar bloqueador solar total ou começo a fritar. Então, conte tudo! Você se divertiu?

— Foi ótimo — Hazel disse, dando um gole em seu French Martini —, eu me sinto muito descansada. Kevin foi maravilhoso e ficou o tempo todo tomando conta de Grace. A não ser quando ele resolvia descer pelos escorregas do parque aquático. Tirei um monte de fotos e vou entediá-las outra hora. O que aconteceu por aqui?

Decidi não contar que estava transando com Frank desde o fim de maio, e apenas disse "Nada demais, você sabe. O de sempre".

— E você, Lucy? Algum homem que valha a pena comentar?

Ela forçou um riso, subindo a alça do sutiã que escorregava pelo braço.

— Na verdade, sim. Conheci um cara que trabalha na biblioteca perto de casa. Eu disse que sairia com ele se ele apagasse as multas pelos livros que entreguei atrasado.

— Como você os encontra? — Hazel perguntou. — O homem que trabalha na minha biblioteca tem mais de sessenta e usa gravata-borboleta. Eu prefiro pagar as minhas multas.

— Você não tem os poderes mágicos da Lucy. Mais uma dose? — perguntei.

Seis doses depois, eu estava num táxi, indo para a casa de Oliver, a fim de uma trepada de surpresa do tipo veja-como-estou-bêbada. Ele abriu a porta de roupão.

— O que você está fazendo aqui?

— Ah, isso é uma recepção calorosa! — Ri. — Me deixa entrar. Preciso mijar.

Eu o empurrei e corri para o banheiro. Ele foi atrás de mim.

— Se você não sair agora, vai acabar me vendo fazer xixi e isso definitivamente não está na minha sexlist, rapazinho. Saia e aqueça a cama para mim.

— Ela já está quente. Estou com uma pessoa, Phoebe. Você precisa ir embora.

O som do meu xixi me fez (com a ajuda da bebida) começar a rir.

— Ai, meu Deus, isso é constrangedor. Quem é? É Simone? Posso dizer oi?

— Não, não é, e não, você não pode. Vou pedir um táxi para você.

— Quem é, então? Me diga. É UM HOMEM? Eu definitivamente preciso dar um alô.

— É só uma garota que eu conheço. Se eu soubesse que você estava vindo, teria me livrado dela mais cedo, mas estamos no meio da transa agora, então você precisa ir embora.

Eu o obriguei a olhar para o outro lado enquanto eu me secava e subia a calcinha.

— Tudo bem. Vá fazer sexo com seu homem misterioso. Vou pegar um táxi na rua.

Enquanto eu estava na calçada, esperando passar um táxi vazio, não consegui parar de olhar a janela do quarto dele. Percebi que a) olhar para cima quando se está bêbada não é uma boa ideia, e b) eu me senti boba. Mesmo que tecnicamente ele não estivesse fazendo nada de errado, ainda assim eu me senti rejeitada. Merda. Como assim, eu esperava que ele chutasse a outra mulher no meio da noite só porque eu apareci? Bem, sim. Eu esperava.

Quarta-feira, 8 de junho

Noite passada tive um sonho no qual eu comprava café para pessoas que não mereciam.

Tive uma ressaca dos infernos, mas consegui ir trabalhar sem vomitar no trem. No intervalo para o chá, fugi para a sala de reuniões e deitei a cabeça na mesa, desesperada para fechar os olhos por cinco minutos. O silêncio era maravilhoso, até que a porta foi aberta, interrompendo meu cochilo.

— Phoebe! Já é ruim o suficiente você vir trabalhar parecendo que se vestiu no escuro, mas isso é demais. Levante-se.

— Vá embora, Frank. Tenho uma pausa de quinze minutos. É assim que escolhi gastá-los.

Ele fechou a porta e se aproximou de mim.

— Estou falando sério, Phoebe. Ainda sou o chefe aqui.

— Isso é totalmente verdade — concordei num sussurro. — Mas é difícil levar o chefe a sério depois de ter visto o pênis dele. Agora pare de falar tão alto. Estarei lá fora num minuto.

— Pegue um café e algo para comer e depois volte ao trabalho. Não posso ser visto fazendo nenhum favor para você aqui.

Levantei a cabeça, que estava apoiada na mesa, e me dirigi à cozinha para fazer um café, passando por Kelly, que parecia vibrar por eu ter sido repreendida por Frank.

— Isso foi muito humilhante, Phoebe. Dá para entender por que Frank está zangado.

Voltei cinco minutos depois, bebendo café puro. Na caneca dela.

Quando deu meio-dia, eu estava faminta. Combinei de almoçar com Lucy na cantina. Ela estava com um aspecto surpreendentemente saudável. Pedi mais café e um sanduíche de bacon, e também para nos sentarmos nos fundos, longe das pessoas barulhentas. Mais uma vez minha cabeça foi desmoronando, até encostar na mesa.

Lucy riu.

— Acho que nunca te vi tão de ressaca. Eu estou bem, mas só tomei três coquetéis. Aquelas doses de destilados que você tomou teriam acabado comigo.

— Eu tomei destilados? Isso explica as coisas.

Dei uma pequena mordida no meu almoço.

— Vi você e Frank mais cedo. O que estava acontecendo naquela hora?

Quase engasguei com o sanduíche.

— Acontecendo? O que você quer dizer?

— Ele está obviamente te perseguindo. Todos aqueles ataques no escritório e a maneira como ele fala com você na frente de todo mundo. Eu reclamaria. Merdinha bochechudo. Apesar de que ele tem andado mais seguro e feliz nos últimos tempos. Deve ser aquela namorada nova. Pobre coitada.

Ah, obrigada, meu Deus, achei que ela tivesse percebido.

— Sim, totalmente. Não sei o que ele tem contra mim, mas se ele não parar com isso talvez eu reclame — falei, desesperadamente tentando pensar em alguma coisa para mudar de assunto. — Ele logo vai se cansar e implicar com outra pessoa.

Como eu gostaria que isso fosse verdade, mas de alguma forma duvidava disso. Não posso deixar Lucy descobrir a verdade. Eu não saberia como explicar isso. Frank pode ter me enganado e me atraído para essa situação, mas estou longe de ser inocente, e essa é a parte mais confusa. Se eu não consigo entender o que está acontecendo, como ela poderia?

Quinta-feira, 9 de junho

Liguei para Oliver à noite, me desculpando por terça-feira. Ele não parecia aborrecido.

— Tudo bem. Não se preocupe com isso. Eu não estou.

— Sua amiga não ficou chateada?

— Não, ela achou que você era uma garota maluca qualquer que precisou usar o banheiro. Foi o que contei a ela.

— Ah, tudo bem. Não sabia que você estava saindo com outra pessoa.

— Não estou. Ela é apenas alguém que eu conheço. Quer dizer, ultimamente você tem andado sumida e, quando está aqui, parece sempre distraída. E não transamos desde antes da intoxicação alimentar. Achei que você talvez tivesse decidido dar um tempo. Ou que estava cansando de mim ou da sexlist ou alguma outra coisa...

Talvez Oliver também esteja se sentindo um pouco rejeitado e posso entender a razão. Ultimamente, eu tenho desaparecido do radar com frequência. Não foi de propósito, eu simplesmente fui absorvida por essa história toda do Frank. Ainda assim, eu não podia contar a ele que dormi com Frank. Seu ego jamais se recuperaria.

— Nada disso! Tenho tido problemas no trabalho, mas ainda estou dentro dos próximos desafios, se você estiver. Ainda faltam três.

— Claro que sim!

Eu podia vê-lo sorrindo no telefone.

— Basta me dizer quando.

— Agora?

Ele desligou e, quinze minutos depois, estava na minha porta. Oliver me empurrou contra a parede da sala de estar e transamos ali mesmo. Ele está dormindo na minha cama agora e parece tão tranquilo que me sinto mal por estar prestes a acordá-lo e pedir para transar de novo. Uma vez com Oliver nunca é suficiente.

Sábado, 11 de junho

Hoje é aniversário de Hazel. Ela está fazendo 39 anos e não está nada feliz com isso.

— Eu não queria fazer nada — ela lamentou quando chegamos ao restaurante. — Kevin insistiu em buscar a minha mãe para ficar com Grace e montar essa maldita farsa. Não quero celebrar os quase quarenta e ver minha cara desabando.

A primeira coisa que vimos quando entramos no restaurante foi a enorme faixa de "Feliz Aniversário, Hazel" esticada no meio da sala principal, toda enfeitada com balões de gás.

— Ah, *pelamordedeus* — ela riu. — Ele alugou o espaço todo! Por que eu concordei com essa humilhação pública?

— Porque você adora isso — disse Lucy. — Você ganha uma noite de folga de Grace, pode beber, pois nós estamos pagando, pode comer como uma porca e depois vai para casa e faz um sexo barulhento com seu marido. O que tem para não gostar?

Kevin se aproximou com ar vitorioso e tascou um megabeijo nos lábios rosa de Hazel.

— Obrigada, querido. Lucy diz que nós temos que fazer um sexo barulhento hoje à noite. Está a fim?

Kevin piscou para Lucy.

— PODE APOSTAR QUE ESTOU! — ele berrou.

Nós deixamos Kevin uivando para a lua e nos sentamos à mesa.

— Ele é uma boa pessoa, né? — Hazel sussurrou.

— É claro que é — respondi. — Ele mudou de garotão para superpai assim que você contou que estava grávida. Você pegou um dos bons.

O bufê chinês estava maravilhoso. Devo ter me levantado pelo menos 72 vezes, e quase saí no tapa com alguém pela última torrada de camarão. Kevin comprou para Hazel um lindo medalhão, que fez o porta-retratos que comprei de presente parecer mixuruca, mas pelo menos não dei a ela um macacão estilo Mulher-Gato com detalhes de meia-arrastão, COMO LUCY. Kevin adorou, mas Hazel pareceu em dúvida.

— Vou ficar parecendo uma super-heroína ridícula se vestir isso, Lucy. Mas obrigada.

Todos nós fomos embora por volta das onze e meia, e Kevin e Hazel foram passar a noite no hotel Citizen M. Eu estive lá com Alex uma vez e adorei, porque a mobília era num estilo misto de Ikea com Star Wars. Alex o odiou pelo mesmo motivo.

Lucy e eu caminhamos até o ponto de táxi.

— Vou chamar aquele bibliotecário para sair amanhã de novo — ela refletiu. — Ele parece um pouquinho lento de pegada. Talvez eu não tenha deixado claro o suficiente.

Dividimos um táxi para casa. Lucy flertou descaradamente com o motorista para conseguir um desconto na tarifa e o número de telefone dele. Às vezes eu quero ser ela.

Segunda-feira, 13 de junho

Hoje fui bombardeada com mensagens:

> **De:** Alex Anderson
> **Para:** Phoebe Henderson
> **Assunto:** Meu e-mail
> Você recebeu o meu último e-mail? Realmente gostaria muito de encontrar você em algum momento. Só para conversar.

Depois...

> **De:** Frank McCallum
> **Para:** Phoebe Henderson
> **Assunto:** Uma pergunta
> Não consigo parar de pensar em você. Você está pensando em mim?

> **@granted77** Quando vamos nos conectar? Você sabe que quer.

E, por fim, uma mensagem de Oliver:

> Você comeu o meu Twix?

AH, PAREM COM TANTAS PERGUNTAS! Por que vocês todos não me vestem com um macacão laranja e jogam uma luz nos meus olhos?!

Lucy apareceu logo depois de *EastEnders*. Tinha ido à biblioteca e se irritou porque o bibliotecário não quis sair com ela nem livrá-la da multa de 18,75 libras.

— Jesus, os livros estavam atrasados há quanto tempo? — perguntei.

— Meses, talvez anos, mas essa não é a questão. A questão é que ele não vai sair comigo. Por que não?

— Não tenho a menor ideia. Talvez você não seja o tipo dele?

— Ele usa calça e camisa jeans, não tem o direito de ser exigente.

— Talvez ele saiba que você criticaria o jeito que ele se veste. É a defesa de autopreservação.

— Humm... Sabe de uma coisa? Não acho que eu ter pegado emprestado *A redoma de vidro* e *Na praia*, e ficado com eles durante meses, ajudou. Ficção sombria não é uma coisa sensual. Na próxima vez que eu for lá, talvez escolha uns romances eróticos, tipo *A amante canalha* ou *O mordomo furioso*.

— Ah, claro, os clássicos. Pegue um com uma peituda na capa. Deixe claro para ele qual é a sua.

Qualquer outra pessoa teria admitido a derrota e seguido em frente. Mas Lucy enxerga isso como uma batalha a ser vencida. Esse bibliotecário não tem a menor chance.

Quarta-feira, 15 de junho

O expediente estava quase terminado quando Frank me chamou.

— Você precisa de alguma coisa? — perguntei.

— Pensei que a gente podia colocar a conversa em dia. Você sabe... saber como você está indo.

— Estou atrasada para o meu trem, mas, tirando isso, tudo bem.

— Eu estou bem. Vou viajar de férias com Vanessa. Acabei de reservar.

— Que ótimo. Quando você viaja?

— No dia 22, e volto 5 de julho.

— Duas semanas inteiras. O negócio deve estar sério.

— É só uma chance de descansar. Vai ser relaxante.

— Você vai levá-la para jogar minigolfe? — ironizei enquanto ele levantava a minha saia com a mão. — Talvez caçar raposas? Vai ter mordomo?

— Sim, Phoebe, muito engraçado, estamos mesmo indo para um lugar sofisticado, onde poderemos jogar golfe. Um lugar que você odiaria. Está com ciúme? Vanessa aprecia as boas coisas da vida, mas ela não é o tipo de mulher que deixaria o chefe fazer isso... — E enfiou dois dedos dentro de mim.

Eu o interrompi. Pela primeira vez desde que começamos esse joguinho sexual, eu me senti vulgar.

— Ela obviamente tem juízo, Frank — respondi, tirando a mão dele. — Então, se você estiver longe com ela, significa que não estará aqui, enchendo meu saco. Isso já é bom o suficiente.

— Faça o que quiser — ele replicou, levantando-se da cadeira. — A gente se vê quando eu voltar.

Abaixei a saia e saí da sala dele, bastante consciente do meu rosto vermelho. Parece que sou atraída para situações que sei que vão dar errado. Mas, às vezes, saber como alguma coisa vai terminar, ainda que muito mal, é menos assustador do que, bem, não saber.

Quinta-feira, 16 de junho

— Como você está se sentindo, Phoebe? — perguntou Pam em nossa sessão esta noite.

Comecei a contar a saga épica de Frank e sua recente invasão às minhas partes íntimas. Aliviada por finalmente tirar o peso de dentro de mim, contei tudo a ela:

— Acho que ele *realmente* começou querendo ajuda para sua vida sexual, mas depois usou isso para dormir comigo! Parece que ele era inteligente no final das contas. Eu devia ter ouvido você.

— E ainda assim você continua seu envolvimento com ele?

— Merda, isso é maluco. Ele é um merdinha traiçoeiro, mas agora nós temos essa dinâmica em que um se sente atraído pelo outro por motivos desconhecidos.

— O que a atrai em Frank, Phoebe? Pelos seus comentários até agora, parece que você não gosta muito dele.

— EU SEI! — exclamei. — É isso que está me confundindo! Eu *não* gosto dele!

— Em primeiro lugar, você devia refletir sobre por que se sente atraída por ele. Talvez depois as coisas fiquem mais claras.

Refleti. Nada mudou.

— Vamos abordar isso na próxima vez. Sugiro que você reflita sobre o que realmente ganha na relação com Frank.

Saí do consultório dela ainda sem respostas e voltei para casa, parando no caminho para comprar um curry.

21:20. Ando comendo muito. Isso está se tornando um hábito. Posso ouvir o cós da calça implorando por piedade. Tenho mais o que fazer do que perder tempo pensando em Frank hoje à noite. Vou assistir *The Good Wife* na cama.

22:15. POR QUE EU ME SINTO ATRAÍDA PELO FRANK? Nós não temos nada em comum. Ele é muito parecido com o maldito Alex, totalmente materialista e superficial e mentiroso. Não tem uma razão lógica.

0:13. Ah, Deus, ele é exatamente como Alex! Será por isso que me sinto atraída por ele? Merda! Eu não posso ser assim tão idiota.

4:10. Eu sou assim tão idiota. Deixei que outro Alex entrasse na minha vida e ainda nem me livrei do primeiro. Merda. Preciso resolver isso. Frank tem que sumir.

Sexta-feira, 17 de junho

Eu tinha acabado de terminar minha primeira xícara de café hoje de manhã quando Lucy me ligou da mesa dela.

— Então, saí com o meu bibliotecário ontem à noite.

Olhei ao redor e vi Lucy expulsando Kelly, que tentava falar com ela sobre faturas.

— Puta merda, você é rápida. Como conseguiu?

— Peguei *A história de O* e *O amante de lady Chatterley*. Ele fez alguma piada sobre eu estar pegando emprestado "pornografia leve", e respondi que era inapropriado da parte dele comentar as minhas escolhas de leitura e que era melhor ele me pagar um café para se desculpar.

— Você é cruel. Então, como foi?

— Ele foi um babaquinha pomposo, e a coisa se resumiu a um cappuccino com biscoitos. Ele disse que me rejeitou antes porque eu usava muita maquiagem. Na opinião dele, "mulheres naturais" costumam ser mais inteligentes. Ele pareceu surpreso por eu ser formada em direito e ainda assim escolher trabalhar com administração.

— Puta merda. Você o matou? Precisa de um álibi?

— Nada disso. Quem sabe posso ter derramado meu café "acidentalmente" no colo dele e deixado a conta enquanto ele estava no banheiro, secando a virilha no secador de mão. Mas tenho certeza de que ele ainda está respirando.

— Você vai ter que usar outra biblioteca agora, não vai?

— É, vou. Mas valeu a pena. Ele estava vestindo jeans branco. Merda, preciso ir. Estou vendo a Kelly reclamando de mim para o Frank.

Eu me virei e vi Frank olhando inexpressivamente para Kelly, que narrava, com um elaborado gestual, como Lucy a despachou. Esse escritório é maluco.

Sábado, 18 de junho

Esta manhã Oliver mencionou ter recebido uma cortesia de um hotel como agradecimento por um trabalho que ele havia feito para eles e perguntou se eu queria ir junto.

— Sim, claro! Onde é? — perguntei, ansiosa. — Tem piscina?

— Acho que não. É em Edimburgo mesmo, mas pode ser bacana dar uma volta em outro lugar. Relaxar, sabe?

— Quando podemos ir?

— Hoje. Tá a fim?

Na viagem de carro para Edimburgo, Oliver não quis contar onde ficaríamos, o que me levou a imaginar algum hotel duvidoso, um albergue, onde eu teria que dormir com os olhos abertos para o caso de Gustavo, da Suécia, completamente bêbado, decidir dar uma de sonâmbulo. Como eu estava errada... Era o Witchery, um dos hotéis mais luxuosos de Edimburgo, onde eu coincidentemente fiz plantão do lado de fora certa vez, na tentativa de ver Jack Nicholson de relance quando ele estava hospedado lá. Essas são seis horas da minha vida que eu nunca vou recuperar.

— Isso é verdade? — gritei quando ele estacionou na porta. — Nós vamos ficar aqui? Não posso entrar lá... Estou vestida como uma mendiga!

Oliver só levantou uma sobrancelha.

— Você acha que vai ficar vestida por muito tempo? Tenho planos para você.

Fizemos o check-in e passei os primeiros cinco minutos correndo ao redor como se tivesse 5 anos de idade. Os quartos, ou melhor, as *suítes*, eram temáticas, como se pertencessem a um castelo gótico, e eu quase molhei a calça.

— O que você acha?

— As pessoas pagam mesmo para ficar aqui? — sorri de maneira maliciosa. — Veja a cama enorme. E a lareira. E o tapete felpudo. Falando sério, Oliver, é do caralho.

— Satisfeita? — ele riu.

— Não. Não tem piscina. Mas posso relevar, já que TUDO É INCRÍVEL! — sorri, alegre, enquanto passava a mão pelas almofadas de veludo. — Imaginei que a gente ficaria num Travelodge, com um quadro retratando uma folha pendurado em cima da nossa cama medíocre. Estou me sentindo num livro de Bram Stoker. Sempre quis ficar aqui! Veja! Uma banheira gigantesca! Champanhe!

— Eu fiz uma reserva para jantarmos hoje à noite — ele disse. — Você trouxe um vestido?

— Não, só calças de ginástica e um boné de beisebol — ri, tirando um pretinho básico da mala. — Isso serve?

Ele olhou para o vestido por um segundo.

— Topa um banho de banheira?

Mais tarde nós nos aprontamos para o jantar, e Oliver vestiu um terno azul-marinho, algo a que não estou acostumada. Dizer que estava gato nem chega perto. Eu podia ver as mulheres olhando para ele conforme descíamos a escada até o salão de jantar.

— Nossa. Você está chamando a atenção, Oliver — sussurrei. — Você está lindo.

— Você também — respondeu ele com um sorriso safado. — Muito linda.

O garçom de aparência sofisticada nos acomodou numa mesa no meio do salão, rodeada por luxuosos castiçais, estátuas e arranjos com cascatas de flores. Eu estava meio tonta. Pedimos um vinho e olhamos o cardápio, tentando arduamente não babar. O garçom voltou alguns minutos depois.

— Desejam fazer o pedido?

— Já sabe o que vai pedir? — perguntou Oliver.

— Não. A não ser que tudo seja uma opção?

— Nós vamos precisar de mais alguns minutos.

Eu por fim decidi pela entrada de vieiras, e Oliver escolheu *haggis*. Adoro *haggis*. Não me importo de como eles são feitos ou do que são feitos, o gosto é magnífico.

— Por que eu não pedi *haggis*? — perguntei quando nossas entradas chegaram.

— Porque você é totalmente indecisa e sabia que eu a deixaria provar minha comida. Infelizmente, isso é delicioso demais para dividir, então sua ideia não deu certo.

— Me dá um pedaço. Eu te dou uma vieira.

— Não gosto de vieira. Você não tem nada para negociar comigo.

— Rá-rá-rá, pare de ser um cretino e me dê um pouco. Você está quase terminando.

Oliver riu e me passou o prato dele. Enquanto eu terminava o pouquinho que ele tinha deixado, ele estendeu o braço e cravou o garfo nas duas últimas vieiras, devorando-as.

— Eu amo vieiras — ele disse com a boca cheia.

— É isso que você considera uma troca justa? Você me deu quase nada de *haggis*! E você *mentiu*.

— Eu menti. Queria muito a sua entrada. Não estou arrependido e faria tudo novamente.

— Cara, você não presta. Eu devia levá-lo lá para fora e matá-lo.

Acabamos dividindo nossos pratos principais de porco e peixe, disputando quem ficaria com o último pedaço antes de ele pedir a segunda garrafa de vinho. Quando terminamos, eu estava totalmente cheia e um tanto bêbada. Oliver assinou a conta e subimos para a nossa suíte.

Acendemos a lareira e abrimos a garrafa de Jack Daniel's que eu havia trazido. Oliver afrouxou a gravata e se sentou ao meu lado, fazendo carinho no meu rosto. Foi gostoso.

Ele se inclinou e sussurrou no meu ouvido:

— Isso é bastante romântico, não é? O vinho, o quarto... É quase perfeito... Pena que estou aqui com você.

Comecei a rir.

— O que você sabe sobre namorar, seu irlandês mulherengo? Você me comeu no chão do banheiro antes do jantar, usando só as meias. Está longe de ser romântico, né?

— Verdade. De qualquer jeito, foda-se o romance. Eu prefiro passar vinte minutos comendo você no chão a gastar duas horas dizendo a você quão incrivelmente azuis são seus olhos...

— Eles são verdes.

— ... cala a boca, ou como você é a mulher mais maravilhosa que eu já conheci na vida. Como você me faz rir até minha bochecha doer e não consigo imaginar a vida sem você.

Simplesmente olhei para ele. Ele deu um sorriso safado.

— Você acreditou nisso?

— O quê? Não.

— SIM, ACREDITOU! Você realmente acreditou nisso. Vamos morar juntos? Você quer se casar comigo e ter filhos, Phoebe? *Vamos comprar um cachorro!*

— Ah, desgraçado.

Uma hora mais tarde ele tinha me prendido na cama, deixando minha cabeça pendurada de um lado, e estava lenta e nada romanticamente me chupando. Um fim de semana magnífico.

Domingo, 19 de junho

Voltamos a Glasgow à tarde e conversamos sobre política, música e o fato de eu roncar como um demônio. Oliver me deixou em casa e desfiz a mala relutantemente, me sentindo renovada, apesar de doída, com toda aquela trepação frenética. Estou muito feliz que Oliver tenha concordado em me ajudar com os desafios, ou eu nunca teria descoberto o quanto ele é gostoso na cama. Fico pensando no que vamos fazer quando eu tiver terminado a sexlist.

Terça-feira, 21 de junho

A vida amorosa de Lucy parece estar engrenando novamente.

— Lembra quando nós fomos naquele restaurante do caraoquê e tinha aquele cara mais velho todo sarado, o David? Ele me chamou para sair amanhã à noite.

— Você não namora caras mais velhos.

— Vou abrir essa exceção para ele.

— Mas achei que nós íamos jantar amanhã à noite.

— Nós vamos. Ele está convidando. Vou jantar com você e depois beber alguma coisa com ele. E possivelmente fazer sexo. Vai ser lindo. Você não se lembra dele, lembra? Bem, você estava *bêbada* aquela noite.

— É claro que eu me lembro dele.

Tive que me esforçar, mas por fim eu me lembrei. Séculos atrás, toda a equipe foi até um bar temático chamado Bugsy. A atração principal, tirando o caraoquê, eram os drinques inspirados em gângsteres, com nomes do tipo "Os bons companheiros", "Bugsy" e, o principal, "The Leetle Friend", que tinha gosto de framboesa e me deixou bêbada a ponto de cantar para o pessoal "The Lady Is a Tramp" no caraoquê. Tudo a ver. Eu me lembro de conversar rapidamente com David, basicamente sobre minha voz péssima, e então pedir um "Henry Hill" antes de perder os sapatos.

Tomara que ele não se lembre de mim.

Quarta-feira, 22 de junho

Ah, ele lembra muito bem de mim. David fez questão de dar um alô no meio do jantar e perguntou duas vezes se eu tinha conseguido encontrar meu sapato. Fui embora logo depois do jantar, deixando Lucy derramar seus encantos.

No entanto, percebi que ele usava uma "pulseira masculina" dourada e uma corrente combinando. Credo. Isso é motivo suficiente para *não* dormir com alguém. Lucy estará fora do escritório amanhã, num treinamento durante o dia inteiro, mas prometeu passar lá em casa à noite para me contar tudo.

Quinta-feira, 23 de junho

Frank saiu oficialmente de férias por duas semanas, deixando os malucos no comando do manicômio. Ele escolheu Maureen, da contabilidade, para ficar no seu lugar, para revolta de Kelly.

— Ela sequer trabalha em nosso andar, pelo amor de Deus. E se surgir uma emergência na publicidade? Alguém deste setor deveria ter a oportunidade de tocar as coisas.

— Como você? — Brian debochou.

— E por que não? Eu seria perfeitamente capaz — ela disse, enquanto verificava as unhas na frente do monitor.

— Você seria perfeitamente irritante. Maureen trabalhou anos na publicidade, antes de ir para a contabilidade. Pare de se incomodar tanto com isso.

— Ah, sai fora, Brian.

Eles continuaram a discussão enquanto as outras pessoas se distraíam fazendo um montão de ligações pessoais, inclusive eu.

— Bom-dia, Oliver. O que você tá fazendo?

— Estou de folga, jogando futebol, e depois vou fazer uma massagem. O que você está fazendo?

— O chefe está de folga a semana inteira. Estou ligando para todo mundo que conheço para passar o tempo. Estou de saco cheio.

— Quando é o próximo desafio? E não outro que envolva masturbação. Aqueles que me envolvem são muito mais divertidos. Para mim.

— Preciso verificar a sexlist, cara, mas tenho certeza de que existem muitas outras tarefas para você colocar a mão na massa.

— Não me chame de cara. Você não é surfista. Agora estou indo para o futebol. Não fique aí pensando em mim todo suado.

Pensei no assunto.

— Odeio você — murmurei.

Lucy veio aqui em casa à noite, trazendo uma garrafa de vinho tinto e fofocas sobre seu encontro com David.

— Então, como foi? — perguntei, finalmente conseguindo tirar a rolha da garrafa, depois de uma boa luta.

— Nada lá essas coisas. Ele estava mais nervoso que eu, mas nos viramos muito bem.

— Parece promissor, mas você não deu tantos detalhes assim.

— Bem, algumas vezes tive que desviar a conversa para longe de sua ex-mulher, mas ele foi um cavalheiro e pareceu mesmo surpreso quando respondi "Claro que sim!", quando ele me chamou para tomar um café na casa dele. David tem um apartamento de frente para o rio. Na realidade, ele é dono de um *edifício* de frente para o rio, e também do restaurante onde o encontramos pela primeira vez, além de ter uma empresa de RP e um bar em Londres de que sua ex-mulher toma conta. DIN-DIN! Ele comentou tudo isso casualmente, mas continuo na esperança de ele se oferecer para me pagar uns peitos novos.

— Quer dizer que ele tem dinheiro. Como foi o sexo?

— Eu dei o primeiro passo e o beijei. Foi tudo muito educado: sem língua e lábios firmemente colados nos meus. Eu quase esperei ele acender um cigarro e me chamar de "queriiida" lá pelo meio.

— Nossa. Ainda assim você dormiu com ele?

— Quase desisti. Tente imaginar... A primeira coisa que ele disse foi: "Não espere que eu dê mais do que uma."

— Como? Ele estava brincando?

— Bem, eu ri, mas a expressão dele era sincera, daí ele disse: "É sério. Não vai acontecer."

— Pelo amor de Deus, então foi horrível?

— Bastante. Muitos gemidos na hora errada, me chamou de baby, disse que eu era uma "menina má" e, caralho, eu queria estar bêbada. Tentamos por um tempo, mas ele ficou muito cansado depois.

— Ai, que horrível — eu ri, tentando imaginar o coitado exausto e Lucy, decepcionada, jogada ao lado dele.

— Sim, É horrível. MAS essa não foi a pior parte! Enquanto eu me vestia, vi um porta-retratos tamanho A4 com foto da ex-mulher na mesinha de cabeceira. Ela viu a porra toda!

Nessa altura, eu ri dez minutos sem parar. É bom saber que a vida sexual de Lucy é tão estranha quanto a minha.

Sexta-feira, 24 de junho

Oliver recebeu uma ótima promoção no trabalho e está animado. Fiquei realmente feliz por ele, embora não entenda por que nunca comentou nada. Eu conto tudo a ele, inclusive quando nos dão meia hora extra de almoço ou se alguém no escritório espirra e peida ao mesmo tempo, mas parece que ele não gosta de dividir as coisas comigo. Talvez precisemos conversar sobre isso.

Saímos para um jantar de comemoração e voltamos para o meu apartamento, onde fizemos uma maratona de PlayStation 2 (estou quase uma década atrasada em relação a todo mundo).

Enquanto eu me ajeitava para dormir, ele me abraçou pela cintura e disse:

— Você engordou um pouquinho, né? Eu gosto disso. Você está toda macia e gostosa.

— CALAABOCAEUNÃOESTOUNÃO! — gritei histericamente, enfiando uma camiseta pela cabeça.

— Eu não ligo — ele disse, dando de ombros e indo para a cama. — É melhor do que quebrar a mão quando bato na sua bunda. Estou falando por experiência. Abrir caminho na sua bunda acolchoada é muito melhor que abrir caminho numa bunda ossuda.

Eu engordei, sim, vários quilos, mas não gosto de ninguém comentando, muito obrigada. Estou sentada aqui, cantando "Do You Know the Muffin Man?" e pensando que está na hora de agir.

Sábado, 25 de junho

Comecei a dieta de Atkins, basicamente porque as únicas coisas que eu tinha na geladeira eram bacon quase vencido e dois ovos quase podres. Depois do café da manhã, fui às compras e estoquei de tudo o que tem carne, gordura ou ovo. ATKINS É BRILHANTE! Eu já passei por fodam-se todos os carboidratos, comi uns dez cafés da manhã completos e mergulhei num molho cremoso enquanto enfiava queijo e ovos fritos na boca. Aparentemente, vou ficar com um hálito horroroso por um tempo, mas estou me sentindo positiva e sem nenhuma fome! Resultado!

Domingo, 26 de junho

A dieta está indo bem, mas me sinto abatida. Perdi um quilo e meio à base de galinha cozida do supermercado, quando minha vontade é comer macarrão e pão de alho. Infelizmente, meu colo parece ser o único lugar que emagreceu, mas pelo menos ainda existem ossos embaixo da minha gordura. Também não sobraram muitas opções interessantes para os ovos — como se houvesse realmente qualquer coisa boa para fazer com eles em primeiro lugar —, a não ser adicioná-los a um bolo gigantesco.

Segunda-feira, 27 de junho

Foda-se, Atkins! Não consigo olhar para outro ovo ou galinha ou qualquer coisa que tenha tido uma cara. Eu me sinto nojenta. Como as pessoas vivem assim? As celebridades perdem toneladas de peso com essa dieta, mas imagino que tenham chefs que cozinham pratos sem gosto de pé-sujo. Então, para concluir, eu odeio você, Atkins. Você não é nem de longe brilhante e eu retiro o que disse. Estou me sentindo uma merda. Foram só três dias e não aguento mais. Pelo amor de Deus, TRAGAM UMAS TORRADAS! Ah, pão, como senti sua falta, e como tenho medo de você, agora que os especialistas em carboidratos me fizeram uma lavagem cerebral. Talvez eu deva simplesmente parar de comer besteiras, mas qual é a graça disso? Encontrei Oliver no pub, na hora do almoço. Ele já estava na metade de um chope quando cheguei.

— Você já está bebendo? Só estou aqui pela comida.

— Sim, mamãe, estou tomando um chope. Voltou para a comida normal? Fico feliz em saber.

— É, preciso me sentir satisfeita, e sabe o que me satisfaz?

— Pau?

— Não, a resposta certa é carboidratos. Fui idiota em pensar que poderia viver sem eles.

— Nem sei por que você tentou.

— Você disse que eu estava ficando gorda! É sua culpa, Oliver — eu disse. — Agora estou com medo de comer pão.

— Eu não disse que você estava "gorda", e agora me arrependo de ter dito qualquer coisa — disse Oliver, olhando para seu sanduíche de um jeito estranho. — Jesus, aquilo foi um elogio. Não imaginei que você ficaria tão encucada com isso. Achei que você era uma dessas mulheres que não ligam para esse tipo de coisa.

Será que esse homem realmente me conhece?

— Eu não espero que entenda, Oliver, considerando que você nunca saiu com alguém que use acima do manequim 38. Acho que você fica me comparando a elas. Eu nunca serei tão magra.

— Sim, eu dormi com mulheres magras, Phoebe, não vou me desculpar por isso. Mas o seu corpo é ótimo. É verdade que você tem barriga e seus peitos são enormes, mas por que acha que estou dormindo com você há tanto tempo?

— Por que eu pedi?

— Não. Porque quando transamos é gostoso pra cacete, e quer saber? Prefiro mil vezes uma barriguinha a costelas aparecendo. Se você está infeliz com seu corpo, faça algo para mudar. Se não está, coma a porra do pão e aproveite. Eu não estou nem aí.

Quando me despedi de Oliver e voltei ao trabalho, percebi que acreditei nele e na sua mania irritante de dizer a verdade. Quem tinha problemas nitidamente era eu. Não ele. Diga a um cara que ele engordou e ele vai só dar de ombros e alisar a barriga na frente do espelho. Diga isso para uma mulher e tudo o que vai ouvir é "Você é fracassada. Você é horrível". Isso é ridículo. Eu sou ridícula. O mundo não vai parar de girar se eu estiver um pouco acima do peso. Foda-se.

Quinta-feira, 30 de junho

— Vou viajar amanhã à tarde para treinar a nova equipe na sede da empresa — Oliver comentou casualmente hoje à noite.

— Ah, que legal, por quanto tempo? — perguntei, acendendo um cigarro.

— Só um mês. É em Chicago. Vou embarcar de manhã.

Engoli a fumaça e perguntei, confusa:

— Um mês? CHICAGO? MAS... MAS...

— Mas o quê? — respondeu Oliver, sorrindo. — Tenho certeza de que você pode encontrar outra pessoa para te fazer companhia. Você não parece ter problemas com isso.

— Claro que posso — falei, fumando furiosamente. — Só estou surpresa com a notícia, só isso.

— Você também pode colocar algumas coisas de lado e me esperar voltar.

Pensei nisso durante cerca de um quarto de segundo.

— É, vou simplesmente me sentar aqui e esperar você voltar. Acender uma vela... talvez escrever poesia... EU SEI, eu poderia vestir uma camisola e perambular pelo cais, gritando Oliv...

— Já entendi seu ponto — interrompeu. — Não seja idiota.

Ele entrou na cozinha e eu o ouvi abrir uma cerveja.

— Você ficou aborrecido, sr. Webb?

Ele não respondeu.

— Me fala: na creche, você era uma daquelas crianças que não se davam bem com as outras crianças?

Ainda nenhuma resposta.

— Tudo bem, vou embora, se você vai parar de falar comigo.

Ele voltou para a sala e me deu uma cerveja.

— Beba mais uma antes de ir embora. Desculpe, minha cabeça está cheia de coisas do trabalho. Mando uma mensagem antes de viajar amanhã.

Fui embora muito irritada. Por que ele não me contou que estava indo, e por que está de mau humor se sou eu que vou ficar sem meu companheiro de trepada por quatro malditas semanas? Ele realmente pode ser um idiota egoísta às vezes.

JULHO

Sexta-feira, 1º de julho

Oliver está viajando pelo mundo neste momento e por todo o mês de julho, me deixando sem um parceiro e em sério perigo de transar com Frank de novo. Comprei um vanilla latte e um croissant no caminho para o trabalho, aliviada por Frank ainda estar de férias e me dar um pouco de tempo para respirar e entender em que merda de situação me meti. Ainda não faço a menor ideia. Desde que comecei essa história, parece que estou possuída. É assim que os viciados em sexo se sentem? Ultimamente, a vida sem sexo é como uma unha sem esmalte: vazia e quase imperdoável, então decidi prosseguir sem Oliver. Afinal de contas, experimentei tudo isso em apenas seis meses e parece mesmo que estou compensando o tempo perdido. Meu próximo desafio precisa ser simples e realizável sem Oliver, mesmo que ele esteja por aqui. Sexo com um estranho. Sem nomes de verdade, sem conexões complicadas — puro sexo. Depois do meu desastre com Richard, não vou me arriscar com nenhuma merda do tipo "quero-conhecer-você".

Com Frank de férias, o escritório estava relativamente tranquilo. Lucy e eu tiramos meia hora extra de almoço, e Kelly percebeu e ameaçou contar a Frank na sua volta.

— Vocês não podem simplesmente fazer o que querem, sabiam?! — ela rugiu, com as mãos nos quadris.

— Sim, nós podemos — respondeu Lucy —, e você também pode. Conte a Frank, se quiser. Estou pouco me fodendo.

Brian começou a aplaudir, mandou Kelly "crescer" e anunciou que ia dar uma saída para comprar doces para todo mundo. Brian, o babaca sexista, se redimiu!

Sábado, 2 de julho

Achei que já teria notícias de Oliver por agora, apenas um simples e-mail para dizer que chegou, mas não recebi nada. Sim, é provável que ele ainda esteja zangado sem motivo nenhum. De qualquer jeito, tenho coisas bem mais importantes para me preocupar, como, por exemplo, o próximo desafio. Acho que seria muito fácil encontrar alguém num bar ou numa boate, mas eu seria obrigada a passar a noite escolhendo possíveis transas, jogando conversa fora, bebendo demais e ouvindo aquele absurdo de "te ligo depois" no pós-transa, enquanto espero o táxi. Isso se parece demais com trabalho pesado. Além do mais, não quero convidar ninguém para vir à minha casa, pois não preciso de alguém sabendo onde moro e me perseguindo ou atravessando o meu caminho para uma trepada às 3 da madrugada, achando que vou ficar feliz de vê-lo de novo. Acho que o problema não vai ser encontrar alguém para transar, mas alguém atraente, discreto e, mais importante, que não me ache melhor se estiver amarrada dentro da mala do seu carro. Coloquei um anúncio on-line com o seguinte texto:

Mulher, na faixa dos 30 anos, procura conhecer homem atraente para encontro sem compromisso. Precisa praticar sexo seguro e ser discreto.

O que eu realmente queria escrever era: *"Mulher quer homem para sexo sem compromisso. Por favor, não me mate."* Pretendo ser cautelosa neste desafio.

16:50. Hazel apareceu hoje à tarde com uns bolinhos que ganhou de um cliente.

— Eles fazem o meu estômago doer. Pode ser o farelo de aveia. Fique com eles.

— Obrigada por me dar algo que dá dor de barriga em você, Hazel. Delícia.

Preparei rapidamente um café antes de ela sair para encontrar Kevin e Grace num parquinho infantil no Centro.

— Kevin tem que fazer essas coisas. Odeio esses lugares que ficam lotados com as crianças dos outros. Quer passar lá em casa mais tarde? Tem sushi.

— Por mais tentador que seja, acho que preciso de uma noite deitada no sofá para assistir filmes e tomar umas vodcas. Estou com a sensação de que preciso relaxar sozinha.

— Tudo bem — ela respondeu, servindo-se de mais café. — Você tem bebido bastante ultimamente. Beber engorda, você sabe... E dá depressão.

— Tenho bebido, né? E lá estava eu, culpando os carboidratos. Talvez eu esteja bebendo porque estou gorda.

— Você está bebendo porque está entediada e cale a boca, pois está longe de ser obesa. Você apenas ganhou alguns quilos. Agora, não vá ficar bêbada só porque está com saudade de Oliver — ela disse, com um sorriso travesso.

— Não estou com saudades dele e não tenho nenhuma intenção de ficar bêbada.

20 horas. Não vou assistir a nenhum filme de terror. Vou assistir alguma coisa profunda e que me faça refletir. Essa vodca é mesmo muito forte.

21:05. Estou começando a ver *Cisne negro*. Esse deve ser bom.

21:55. Esse não é bom.

22:19. Esse pode ir à merda.

23:15. Estou assistindo *ZUMBILÂNDIA*!

1:30. VODCA! VODCA!

2:15. Estou com saudades de Oliver.

Domingo, 3 de julho

Levantei às quatro da tarde. E me deitei novamente. Levantei novamente às sete horas, preparei algumas torradas com queijo e chequei meus e-mails para ver se alguém tinha respondido o anúncio: 26 respostas. Surpresa! No entanto, 25 delas traziam "fotos de paus", sem indicação de como a pessoa realmente era. Não posso decidir baseada na foto de um pênis feita pela webcam — não me sinto atraída por um pênis; o que me atrai é o rosto, e o corpo vem junto. A resposta (que não tinha foto) foi enviada por um homem que tinha "60 anos de juventude e todo o resto ainda funcionando". Essa é a idade do meu pai.

Não vai dar. Não vai dar mesmo. Enviei um e-mail para Oliver. É muito mais divertido quando ele está aqui. É legal saber que, não importa o que eu faça, ele não me julga e talvez seja por isso que somos amigos há tanto tempo. A maior parte das pessoas teria me perseguido com bastões para me afogar em algum lago. Como vou conseguir continuar vivendo sem ele?

Este vai ser um mês longo. Tenho algumas folgas para tirar no trabalho, e talvez agora seja um bom momento. Na verdade, não tenho dinheiro para ir a lugar algum, mas uma semana em casa fazendo nada parece ser bom.

Segunda-feira, 4 de julho

Vamos ter uma noite de mulherzinha na sexta-feira. Dança e bebida barata. Quer saber, pelo menos uma vez na vida eu adoraria ficar bêbada com bebida cara. Deus, se eu disser isso na frente do Frank, ele vai ficar excitado. Falando em Frank, coloquei o formulário com o pedido de férias na mesa dele para ele assinar quando voltar. Fico imaginando como foram as férias com Vanessa. Aposto que ele a seduziu com champanhe e uma caixa de Milk Tray na frente da lareira. Espero que tenham derretido. Os chocolates, não Frank e Vanessa. Apaga isso, espero que eles também tenham derretido. Talvez os dois se hospedaram em uma cabana de madeira, cercada por florestas. E ursos. URSOS GIGANTES E FAMINTOS! Existe algum urso na Escócia? Acabei de pesquisar. Não existem ursos na Escócia. Decepcionante.

Terça-feira, 5 de julho

Como já tinha terminado meu trabalho à tarde, resolvi entrar no Twitter, e havia uma mensagem para mim:

> **@granted77** Você está me ignorando? Estou livre na semana que vem. Vamos nos encontrar.

Eu estava prestes a responder quando Lucy apareceu com um café e puxou a cadeira para perto. Ela olhou para a tela do meu computador.

— Estou entediada. O que estamos fazendo? Quem é ele?

— Oi, fofoqueira! Um cara no Twitter. Quer me encontrar.

— Ah, tipo um encontro? Ou só uma trepada qualquer para ele comentar no Twitter depois?

— Não o conheço de verdade, então uma trepada seria...

Parei no meio da frase. Se estivéssemos numa história em quadrinhos, uma lâmpada teria brotado em cima da minha cabeça.

— Uma trepada seria o quê? — perguntou Lucy. — Me conte!

— Uma trepada significa riscar o desafio número oito da sexlist. É perfeito. Por que não pensei nisso?

— Você pensou. Neste momento.

— Sim, mas você me inspirou. Vou dizer a ele que está fechado.

— Isso é muito estranho, mas você está certa. Eu sou uma inspiração.

Respondi a mensagem dele dizendo que o encontraria.

Talvez não seja o encontro totalmente anônimo que imaginei, já que sei como ele se parece, e conversamos no Twitter, mas depois das respostas ao meu anúncio, ele é o mais próximo de um estranho que me disponho a encarar. Ou seja: outro desafio realizado e estamos apenas em julho! Estou bem à frente de mim mesma e poderia pensar em outros mil desafios.

Quarta-feira, 6 de julho

Cheguei ao escritório cedo, a tempo de ouvir Frank entediando todo mundo com histórias de suas férias. Ouvi por alto uma conversa sobre hotéis luxuosos e ostras, e embora tenha colocado meus fones para não ouvi-lo, imagino que o grande aventureiro viajou num tapete mágico e matou um dragão enquanto estava lá.

De: Frank McCallum
Para: Phoebe Henderson
Assunto: Feliz em me ver?

Voltei. Foi ótimo. Seu pedido de férias foi aprovado com relutância — indo a algum lugar bacana?
Pensei em você... muito. Preciso tirar você da cabeça. Isso não é bom para nenhum dos envolvidos.

De: Phoebe Henderson
Para: Frank McCallum
Assunto: Re: Feliz em me ver?

Você não me paga o suficiente para eu ir a algum lugar bacana.

Você está certo, isso não é bom para ninguém, então eis uma sugestão: vamos parar de fazer isso. Problema resolvido.

De: Frank McCallum
Para: Phoebe Henderson
Assunto: Re: Feliz em me ver?

Tudo bem para mim.

Eu não respondi e ele não me enviou mais e-mails. Isso me deixou aliviada, mas, por alguma razão, irritada.

21 horas. Decidi colocar a leitura em dia e não me deixar desencaminhar por homens e hormônios. Estou na cama, agarrada com *A mulher do viajante no tempo*, que por enquanto é uma das melhores coisas que li nos últimos tempos. O que aconteceu com o romance? Duas pessoas percebendo que não podem viver uma sem a outra e se beijando de verdade.

23 horas. Nossa, como sinto falta de ler. Poderia passar o dia todo perdida na imaginação de outra pessoa. Adoro ler.

Meia-noite. Não consigo largar este livro. Preparei um café e vou sacrificar o sono para chegar no final. Minha vida é um faz de conta nada inspirador.

3 horas. Estou completamente arrasada. Henry morreu. Ler é uma coisa idiota.

Sexta-feira, 8 de julho

Me senti tão cansada no trabalho que fingi estar passando mal e vim para casa. Frank não pareceu muito convencido, então contei a ele histórias nojentas e fantasiosas sobre menstruação e coágulos, e ele quase me expulsou da sala. Tirei um cochilo e agora estou na expectativa pela noite com as meninas, todas livres, felizes e sem homens. Frank não comentou nada sobre nós dois, então talvez as coisas voltem ao normal. O irritante é que, mesmo que voltemos a nos ignorar e a manter uma relação estritamente profissional, haverá sempre aquela questãozinha de termos ficado pelados um na frente do outro em diversas situações.

Ainda não tive notícias de Oliver, mas ele já deve estar envolvido com alguma americana deslumbrante e magrela chamada Brandy ou Clammy, e estão dando uns amassos em jogos de beisebol divertidíssimos enquanto comem sedutoramente cachorros-quentes gigantescos.

Bom, foda-se ele. Tenho uma noite de dança e diversão com Lucy à minha espera.

Sábado, 9 de julho

A noite de ontem foi divertida — eu não saía para dançar há tempos.

Fui me arrumar na casa de Lucy, pois o chuveiro dela é muito melhor que o meu, e a sua chapinha não queima a ponta do meu cabelo, ao contrário do meu modelo mais barato.

— Vou usar o coturno e aquele minivestido com a saia esvoaçante — Lucy anunciou.

— Então não vamos a nenhum lugar sofisticado? — debochei. — Também vou usar jeans e Converse. Não estou a fim de ficar com os pés doendo.

— Legal. Quero algum lugar que toque rock e tenha mulheres tatuadas. Não quero ser incomodada por homens que usam a mesma blusa da Topman. Uma taça de vinho antes de sair?

Enfiei pela cabeça minha camiseta preta preferida com mangas transparentes, e respondi com um "Sim" abafado, sabendo muito bem que uma taça logo se tornaria mais de uma.

Uma garrafa de Chardonnay depois, pegamos um táxi para o Cathouse, lar de roqueiros mais velhos, garotos emo e de todo mundo que está entre uma coisa e outra. Dançamos, bebemos, bebemos mais um pouco e, como percebi, 700 gim-tônicas me transformaram numa completa idiota. Homens mais novos parecem gravitar em volta de mim nos últimos tempos. É surreal.

Num determinado momento durante a noite, um cara de vinte e poucos anos completamente bêbado e cambaleante com um sapato pendurado no pé decidiu me dar uma cantada: "Quer ver como eu consigo chutar meu sapato longe?"

Bem longe, como ele mostrou. A melhor cantada que eu já ouvi.

O garoto do sapato era cheio de elogios bêbados, mas me mantive firme, e ouvir "Você tem um corpo incrível" não me motivou a arrastá-lo para casa, e o fato dele ter dito isso 75 vezes não a tornou verdade. Nós nos beijamos na saída e juro que ele deu uma risadinha quando tocou meu peito. Homens da minha idade não dão mais em cima de mim. Parece que os homens de vinte e poucos anos querem mulheres mais velhas, mas homens de trinta e poucos anos querem alguém na faixa dos vinte. Depois do desastre com Richard, prefiro brincar com alguém da minha idade.

Infelizmente, a noite não terminou como planejada, pois Lucy foi para casa com o homem mais sujo do mundo, sem exageros. Acabamos indo para a casa dele (não tenho ideia de qual é o nome dele), onde eu desmaiei no sofá. Acordei às sete horas da manhã com o barulho deles trepando, e quando enfim consegui acertar o foco, quis sair correndo e gritando da merda onde tinha me enfiado. O lugar era imundo. Na realidade, isso não chega nem perto de descrever a imundície em que esse cara vivia. O chão estava coberto de cinzas de cigarro e sujeira, todos os talheres e louças estavam sujos de comida velha e mofados e meio que esperei ouvir uma voz dizer "ZUULLL" quando abri a geladeira. Como alguém pode viver assim?

— Ele não tinha lençol na cama — disse Lucy no táxi a caminho de casa. — Cristo, como pude chegar tão no fundo do poço?

Ela me fez prometer nunca mencionar isso novamente e passou o resto da viagem com a cabeça entre as mãos, resmungando sobre celibato e conventos. Agora sei que Lucy é tão confusa quanto eu e, para ser honesta, estou muito feliz por não ter sido eu a acordar num colchão sem lençol e de cara para o homem diretamente responsável pela próxima epidemia.

Domingo, 10 de julho

Encontrei com Hazel e Lucy para almoçar no pub Blackfriars, em Merchant City.

— Como foi a noite de sexta-feira? — perguntou Hazel. — Eu adoraria ter ido, mas o Cathouse não tem muito a ver comigo. Todo mundo parece um pouco sujo.

— Foi, errr, bem — disse Lucy, olhando para mim. — Conte a Hazel sobre o homem do sapato, Phoebs.

Hazel riu quando narrei minha aventura com o garoto do sapato.

— E você não o pegou, Phoebe? Ele parece ser um amor.

— Ele era — respondi. — Mas não quero outro cara mais novo. Não entendo por que os homens mais novos ficam tão entusiasmados com mulheres mais velhas.

— Garotos mais jovens sempre tiveram uma queda por mulheres mais velhas. Nós temos experiência e estamos mais à vontade com nossos corpos. Gosto muito disso.

— Homens mais jovens também são mais agradecidos — acrescentou Lucy, enfiando o cheeseburger na boca. — Quer dizer, eles entendem a sorte que têm por estar tocando um peito. É claro que eles vão ficar superentusiasmados.

— Sou velha demais para que fiquem de risadinhas nos meus peitos — murmurei, desejando ter pedido um cheeseburger, em vez do macarrão. — Oliver nunca ri dos meus peitos. Ou mente sobre o meu corpo.

Hazel já estava no segundo gim.

— Talvez você tenha mesmo um "corpo incrível, cara" — ela brincou. — Os homens não veem o que nós vemos. Eles veem peitos e bundas redondas. Nós vemos apenas gordura sobrando.

— Por que você simplesmente não fica com Oliver? — sugeriu Lucy. — Todo mundo sabe que você está sempre com ele.

— Oliver como namorado? Deus, não. Ele e eu somos terríveis para relacionamentos. Namorar arruinaria tudo. Nós estamos bem desse jeito.

Percebi Lucy e Hazel trocarem olhares. Lucy riu de um jeito malicioso.

— Como quiser, Phoebe.

Segunda-feira, 11 de julho

Com Oliver longe, Frank e eu aparentemente terminados, e nenhum garoto ridículo mais novo por perto, não fiz nada no trabalho hoje, a não ser olhar para a bunda de Stuart. Depois, enviei e-mails para Lucy sobre a bunda de Stuart e também mandei para Stuart e-mails sobre a bunda dele, e quando não restava mais nada para dizer, fiquei olhando um pombo com cara de idiota no edifício do outro lado da rua. Frank também notou a minha falta de entusiasmo no trabalho.

> **De:** Frank McCallum
> **Para:** Phoebe Henderson
> **Assunto:** Pedido
> Phoebe, eu sei que você para por uma semana na sexta-feira, mas faça alguma coisa, por favor.

Eu o ignorei.

> **De:** Frank McCallum
> **Para:** Phoebe Henderson
> **Assunto:** Re: Pedido
> Não me faça chamá-la aqui, Phoebe.

> **De:** Phoebe Henderson
> **Para:** Frank McCallum

Assunto: Re: Pedido
Para o que exatamente? Nós não estamos mais fazendo isso, ou você esqueceu?

De: Frank McCallum
Para: Phoebe Henderson
Assunto: Re: Pedido
Eu não esqueci, bem ao contrário. Estou aqui sentado, assistindo você mastigar a caneta, e se eu ficar de pé neste momento, a minha ereção vai derrubar aquele pombo que você estava observando nos últimos dez minutos. Vou levar você para casa.

Então, Frank me deixou em casa e nós transamos novamente. Por que não conseguimos terminar com isso? Está me deixando maluca.

— Lá na matriz da empresa teriam um ataque se descobrissem isso — ele resmungou em cima de mim.

Rolei para o lado, e ele me abraçou por trás.

— Não me diga — gemi (adoro esta posição). — Precisamos parar com isso. É loucura.

Ele me virou de barriga para baixo.

— Vamos dar um tempo, então. Tem sido divertido, mas (acelerando a metida)... Porra, Phoebe, é tão bom que eu poderia fazer isso o dia inteiro.

O resto da conversa teve que esperar, já que ele me fez gozar e fiquei sem palavras.

Mais tarde, concordamos que essa foi a última vez. Eu nem gosto dele tanto assim e tenho quase certeza de que ele sente o mesmo por mim.

— Sem ressentimentos? — ele me perguntou na hora de ir embora, e curiosamente resisti à tentação de dar uma resposta obscena.

— É claro. É melhor que isso acabe. Eu odeio você, de qualquer maneira.

Ele riu.

— Eu também odeio você.

Terça-feira, 12 de julho

A parte mais interessante do dia foi quando uma mulher apareceu para encontrar Frank no escritório, a quem ele formalmente apresentou como Vanessa. Ah, a misteriosa Vanessa. Pelo menos ela existe. Ela era bem-vestida, trinta e muitos anos, bonita, muito magra e ele a beijou na frente da equipe — todos deram risinhos como se tivessem 10 anos de idade. O casal feliz saiu de mãos dadas em seguida, e Frank não me olhou nos olhos quando passou pela minha mesa. Acho que essa foi a maneira dele de oficializar nosso "fim". Ele parecia feliz de verdade, e eu me sentia aliviada. As coisas eram bem mais simples quando ele era apenas o odiado chefe irritante, e não o homem nem tão irritante de quem eu passei a quase gostar. Espero de verdade que as coisas deem certo para eles.

Quarta-feira, 13 de julho

Alex estava me esperando na saída do trabalho hoje. Que cretino de merda. Ele não fazia isso desde que namorávamos e nunca pensei que teria coragem. E lá estava ele, descarado, fumando um cigarro e me olhando passar pela porta, sabendo que eu não teria como fugir sem que ele me alcançasse. Se as portas fossem giratórias, eu teria continuado girando e voltado para o escritório.

— Puta merda! O que você quer, Alex?

— Apenas conversar, Phoebe. Você não responde os meus e-mails.

— Será que isso não mostra que eu não quero falar com você? — respondi, já me virando para ir embora.

— Você está saindo com alguém?

— Isso não é da sua conta.

— Então é não. Olha, tem umas coisas que eu preciso dizer. Por favor, aceita jantar ou alguma outra coisa? — ele implorou, andando atrás de mim.

— NÃO! — gritei, parando de repente. — Não estou interessada. Vá embora.

Ele se afastou balançando a cabeça, e eu fiz o mesmo. Quem ele pensa que é? Por que ele está me perguntando se estou saindo com alguém? Ele sabe que se eu estivesse, teria respondido "sim" para esfregar na cara dele. Maldito.

Sexta-feira, 15 de julho

Primeiro dia das minhas férias! Uma semana inteira para fazer nada e pretendo fazer exatamente isso. E finalmente recebi um e-mail de Oliver! Eu amo você, internet.

De: Oliver Webb
Para: Phoebe Henderson
Assunto: OLÁ!

O que você tem feito? Estou preso aqui, treinando um bando de vinte e poucos anos, todos homens, e todos irritantemente animados. Uma garota do marketing que parece ter uns 14 anos me chamou para sair e beber alguma coisa e eu tive que checar o contrato dela para ter

> certeza de que ela tinha mais de 21. Considerei a ideia por um segundo, mas achei mais prudente manter o pau dentro da calça porque envolve trabalho. De qualquer forma, mande e-mails com suas histórias sexuais, porque ando com um tesão danado. Você vai ter que lidar comigo quando eu voltar para casa — espero que você esteja ciente disso.

Recebi o e-mail de madrugada, então só vou responder amanhã. Fiquei muito feliz e vou dormir antes que aconteça qualquer coisa que estrague a minha alegria.

Sábado, 16 de julho

Fiz as sobrancelhas e as unhas, já que hoje é o encontro com o estranho @granted77, que se chama Scott quando não está no Twitter. Nós nos encontramos no Centro para uns drinques, pois eu queria ter certeza absoluta de que queria dormir com ele e também para verificar sinais de esquisitice.

Eu me senti estranhamente nervosa quando entrei no bar. Não se tratava simplesmente de levar alguém aleatoriamente para casa depois de uma noite de bebedeira. Essa era uma ação premeditada e avaliada, e lá estava eu sozinha num bar, usando minhas botas venha-me-comer e uma calça jeans skinny. Esse pareceu o desafio mais assustador até agora.

Olhei à volta em busca de um rosto parecido com aquele do Twitter, mas o lugar estava tão lotado que não consegui encontrá-lo. Foi como um jogo bizarro de *Onde está Wally?* e no final decidi deixá-lo me achar e me sentei. Vi o barman se aproximar e comecei a procurar a carteira dentro da bolsa.

— O que você vai querer?

— Gim-tônica com limão, por favor. Sem gelo.
— Sem problema. Vamos para o meu apartamento depois?
— Como?

Parei de procurar a carteira e, ao levantar os olhos, vi a fotinha do Twitter na vida real, sorrindo para mim. Ele se parecia exatamente como nas fotos: minha altura, óculos modernos e cabelo louro curto.

— Scott? É você! Você trabalha aqui?
— Sou o gerente. Meu turno terminou há meia hora, mas estamos tão cheios que decidi ajudar até você chegar. Uma fatia?
— Como?
— De limão.
— Ah, rá — eu ri, completamente sem jeito com o que estava acontecendo. — Por favor.

Ele me passou a bebida e empurrou o dinheiro de volta.
— Por conta da casa. Em cinco minutos estarei aí com você.

Peguei a bebida e dei um grande suspiro de alívio. Ele era um cara normal, com um emprego normal, e, pela primeira impressão, gostei dele.

Ele veio se sentar do meu lado.
— Então, aqui estamos — ele disse, virando o uísque num gole só. — Imagino que você ainda está a fim de continuar.
— Nossa, você é sutil — eu ri —, mas sim, estou.
— Ótimo. Então, termina. Não tenho a menor intenção de passar o resto da noite no trabalho e ficar bêbado demais para transar com você. E, acredite, eu quero transar com você. Vamos nessa.

Fiquei sem palavras. Engoli o restante da bebida e fui arrastada pela mão para fora. Acenamos para um táxi.

Scott morava no térreo de um conjunto residencial de apartamentos em Shawlands, uma área conhecida pelo parque lindo, estudantes duros e poucas vagas de estacionamento.

Nós mal tínhamos entrado no corredor do apartamento quando ele começou a me beijar. Eu correspondi e ele tirou o meu casaco, me empurrando em direção à sala escura.

— Imagino que você já tenha feito isso antes — falei, enquanto ele tateava em busca do botão do abajur.

— Claro. Não é para isso que serve o Twitter? — Ele acendeu a lâmpada, revelando uma sala incrivelmente bagunçada.

Fiquei tentada a perguntar se a casa tinha sido arrombada, mas achei mais prudente não ironizar o homem desconhecido com quem eu estava prestes a transar.

— Não sei. Primeira vez para mim.

— Vamos torná-la inesquecível, então?

Nunca vi um homem ficar nu tão rapidamente. Eu mal tinha desabotoado meu jeans e ele já estava parado lá, de pau duro e pronto para começar. Eu comecei a tirar as botas.

— Quero que você se incline naquele sofá usando as botas. Tire a calça, mas fique com as botas.

Ele se ocupou com o som enquanto eu tirei as botas e a calça, xinguei a marca que ficou na minha barriga, recoloquei as botas, e enfim fiquei pronta. Eu me virei, me segurei no sofá e curvei o corpo. Ele, então, me comeu por trás enquanto Led Zeppelin tocava alto no seu som. Não foi muito bom. Ele praticamente me penetrou de acordo com o ritmo de cada música, chegando mesmo a cantar junto com "Kashmir". Tudo o que eu conseguia pensar era: "Espero que não toque 'When the Levee Breaks'. Não quero que isso estrague essa música para mim." Quando "Moby Dick" começou, foi o fim. Para me impedir de rir, comecei a gemer alto e apertá-lo para encorajá-lo a gozar. Mais tarde, agradeci por *aquele* desafio ter terminado. Eu achava que seria perigoso, sexy e excitante. Não foi. Foi uma enorme decepção.

— Bem, foi divertido — ele disse, enquanto me observava vestir a calça. — Deus abençoe o Twitter.

— Com certeza — respondi, decidida a apagar minha conta do Twitter assim que chegasse em casa. — Você pode me chamar um táxi? Preciso voltar.

1:25. Cheguei em casa há umas duas horas, tomei banho e agora estou na cama, deletando do iTunes algumas músicas do Led Zeppelin. É estranho, acabei de completar mais um desafio da minha sexlist e não estou nem um pouco excitada. Cumpri os itens que não precisavam de companhia, restando apenas o bondage, o voyeurismo e uma última encenação, e, assim, preciso esperar por Oliver. Não gosto quando Oliver não participa. É muito menos divertido celebrar sozinha.

Domingo, 17 de julho

Hoje fiquei sentada aqui ouvindo The Flaming Lips numa espécie de transe melancólico, mas é claro que Alex parece se infiltrar na minha cabeça quando estou em conflito comigo mesma. Desde que ele apareceu na saída do trabalho, não consegui tirá-lo da cabeça.

Eu realmente odeio o fato de que Alex sabe que estou solteira. Ele vai encarar isso como um sinal de que não me esqueci dele. Talvez eu não tenha esquecido, e é possível que nunca esqueça até deixar alguém novo entrar. Não tenho a menor intenção de me apaixonar, mas se eu tiver alguém, talvez ele finalmente desista. A tendência é que ele pare de me perseguir se souber que tenho um homem forte para me defender de sua indesejável atenção. E acho que a ideia de ter alguém na minha vida não é mais tão desagradável quanto já foi... Merda, acho que me convenci. Será que estou pronta para namorar de novo?

Quarta-feira, 20 de julho

De: Phoebe Henderson
Para: Oliver Webb
Assunto: Re: OLÁ!

Querido Oli (sim, você odeia quando eu o chamo assim, mas você está distante demais para eu me importar). Coisas que fiz:

1 - Li um monte de palavras em algumas páginas. Isso deve ser um livro.

2 - Transei com um cara do Twitter, então completei o desafio de domir com um estranho. Foi tão bosta que acabei de deletar minha conta do Twitter. Stephen Fry nunca ia me seguir mesmo. Por favor, me traga presentes. Muitos presentes, nada de fazer como naquela vez em que você foi ao Canadá e não me trouxe NADA, alegando que não achou que eu ficaria chateada. Eu me chateio por causa de presentes, vamos deixar isso bem claro. Estou quase no fim desses desafios malditos, então agora eu vou ter que achar alguma outra coisa para fazer. Acho que vou começar a namorar novamente. Será que essa é a pior ideia do mundo?

Venha logo. Minha vagina sente a sua falta.

De: Oliver Webb
Para: Phoebe Henderson
Assunto: Re: OLÁ!

Você andou ocupada. Tenho ficado preso na sala de treinamento o dia todo, acompanhado por uma mulher inacreditavelmente gostosa e, infelizmente, casada. Cheguei a pensar em me masturbar até a exaustão. Foi bom conhecer você. Namorar? Você quer um namorado? Você realmente acha que alguém é retardado o suficiente para sair com você, esquisitinha? Sei que o jeito como suas orelhas enormes abrem caminho pelo seu cabelo me obrigam a fazer comentários engraçados, mas duvido que alguma outra pessoa queira namorar um elfo na vida real. De qualquer forma, boa sorte. Vou me sentar na porta com a espingarda quando os pretendentes vierem procurá-la.

Sinto falta de sua vagina também. Provavelmente mais do que sinto a sua falta, que não é muito.

De: Phoebe Henderson
Para: Oliver Webb
Assunto: Re: OLÁ!

Cala a boca. Sou um bom partido. Sei jogar gamão e recebo qualificações 100% positivas no eBay. Essas qualidades são importantes. Eles teriam que aceitar o meu cabelo despenteado. Você sente MUITO a minha falta porque ninguém vai brincar com o seu pênis por aí. As minhas orelhas são o máximo.

Sexta-feira, 22 de julho

Hoje de manhã vi uma oferta on-line de um salão de beleza: massagem corporal completa por quinze libras. Então liguei e consegui marcar uma hora, ao meio-dia.

De fora, o Beauty by Betty se parecia demais com um salão de cabeleireiro para aposentadas, espremido entre uma loja de câmbio e uma padaria. Quando entrei, percebi que o lugar era minúsculo. Tinha um sofá, uma mesa na recepção, uma prateleira com produtos de beleza e, no fundo, uma porta de correr cinza enorme e meio sinistra.

Sorri para a mulher de cabelo escuro atrás da mesa, que parou de ler uma revista e se levantou.

— Oi. Você tem hora marcada?

— Sim, meio-dia. Phoebe Henderson.

— Ah, sim, Phoebe. Sou a Betty. Você vai ser atendida por mim esta tarde.

Ela pegou o meu casaco e me acompanhou por dez passos até a porta cinza.

— Por aqui.

Aquela era a porta menos convidativa que eu já tinha visto na vida, e me lembrou uma porta que vi nos fundos de um açougue quando era pequena. Que porra tinha atrás daquela porta? De repente, eu a imaginei sendo aberta e o Leatherface, com seu avental sujo, me dando uma pancada na cabeça. Ela abriu a porta e parei diante de uma sala de terapia inacreditavelmente luxuosa: iluminação suave com velas perfumadas e minúsculas lâmpadas penduradas.

— Uau — falei, admirando as flores naturais no canto. — Isso é lindo!

Ela me fez algumas perguntas gerais sobre saúde e me pediu para tirar a roupa, enquanto me deixava ao som de flautas.

— É só apertar a campainha quando estiver pronta.

Conforme eu tirava a roupa, já me sentia relaxada como há tempos não conseguia. Deitei na mesa, me cobri com um lençol branco e pressionei a campainha do meu lado.

Ela entrou e começou. Eu me lembro dela massageando minhas pernas e braços, mas, quando alcançou as minhas costas, eu devo ter apagado, pois só me lembro de acordar numa pequena poça de baba. Pedi desculpas, mas ela apenas sorriu.

— Não seja boba, é muito comum. Você sofre de sinusite?

— Ah, Deus, eu ronquei?

— Sim. Nós fazemos velas auriculares Hopi aqui. Você pode estar com excesso de cera no ouvido. Isso vai ajudar.

Portanto, por um adicional de 10 libras, ela prendeu tubos de cera de abelha nos meus ouvidos e acendeu. A sensação foi mesmo muito relaxante, como uma efervescência no ouvido, mas ao pensar na vela queimando no meu crânio, achei melhor tirar outro cochilo.

Quando ela terminou os dois lados, quis me mostrar a montanha de cera retirada dos meus ouvidos, mas eu recusei porque... ECA! Apesar dos roncos, saí do salão me sentindo renovada, calma e como um ser humano normal novamente.

Passei a noite na internet, lendo sobre sionismo, como drenar o aquecedor e olhando fotos antigas de Christian Slater, o que me levou de volta aos 15 anos, quando eu pendurava pôsteres dele na minha parede e odiava os garotos da minha idade. Naquela idade, eu nunca duvidei por um segundo de que encontraria o homem dos meus sonhos e viveria feliz para sempre. Nunca duvidei de que seria feliz. Dezessete anos depois, eu duvido disso todos os dias. Acho que me desiludi amorosamente tantas vezes que esqueci como as coisas funcionam. Oliver estava certo: eu sou esquisita. Não esquisita a ponto de falar besteiras, como "deixe-me ver o conteúdo de seu sanduíche" ou "veja a minha perna gigante"; só alguém um pouco fora do convencional. Espero que alguém por aí me ache encantadora.

— É claro que você vai encontrar alguém, bobinha! — disse Lucy quando telefonei para ela. — Você é uma guerreira sexual emancipada. Pode ter quem quiser.

— Sim, sou melhor de cama, então esses desafios vão se mostrar muito proveitosos ou vão me fazer criar expectativas absurdamente altas. E se eu me frustrar quando o meu próximo namorado se recusar a fazer sexo pendurado num penhasco, só porque eu decidi que quero experimentar desse jeito?

— Pare de se preocupar. Existem muitos homens que são tão aventureiros quanto você. Oliver não é o único. Você vai ter que se livrar deles.

— E onde eu deveria conhecer esses homens? Quando vou aos bares é como ir ao açougue: todo mundo está apenas em busca de uma trepada.

— On-line! Se um cara gasta dinheiro num site de namoro, ele certamente está procurando por algo mais do que sexo. Todo mundo está fazendo isso hoje em dia.

— Nossa, isso faz sentido. Você pode estar certa.

Eu gostei de ouvir isso. Namoro pela internet. Isso pode ser divertido!

Domingo, 24 de julho

Namorar pela internet é muito assustador. É a primeira vez que estou colocando fotos verdadeiras, revelando detalhes reais de mim mesma e torcendo para não parecer uma idiota. Hazel me ajudou a escolher algumas fotos:

— Você está bonita nessa.

— Que nada... Pareço um cavalo.

— Bom, um cavalo feliz.

— Ah, ótimo. Que tal eu escrever: "Garota com cara de cavalo gostaria de conhecer homem com cabelo supercacheado para ter relacionamento sexual sério e com futuro. Precisa aceitar a cara de maluca que eu tenho quando acordo, meus amigos idiotas e um parceiro de cama recente que vai tirar onda da sua cara de qualquer jeito."

— Eu responderia a isso.

— Argh! Manda trazer dezessete gatos e a assinatura da *Spinster Weekly*. Isso vai ser dureza.

Segunda-feira, 25 de julho

Voltei ao trabalho hoje e tenho uma montanha de e-mails para responder, além de ligações para retornar. Estou começando a me arrepender de não ter tirado duas semanas. Dois e-mails eram de Alex, que obviamente não sabia que eu estava de férias, e eu os apaguei sem ler, senão ficaria tentada a responder "VAI SE FODER, SEU MERDA", em Comic Sans, corpo 72.

Comprei uma pizza no caminho para casa e me instalei na frente do laptop, ansiosa para navegar por todos os perfis de homens solteiros e trabalhadores da minha região que estão muito ocupados salvando vidas ou alimentando gatinhos com mamadeira para encontrar uma namorada da maneira convencional.

22 horas. Caramba, que falta de opções nesses sites de encontros! Pela grana que eles cobram, quero que Josh Groban e seu cabelo magnífico apareçam aqui. Curiosamente, os perfis que vi antes da inscrição parecem ter desaparecido e sido substituídos por homens que acham uma boa ideia posar com orgulho na frente de seus carros, como se tivessem inventado a máquina do tempo. E por que tantos escrevem "Se você quer me conhecer, pode perguntar"? Isso é ser preguiçoso! Eles deveriam estar me seduzindo com seu charme e inteligência, não me deixar com todo o trabalho cansativo. Por falar nisso, o último galanteio que recebi foi quando meu pai se vestiu de fantasma num Halloween.

Terça-feira, 26 de julho

As mensagens de solteiros com perfis adequados começaram a pingar...

Olá, Phoebe, você recebeu uma mensagem de **John**!

Oi. Meu nome é John e gostei de ver sua foto. Boca linda. Me escreva.

Não.

Olá, Phoebe, você recebeu uma mensagem de **Paul**!

Eu nunca fiz isso antes, mas pensei: por que não? Só se vive uma vez e sou tímido até você me conhecer, e então deixo de ser. Também tenho fotos melhores, mas não neste computador.

Adoro apostar, futebol, aparelhos eletrônicos e usar meu casaco de couro preto quando saio.

Que computador seria esse, então? Quantos computadores você tem, Neo, e por que um é reservado para fotos? Espero que mostrem seus dentes completos.
Isto está ficando ridículo.

Quarta-feira, 27 de julho

Frank ficou rodeando as mesas de todo mundo hoje à tarde, tentando nos motivar a cumprir a meta e oferecendo uma garrafa de vinho para cada anúncio vendido. Treze anúncios depois, ele pediu um tempo em seu equívoco custoso e foi até o supermercado.

Enquanto ele estava fora, chequei meus e-mails e fiquei animada de ver que alguém decente tinha me escrito. Eu digo "decente" porque ele sabe escrever corretamente, o que já é um começo:

> Olá! Sou Alan. Essa é a parte onde eu tento parecer legal e falho completamente, então serei rápido. Eu adoraria conhecê-la para drinques/jantar/café e poder me constranger pessoalmente, se você estiver livre alguma noite esta semana.

Quando cliquei no perfil dele, me preparei para que ele fosse parecido com o pé de um Hobbit, mas, para minha surpresa, Alan é bonito, com aquela barba de dois dias por fazer. Parece que achei um dos bons! Respondi ao e-mail dele dizendo que estava livre no domingo e mandei para Lucy a foto dele para me exibir.

Ela ligou imediatamente.

— A foto dele parece ter sido "photoshopada". Ele não é real. É simétrico demais.

— Como assim? Esse deve ser ele. Por que alguém marcaria um encontro sabendo que colocou uma foto falsa?

— Talvez ele espere que a personalidade dele seja suficiente para fazer você ignorar a mentira.

— Não enche. Adoro ele.

Sábado, 30 de julho

Recebi outro e-mail de Alan, dizendo o quanto ele está ansioso pelo nosso encontro amanhã. Liguei para Lucy pedindo conselhos sobre como me vestir.

— Use aquela saia floral vermelha. Aquela que eu peguei emprestada séculos atrás e deixei cair pasta de dentes.

— Não cabe mais em mim e nós duas sabemos que não foi pasta de dentes.

— Ah, tudo bem. O vestido azul-marinho com gola branca, então. Você fica bonita nele. Aonde o Senhor Simetria vai levar você?

— Ao Red Onion. Aparentemente, ele tem intolerância a glúten e eles têm um cardápio especial. Não estou reclamando, os frutos do mar de lá são ótimos.

— A intolerância a glúten é tão real quanto a cara dele.

— Shhhh. Estou muito animada. Essa é uma forma muito mais normal de passar o tempo do que olhar fotos de paus e planejar o meu próximo desafio.

— Não sei, pode-se dizer muita coisa só de olhar...

— Estou indo.

— Tudo bem, divirta-se e não se esqueça de não alimentá-lo com qualquer tipo de pão.

— Ele não é um pato. Obrigada pela ajuda. Nos falamos logo.

Estou um pouco nervosa. Espero que nenhum dos dois se decepcione.

Domingo, 31 de julho

18 horas. Meia hora no chuveiro foi mais tempo do que eu pretendia, mas ainda tenho noventa minutos — bastante tempo para me arrumar para o encontro com o meu novo marido.

18:30. Vou beber uma dose de gim e fumar um cigarro, depois seco o cabelo. Preciso de muito volume, então seco de baixo para cima e fico parecendo que fui atacada. Depois, preciso passar vinte minutos abaixando o cabelo, seguidos por mais dez minutos penteando para trás e desejando ser careca.

19 horas. Meia hora para sair e coloco minha roupa sobre a cama. A única dúvida quando escolho roupas é: "Será que ele vai me comer se eu usar isso?" Então reflito se os homens acham realmente que têm qualquer poder de decisão se o encontro vai terminar em sexo. Se vou dormir com ele, a lingerie precisa combinar e, é claro, estar limpa. Se não vou, não importa nada e eu nem raspo as pernas. Lembro que não as raspei. Decidi dar a mim mesma a opção de dormir com Alan e pego a lâmina de depilação. Ao tirar o roupão, percebo o alarmante estado da minha região púbica. A música "Monster", do The Automatic, começa a tocar na minha cabeça.

19:10. Pego a loção de remover pelos, e como não tenho tempo para os detalhes, decido me livrar da maioria e raspo as pernas enquanto está fazendo efeito. Uma perna pronta e as minhas partes íntimas estão começando a queimar. Com a queimação eu consigo lidar, mas na metade da segunda perna entrei no chuveiro gritando "PELO AMOR DE DEUS, TIRE ESSA MERDA DE MIM!".

19:15. Quinze minutos para sair e eu consegui queimaduras de terceiro grau e não consigo me sentar.

19:25. Cancelei com Alan e estou sentada em algum vegetal congelado. Vegetais na vagina. Ai, Deus, nunca vou encontrar um namorado.

Tive que mentir para Alan e dizer que me senti mal de repente e esperava que pudéssemos remarcar. Obviamente, ele achou que eu tinha mudado de ideia, e apesar de fingir ter compreendido, eu o imaginei desenhando um bigode de Hitler na foto do meu perfil e dando continuidade à busca por outra pessoa.

    Oliver me enviou uma mensagem avisando que tinha chegado em casa mais cedo (uhu!), mas parecia ofendido por eu ter planejado um encontro para a noite de sua volta. De qualquer jeito, eu não poderia fazer nada com ele, dada a minha atual incapacidade. Não consigo nem me sentar no sofá direito, quanto mais fazer qualquer outra coisa. Nossa, isso incomoda que é uma loucura. Quem diabos decidiu que era mais atraente mulheres sem pelos? Não me lembro de ser perguntada. Num minuto, todo mundo tem moitas estilo *Os prazeres do sexo* e, no outro, todo mundo está careca e prendendo joias e brilhos na xoxota. Estou entrando em desespero.

AGOSTO

Segunda-feira, 1º de agosto

Remarquei o encontro com Alan para amanhã. Claro que não contei a ele o que tinha realmente acontecido, mas por sorte o desastre nas partes baixas está mil vezes melhor. Juro que prefiro ficar peluda a tentar isso novamente. Oliver está vindo aqui na quarta-feira e, aparentemente, está me trazendo um presente. É melhor que não seja o pênis dele — não sei se eu já posso ser cutucada ou apalpada lá embaixo. Achei que ele ia ter uma convulsão de tanto que riu no telefone quando contei o que aconteceu.

— Rá, rá, você está com um pequeno curativo nela?

— Cala a boca e me conte as histórias de Chicago — falei, mudando rapidamente de assunto.

— Humm. Foi normal. Basicamente trabalho, embora eu tenha conhecido uma mulher lá.

— Existem muitas mulheres em Chicago, posso imaginar. Seja específico.

— O nome dela é Ruth, ela é uma modelo de Londres e está vindo me ver daqui a uns dois dias.

— Uma modelo, hein? De Londres? Você fez sexo com pessoas bonitas, então?

— Não, ela voltou para casa no dia seguinte ao nosso encontro, mas nós realmente nos demos bem. Estamos nessa história de trocar mensagens eróticas há uns dias.

— Poupe-me desses detalhes. Ela está vindo de Londres? Isso é bastante repentino, né?

— Não muito. Você está saindo com outras pessoas; por que eu não poderia?

— Justo. Na realidade, isso poderia funcionar bem. Talvez possamos sair juntos, você e ela, eu e outr...

— Nem pensar. Ela é só minha. Certo, estou indo agora, ainda cansado da viagem.

Clique.

Humm. Por que ele mencionou que ela é modelo? Vou contar a ele que um dos meus encontros é com um cara realmente impressionante, tipo um astronauta. Ou Jesus.

Terça-feira, 2 de agosto

Peguei um táxi para casa depois do trabalho. Queria ter bastante tempo para me arrumar para a segunda tentativa de encontro com Alan. O plano ainda era o mesmo: usar o vestido azul, encontrá-lo para jantar no Red Onion e ser irresistivelmente charmosa para o homem com o rosto perfeitamente proporcional.

Cheguei ao restaurante, e Alan estava me esperando do lado de fora, nervoso e arrastando os pés com seus mocassins marrons. No início, fiquei em dúvida se era ele. O sujeito era praticamente careca quando comparado ao homem da foto, e tinha o rosto bem mais magro. Reconheci os dentes perfeitos dele quando sorriu, mas logo ficou evidente que a foto postada no seu perfil tinha sido tirada há pelo menos dez anos. Ele estava com quarenta e muitos anos. Por que alguém faz isso se realmente vai se encontrar com a pessoa num lugar iluminado? Por que não ouvi as minhas amigas?

Na tentativa desesperada de tentar não agir como uma canalha superficial, eu o cumprimentei com um beijo no rosto e o segui para dentro do restaurante, determinada a ter uma noite agradável, apesar de tudo.

Nós nos sentamos no mezanino e pedimos uma bebida enquanto olhávamos o cardápio. O restaurante era pouco iluminado, aconchegante e estava cheio na medida para criar um clima.

— O robalo aqui é excelente — falei com um sorriso. — Alguma ideia do que vai pedir?

— Filé com batatas fritas. — Ele indicou com a cabeça, enquanto enrolava as mangas de sua camisa preta. — Você está ótima hoje.

— Obrigada. — Enrubesci. — Muito gentil. Você também caprichou.

E ele tinha mesmo caprichado. Tudo bem que ele podia ser bem mais velho do que eu imaginava, mas, quando a comida chegou e começamos a comer, achei que nem tudo estava perdido. Então, olhei para o prato dele: estava cheio, com porções mínimas pateticamente comidas.

— Alguma coisa errada com a sua comida?

— Hã, não, está boa. Muito boa, é que eu tenho um pequeno problema com comida.

— Mas você pediu o cardápio sem glúten...

— Eu pedi. Não é só isso.

— Não? Isso é curioso — eu ri. — Diga.

Ele me olhou com desagrado, sua expressão envelhecida.

— Eu era gordo antes e não gosto de comer na frente das pessoas... ou de comer de modo geral. Achei que eu me livraria do prato nessa altura.

De repente, ele ficou muito sério e começou a me encarar, esperando a minha reação. Eu simplesmente olhei para ele... depois para o chão... e então para o prato dele.

— Uau... Certo... Então, você vai terminar?

Enquanto eu comia as batatas fritas dele e torcia para que o pé grande daquele Deus do Monty Python me esmagasse, me peguei imaginando para que levar uma pessoa para jantar num primeiro encontro se você tem fobia de comida? E POR QUE DIVIDIR ESSA INFORMAÇÃO COM A PESSOA?

Por sorte, consegui terminar o restante da refeição sem que surgisse nenhuma outra fobia ou algum evento traumático da infância, mas para mim o encontro estava completamente encerrado.

— Quer tomar um drinque em algum lugar? — ele perguntou, colocando o casaco de couro.

— Não posso, desculpe — menti. — Preciso acordar cedo. Mas obrigada pelo jantar agradável. Foi ótimo conhecer você.

— Então, é isso? — ele riu, surpreso. — Posso vê-la novamente?

— Provavelmente não. Você é um cara legal, mas não vejo futuro nenhum, Alan. Sinto muito.

— É porque eu disse que fui gordo, não é?

— O quê? Não. É só...

— Ah, não precisa esconder. Vocês, mulheres, são todas iguais — ele falou de maneira ríspida. — Escrotas, a maioria. Estou fora. Espero que tenha gostado da comida.

Surpresa, fiquei olhando ele se afastar, mas não sem gritar "NA REALIDADE, GOSTEI MAIS DO SEU PRATO, SEU ESQUISITO DE MERDA!". Mas lembrei que gritar com um homem instável na rua não é provavelmente a melhor ideia e corri para me esconder num beco.

Conversei com Lucy por mensagens no trajeto de táxi até a minha casa:

Desastre. Cara era maluco. Mas ERA o rosto dele. Em 2002.

KKK. Não faz mal. Eu disse a você que namoro na internet era uma má ideia.

Se você escrever KKK novamente, nós vamos brigar. E ISSO FOI IDEIA SUA.

Ah, sim. Não faz mal, né? Um a menos, 20 mil usuários malucos à espera. Você está cada vez mais próxima de sua alma gêmea. Eu posso sentir isso.

Argh, pelo menos vou ver Oliver amanhã. Droga, eu sinto falta dele.

Quarta-feira, 3 de agosto

Oliver me trouxe presentes de Chicago. Jogada inteligente. Um presente grande, que era uma bolsa cheia de coisas roubadas do hotel, e uma bolsa menor com um tapa-olho e um par de algemas.

— Bom saber que você ainda está interessado em me ajudar, mesmo estando do outro lado do mundo. Isso é que chamo de comprometimento.

— Bem, bondage ainda está na sexlist, não está? — ele sorriu maliciosamente. — A não ser que você tenha terminado comigo e agora queira um namorado que vai ser um lixo na cama, mas aguente você cantando.

— E a Ruth? Duvido que ela vá ficar muito feliz de saber de nosso acordo.

— Duvido que eu conte a ela.

— Ótimo, porque eu pretendo ir até o fim nessa história. E você ama meu estilo vocal. É ele que te faz sair do meu apartamento pela manhã. É hora de bondage, baby! E ainda temos outra encenação também. Alguma sugestão?

— Vou pensar nisso, mas estou sem sexo há um mês, então recomendo que você tire o jeans *neste momento,* antes que eu exploda. Estou avisando. Vai ser selvagem.

Assim eu fiz. Tirei a calça e, num determinado momento, achei que ele fosse me devorar. Parecia a última refeição dele no corredor da morte. Ele jogou minhas pernas por cima de seus ombros e foi tão fundo que mal consegui respirar, mas foi rápido. Mas a segunda vez durou quase uma hora.

Quinta-feira, 4 de agosto

Hugo Beale, o diretor de publicidade de Londres, voou até Glasgow para se encontrar com Frank hoje, o que significa que todo mundo estava se comportando de maneira exemplar, inclusive Lucy, que, só desta vez, conseguiu chegar cedo ao trabalho.

— Esse homem me assusta. Ele sorri para você, mas dá para ver que está planejando seu assassinato por trás desse sorriso.

Era verdade. Ele é um homem alto, magro, elegante e carismático, apelidado de "Satã" pela equipe de Londres, que se sente intimidada e encantada na mesma medida.

Ele chegou às onze e meia e dedicou um tempo para agradecer rapidamente a cada um de nós pela nossa pequena contribuição ao imenso império do *The Post*, antes de desaparecer com Frank para almoçar no Malmaison.

— Fico pensando na razão de ele estar aqui — comentou Kelly, certificando-se de que eles tinham saído antes de tirar a lixa de unhas da gaveta. — Talvez Frank esteja sendo mandado embora.

Lucy balançou a cabeça.

— Deve ser sobre corte de pessoal. Dezessete vendedores foram demitidos no mês passado em Manchester.

O escritório inteiro olhou para ela.

— Estou brincando — ela riu. — Relaxem. Manchester sequer tem uma equipe com dezessete pessoas. É apenas a reunião anual com os gerentes regionais.

Stuart começou a rir, apesar da irritação de Kelly.

— Isso não foi engraçado, Lucy. Você está brincando com as vidas das pessoas aqui. Pessoas que...

— *Pessoas que precisam de pessoas?*

— Como? — perguntou Kelly, desconcertada.

— *São as pessoas mais sortudas deste mundo...* Cante comigo...

Nessa altura eu já estava chorando de rir com a imitação que Lucy faz de Barbra Streisand, e Kelly havia saído da sala feito um furacão, em seu clássico estilo dramático. Lucy fez uma reverência e voltou para o seu computador como se nada tivesse acontecido. Eu realmente preciso assistir *A garota genial* novamente.

Frank e Hugo voltaram duas horas depois com vinho para todo mundo e um discurso motivacional de Hugo para "continuarmos o bom trabalho", apesar de muito provavelmente não saber o nome de ninguém e estar louco para voltar para *Aquela Londres*.

Depois que Hugo foi embora, ouvi Lucy e Frank discutindo na sala dele um pouco antes das cinco e meia. Todo ano Lucy marca suas férias na última hora e por conta própria: uma semana de sol, mar e seu iPod. É seu pequeno ritual. Este ano ela escolheu a Grécia, mas Frank não quis assinar sua requisição de férias por ter sido em cima da hora.

— Frank, ninguém está de férias na próxima semana, eu verifiquei o calendário.

— Pode ser, mas você é de uma área diferente do departamento de vendas. Eu preciso de tempo para conseguir alguém para te cobrir.

— Nós tivemos essa conversa ano passado, quando fui à França, e no ano anterior, quando fiz uma reserva de última hora para Roma. Maureen assume os números, e Kelly gerencia os relatórios. FAÇO ISSO TODOS OS ANOS.

— Bem, não este ano — ele replicou, inflexível.
— Já fiz a reserva. Eu vou.
— Então, não terei outra opção a não ser demitir você — ele disse, levantando-se com raiva de sua mesa.
— Você disse isso ano passado. Mas tudo bem, demita-me.
— Como?
— Eu disse "Demita-me". Se for menos inconveniente para você encontrar alguém, entrevistar pessoas, contratá-las e treiná-las do que me dar as férias anuais, então vá em frente.

Ela cruzou os braços e começou a bater os dedos no antebraço. Ele se sentou.

— Você disse isso ano passado, não disse?
— Marquei meus dias no quadro. Vejo você em uma semana.

Ela saiu da sala de Frank e, ao passar pela minha mesa, deu uma piscadinha para mim. Eu queria subir na minha mesa e aplaudi-la, mas não sou tão corajosa quanto ela, e na última vez que Frank ameaçou me demitir nós acabamos transando, então me sentei quietinha e me preparei para ir embora.

Quando cheguei em casa, chequei meus e-mails, e Alan assustador tinha me mandado duas mensagens: a primeira trazia fotos dele "gordo" para me mostrar seu emagrecimento e a segunda me convidava para sair novamente. Nenhum e-mail trazia desculpas por seu ataque psicótico. Enviei um e-mail educado, porém firme: "Não estou interessada, mas obrigada de qualquer modo, seu débil mental." E por que diabos eu gostaria de ver as fotos dele de antes e depois do emagrecimento? Talvez isso pareça um pouco drástico, mas dá um tempo.

Sábado, 6 de agosto

— Você está acordada? Vamos fazer alguma coisa hoje.

— Oliver? — balbuciei, olhando para o relógio ao lado da minha cama. — São oito da manhã. Por que você está me ligando no meio da noite?

— Está um dia lindo, quente, ensolarado, sua pentelha mal-humorada. Vamos para a rua. Vou pegar você em uma hora.

Duas horas depois, estávamos engarrafados, seguindo na direção do litoral.

— Puta merda — disse Oliver, batendo no volante. — Todo mundo na Escócia decidiu vir aqui hoje?

— Parece que sim — respondi, ligando o rádio. — Ah, adoro essa música.

— Desde quando você começou a gostar de "Girls Aloud"?

— Desde que fizeram essa música.

— Tudo bem, deixa tocar. Mas não cante.

— Por que não?

— Duas razões: primeira; eu odeio essa música; segunda, você canta no tom errado…

— Como ousa. Eu tenho técnica de canto. Tem algo nitidamente muito errado com os seus ouvidos. E com seu gosto musical. Como você pode odiar essa música? É como odiar a felicidade.

Vinte minutos depois, chegamos à praia e encontramos um lugar para estacionar. Saí do carro e respirei a brisa marinha, que imediatamente me levou de volta às idas à praia com os meus pais quando era pequena.

— Nossa, não venho aqui há anos. Eu me lembro de tomar sorvete e escrever o meu nome na areia por volta dos 7 anos. Fiz um castelo de areia e coloquei um caranguejo morto no fosso ao redor.

— Que assustador.

— Para com isso. Eu não matei o caranguejo.

— As praias de Dublin eram ótimas. Minha tia morava perto de Dollymount e eu passava os fins de semana com meus primos antes de nos mudarmos para Glasgow. Nós sempre jogávamos futebol.

— Parece legal. Eu adoraria ir a Dublin qualquer dia.

— Levo você na próxima vez que eu for. Podemos ficar com a Megan. Lembro quando ela me visitou ano passado e você passou mais tempo com ela do que eu.

— Adoro sua irmã. Ela é tão linda. Existe alguém feio em sua família, Oliver?

— Sim, meu primo Colin teve um pouco de azar, acho que ele foi adotado. Mas ele é superengraçado e tem um pau gigantesco, então continua pegando as mulheres.

Coloquei minha toalha azul-clara na areia e me sentei.

— Deus, isso é uma bênção — falei, fechando os olhos e virando o rosto na direção do delicioso calor do sol.

Oliver se sentou ao meu lado e tirou os tênis.

— Está rindo de quê? — ele perguntou.

— O sol. No meu rosto. Isso me faz feliz.

— Você é charmosa pra cacete. Vou dar uma remada.

— Estamos na Escócia. A água vai estar abaixo de zero, não importa todo esse sol.

— Sim, eu sei, mas preciso remar. É a lei da praia! — proclamou ele, abrindo alguns sanduíches. — Aqui, eu trouxe de frango com milho para você.

— Meu predileto. Você é um amor.

— Eu sei. Você come, e eu entro na água.

Ele enrolou as pernas do jeans até os joelhos e caminhou pela areia em direção ao mar. Comecei a comer, observando as famílias brincarem com seus filhos, e as gaivotas já voando em círculos como urubus atrás dos farelos do meu sanduíche. O dia estava perfeito. Olhando para a beira d'água, vi Oliver pegar o telefone e começar a escrever, sorrindo sozinho. Meu humor mudou na hora. Senti que estava ficando com raiva e pensei, irritada: "Ele está falando com aquela mulher, a tal Ruth. Nós só estamos aqui há cinco minutos e ele já está fazendo outros planos."

Então senti meu telefone vibrar no bolso.

A água está gelada. Levante a bunda daí e venha me esquentar.

Eu me levantei e andei na direção dele, cuidadosamente evitando as conchas quebradas, até sentir a água gelada e calma do mar bater nos meus tornozelos.

— Brrr! Não posso acreditar que você me fez vir até aqui. Meus pés estão dormentes.

— Minha mãe sempre disse que água salgada é bom para os pés. — Ele sorriu. — E para a alma. Ela limpa toda a energia ruim, entre outras coisas.

— Isso soa como algo que *minha* mãe diria — eu ri. — Deve ter a ver com ter nascido nos anos 1960 que transforma você...

Minhas observações sem nenhuma importância foram interrompidas quando Oliver de repente colocou a mão na minha nuca, me puxou e me beijou. Foi intenso no começo, mas então se tornou tão lento e suave que eu senti o corpo inteiro tremer de prazer. Acariciei seu rosto e o beijei mais uma vez com uma urgência sem explicação. Geralmente, nossos beijos eram reservados para as preliminares, mas dessa vez a sensação foi diferente. Não tinha a ânsia da busca nem expectativas; eram apenas duas pessoas de pé no mar, se agarrando sob o céu azul-claro, completamente alheias ao fato de que ali perto as gaivotas tinham cagado em cima de suas toalhas limpas.

Lá pelas seis, o clima finalmente lembrou que ali era a Escócia e começou a esfriar. Eu sorri para mim mesma enquanto Oliver ajustava seu agasalho com capuz no meu corpo sem nem mesmo perguntar se eu estava com frio. Nós juntamos nossas coisas e andamos sem pressa para o carro, passando por curiosas lojas de presentes, pousadas e cafés.

— Sorvete! — exclamei, apontando para um enorme pôster de 99 Flake na janela de um café. — Espere aqui.

Entrei correndo e comprei duas casquinhas com uma senhora que habilmente operou a máquina Mr. Whippy, apesar de ficar óbvio que ela não enxergava cinco centímetros na frente do nariz.

— Duas libras, filho — ela disse, segurando as casquinhas. Filho? Pensei em protestar, mas o sorvete já estava começando a pingar, então peguei as casquinhas e saí fora.

— Se você pingar isso no meu carro, vamos ter problemas — disse Oliver, pegando sua casquinha e lambendo o lado.

— E se eu pingar nos meus peitos? — perguntei, olhando para sua língua.

— Nesse caso, realmente vamos ter problemas — ele disse, levantando uma sobrancelha. — Você vai para casa comigo. Está decidido.

— Ótimo. Agora estou com tesão. Dirija rápido.

Ele ligou o carro e começamos o trajeto de volta para casa. Estávamos quase em Glasgow quando ele, de repente, gritou: "PORRA! Esqueci completamente que Ruth chega hoje à noite! Eu tinha que buscá-la no aeroporto às onze!"

Era como se eu tivesse levado um soco na cara. Eu estava tendo um dia tão perfeito.

— Ah, que merda — falei entre dentes. — Mas tudo bem.

Não estava tudo bem.

— Se ela não estivesse vindo de avião, eu cancelaria, mas agora não dá. Seria uma coisa de filho da puta fazer isso…

— Sinceramente, está tudo bem. Tenho mesmo umas mil coisas para fazer. Outra hora nós transamos.

Ele me deixou em casa e entrei, ainda irritada por ter sido trocada pela tal Ruth.

Como aquelas "mil coisas" que eu tinha para fazer tecnicamente não existiam, tirei a roupa e me enfiei num macacão amarelo e desmoronei no sofá. Liguei a TV e zapeei pelos infinitos canais de merda, mas minha vontade era de gritar de frustração. Foi então que prometi que nunca mais seria deixada sozinha num sábado à noite vestida como um bebê gigante.

Domingo, 7 de agosto

Eu me inscrevi num novo site de namoro, absurdamente caro, mas aparentemente cheio de homens gostosos. Mas só me inscrevi por um mês; nem eu sou burra o suficiente para ficar num site desse tipo por seis meses, na esperança de que um dia o meu príncipe se conecte. Ainda assim, depois de apenas algumas horas, eu já tinha marcado dois encontros. Hazel pareceu confusa comigo quando apareceu com Grace para tomar um café.

— Você combinou os encontros para dias consecutivos? Por quê?

— Porque estou determinada a não ficar à toa e não tinha nada planejado para sexta-feira e sábado à noite. Eu deveria usar o meu tempo de maneira produtiva, você não acha?

— Imagino que sim. O que aconteceu com namorar um homem de cada vez? Onde está o entusiasmo? Onde está o romance? — ela perguntou, dando a Grace uma xícara e uma colher de plástico para brincar.

— Não estou procurando entusiasmo e romance, Hazel, estou procurando um namorado. Essas coisas nunca duram mesmo. Isso se elas realmente existirem. Só quero ter alguém que eu goste para me fazer companhia.

— E manter Alex longe de você? — ela sorriu. — Tenho certeza de que Oliver ficaria feliz de fazer esse favor.

— Pode ser, mas ele está saindo com uma modelo. Ainda assim, Alex sabe que Oliver e eu somos apenas amigos. Ele precisa saber que eu mudei, tanto física quanto emocionalmente.

Hazel colocou Grace no chão para deixá-la brincar.

— Acho que Alex provavelmente a chatearia menos se soubesse que você está dormindo com Oliver. Tenho a impressão de que Oliver é bastante intimidante para a maioria dos homens.

— Não funcionaria. Alex não acreditaria por um segundo que alguém como Oliver está dormindo comigo. Ele saberia que é mentira.

— Phoebs? — ela disse. — Não é mentira. Você está dormindo com ele.

— Sim, mas não de verdade. Ele está apenas me ajudando com a sexlist. Ele está me fazendo um favor.

Hazel pareceu chateada.

— Phoebe, isso é de verdade. A sua falta de autoestima às vezes me assusta. Oliver está mais do que feliz em dormir com você. Não é o tipo de trepada por pena.

Ela olhou rapidamente para Grace, para ter certeza de que a palavra não tinha feito a filha entrar em combustão espontânea.

— Acho ótimo que você queira namorar. Apenas tome cuidado para fazer isso pelas razões certas.

Hazel foi embora quando Grace começou a cochilar e fiquei pensando no que ela disse. Eu sei que Hazel tem a melhor das intenções, mas sei o que é melhor para mim. Eu acho.

Segunda-feira, 8 de agosto

Cheguei ao trabalho e havia um e-mail de Lucy!

De: Lucy Jacobs
Para: Phoebe Henderson
Assunto: Olá!

Aqui está fazendo 28 graus puttttaquiiipariuuu! O hotel é maravilhoso, bem na praia, e talvez eu nunca mais volte. Estou tomando um coquetel de abacaxi neste momento e são apenas onze da manhã. Não precisa responder. Só quero me vangloriar do clima — não vou checar meus e-mails por uma semana inteira.

Tchauuu! bjs bjs

Entrei na sala de reuniões, tentando não sentir inveja porque Lucy estava curtindo em algum lugar ensolarado e eu estava presa aqui.

A reunião matinal aconteceu da seguinte forma:

1. Frank avisou que Lucy está de férias. Kelly iria fazer os relatórios.

2. Kelly misturou alguns papéis em branco, demonstrando estar aborrecida.

3. Frank comentou os números de expectativa de vendas para a semana. Kelly resmungou que Lucy estava de férias e que sua carga de trabalho tinha dobrado.

4. Frank mandou Kelly parar de reclamar, pois ela só precisava apertar três botões às quinze para as cinco.

5. Kelly demonstrou impaciência. Frank expirou forte.

6. O estômago de Brian fez um barulho parecido com um gato. Eu ri até perder o fôlego.

7. Frank saiu da sala.

Não tenho a menor ideia de como nós conseguimos nos entender algum dia. Somos um caso perdido.

Esta noite estava reservada para vaidades, considerando meus dois encontros no final da semana. Eu tinha que fazer as sobrancelhas, uma hidratação e massagem facial, além de dar um jeito nos pelos que tinham aparecido no meu dedão. Eu tinha acabado de colocar a máscara facial e começado a pintar as unhas de azul-escuro quando o telefone tocou.

— Oi. Como estão as coisas?

— Oi, Oliver. Nada demais. Só algumas coisas.

— Coisas? Coisas sensuais? Quero detalhes.

— Não. Estou pintando as unhas e preparando a minha cara caída para os meus DOIS encontros desta semana. Isso é detalhe suficiente?

— Você está usando aquela coisa verde no rosto? Cara, aquele troço é assustador. Quando ele racha, você fica parecida com a Dana, de *Caça-Fantasmas,* fugindo daquele cão demoníaco.

— Não me faça rir — falei, soltando um barulho. — Ainda está secando.

— Espera aí, dois encontros? — perguntou Oliver. — Você é persistente.

— Isso mesmo — concordei. — Estou pagando por isso, e pretendo fazer valer o meu dinheiro.

Coloquei o telefone na outra orelha e continuei a pintar as unhas.

— Mas eu estava pensando... ainda temos pendentes o desafio do bondage e uma útima encenação. Alguma sugestão?

— Não, agora estou pensando em todas as coisas selvagens que vou fazer com você no desafio do bondage.

— Tipo o quê? — perguntei. — Não faça nada esquisito, tipo me bater ou pingar cera quente.

— Você vai ver — ele riu. — E você não é a única que tem planos para esta semana. Ruth decidiu ficar por alguns dias.

Parei de passar o esmalte.

— Você não se sente mal por estar aí com ela e combinar isso comigo?

— Não neste momento.

— Então, você vai ficar incomunicável até quando? Essa mulher está arruinando a minha vida sexual, Oliver. Onde ela está neste momento?

— Fazendo compras. Ela tem uma sessão de fotos na sexta-feira e volta para casa, então fica só por uma semana. Vou trabalhar no domingo, então me mande um e-mail na segunda-feira.

— Vou mandar. Espera aí... Essa história com a Ruth está ficando séria?

— Falo depois.

Ele desligou o telefone sem responder. Temos que terminar esses desafios logo, antes que Oliver se case com essa Ruth e ela estrague toda a minha diversão. Ele está ocupado a semana inteira e Lucy está de férias. Puta merda. Tenho amigos muito pouco atenciosos.

Sexta-feira, 12 de agosto

Ah, simplesmente me mate agora. A noite de hoje foi terrível. No meu primeiro encontro, descobri que estava sendo levada para um espetáculo de hipnose com nome ridículo que começava tarde da noite, minha concepção de inferno, mas Matthew não tinha como saber disso. Ele achou que estava sendo criativo, mas, a não ser que fosse Derren Brown, eu realmente não estava a fim de ver apresentações solo.

Matthew era um cara meio clichê, outra coisa que está no topo de minha lista de irritações (logo a seguir de hipnotizadores). Mas ele usava um casaco moderno e elogiou meu cabelo, o que foi suficiente para me conquistar e me dar esperanças de ser embebedada no bar. Mas não era o meu dia de sorte. Passamos direto pelo bar (maldito) e fomos acomodados em nossos lugares. Pelo menos me sentei na poltrona do corredor e poderia sair correndo se acontecesse o pior. Depois de 45 minutos de espetáculo, eu ria educadamente de algum pobre-diabo que estava imitando uma galinha no palco, quando o hipnotizador virou seu bigode horrível para o cara gordo ao lado do garoto-galinha, que fingia estar dormindo.

— Quando eu contar até três, você vai pensar que é o Superman e sairá correndo para salvar uma donzela em perigo... Um, dois, três!

Meu sorriso educado mudou drasticamente para puro horror quando o Superman correu pelo corredor, me jogou sobre o seu ombro como bombeiros em salvamento fazem e me levou para o palco (sendo que minha saia levantou e todo mundo viu minha calcinha). Ser motivo de riso de duzentas pessoas porque um cara gordo me escolheu não é meu ideal de diversão. Muito menos ter que ouvir um hipnotizador de meia-idade dizer "essa eu pegava...", enquanto meu acompanhante quase se mijava de tanto rir e se encaminhava até o bar em seguida, onde conversou sobre a minha calcinha com outros homens. Ele continuou emitindo sons de risada ao longo do trajeto para casa e deixei claro que não haveria um segundo encontro, mas que agradecia pela noite humilhante. Show de hipnose idiota.

Não posso acreditar que achei uma boa ideia marcar outro encontro com um homem diferente amanhã. Talvez nem tenha me recuperado completamente desse. No que eu ando pensando?

Sábado, 13 de agosto

Fiz questão de perguntar ao Craig aonde iríamos hoje à noite. Não quero me arriscar depois do fiasco de ontem. Combinamos de nos encontrar num bar pequeno, mas moderno, no centro da cidade, e cheguei lá dez minutos antes, para não ter que ficar andando sozinha como uma estúpida, procurando alguém que se parecesse com uma foto. Ao contrário de Alan, a foto dele era recente, mas Craig tinha mentido sobre a altura e o físico. Ele era quase da minha altura, com o dobro de largura. Não tinha 1,80 metro, nem era longilíneo como tinha dito na internet. No entanto, determinada a não ser tão superficial, aceitei um drinque e nos sentamos. Craig tinha 41 anos, era corretor de ações e amava o som da própria voz. Aquele homem ficou horas e horas e horas falando de si mesmo, do que fazia, em que pensava, e só me perguntou coisas para poder discordar e me apresentar suas razões para pensar diferente. Sua paixão por uísque o deixou bêbado muito rápido e logo começou a tagarelar sobre uma estudante de política de 25 anos chamada Mia que o tinha rejeitado e ele não entendia a razão.

Quando terminei o meu terceiro drinque, estava na hora de ir embora.

— Por que você está indo? Achei que estávamos nos dando bem — ele falou de forma quase incompreensível.

— Sem querer ofender, Craig, mas você falou sem parar sobre essa Mia a noite inteira. Acho que talvez fosse melhor você esquecê-la antes de começar a sair com outras garotas.

— Ah. AH! Já entendi! Já entendi o que está acontecendo aqui — ele disse enquanto eu colocava o casaco. — Você gostaria de ser a Mia.

— Como? — perguntei, totalmente confusa. — Do que você está falando?

— Você está com ciúme. Você gostaria de ser a Mia.

— Eu gostaria que VOCÊ fosse a Mia, cara. Pelo menos ela parece ser minimamente interessante.

Dei um quase grito de frustração bem alto quando saí do pub e peguei o último trem para casa junto com todos os outros merdas.

Isso é mais difícil do que eu imaginava. Até agora saí com um homem escandaloso que tem transtorno alimentar, um homem que riu da minha calcinha e um homem chato que estava a fim de outra pessoa. Sou uma péssima avaliadora de caráter on-line. Pelo menos com Oliver sei exatamente onde estou. Por que os homens não são como ele?

Segunda-feira, 15 de agosto

Lucy voltou! Ela estava sentada à sua mesa quando cheguei para trabalhar esta manhã, usando um vestido de verão e ostentando pelo menos dezessete novas sardas.

— Senti sua falta! — gritei. — Como foi tudo? Você voltou quando?

— Meu voo chegou à uma da madrugada, então estou destruída, mas foi magnífico. Tempo exclusivo para mim: dormi até tarde, peguei sol, mal falei com qualquer pessoa durante toda a semana e comi os pratos mais incríveis. Você ia adorar. Vou te enviar as fotos por e-mail assim que sentar a bunda para baixá-las.

Frank também parecia feliz em ver Lucy, já que Kelly havia enchido o saco sobre a administração a semana inteira. Ele perambulou de um lado para outro, carregando uma caneca verde de café.

— Você parece bem — ele disse, simpático. — Se quiser vir à minha sala às dez horas, repassarei a última semana com você.

— Chocante! O que você fez com o verdadeiro Frank? — ela riu.

Ele olhou para ela com uma expressão carrancuda.

— Ah. Aí está ele — ela acrescentou com tranquilidade.

— Vamos lá, garotas? — ele solicitou, deixando a caneca de café na mesa dela e se afastando.

— Sem problemas, chefe — ela replicou, pegando a caneca e jogando-a na lixeira. — É bom estar de volta.

Por volta das três horas, lembrei que tinha prometido mandar um e-mail para Oliver. Hoje era o dia em que Ruth voltaria para Londres, deixando-o livre para continuar seu trabalho impecável com a minha sexlist.

De: Phoebe Henderson
Para: Oliver Webb
Assunto: Olá
Meus encontros foram péssimos. Medonhos. Ruth já foi embora? Sua semana foi boa? Por favor, diga que não foi e faça eu me sentir bem.
Bjs, P

De: Oliver Webb
Para: Phoebe Henderson
Assunto: Re: Olá
Minha semana foi incrível. Sim, ela voltou para Londres. Ruth é ótima. Vou vê-la novamente com certeza. Encontros: odeio dizer isso, mas EU TE AVISEI. Marcar encontros pela internet é bizarro — você não precisa disso.

De: Phoebe Henderson
Para: Oliver Webb
Assunto: Re: Olá
Ohhhh, que bom! Ela está indo morar com você? Você a ama e quer se casar com ela?

De: Oliver Webb
Para: Phoebe Henderson

Assunto: Re: Olá

Quando eu estive apaixonado? Mas agora que ela está longe, podemos fazer o desafio do bondage. VAPT! Aliás, esse é o barulho de um chicote.

Um chicote? Que porra ele planejou?

Terça-feira, 16 de agosto

21 horas. Estou sentada aqui, olhando para essa coisa de bondage e não tenho a menor ideia de por onde começar. A internet está cheia de mulheres com roupas de couro e expressões zangadas e homens com cara de assustados, o que não ajuda muito. Não quero que Oliver ache que vou amarrá-lo à cama e quebrar seus tornozelos. Então, estou prestes a assistir um pouco de pornografia com bondage e espero tirar algumas ideias.

21:15. Argh! GRAMPOS!

21:45. Certo. Esqueça isso. Eu NÃO vou fazer isso.
Liguei para Oliver.
— Nossa, que porra você está assistindo? O quê? Não, Phoebe, não quero colocar grampos genitais em você. Ouça, acalme-se e pare de assistir esses vídeos de sadomasoquismo. Vou achar alguma outra coisa para você ver.
Meia hora depois, ele me enviou o link de um vídeo muito, MUITO melhor. Sem sofrimento, sem mordaça e sem grampos aterrorizantes. Nós concordamos que ele vai ser submisso uma vez na vida, e vou ser a dominadora. Eu tenho que gritar. ADORO GRITAR!

Quarta-feira, 17 de agosto

Enquanto me arrumo para o desafio desta noite, concluo duas coisas: 1) Tentar colocar o corpete sem ajuda já é um desafio, e 2) Estava muito excitada por encenar com Oliver de novo. Apliquei uma segunda camada de batom vermelho vivo antes de correr para preparar o quarto todo, e precisei ficar puxando a calcinha fio-dental preta que entrava irritantemente na minha bunda a quase cada minuto. Substituí os lençóis rosa-framboesa por um conjunto de cetim preto emprestado e espalhei velas pretas ao redor de toda a sala para dar um clima gótico. Assim que coloquei botas de cano longo, a campainha tocou. Abri a porta com a venda e as algemas na mão.

Ainda bem que era Oliver.

— Uau, Phoebe, você...

— Cala a boca e vai para o quarto — ordenei de maneira impositiva, me assustando um pouco.

Uma vez no quarto, mandei que ele se despisse lentamente enquanto eu assistia. Devo admitir que vê-lo tirar a roupa parecendo um pouco nervoso foi um completo tesão. Ele ficou em pé, nu. Deus, amo o pau dele.

— Phoebe? PHOEBE? E agora?

— Humm? Ah, sim. Deite na cama. Feche os olhos.

Amarrei as mãos dele na cabeceira da cama, cobri seus olhos com a venda e apressadamente puxei o fio-dental.

— Deite aí. Não se mexa.

Fui até a cozinha e fumei um cigarro, fingindo que isso fazia parte do jogo, mas a verdade é que eu não sabia o que fazer a seguir. Eu precisava de um plano melhor do que boquetes e gritos. Além disso, eu realmente queria um cigarro. A rápida, porém esclarecedora, olhada que dei nos vídeos de bondage me fez perceber que eu nunca seria uma dominadora que chicoteia bundas, espreme testículos e se senta na cara do sujeito, mas eu podia me esforçar mais. Levei um copo com água gelada e outro com água morna para o quarto e coloquei-os na mesinha de cabeceira. Dava para ver Oliver tentando se mexer, imaginando que porra eu estava fazendo. Comecei um boquete quente e frio da seguinte forma: boca cheia de água morna seguido de boca cheia de água fria. Vi isso na internet. Bom, né? Bem, deve ter sido, porque nunca o ouvi gemer tão alto. Depois, passei a língua em cada centímetro do corpo dele, dizendo o quanto ele era imundo e sujo. Ele começou a tentar se soltar.

— PARE COM ISSO! — gritei, e me inclinei para sussurrar no seu ouvido. — Ouça — falei —, posso fazer o que eu quiser. Você não pode sequer me tocar.

Depois eu o beijei com força e montei nele. Trepei com ele bem devagarzinho, e ele deixou até mesmo que eu enfiasse o dedo no seu cu. O que foi esquisito, mas consegui fazer sem olhar diretamente para lá, como na cena final de *Os caçadores da arca perdida*.

Quando terminamos, ele pediu:

— Desamarre os meus punhos. Preciso sentir você.

Eu o desamarrei e nós nos deitamos na cama e nos aconchegamos, ouvindo Johnny Cash. Aconchego? Dominadoras não se aconchegam nem ouvem Johnny Cash. Somos canalhas completas e ouvimos Rammstein.

Sexta-feira, 19 de agosto

Hoje o dia se arrastou. Todos os clientes para os quais eu liguei estavam de férias ou já tinham encerrado o expediente, me deixando à toa na contagem regressiva até a hora do vinho. Lucy e eu combinamos de tomar uns drinques pela metade do preço em Merchant City. Consegui um lugar no pátio enquanto

Lucy comprava nossos drinques. Aliviada por não estar mais no trabalho, tirei os sapatos e mexi alegremente com os dedos sob a mesa enquanto aproveitava o Mojito mais barato. Estava escutando Lucy tagarelar sobre a sua mais recente conquista, um arborista que pode levantá-la com um único braço durante o sexo, quando senti um toque no meu ombro. Era James: aquele que tem aversão a feijão. Eu não podia acreditar! Com quase 600 mil habitantes vivendo em Glasgow, é possível acreditar que jamais vá se encontrar os fantasmas do passado.

— Phoebe! Não posso acreditar. Meu Deus, faz muito tempo. Você está bem?

Já tinham se passado dez anos desde que nos vimos, mas ele não mudou em nada. Bem, talvez mais grisalho, mas não de um jeito ruim. Nosso namoro era divertido às vezes, mas terminou quando percebi que, por trás da linda camada exterior, residia um homem sem personalidade e com a tendência de se referir ao próprio "saco" o tempo todo. Muito além do irritante.

— Como vai você, James? — perguntei, me levantando para abraçá-lo. — Nossa. O que você anda fazendo? Desculpe, essa é minha amiga Lucy.

Ele se sentou na cadeira vazia ao lado de Lucy e lhe estendeu a mão.

— Ainda no negócio de construção, mas assumi a empresa depois que papai se aposentou. E você?

— Área comercial num jornal. É um horror. Então, está casado?

— Não. E você?

— Não.

— Bom. Nós devíamos conversar com mais calma. Que tal jantar amanhã? Minha casa?

Pelo canto dos olhos pude ver Lucy rindo maliciosamente; então, por conta da nostalgia e da curiosidade, concordei:

— Ótimo. Este é meu telefone. Me envia uma mensagem com seu endereço que te busco. Desculpe a pressa, mas já estou atrasado para encontrar um cliente. Prazer em conhecê-la, Lucy.

E com isso ele se foi.

— Ele é bonito. Você vai transar com ele — Lucy comentou, dando um gole no vinho. — Bons ventos, Phoebe. Já estou vendo o que vai acontecer.

— Não necessariamente — respondi. — Nós terminamos por uma razão, lembra?

— Bom, eu não conhecia você ou ele na época, mas considerando o que acabei de ver, ele está bem em forma. Eu transaria.

— Ele realmente está bem, não está? — eu sorri feito uma idiota.

Eu certamente mudei em dez anos. Quem sabe ele não mudou? Talvez seja um sinal?! Eu disse que queria um namorado, mas não especifiquei que tinha que ser um novo... Por que é mesmo que nós terminamos?

Sábado, 20 de agosto

James me pegou hoje à noite, compramos comida para viagem e passamos todo o trajeto de carro até a casa dele conversando sobre os velhos tempos e flertando descaradamente um com o outro. Apesar de achá-lo um escroto todos esses anos, eu não conseguia ver nenhuma evidência disso agora. Talvez eu tenha sido muito drástica. Ainda o achei muito atraente.

Entrei junto com ele na sua microcozinha para ajudá-lo a servir o jantar e, quando me aproximei para pegar um copo na prateleira, ele me pegou de surpresa e me beijou. Foi horrível: úmido, molhado e fiquei com a sensação de que ele estava lambendo a minha cara toda. Eu me afastei cautelosamente dele e voltei para a sala de estar, imaginando se ele beijava desse jeito e eu simplesmente não conhecia nada melhor na época ou bloqueara a experiência na memória. Começamos a comer e demorei exatamente quinze minutos para me lembrar por que terminar com ele fora a decisão mais inteligente que já tomei na vida. Ele disse "saco" sete vezes (eu contei), comeu com a boca aberta e, quando começou a me contar que sua namorada, com quem ficou três anos, estava num casamento na Índia, eu praticamente tive um ataque e fui embora imediatamente com um "vá se foder" e aperitivos de camarão na mão. POR QUE EU ME DOU AO TRABALHO?

Segunda-feira, 22 de agosto

Recebi flores no escritório hoje. Eu! Flores! Um enorme buquê de lírios rosa, com um cheiro divino e amarrados com um laço. Isso nunca me aconteceu antes e tenho certeza de que todo mundo no escritório reparou meu olhar de confusão.

Kelly se levantou de sua mesa.

— Elas são para você? Quem as enviou? Elas são um pouco exageradas.

— Elas são lindas! — gritou Lucy. — Você tem um admirador secreto?

— Não tenho a menor ideia! — respondi, animada. — Peraí que vou ler o cartão.

Desculpe-me. Bjs, Alex.

Meu coração pesou e meu rosto começou a ficar vermelho. O escritório inteiro estava me olhando, esperando que eu anunciasse o remetente.

— Elas são da minha mãe — contei. — Nenhum homem misterioso. Apenas minha mãe.

Lucy se aproximou e pegou o cartão da minha mão. Ela o leu e o recolocou no pequeno envelope.

— Que atenciosa — ela sorriu. — Vou colocá-las na água para você.

Aquela foi a última vez que vi as flores.

Quando Oliver apareceu à noite, eu estava tão irritada que acabamos brigando.

— Não é minha culpa se ele te enviou flores. Por que porra você está gritando comigo?

— Porque não tem mais ninguém aqui e estou zangada com toda essa bagunça de merda. Achei que eram suas. Por que *você* não podia ter me mandado as flores?

— Por que eu te mandaria flores? Você é louca. E está suada com esse suéter.

Dei um rosnado de frustração e tirei o suéter pela cabeça, ficando de sutiã e jeans e com o cabelo bagunçado.

— Feliz agora?

— Você é uma filha da puta sexy. Cala a porra da boca — ele disse, me jogando no chão, onde fizemos sexo furiosamente.

Depois pedi desculpas. Não por ser uma filha da puta sexy, mas por ser uma idiota.

— Ele está apenas fazendo chantagem emocional com você. Quer que eu converse com ele?

— Não, não faça isso, Oliver. Não quero dar a ele nenhum motivo para entrar em contato comigo.

— Não deixe que ele a humilhe. Não de novo, Phoebe. Você é boa demais para ele, espero que saiba disso.

— Eu sei — confirmei, olhando para Oliver. — Às vezes imagino se o grande amor da minha vida era aquele filho da puta. Que pensamento depressivo.

Ele ficou em silêncio por um momento e, quando me levantei para ir ao banheiro, disse:

— O que vai acontecer quando você terminar a sua sexlist? Nós simplesmente paramos com isso?

— Acho que sim.

E por um breve instante esperei que ele inventasse uma razão para não pararmos. Mas ele não disse nada. Por que diria? Ele tem a Ruth agora.

Quinta-feira, 25 de agosto

Enviei uma mensagem para Alex dizendo, mais uma vez, que não estava interessada. Fiquei tentada a contar para a Senhorita Peitão o que ele andava fazendo, mas sei que ele diria que eu mesma me enviei aquelas flores e terminaria como a maluca. Este ano eu deveria me livrar do velho e começar algo novo, mas o desgraçado não me deixa esquecê-lo.

Terça-feira, 30 de agosto

As coisas estão melhorando! Eu tive um encontro MARAVILHOSO hoje à noite com um cara da internet chamado Barry. Ainda estou surpresa e passei a noite esperando que aquele maldito hipnotizador aparecesse, estalasse os dedos e o transformasse num idiota.

Saímos para jantar, depois tomamos uns drinques e ele me beijou na estação, antes de eu pegar o último trem para casa, e me enviou uma mensagem dez minutos depois, perguntando quando poderia me ver de novo. FOFO! Ele era tímido, engraçado, tem um emprego aceitável e é praticamente o total oposto dos caras com quem eu geralmente saio, mas fiquei bastante impressionada.

Oliver me ligou quando eu estava chegando em casa. Contei a ele sobre o encontro.

— Barry? Como você pode estar apaixonada por alguém chamado Barry?

— Qual é o seu problema, Oliver? Tenho o primeiro ótimo encontro em séculos e você só faz comentários depreciativos.

— Só estou brincando, Phoebs. Será que nos conhecemos mesmo? Você sacaneou todas as pessoas com quem eu saí na vida! Pedra, aquela garota, Sandra, Ruth... Lembra da Tash, no colégio? Como é que você a chamava?

Ele esperou pela resposta.

— Gash — respondi, baixinho.

— Isso mesmo, e, quando saí com a Joanna há uns dois anos, você disse que eu não podia transar com uma pessoa cujo nome rimava com banana. Isso é o que nós fazemos, Phoebe, então não venha com essa de ficar irritada comigo agora.

— Tudo bem, desculpe, mas você nunca levou a sério, nem de longe, nenhuma dessas namoradas, então, por que porra eu levaria? Eu gosto desse cara, então deixe as piadas para depois, tá certo?

— Certo. Como quiser. Estou indo. Para a segurança do lar.

Estou me sentindo uma idiota agora. Não sei por que o comentário dele me chateou tanto. Eu só queria que ele ficasse mais feliz por mim. Também estou chateada por eu não ter tido vontade de arrastar o Barry para a minha casa depois do encontro, mas o meu lado racional acha que ir devagar, pelo menos uma vez, pode ser bom. Minha atitude liberal "peitos livres para todos" de hoje difere muito da Phoebe antiga, que nunca teria pensado em transar num primeiro encontro. Mas ela ainda está lá dentro, em algum lugar, me dizendo que os garotos não querem namorar mulheres que entregam tudo tão rápido.

Será que sou capaz de controlar os meus desejos e pegar leve com alguém? Pode ser que precise remover minha libido com tesouras, como naquele Jogo da Operação, se é que existe alguma esperança de arrancar isso fora.

SETEMBRO

Quinta-feira, 1º de setembro

Tenho outro encontro com Barry no sábado. Agora, sempre que eu digo "Barry", tento fazer com que soe sensual, só para mostrar que Oliver está errado. Tenho certeza de que Barry é supersensual, mas pretendo ir devagar e não pular em cima dele e montá-lo como se ele fosse uma bicicleta roubada.

Lucy e eu conversamos sobre os meus planos de autocontrole enquanto comíamos sanduíches na cantina durante o almoço.

— Não vejo motivo para esperar — comentou Lucy, empurrando a pobre salada de acompanhamento para o canto do prato. — E se você se apaixonar por esse cara, dormir com ele, e for um horror? Quer o meu tomate?

Balancei a cabeça e o espetei com meu garfo.

— Porra, Lucy, só quero esperar um pouco, não até a noite de núpcias.

— Bem, não espere demais — ela disse muito séria. — Sua vagina vai se fechar.

— Chega de falar de mim. O que está acontecendo na sua vida amorosa? O arborista ainda está na área?

— Kyle? Sim. Vou vê-lo novamente no sábado.

— Kyle é um bom nome — falei, meio melancólica. — Melhor do que Barry.

— A maioria dos nomes é melhor — ela riu maliciosamente. — Kyle é um nome sexy pra cacete. Ele diz que sou uma força da natureza.

— Tipo um tsunami?

— É provável — ela riu. — Veja, eu saí uma vez com um Nigel. Esse foi o pior. Eu tentei chamá-lo de "N", mas ele não deixou. Chame-o de "Baz" ou de "B" ou de alguma outra coisa, se isso te incomoda tanto.

— Não incomodava até Oliver tirar sarro do nome, e agora não sai da minha cabeça.

— Vocês dois parecem crianças! Para de escutar o que ele diz e aproveita seu encontro. Se você realmente gostar dele, isso não vai incomodar nem um pouco. Que horas são?

Olhei para o meu celular.

— Quase uma. Acho melhor voltarmos.

Lucy deu o último gole na sua Coca diet e pegou o casaco cinza pendurado na cadeira.

— Quero saber detalhes de seu encontro amanhã, mesmo se não tiver nada indecente.

— Não vai. Eu vou me comportar muito bem. Posso fazer isso muito bem.

— E se ele der o primeiro passo? Você vai rejeitá-lo e dizer que prefere esperar?

Ela colocou as mãos no peito e chorou dramaticamente:

— NÃO, BARRY. NÃO PODEMOS. NÃO AQUI! NÃO AGORA!

— Talvez — respondi, constrangida por todo mundo estar nos olhando. — Eu *poderia* fazê-lo esperar.

— Mentirosa! — ela riu, segurando a porta da cantina aberta para mim. — Você vai pular em cima dele no segundo em que ele der o primeiro passo.

Ela me conhece muito bem. Depois do trabalho, tive que brincar o jogo animado de "Cadê a porra das minhas chaves?" do lado de fora do meu prédio, embaixo de uma chuva torrencial. Só quando esvaziei com irritação tudo o que estava dentro da bolsa no chão da entrada é que finalmente encontrei as chaves no forro do bolso do meu casaco.

Depois de um banho longo e quente, me embolei no sofá, comendo morangos e rindo alto com um DVD de Dylan Moran que Oliver deixou no meu apartamento há muito tempo. O cara era um gênio e confirmou a minha simpatia por irlandeses engraçados de cabelo castanho. Eu devia ter colocado isso no meu perfil de namoro.

Sábado, 3 de setembro

Por alguma razão, achei que tirar um cochilo rápido antes de me arrumar para o encontro fosse uma boa ideia. Deitei no sofá às três horas e acordei três horas depois, meio tonta e com marcas do travesseiro na cara. Tínhamos combinado de nos encontrar às sete horas, o que me dava tempo apenas para um banho rápido, sem raspar as pernas ou lavar o cabelo. Além do mais, ficar peluda eliminaria qualquer possibilidade de dormir com ele, mesmo que eu bebesse muito.

Mal saí de casa e voltou a chover, me deixando sem opção, a não ser me esconder numa parada de ônibus e chamar um táxi de lá. Eu não ia de jeito nenhum aparecer no encontro com cheiro de ônibus.

Cheguei cinco minutos atrasada, mas ele ainda não tinha chegado, então tive tempo de dar uma passada no banheiro e checar se meu cabelo tinha ficado arrepiado pela chuva. Por sorte o cabelo sobreviveu ao aguaceiro, mas o vestido ficou úmido. Tentei secá-lo no secador de mãos enquanto reaplicava o batom. Uma última olhada num espelho de corpo inteiro revelou papel higiênico pendurado no salto da minha bota e batom no dente. Sou uma perfeição.

Voltei para o bar, pedi um Jack e Coca e me sentei sozinha a uma mesa, parecendo uma perdedora encharcada.

Às sete e meia, Barry ainda não tinha aparecido e eu estava no segundo Jack Daniel's. Estava com sede e morrendo de fome. Liguei para ele, mas o celular simplesmente tocou sem parar. Pensei em comprar uma Pringles caríssima, mas desisti quando percebi que eu ia parecer uma mulher melancólica, sentada sozinha e comendo batatas fritas num bar numa noite de sábado. Às oito horas, entendi que tinha oficialmente levado um bolo. Duas cadeiras da minha mesa tinham sido roubadas por pessoas com amigos e me senti uma completa idiota. Não, uma idiota totalmente humilhada. Depois de tentar ligar pela última tentativa, senti um tapinha no ombro.

— Te deixaram esperando?

Eu me virei e dei de cara com Alex.

Meu coração quase saiu pela boca, mas aterrissou no estômago com uma pancada forte.

— Ah, pelo amor de Deus, o que você está fazendo aqui? Me seguindo agora? — falei irritada com ele.

Ele revirou os olhos.

— De jeito nenhum. Vim com o Rob. Lembra do Rob? — perguntou ele, apontando para um bêbado apoiado no bar, vestindo um jeans colado.

Maldito Rob, eu nunca gostei dele. Ele era letrista de música, um completo esnobe que basicamente odiava toda banda que não fosse o Radiohead e nos entediava até a morte, praticamente se masturbando em homenagem a Thom Yorke. Ele só me aturava porque eu gostava do The Flaming Lips e ele conseguia "tolerá-los", como se eu devesse ser grata por sua aceitação.

— Com certeza eu me lembro do Rob — respondi com pouquíssimo entusiasmo. — O que você quer, Alex? Eu já te disse que não estou interessada. Não quero suas flores nem seus e-mails, então que merda você quer?

Ele se sentou no lugar do Barry, ou pelo menos no que seria o lugar do Barry se ele tivesse aparecido. Dane-se ele.

— Só conversar, Phoebe. Me dê apenas cinco minutos e depois eu vou embora, se você quiser.

— Não.

— Por favor. Veja, vai ajudar a passar o tempo até seu amigo chegar aqui.

Burramente, eu hesitei. Cinco minutos se transformaram em três horas. Nós conversamos, discutimos, mais drinques foram pedidos, e Rob desapareceu, sem dúvida, por conta própria.

— Então, onde ela está? Sua noiva? — perguntei, soletrando as palavras com desprezo. — O peso dos peitões fez a vassoura dela cair?

Ele olhou para a mesa.

— Ela está em Manchester, numa despedida de solteira. Na realidade, as coisas não estão...

— Ah, porra, eu sabia! — gritei, triunfante. — É por isso que você tem me mandado tantos e-mails! O que aconteceu? Ela agora não te satisfaz mais?

Esperei ele terminar a cerveja.

— Não, é que... Quer dizer, desde que vi você naquela loja aquele dia. Você está tão diferente. Olha, Phoebs, eu sinto a sua falta. Fui um idiota. Sei que não posso desfazer o que eu fiz, mas se pudesse eu faria...

Eu o interrompi no meio da frase:

— Pare de falar besteiras, Alex. O que está feito está feito. Nós dois mudamos.

— Você foi em frente, Phoebe? — ele perguntou, me olhando diretamente nos olhos. — Porque não sei se eu consegui. Não sei mesmo.

Ele segurou a minha mão e eu não me afastei. Fiquei com vontade de chorar. Em parte porque estava muito bêbada e com fome, mas outra parte de mim tinha secretamente torcido para que ele sentisse saudades de mim um dia, exatamente como dizia agora.

Obviamente, sendo eu, isso deveria terminar comigo colocando os óculos escuros, pegando a mala e declarando:

— Desculpe, Alex, preciso ir embora. Meu país precisa de mim. — Antes de sair em grande estilo.

Merda, eu fiz o que qualquer garota confusa e bêbada teria feito. Fomos para um hotel e dormi com ele — pernas peludas e tudo.

Domingo, 4 de setembro

Acordei ao lado de Alex hoje de manhã. Ele ainda dormia tranquilamente, virado para o outro lado, com uma perna pendurada para fora da cama. Fiquei olhando para sua cabeça um tempão. Seu cabelo castanho agora estava bem mais curto, o ombro continuava largo e cheio de sardas e com um único pelo irritante aparecendo logo abaixo de sua nova tatuagem. Alguma frase escrita em chinês. Especulei sobre o que poderia ser: "Guerreiro", "Paz", "Devorador de Almas"... "Susan"? Senti meu estômago se revirar ao perceber que agora eu era exatamente como ela. *Eu* era a outra mulher. Meu nível de desgosto por nós duas tomou conta de mim e eu me sentei.

— Ei — Alex resmungou. — Aonde você está indo?

— Levanta — falei rispidamente. — Está na hora de ir embora.

Ele se abaixou e pegou o relógio no chão.

— Só precisamos sair às onze. São oito e meia ainda. Temos muito tempo.

— Faça como quiser. Estou indo embora agora.

Eu me levantei e fui para o banheiro, passando por cima das peças de roupas jogadas por todo lado ontem à noite. Lembranças enevoadas dele tirando a minha roupa, me beijando e me tocando foram surgindo aos poucos na minha cabeça enquanto eu fechava a porta do banheiro e ligava o chuveiro. Ouvi uma batida na porta.

— Posso entrar?

— Não.

Ele entrou mesmo assim, e entendi a irritação de Hazel por não conseguir tomar um banho em paz. Ele me abraçou pela cintura e sussurrou:

— A noite de ontem foi fenomenal.

— Foi? Estava bêbada demais para lembrar.

— Bem, foi e estou muito feliz por você finalmente ter me perdoado.

Empurrei os braços dele.

— Não tenho certeza de que o perdoei. A noite de ontem foi resultado de muito álcool. Agora você pode me deixar tomar banho, por favor?

Ele me puxou para perto novamente, a água do chuveiro caindo do nosso lado.

— Não, a noite de ontem foi algo que nós dois ainda vamos lembrar por muitos anos.

Mais uma vez eu o afastei.

— Não quero me lembrar disso pelos próximos anos. Não quero nenhuma nova lembrança sua! Você tem ideia do quanto tem sido difícil lidar com as lembranças antigas?

Ele abaixou a tampa do vaso sanitário e se sentou.

— Phoebe, nós temos muita química juntos. O ano que passou me fez compreender meu erro. Não apenas o caso que eu tive, mas o fato de que eu sequer tentei resolver as coisas com você. Eu nunca imaginei o quanto sentiria sua falta.

E ele começou a chorar. Ele chorou, porra, e eu fiquei em silêncio enquanto o banheiro começou a ser tomado pelo vapor, sem saber o que fazer. Então, chorei também.

Cheguei em casa por volta de meio-dia e meia, me sentindo completamente esgotada. Deixei Alex no hotel, dizendo a ele que precisava pensar em tudo o que tinha acontecido, e peguei um táxi para casa. Meu telefone ficou sem bateria durante a noite e, assim que o pluguei para carregar, ele quase imediatamente começou a tocar. Era Barry.

— Me desculpe, Phoebe. Minha irmã entrou em trabalho de parto e eu tive que levá-la para o hospital porque ela está sozinha. Esqueci de levar o telefone e me senti péssimo. Espero que você não tenha me esperado muito tempo.

— Não — menti. — Achei que devia ter acontecido algo, não se preocupe com isso.

— Tem certeza? Eu me sinto péssimo por causa disso.

Respirei fundo e disse:

— É claro. Bebê recém-nascido, né? Que maravilha!

— Ela se saiu bem. Veja, eu estou voltando lá para levar algumas roupas, mas ligo para você mais tarde, se você concordar. Podemos remarcar.

Usei o último resquício da minha voz falsamente entusiasmada para dizer:

— Sem problemas. Nos falamos logo!

Eu me joguei na cama. Enquanto Barry estava fora, ajudando a trazer uma vida nova ao mundo, eu estava tentando ressuscitar uma vida antiga, uma que eu achava ter deixado definitivamente para trás. Não tenho a menor ideia do que fazer.

Segunda-feira, 5 de setembro

Decidi chamar todo mundo para um assado esta noite. Inventei uma desculpa sobre ter um cordeiro que precisava cozinhar, mas na realidade eu não queria ficar sozinha. Lucy foi a primeira a chegar, com uma sobremesa feita em casa. Ela colocou a sobremesa na bancada da cozinha antes de abrir meu armário, em busca de uma taça de vinho.

— *Voilà!* Torta de limão e beterraba. Peguei a receita on-line. Eu a preparei no sábado. Fiz algumas tentativas malsucedidas, mas acho que essa funcionou.

Parecia que alguém tinha pisado num pulmão e depois salpicado com açúcar de confeiteiro.

— Uau — falei. — Simplesmente uau.

— Sou boa, né?

Oliver e Hazel apareceram exatamente quando eu estava refogando os aspargos na manteiga. Às vezes eu me surpreendo comigo mesma. Oliver jogou o casaco na minha cama e colocou uma segunda garrafa de vinho tinto na mesa.

— Phoebe, o cheiro está maravilhoso. Acho que nunca comi um assado numa segunda-feira à noite.

— Nem eu — eu ri. — Todo mundo pode se sentar, que vou colocar na mesa.

Começamos a comer, e toda e qualquer esperança que eu tinha de esquecer Alex naquela noite foi frustrada quando Hazel perguntou:

— Como foi o encontro? Barry, não é mesmo? Foi divertido?

— Ele não pôde ir. A irmã dele deu à luz e ele teve que ajudar — balbuciei. — Fiquei esperando por ele mais de uma hora como uma idiota, até que... Não importa, vou me encontrar novamente com ele na quarta-feira.

— Até o quê? — Oliver falou de maneira maliciosa, enquanto se servia de mais vinho. — O que você não está nos contando, mocinha?

Meu rosto ficou vermelho e me levantei.

— Até Alex aparecer e nós treparmos num hotel.

A sala ficou silenciosa.

— Rá! — gargalhou Lucy. — Boa tentativa. O que realmente aconteceu?

A minha expressão deve ter dito tudo.

— Ah, porra, Phoebe! — gritou Lucy. — O que deu em você? Onde a namorada dele estava?

— Não sei. Estava bebendo e achei que tinha levado um bolo, e ele disse que sentia a minha falta e... Eu realmente não quero falar disso.

Corri para a cozinha, mas Oliver foi atrás de mim.

— Você realmente dificulta as coisas para você, não é, Phoebe? — ele disse, colocando a taça na bancada. — Esse cara destruiu você, e o que acontece? Você de repente esquece tudo isso quando ele estala os dedos? O homem diz "dança" e você começa a sapatear?

— Não foi assim! — insisti, achando que tinha sido exatamente assim. — Foi apenas um erro. E, de qualquer forma, por que você se importa? Você não é meu namorado.

Ele pareceu magoado.

— Não, não sou, Phoebe, que Deus me perdoe. Não entendo você. Você está dormindo comigo, tentando começar algo com esse sujeito, o Barry, e transa novamente com Alex? É autodestrutivo e totalmente idiota, até mesmo você devia entender isso.

Abri a boca, mas não consegui pensar numa resposta. Ele tinha razão. Oliver saiu da cozinha, se virando rapidamente para me olhar.

— Somos amigos por muito tempo, Phoebe. Não se *atreva* a me perguntar por que eu me importo. Tenha bastante cuidado para eu não parar de me importar.

E com essa frase me senti reduzida a uns dois centímetros, e Oliver foi embora.

Lucy e Hazel não sabiam para onde olhar. As duas estavam mudas, até que Hazel finalmente perguntou:

— Então... foi bom?

Suspirei.

— Você não tem ideia de como eu gostaria que tivesse sido uma merda. Quer dizer, não foi maravilhoso, mas isso não importa. Era o Alex.

Voltei para a sala e Lucy me deu um abraço.

— Espero que você saiba o que está fazendo — disse ela, baixinho.

Portanto, apesar de meus esforços culinários, a noite foi um fracasso gigantesco. Lucy e Hazel foram embora às dez e, neste momento, estou acordada na cama, tentando lidar com os milhões de pensamentos que estão girando na minha cabeça ao mesmo tempo. Preciso focar. No começo do ano, achei que sabia o que queria e para onde estava indo; agora, tudo está confuso e perdi novamente o rumo. Marquei outro encontro com Barry na quarta-feira. Deus, neste instante a minha vontade é de cancelar e ficar na cama para sempre. Espero que amanhã seja um dia melhor.

Terça-feira, 6 de setembro

Lucy comprou um café com leite para mim hoje de manhã e conversamos rapidamente antes da reunião matinal.

— Eles não tinham nenhum xarope de baunilha, então você ganhou um de caramelo. Como está se sentindo?

Dei de ombros.

— Bem, eu acho. Em tese, tenho um encontro com Barry amanhã. Acho que vou cancelar. Não acho que preciso disso neste momento.

Lucy riu.

— Ah, acho que é exatamente o que você precisa. Ele é um novo começo! Você não dormiu com ele, não tem um passado com ele e, acima de tudo, ele nunca magoou você. Por mim, você trata toda essa história com o Alex como uma perda momentânea de sanidade; saia com o Barry e veja se ele é um dos caras legais. Nossa, ele já é praticamente um santo.

— Santo Barry?

— Bem, talvez não, mas acho que seria uma pena não ver no que isso vai dar. Você não acha?

Refleti sobre isso a tarde toda, mas como sempre ela está certa. Vou lidar com o assunto de maneira sensata e com a mente aberta. De qualquer forma, é apenas o nosso segundo encontro. Eu devia pelo menos conhecê-lo melhor antes de dispensá-lo.

Quarta-feira, 7 de setembro

O segundo encontro com Barry começou de maneira positiva, já que ele de fato apareceu. Nós nos encontramos no Italian Kitchen da Ingram Street, um restaurante aconchegante onde eu já estive um milhão de vezes. Nós nos sentamos no salão de cima, perto da janela, distante o suficiente de uma festa de aniversário de 60 anos que já rolava com força total.

Bebi devagar uma taça de vinho, determinada a não ficar bêbada antes de fazer o pedido, e olhei o cardápio, certa do que queria: ravióli de lagosta e, depois, linguini com lagostim.

— Em geral, eu não gosto de restaurantes italianos — disse Barry, fazendo um sinal ao garçom indicando que estávamos prontos para pedir. — Sempre penso que posso jogar um molho à carbonara num tortellini em casa, então por que pagar dez libras por isso? Mas esse lugar é maravilhoso. O lagostim deles é excelente.

— Isso é o que eu vou pedir! — exclamei com excitação.

Eu estava simplesmente grata por estar com alguém que realmente gostava de comer.

— Adoro frutos do mar!

— Eu também — ele riu enquanto esperava o garçom chegar à nossa mesa. — Vai, você pede primeiro.

Tivemos um jantar agradável e conversamos sobre tudo, inclusive o emprego dele, que é entediante, e o meu, que é absurdamente chato.

— Então, você liga para as empresas e as convence a anunciar?

— É. Basicamente isso.

— E se eles disserem não?

— Eles geralmente dizem. Eu simplesmente passo para o próximo. Deus, meu emprego é chato. E você? O que um engenheiro registrado faz exatamente?

Neste momento, metade do restaurante começou a cantar "Parabéns pra você" para a sexagenária Mary, que parecia bêbada como um gambá.

— Resumindo, eu fabrico tubos.

— Como? Desculpe, aqui está barulhento. Você fabrica tubas?

— Rá, rá, não, *tubulação*. Tubulação para passar a fiação em aviões, carros... esse tipo de coisa. Não estou conseguindo tornar isso muito interessante, estou?

— Isso é interessante?

— Não.

— Então, nós dois temos empregos chatos — falei, dando um sorriso amarelo. — Devíamos pedir um tiramisu para comemorar nossas terríveis escolhas profissionais.

Depois do jantar, Barry me ajudou a vestir o casaco e tomamos mais uma taça de vinho num pub próximo, e, em seguida, me acompanhou a pé até o meu trem e me deu um beijo de boa-noite. Mais uma vez sem convites para ir à sua... nada. Mas isso é bom. ISSO É SAUDÁVEL. Isso é parte de um ritual de namoro. Ao contrário de Alex, com quem eu fui para a cama no segundo encontro, esta é a maneira certa de fazer as coisas. Combinamos de nos encontrar novamente na sexta-feira. Enviei uma mensagem mais cedo para Oliver, mas ele não respondeu. Ele é sempre o primeiro com quem eu penso em falar quando tenho uma noite agradável, mas parece que realmente o deixei irritado. Mais do que o habitual, quero dizer.

Quinta-feira, 8 de setembro

Lucy foi comigo até o banheiro do trabalho esta manhã, morta de curiosidade para saber como foi o encontro com Barry. Mal tive tempo de lavar as mãos, antes de ser bombardeada por perguntas:

— E aí? Você o chamou de B? Teve notícias de Alex? Oliver ainda não está falando com você? CONTE-ME TUDO!

— Porra, Lucy, quantos cafés você tomou hoje?

— Um milhão.

Coloquei as mãos embaixo do secador e gritei:

— O encontro foi bom! Não tive notícias nem de Alex nem de Oliver, e antes que você pergunte, não, nós não transamos. Comemos comida italiana e conversamos.

— Ah. Vincent e eu fizemos sexo por todo o apartamento dele a noite passada. Totalmente selvagem.

— Quem diabos é Vincent? O que aconteceu com Kyle? Não consigo me manter atualizada com você! — exclamei, ajeitando o cabelo no espelho.

— Kyle está em Perth a trabalho e não vou ficar à toa, esperando por homem nenhum. Vincent é um daqueles profissionais em teorias da conspiração, o que não me irritaria, a não ser pelo fato de que, esta manhã, não pude sequer escovar os dentes sem ouvir um sermão sobre como os nazistas usaram o flúor nos campos de concentração. Ainda assim, ele usou a porra da pasta de dentes depois de mim.

— Ah, porra. Da próxima vez ele vai vasculhar o conteúdo da sua geladeira, segurando os triângulos de queijo e dizendo que são produzidos secretamente pelos Illuminati.

— Eu sei. Ele é chato, mas é cheio de tatuagens. Você sabe como eu adoro um braço tatuado. Além disso, o pau é enorme. Nós dois temos o dia de folga amanhã. Vou destruí-lo.

— Deus, é cedo demais para isso — suspirei, me dirigindo para a porta.

— NUNCA É CEDO DEMAIS PARA UM PAU! — ouvi Lucy gritar enquanto eu fechava a porta atrás de mim, assustando cinco outras pessoas que estavam à toa no corredor. Adoro ela.

Sábado, 10 de setembro

Liguei duas vezes para Oliver hoje à noite e deixei recados de voz antes de ligar para Lucy e reclamar que ele ainda está me ignorando.

— Ele viajou com Ruth. Amsterdã ou África ou algum outro lugar, eu esqueci.

— Como você sabe disso? Você encontrou com ele?

— Sim, na cafeteria ontem. Desculpe, achei que você sabia. Ele perguntou por você, se isso ajuda?

— Perguntou? Bem, venho ligando há dias e ele não atende.

— Ele está chateado. Foda-se ele. Você sabe que ele vai aparecer, não se preocupe. De qualquer forma, você tem o carinha Barry para seduzir. Anda logo e faça isso, estou ficando entediada de tanto esperar pelos detalhes sórdidos.

— Barry produz tubos.

Houve uma pausa.

— Não sei nem o que isso significa.

— Nem eu.

— Por que vocês continuam se encontrando em dias de semana? O que tem de errado com sexta-feira ou sábado à noite? Espera aí, esse não vai ser o terceiro encontro?

— Sim! — respondi entusiasmada. — A regra do terceiro encontro, querida! Ele vem à minha casa. Vou fazer um pequeno jantar, um pouco de vinho, e então...

— Vai exigir que ele transe com você? — ela interrompeu.

— Eu ia dizer "tentar seduzi-lo", mas o seu plano pode funcionar também.

— Claro que vai. É provável que ele já esteja tão frustrado quanto você. Vai acontecer.

Agora estou animada com a terça-feira. Não faço sexo desde aquela noite com Alex e consegui me convencer de que a próxima pessoa com quem eu transar vai apagar tudo aquilo. Estou torcendo para que Alex não tenha me procurado, porque também percebeu que aquilo foi um erro.

Segunda-feira, 12 de setembro

Tive uma consulta com o oftalmologista hoje de manhã, então só cheguei ao trabalho às onze, bem a tempo de ver Kelly jogar um livro na cabeça de Brian e entrar indignada na sala de Frank.

— Nossa! O que está acontecendo? — perguntei, desabotoando o casaco.

— Brian sacaneou a franja da Kelly — Lucy respondeu. — E Kelly não encarou isso muito bem.

— Eu poderia processá-la por agressão — resmungou Brian, esfregando a cabeça. — Ela é maluca.

Olhei para a sala de Frank e vi Kelly chorando. Lágrimas de verdade, não lamentos dramáticos de sempre. Isso foi diferente.

— Eu só disse que estava curta demais para sua testa grande — ele riu. — É verdade.

— Depois de você ter dito que a bunda dela estava grande demais para a saia — mencionou Lucy, sem achar graça. — Você pode realmente ser um filho da puta, Brian. Tudo o que ela fez foi pedir que você parasse de assistir à pornografia em seu celular no escritório. É um pedido razoável.

— Me deixa em paz — ele reclamou. — Ela é uma gorda cretina com peitos murchos que pensa que é melhor do que todos nós.

Diante disso, Lucy pegou uma caneta e a atirou na direção dele.

— Você é um merdinha chauvinista, Brian. Ela pode não ser a mulher mais fácil de se conviver, mas não vou ficar aqui sentada enquanto você vomita esse tipo de grosseria para todos os lados.

Em seguida, Frank saiu e chamou Brian para a sala de reuniões, enquanto Kelly foi para o banheiro, evitando os olhares de todo mundo. Stuart e eu nos olhamos espantados. Eu me virei para falar com Lucy, mas ela tinha atendido uma ligação e sorria como se nada tivesse acontecido.

Dez minutos depois, Brian voltou, irritado, porém calado. Frank me chamou em sua sala e pediu que eu fechasse a porta.

— O que diabos está acontecendo hoje? — perguntei, atônita. — O escritório costuma ser tão sossegado.

— Dei uma advertência a Brian. Disse a ele para pedir desculpas a Kelly por seus comentários inadequados. Se ela vai levar isso ao RH, eu não sei. Também recebi reclamações dos clientes sobre a conta dele no Twitter. Aparentemente, ele vem fazendo críticas racistas a jogadores de futebol.

— Que diabos ele tem na cabeça?

— Vai saber. Ele só tem 23 anos, vai aprender. Honestamente, Phoebe, às vezes eu odeio este trabalho.

— Mesmo? E você está me dizendo isso porque…?

— Na realidade, não sei. — Ele sorriu. — Por que você é uma boa ouvinte e não tem nenhuma outra pessoa no escritório com quem eu possa desabafar?

— Mas, Frank, certamente isso não é uma coisa que deveria ser discutida com um integrante júnior da equipe.

— Ah, quaisquer limites que nós tínhamos já desapareceram há muito tempo. Você não concorda?

— Isso é verdade — concordei, lembrando-me da primeira vez que transamos na sala dele.

Tenho quase certeza de que ele também lembrou.

— Mas está na hora do almoço e estou faminta.

— Você deveria trabalhar na hora do almoço, pois passou a manhã inteira no oftalmologista.

— Sim, mas isso foi antes de você me contar que odiava o seu trabalho e discutido assuntos pessoais de Brian — respondi com malícia.

Ele me olhou com reprovação.

— Isso é chantagem.

— Ah. Então é. Bem-vindo ao meu mundo, Frank! — falei, me levantando para sair. — Vou trazer um *danish roll* para você. Feito?

— Saia daqui — ele riu. — E isso seria ótimo. Obrigado.

Acho que nós podemos ter ficado amigos. Que estranho.

Terça-feira, 13 de setembro

Um pouco antes do almoço, Frank me chamou para contar que Kelly decidiu não levar adiante a história com Brian.

— Na verdade, estou aliviado. Não sei como explicaria ao *meu* chefe como Brian assiste à pornografia no escritório enquanto estou aqui.

— Porque ele é um idiota — respondi.

— Verdade. De qualquer jeito, espero que ele não seja problema meu por muito tempo.

— Hã? O que isso significa?

— Não posso dizer, mas você vai saber logo.

— Ele vai ser demitido?

— Pare de tentar adivinhar. Não posso dizer. Certo, volte a trabalhar.

— Você é um péssimo fofoqueiro — eu disse sorrindo, enquanto fechava a porta de sua sala atrás de mim.

Voltei para a minha mesa e encontrei um e-mail da Lucy:

De: Lucy Jacobs
Para: Phoebe Henderson
Assunto: A NOITE DE HOJE É SUA NOITE, RAPAZ!
Aguardando ansiosamente por hoje? Que horas ele vai vir?

De: Phoebe Henderson
Para: Lucy Jacobs
Assunto: Re: A NOITE DE HOJE É SUA NOITE, RAPAZ!
Não chega antes das oito, o que é bom, porque ainda preciso me arrumar. Vou manter você informada sobre como as coisas estão indo. bjs.

Certifiquei-me de que a casa estava arrumada, acendi velas e inclusive mudei os lençóis, na esperança de rolar alegremente sobre eles mais tarde, atirando minhas pernas recém-depiladas sobre os ombros dele.

Meia-noite. Ele apareceu dez minutos antes da hora e parecia feliz por ter sido convidado para jantar. Peguei o paletó dele e o coloquei cuidadosamente sobre uma cadeira, em vez de jogá-lo sobre a minha cama, como faço com o de Oliver. Sentou-se no sofá enquanto eu conversava com ele da cozinha.

— Receio que seja apenas pizza e salada — falei, desejando ter realmente preparado alguma coisa. — Espero que você não esteja esperando algo *com molho*.

— Humm, uma fã do *MasterChef*, posso ver. Não, pizza me agrada — ele respondeu, olhando ao redor da sala.

Pensei: aposto que a casa dele é mais legal que a minha. Por favor, não veja aquela mancha estranha no sofá; nem eu sei o que é.

Servi a comida e nos sentamos à mesa sorrindo educadamente um para o outro, ambos nos esforçando ao máximo para evitar quaisquer silêncios constrangedores ou hábitos esquisitos à mesa. A parte do jantar foi bem-sucedida, mas, assim que passamos para o sofá (e eu cheguei perto o suficiente para beijá-lo), ele sugeriu que colocássemos um filme. Minha boca disse "É claro!", mas o meu cérebro disse "VOCÊ ESTÁ DE SACANAGEM COMIGO?". Mas ele devia estar nervoso, então deixei que escolhesse o DVD, enquanto eu abria outra garrafa de vinho.

Com um terço do filme *A mansão Marsten*, ele finalmente me abraçou e me beijou. Foi uma coisa carinhosa. Ele foi delicado e afagou o meu rosto, mas não estava exatamente passando a mão por todo o meu corpo. Se fosse Oliver, ele estaria com uma das mãos tirando meu sutiã enquanto a outra abria a própria braguilha. Por fim, sugeri ir direto para a cama, porque: 1) Não tenho força de vontade; 2) A vida é curta, e 3) Droga, eu queria dormir com ele.

Ele recuou e passou a mão no próprio cabelo.

— Preciso ir. Dia de trabalho amanhã.

Eu me recompus e olhei para o relógio.

— São apenas onze! Eu disse algo de errado?

— Ah, não! Claro que não. Adoraria ficar mais, mas eu realmente começo cedo. Vamos repetir isso. Cinema amanhã?

— Claro. Sim, tudo bem — respondi, surpresa por ele estar de fato colocando o paletó para sair.

Antes que eu conseguisse convencê-lo a mudar de ideia, ele já tinha me beijado, agradecido e saído do prédio.

Fiquei na janela, olhando seu carro ir embora, imaginando o que tinha acabado de acontecer. Teria eu ido com muita sede ao pote? Não, porque ele me beijou primeiro! Fiquei confusa. Aquele era nosso terceiro encontro e ele não quis dormir comigo! Por qual motivo? Minha primeira ideia foi telefonar para Oliver e pedir ajuda para entender o que estava acontecendo, e mesmo sabendo que ele não me atenderia, eu liguei. Mas ele atendeu!

— Oliver! Sou eu!

— Não estou falando com você — ele disse, falando comigo.

— Nós dois sabemos que eu sou uma idiota. Por favor, não seja mal-humorado. Estou com um problema.

— Coloque um pouco de creme em cima, Phoebe. Estou meio ocupado. Ruth está aqui.

— Bem, você não está transando, senão não teria atendido o telefone. Barry acabou de sair e...

— Sair? — Oliver interrompeu. — Mal passou das onze! O que aconteceu? Ele te odeia tanto quanto eu?

— Esse é o problema, eu não sei! Assistimos a um filme, ele me apalpou no sofá... bem, por falar nisso, tive que colocar a mão dele no meu peito... mas bastou eu perguntar se ele queria ir para a cama e ele saiu correndo. O que eu fiz de errado? Sou assim tão repulsiva?

— Sim. Sim, você é.

— Eu sabia que você diria isso.

— Então, deixe-me entender isso direito — disse Oliver, começando a rir. — Você teve que forçá-lo a te apalpar e você basicamente ofereceu sexo a ele, e ele foi para casa.

— Sim... foi mais ou menos assim.

— Quem beijou quem primeiro?

— Ele.

— Ah. Bem, imagino que essa seja a minha teoria homossexual. Você tirou sarro da cara dele?

— Não. Eu reservo esse tipo de coisa para os meus amigos.

— Talvez você seja boa demais para ele e ele saiba disso... ou talvez ele ache que você é um ser abominável. Talvez você o faça lembrar a mãe.

— Você não está ajudando — eu ri. — Estou toda arrumada neste momento e sozinha e sem ninguém para admirar os meus peitos.

— Receio não poder ajudar você nisso, e realmente preciso ir, pois Ruth está me esperando lá embaixo.

— Mais uma coisa... Estamos na boa agora?

— Na boa. Eu também peço desculpas. Nos falamos amanhã.

De repente, eu não me importava tanto que Barry não quisesse dormir comigo, porque eu e meu melhor amigo estávamos nos falando novamente. Tudo pareceu ficar um pouquinho mais alegre.

Quarta-feira, 14 de setembro

De: Lucy Jacobs
Para: Phoebe Henderson
Assunto: TUDO BEM????

Você está na sua mesa há 18 minutos e não abriu a boca sobre o seu carinha. Quero detalhes.

De: Phoebe Henderson
Para: Lucy Jacobs
Assunto: Re: TUDO BEM????

NADA. Fiz algumas tentativas, mas ele foi embora. MINHAS TENTATIVAS SE TORNARAM LENDAS. Muito frustrante. Ele vai me levar ao cinema hoje à noite, então nem tudo está perdido.

De: Lucy Jacobs
Para: Phoebe Henderson
Assunto: Re: TUDO BEM????
Estranho. Ele, não você. Se ele não enfiar o dedo em você esta noite, desista dele.

Assim, a noite chegou e eu estava pronta para ir ao cinema e fazer sexo com Barry, ou partir para um confronto que me faria parecer uma praga sexual desesperada. Vesti uma minissaia preta na esperança de que, quando cruzasse as pernas durante o filme, ele entendesse isso como um sinal para colocar a mão na minha coxa. Minha maquiagem estava impecável, o pequeno rasgo na minha blusinha rosa com decote em formato de coração foi temporariamente remendado e consegui me aprontar a tempo. Esperei que ele me mandasse uma mensagem dizendo que estava a caminho para me pegar. Assim que acendi um cigarro, meu celular bipou. Animadamente, cliquei na caixa de entrada:

Não consigo parar de pensar em você. Vamos nos dar uma chance. Alex. bjs.

A mensagem transformou meu humor de alegre para enojada. Respondi:

Não posso viver assim. Nós precisamos conversar, mas não hoje.

Meu celular emitiu outro bipe quase imediatamente.

Aí em 10 min. Barry. bjs.

Desliguei o telefone e fiquei de pé na janela, procurando pelo carro de Barry e terminando o meu cigarro. Não ia permitir que Alex arruinasse a minha noite. Eu era perfeitamente capaz de fazer isso sozinha.

O filme começou às oito e quinze e conseguimos chegar assim que os trailers tinham terminado. Barry escolheu lugares no meio, o que significou que não teríamos a apalpação da última fila. A única vez em que ele tocou minha coxa foi quando sua mão errou o saco de pipoca no meu colo (ele se desculpou). Eca! Por mais que eu me esforçasse para prestar atenção no filme, meus pensamentos variavam entre a irritação com a possibilidade de Barry ser o homem mais frígido que conheci na vida e a sugestão de Alex de "darmos uma chance". Ele estava falando sério? Ele esperava que eu voltasse com ele na boa? Eu conseguiria?

Enquanto os créditos subiam pela tela, saímos do cinema e andamos até o carro de Barry.

— Então, minha casa ou a sua? — sorri enquanto ele abria a porta do passageiro de seu Volvo.

— Receio que nenhuma das duas — respondeu ele. — Entro cedo no trabalho durante a semana. Quem sabe outra vez?

Essa foi a gota d'água. Ao sairmos do estacionamento, eu falei sem pensar:

— Nós vamos dormir juntos algum dia? Nós já saímos quatro vezes. Qual é o problema? Você não gosta de mim?

Ele olhou direto para a frente.

— Não tem nenhum problema, Phoebe. É claro que gosto de você! É só que... Quer dizer...

— O quê?

— Eu simplesmente não acho que sexo seja assim tão importante. Não há pressa. Eu prefiro esperar alguns meses até que nós... Não é assim tão importante, é?

E lá estava eu, voltando do cinema para casa com a Phoebe de um ano atrás. Eu queria parar o carro e mostrá-lo o quão importante sexo pode ser se você fizer direito, mas não fiz isso. Eu disse: "É claro que não" e fomos para casa. Enviei uma mensagem de texto para ele há alguns minutos e terminei tudo. Que pena, ele é um cara adorável, mas sem aquela excitação não tem sentido continuar e, Deus me ajude, eu preciso desse friozinho na barriga. Eu descobri a paixão este ano e não estou disposta a voltar para uma existência em que nada disso importa. Enviei uma mensagem para Oliver:

Barry era mesmo um nome ridículo.

Quinta-feira, 15 de setembro

Hazel me ligou no trabalho hoje, exatamente quando eu estava de saída para minha consulta com Pam.

— Acabei de marcar uma limpeza de pele para nós duas na sexta, às seis.

— Ah, ótimo, minha pele bem que precisa de uma revisão geral. Onde estamos indo?

— Naquele lugar de beleza natural, na Bath Street. Vou me encontrar com você depois do trabalho. Kevin vai buscar Grace para mim.

— Muito bom. Ouça, estou saindo correndo do escritório, mas vejo você na sexta-feira. Você é uma estrela!

O consultório de Pam Potter fica em cima de uma loja de apostas no meio do Centro da cidade. Parece que um dia foi uma quitinete, já que não passa de um quarto com um banheiro e uma pequena cozinha, onde imagino uma pessoa pobre e solitária que em algum momento preparou uma torrada com feijão e lamentou a juventude perdida. Apesar da predileção de Pam por enfeites esquisitos e capas roxas para as almofadas, é um ambiente bastante relaxante. Ainda que a janela não tenha dupla proteção contra ruídos, e de vez em quando sua linha de raciocínio possa ser interrompida drasticamente por gritos de "Me dê vinte cigarros, seu canalha" ou "Suma daqui, seu viado" vindos de apostadores fumantes parados do lado de fora das lojas.

— Como você está, Phoebe? — Pam perguntou, enquanto me servia o chá. — Não temos uma sessão desde julho. Isso foi um problema para você?

— Acho que me virei muito bem por conta própria — respondi, rindo. — Quem diria?

— Estou feliz por ouvir isso. Alguma coisa em especial que você queira discutir hoje?

— Estou me sentindo desanimada. Você sabe, romanticamente — admiti, sentindo que devia inventar uma desculpa melhor. — Decidi que estou pronta para um novo relacionamento, mas, poxa, são poucas as opções lá fora.

Tivemos uma longa conversa sobre minhas expectativas em relação ao novo parceiro e ao novo relacionamento e, no final, tive a sensação de que não fazia a menor ideia do que queria.

— E sobre esse amigo, o Oliver, que você mencionou antes? Você não está envolvida com ele?

— Oliver? Por Deus, não. Bem, nós dormimos juntos, só isso. Somos amigos. Ele nunca namoraria comigo, de forma alguma.

— Por que não?

— Tenho acompanhado a maneira como ele age com as mulheres. Ele costuma namorar mulheres mais dóceis do que eu. E também mais bonitas. Ele tem um tipo, sabe? Como a sua nova namorada, Ruth. A modelo. Ele tenta fingir que essa história não é importante para ele, mas é. Além do mais, ele dá em cima das mulheres e me conhece muito bem. Ele conhece todas as minhas fraquezas e as coisas horríveis que os amigos perdoam e que os namorados insistem em lembrar.

— Então, você prefere ficar com alguém que não conheça o seu verdadeio eu?

— Sim. Como assim? Não, é claro que não. Eu apenas gostaria de encontrar alguém que não conheça cada aspecto da minha vida. Oliver é um dos meus melhores amigos. Isso é tudo o que precisamos um do outro.

Pam tinha um olhar que dizia "Quem você está tentando enganar?", mas não disse nada. Apenas acenou com a cabeça, olhou para o seu bloco e depois para o relógio.

— Nosso tempo se esgotou. Marquei uma consulta para você em outubro, mas, se precisar de um apoio extra antes disso, basta ligar.

Saí do consultório de Pam e fui em direção à estação, refletindo sobre o que ela tinha dito. Oliver como namorado? Com o histórico dele? Sem chance.

Sexta-feira, 16 de setembro

Hazel estava me esperando depois do trabalho e tomamos uma taça de vinho rapidamente no Drum and Monkey antes de fazermos a curta caminhada até a Bath Street.

— Você acha que eles fazem sobrancelhas com linha? — perguntei enquanto aguardávamos na recepção.

— Suas sobrancelhas estão boas.

— Não é para as sobrancelhas. Hoje de manhã a luz natural mostrou pequenos pelos no meu queixo. Estou parecendo o Gandalf.

— Para com isso — ela riu. — Aqui estão as terapeutas de beleza.

Duas garotas de vinte e poucos anos, Amy e Annie, nos deram as boas-vindas, guardaram nossos casacos e nos levaram até as salas de tratamento. Hazel escolheu uma massagem antienvelhecimento e eu escolhi uma que supostamente me livraria dos poros abertos que eu sequer sabia que tinha até Annie os revelar. Ela prendeu a minha franja e começou a limpar a pele como se fosse arrancá-la.

Quarenta e cinco minutos depois eu ressurgi à luz do dia com a franja em pé e o rosto rosa e recém-esfoliado.

— Ah, logo hoje que eu não trouxe o meu kit de maquiagem — resmunguei, mantendo a cabeça baixa.

— Você podia ter pegado o meu kit emprestado — disse Hazel, que tinha reaplicado tanto a base quanto o corretor antes de sair do salão. — Podia ter escondido um pouco essa vermelhidão.

— Tudo bem. Considerando a escolha entre ficar sem maquiagem ou sair com o rosto três tons mais escuro do que a cor natural da minha pele, acho que esse foi o menor dos problemas. Vou pegar um táxi para casa. Não vou me sentar no trem desse jeito.

Quando cheguei em casa, meu rosto estava quase da cor normal e a sensação era de suavidade e extrema limpeza. Vesti uma roupa confortável e me acomodei para assistir à *Cidade dos sonhos*, provavelmente o único filme de David Lynch que eu não tinha visto.

22:51. Nossa, a cena entre Betty e Rita foi totalmente excitante e agora eu preciso transar ou vou morrer. Mas todo mundo que eu conheço parece estar transando alegremente com alguma outra pessoa: Frank tem Vanessa, Oliver tem Ruth e Stuart ainda está namorando. Não que eu esteja com inveja. É mais como estar COMPLETAMENTE CIUMENTA. Para quem já experimentou um banquete, a fome é um pouco mais difícil de suportar.

23:48. Estou deitada na cama, tentando esquecer a minha própria existência melancólica sem sexo, escutando Ludovico Einaudi e me lembrando de que o fim de semana do meu aniversário está chegando e que poderei relaxar com meus amigos e esquecer tudo por um tempo, sob o céu azul e uma nuvem de fumaça de cigarro. Preciso de um pouco de normalidade.

Sábado, 17 de setembro

— Você se importa se eu levar a Ruth para Skye comigo? — Oliver perguntou. — Ela nunca esteve lá e acho que vai ser divertido para ela conhecer todo mundo da maneira adequada.

Conhecer todo mundo? Da maneira adequada? Isso está ficando sério? Fui pega completamente de surpresa e soltei um "Claro, se você quiser. Por que não? Viva!", e depois balbuciei algo sobre ter um pão no forno (pão?) e desliguei o telefone. Paul está trazendo o namorado, então não dá para dizer a Oliver para não trazer a namorada, né? Vai ser esquisito? Não tanto por ele ter uma namorada, mas por eu não ganhar a porra da minha trepada de aniversário, não é? Pela primeira vez me dei conta de que meu tempo com Oliver pode ter chegado mesmo ao fim.

Domingo, 18 de setembro

Hoje é um dia de ação. Acordei com a ideia de reformar meu quarto e começar a assumir o controle. Meu quarto é zoneado e desleixado, claramente o quarto de alguém que não está lidando muito bem com a vida. Enviei uma mensagem para Alex e o chamei para vir na quarta-feira e conversarmos, e agora fui à B&Q para escolher a tinta e uma nova luminária, depois à Marks & Spencer para comprar roupa de cama nova e cortinas.

21:14. Com bastante esforço eu finalmente terminei a transformação do meu quarto. A "parede decorada" com o bonito vermelho-escuro transformou meu quarto num *boudoir* e estou satisfeita comigo mesma. Ficou sensual. Não que eu tenha alguém para mostrá-lo.

22:45. Decidi retomar o plano de arranjar um namorado quando voltar de Skye e estarei me relacionando com alguém bacana lá pelo Natal. Parte de mim ainda está chateada com Oliver, mas ele encontrou alguém com quem quer ficar, e eu devia estar feliz por ele. Acho que estou apenas desgostosa por ele ter encontrado alguém antes de mim.

Terça-feira, 20 de setembro

Reunião hoje à noite para falar do feriado! Convidados para Skye: eu, Lucy, Hazel, Paul, Dan, Oliver e, é claro, Ruth. Combinamos de usar dois carros, já que somos sete (garotos num, garotas no outro). Os rapazes concordaram em levar a bebida, e as garotas estão providenciando a comida. Essa é uma tática engenhosa, já que a) a bebida é mais cara, e b) se os garotos trouxerem a comida, nós vamos viver à base de salgadinhos e torradas por dois dias. Lucy foi educadamente proibida de fazer qualquer coisa com as próprias mãos e só pode comprar em supermercados, e Hazel vai levar o bolo. Deixei bem claro que se alguém colocar 33 velas no meu bolo eu vou apagá-las usando meu cuspe.

Quarta-feira, 21 de setembro

O filho de Satã bateu na minha porta esta noite trazendo um buquê de flores. Mais flores malditas. Por que ele não trouxe gim?

— Obrigada por vir, Alex — respondi, deixando-o entrar. — Nós realmente precisamos resolver isso como adultos.

— As flores são para o seu aniversário, já que não a verei — ele disse, tirando o casaco e me dando antes de entrar na sala.

— Sinta-se em casa — resmunguei, jogando o casaco dele no chão do corredor.

— Estou terminando com ela — ele anunciou. — Isso é adulto suficiente para você?

— O quê? Você está se separando dela?

— Estou, Phoebe, eu a estou deixando. Veja, não sei como as coisas ficaram tão ruins entre nós, mas vou consertar isso.

Ele me puxou para um beijo, mas eu me afastei.

— Você vai me fazer de idiota, Alex, porque é isso que você faz e não vou aguentar isso novamente.

— Não vou. Prometo que não vou.

Ele parecia tão sincero, exatamente como no quarto de hotel.

Nos sentamos e conversamos durante horas sobre tudo. Assim como no dia em que nos encontramos pela primeira vez, por mais cafona que pareça. Tem uma parte de mim que ainda acredita que ele me ama e outra parte que não esquece o merda que ele é. Fomos para a cama e ele percebeu que andei treinando para a Olimpíada sexual.

— Nunca foi desse jeito antes — ele grunhiu quando estava em cima de mim. — Nós somos ótimos juntos.

Por um tempo nós *fomos* ótimos juntos, e eu me pergunto se é possível voltar a ser assim. Mas eu conseguiria confiar nele de novo? Eu disse a ele que precisava pensar em tudo e o veria depois do meu aniversário. Mais uma vez, eu não tinha a menor ideia do que estava fazendo. Deus, eu odeio mulheres como eu.

Sexta-feira, 23 de setembro

VIAGEM DE ANIVERSÁRIO!

Hoje de manhã fui a primeira a entrar no carro, com meus óculos de sol e metade de um croissant enfiado na boca.

— Você entende que está chovendo à beça? — disse Lucy, ainda de pijama, com a caneca térmica de café na mão. — E sem sol.

— Bem, você ainda está de pijama. Eu posso parecer estranha, mas você parece simplesmente débil mental.

Lucy olhou para o pijama, depois pegou a bolsa, de onde tirou um óculos de sol enorme, e o colocou.

— *Agora* eu pareço uma débil mental. Vamos nessa!

14 horas. Estamos quase lá! Nós provavelmente estaríamos mais perto se Hazel não precisasse ir ao banheiro toda hora ("Cala a boca, eu tenho síndrome do cólon irritável e aquele sanduíche de bacon está me matando. A não ser que você queira que eu faça cocô na calça, é melhor parar"), mas o sol está brilhando, o céu está azul e simplesmente sei que vai ser o melhor fim de semana da minha vida! Não preciso fazer nada, a não ser comer, dormir, ficar bêbada e pensar para onde a minha vida está indo. É melhor fazer isso antes de ficar bêbada.

16 horas. Ainda não chegamos. Os garotos chegaram, é claro, bem na frente, e devem estar escolhendo os melhores quartos e exibindo seus músculos uns para os outros. Ruth está comendo o mesmo pacote de salgadinhos há uma hora e o ruído está me deixando louca. Engoli o meu em vinte segundos e agora estou no segundo sanduíche.

17 horas. Chegamos! Dirigi a última meia hora e cantamos juntas *The Immaculate Collection*, menos a Ruth ("Não conheço a letra de 'Vogue'").

Quem diabos não sabe a letra de "Vogue"? Até o meu peixinho dourado morto sabe a letra de "Vogue". Apesar do GPS avisar que tínhamos chegado ao nosso destino vinte minutos atrás (um campo com um touro indiferente olhando para o carro), Hazel conseguiu se lembrar de onde era a casa.

18 horas. Tenho meu próprio quarto porque sou a aniversariante. Hazel e Lucy estão dividindo um, os casais felizes também, e é provável que estejam fazendo coisas pervertidas enquanto escrevo isto. Logo vai ser hora de descer para o jantar e teremos vinho. A casa é pequena, porém linda, e é bastante isolada, a não ser por alguns carneiros amistosos e uma mata no estilo bruxa de Blair, que tenho certeza de que ainda vou explorar quando estiver bêbada.

4 horas. A noite de ontem foi uma bebedeira só. Nós nos divertimos com jogos de beber, cantamos músicas sobre bebidas e, quando o repertório acabou, simplesmente continuamos a beber. Era estranho ver Oliver com Ruth, e algumas vezes ele teve que tirar a minha mão da sua perna quando eu, bêbada, esquecia que não tinha permissão para tocá-lo. Ela é realmente linda. Comemos o bolo de aniversário um pouco antes da meia-noite (uma única vela grande) e depois fomos para o lado de fora da casa e fizemos uma dança bizarra em homenagem ao fato de eu estar ficando mais velha. Oliver saiu da roda e ficou no meio de nosso pequeno círculo para um discurso:

— Todo mundo, por favor, levante o copo, ou a taça… o que tiverem em mãos… para Phoebe! Que eu conheço desde os 17 anos, que não tem ideia do quanto é bonita e faz umas piadas sobre o próprio rosto que nos faz morrer de rir. Alguém que, na realidade, me faz rir como nenhuma outra pessoa e que é, sem dúvida, a minha melhor amiga. A você, Phoebe!

Obviamente, depois eu tive que falar alguma coisa:

— Para os meus queridos amigos, velhos e novos — falei, tentando apontar na direção de Dan e Ruth. — Obrigada por comemorarem meu aniversário comigo e por me aturarem junto com as minhas explosões este ano. Foi um ano e tanto, né, Oliver?

Eu ri e pude ver Oliver me retribuindo um olhar meio tenso, como se dissesse "Não diga mais nada, Ruth não sabe". Eu continuei:

— Sobre outras novidades, quem sabe posso voltar com Alex, mas isso ainda não foi confirmado... Mas acho que o amo. De novo. De qualquer jeito, vocês são todos filhos da puta, mas amo todo mundo mais do que amo o Alex.

Lembro os olhares assustados estampados no rosto de todo mundo. Agora são quatro horas da madrugada, estou sóbria e os únicos ruídos que ouço são os gemidos vindos dos quartos de Oliver e de Paul. Fico imaginando se Ruth é melhor do que eu na cama. Se eu não pegar no sono logo, amanhã vai ser um longo dia.

Sábado, 24 de setembro

11 horas. Feliz aniversário para mim! Trinta e três anos e não pareço mais velha que 33 anos. Acordei me sentindo incrivelmente bem, considerando que bebi quase uma garrafa inteira de Jack sozinha ontem à noite. Mamãe e papai me ligaram depois do almoço.

— Feliz aniversário, querida! — ambos gritaram no viva-voz. — Você está se divertindo?

— Obrigada. Na verdade, estou! Como vocês estão?

— Ah, bem — disse papai. — Estamos indo acampar.

— Por quê? — perguntei, fazendo careta ante a mera possibilidade. — Jesus, vocês são sessentões. Deviam procurar relaxar, ou qualquer outra coisa.

Ouvi mamãe gritando ao fundo:

— Diga a ela que vamos procurar por duendes.

Papai continuou:

— Ela não está brincando, você sabe. Nós vamos passar um tempo na natureza. Não tem nada melhor do que acordar pela manhã à beira de um lago e tomar banho pelado ao luar. Você sabe como isso recarrega sua mãe.

— Ah, Deus, BASTA! — gritei, morrendo por dentro só de pensar nos meus pais uivando para a lua vestindo apenas sandálias franciscanas. — Lembro que vocês costumavam fazer isso no lago. Bem, pelo menos até a polícia mandar que parassem.

— Precisamos ir, querida, mas queríamos desejar muita alegria em seu aniversário!

Recarregar. Eca, acabei de saber que esse é o código hippie para "excitação". Ainda assim, poderia ser pior. Os pais de Oliver são da mesma idade e nunca saem de casa. Eles dormem em camas separadas e observam o mundo através da cortina. Vou levar meus pais malucos para conhecê-los qualquer dia.

Nós sete passamos algumas horas durante a tarde explorando a ilha e fingindo viver aventuras, como personagens saídos de um romance de Enid Blyton, mas um daqueles pesados, com palavrões, toneladas de cigarros, homens gays e trepadas à vontade. Quando voltamos do passeio exploratório, nos reunimos no jardim para tomar sol. Ruth fica incrível de biquíni; nem mesmo eu conseguia tirar os olhos dela. Fui mais conservadora e coloquei um sarongue cobrindo a bunda para evitar que a tropa tivesse pesadelos à noite. Todo mundo fumou um baseado inspirador enquanto escutava "Rainy Day Women" e ria histericamente por qualquer merda. Ruth simplesmente leu um livro.

— Vamos fazer uma fogueira hoje à noite! — anunciou Hazel com enorme prazer.

— Vai ser maravilhoso. Podemos pegar lenha na mata! — falei, dando uma risadinha.

Oliver se levantou totalmente chapado.

— Certo, vou pegar lenha e Henderson virá como minha ajudante.

Eu fiz cara feia.

— Não me diga o que fazer. VOCÊ NÃO É MEU PAI.

Ruth levantou os olhos de seu livro.

— Eu posso ajudar você, amor — ela disse mansamente.

— Com essas unhas? — Oliver riu. — Termine o seu livro, querida. Está na hora de Phoebs fazer alguma coisa por aqui além de beber.

Fiz uma careta, mas amarrei meu sarongue em volta da cintura e calcei um chinelo.

— Certo, vamos para a mata.

Hazel gritou:

— Tem corda na cabana para amarrar os galhos, e facilita para carregar.

Pegamos a corda e caminhamos uma pequena distância até a mata atrás da casa.

— Então... Ruth é legal — falei, chutando uma pedra para fora do chinelo. — Legal e magra e linda e...

Oliver me cortou no meio da frase:

— Você vai voltar com Alex? Phoebe, não faça isso. Por favor. Você sabe como eu me sinto... como todos nós nos sentimos a respeito disso. Não poderia suportar vê-la sofrendo novamente, nenhum de nós poderia.

— Oliver, eu sei. Eu não sei o que vou fazer. Estou confusa. Ele diz que ainda me ama e, bem, todo mundo precisa de alguém, não é mesmo, e você tem Ruth... e eu não tenho uma Ruth e... O que eu estava mesmo falando? — me perguntei, divagando como uma verdadeira chapada.

Estava me sentindo tonta, então me sentei e Oliver acendeu dois cigarros.

— Ruth é ótima, Phoebe, mas não é nada especial — balbuciou ele. — Ela é legal, e muito inteligente, mas não me faz rir. É estranho.

— Você é estranho — respondi, rindo para ele. — Ouvi vocês dois ontem à noite, mesmo com os meus ouvidos bêbados. Qual é o problema? Tudo bem, ela não conhece a letra de "Vogue", mas é provável que tenha aparecido na capa, e, de qualquer jeito, você odeia essa música. E o que me surpreende é que ela consegue ser magra e comer salgadinhos e… Ai!

Deixei cair o cigarro na minha coxa. Oliver rapidamente tirou a brasa, mas uma pequena bolha vermelha surgiu. Ele soprou muito delicadamente no início, mas aos poucos foi aproximando mais e mais a boca. Fechei os olhos. Logo senti sua boca beijando a parte interna da minha coxa. Abri novamente os olhos.

— Oliver, nós…

Mas ele me interrompeu:

— Lembra aquele desafio do bondage? É a sua vez agora.

Olhei para ele. Meu coração disparou.

— Aqui? Agora? Mas e a Ruth?

Oliver não respondeu. Em vez disso, ele pegou a corda que havíamos trazido para amarrar os galhos e ficou de pé sobre mim.

— Levante-se — ele disse mansamente.

Obedeci.

Ele me empurrou em direção a uma árvore e começou a enrolar a corda ao redor do meu corpo, se certificando de que meus braços estivessem presos, mas as pernas ficassem livres. Para ser franca, uma escoteira de 5 anos poderia ter desfeito o nó que ele deu, mas eu não me esforcei. Ele tirou meu biquíni com cuidado e começou a me lamber, tão devagar que senti os joelhos fraquejarem e o rosto corar. Ele abaixou o jeans, enlaçou minhas pernas em volta da sua cintura e me levantou. Eu podia sentir a árvore arranhando minhas costas conforme ele metia mais rápido, até que Oliver parou, olhou nos meus olhos e me beijou. Quer dizer, ele realmente me beijou, e só consegui retribuir o beijo. Foi apaixonante e, à medida que ele se mexia dentro de mim, gritei de tanta intensidade.

— O problema com a Ruth — ele sussurrava enquanto transávamos — é que ela não é você, Phoebe.

Olhei chocada para ele, tentando pensar em alguma coisa inteligente para dizer. Mas eu já estava tão perto de gozar que não tive condições de focar direito. Ele me deixou gozar antes dele e me beijou mais uma vez. Em seguida, subiu a calça.

— Por que você trouxe a Ruth? — perguntei enquanto ele me desamarrava.

Oliver suspirou.

— O que você acha, Phoebe? Esperava que me ver mais sério com alguém fosse te fazer perceber que você também me quer. Do meu jeito torto, eu esperava que você ficasse com ciúme.

Friccionei os braços nos locais onde a corda havia apertado.

— No meu aniversário? Não entendo você. Nós combinamos que não teríamos compromisso e você nunca demonstrou qualquer interesse em mim dessa forma, Oliver, e...

Ele parecia chateado.

— Ah, demonstrei sim, acredite em mim. Você anda tão presa em seu próprio mundo e em sua estúpida lista de desafios que simplesmente nem percebeu. Tem sido cada vez mais difícil escutá-la falando dos outros caras. Achei que depois de te levar para aquele hotel, e aquele momento que tivemos na praia, talvez você tivesse entendido... Mas agora essa coisa com Alex de novo. Nunca escutei algo tão imbecil, mesmo vindo de você.

— Você é um bobo — falei, baixinho, como uma criança de 4 anos que acabou de ser repreendida. — E Alex e eu temos uma história. Não é assim tão simples...

— Eu desisto — ele disse. — Volte para o Alex. Faça seja lá a porra que quiser fazer. Cristo, Phoebe, estou aqui te dizendo que te amo e isso não faz a menor diferença para você. Vai se foder.

Fiquei olhando-o se afastar.

— E a lenha? — gritei.

— Foda-se a lenha! — ele gritou de volta. E foi embora.

Consegui pegar alguns gravetos e voltei para a casa, imaginando o que estava à minha espera. Mas lá estava Oliver, sentado ao lado de Ruth, tomando uma cerveja com todo mundo.

— Você demorou, Phoebs — riu Lucy. — Achou uma casinha de biscoitos na mata?

— Desculpe, eu estava chapado demais para ajudar — disse Oliver sem rodeios antes de colocar os óculos escuros, beijar Ruth e se deitar para tomar sol.

Eu sorri e deixei cair os gravetos na frente da casa antes de ir para o quarto, chorar.

23 horas. Oliver e eu quase não nos falamos depois de hoje à tarde, apenas o suficiente para parecer que está tudo normal. Inventei uma dor de cabeça há uma hora e deixei todo mundo ao redor da fogueira, dançando como em *Tales of the Unexpected*. Hazel apareceu no quarto há cerca de meia hora. Ela é muito mais esperta do que muitas pessoas imaginam. Sentou-se na cama e afastou a franja dos meus olhos.

— Que confusão, Phoebs. Eu sei que Alex é o demônio, mas se você decidir voltar com ele, é escolha sua.

Balancei a cabeça concordando.

— E se um determinado irlandês realmente ama você, ele vai aceitar isso também.

Olhei para ela, imaginando como ela sabia.

— Ah, isso estava na cara — ela riu. — Agora desça e termine o seu aniversário. Por favor, eu insisto.

Ela se levantou e, antes de fechar a porta, acrescentou:

— Você passou quase o ano todo sem aceitar merda nenhuma, Phoebe. Não desista agora.

Estou quase pronta para descer. Preciso de um drinque.

Domingo, 25 de setembro

Estou quase em casa e me sinto bastante fragilizada. Lucy dirigiu e fiquei olhando pela janela durante todo o caminho de volta. Ainda não me permiti realmente parar e pensar no que está acontecendo, mas vou ter que fazer isso em algum momento, sem dúvida às três da madrugada, quando estiver obcecada com esse assunto, em vez de dormir.

Segunda-feira, 26 de setembro

Quando o pessoal do trabalho perguntou como foi a viagem de aniversário, eu sorri e disse: "Foi a melhor da minha vida, obrigada!", porque contar a eles que meu melhor amigo arruinou tudo me contando que está apaixonado por mim não era algo que eu estivesse a fim de dividir com eles.

Sobrevivi ao dia focando no trabalho e tentando ignorar a voz dentro da minha cabeça que insistia em dizer como eu deveria ter lidado com Oliver de forma diferente. Por fim, no caminho para a estação, liguei para ele, na expectativa de encontrá-lo para resolver essa confusão. Tocou uma vez e caiu na caixa postal, e o visualizei recusando a minha ligação. Somos amigos há dezesseis anos. Com certeza vamos superar isso, certo?

Terça-feira, 27 de setembro

Como Oliver não atende as minhas ligações, enviei a ele 32 mensagens de texto, implorando para que ele fale comigo. Ou ele se rende ou chama a polícia para me acusar de assédio. É um risco que eu estou disposta a correr, porque isso está me deixando louca. Preciso falar com ele. Sinto falta dele.

Quarta-feira, 28 de setembro

No trabalho, hoje de manhã, devo ter olhado meu telefone umas cinquenta vezes na esperança de que Oliver tivesse me respondido. Nada. Então, tentei por e-mail:

De: Phoebe Henderson
Para: Oliver Webb
Assunto: Oi

Olha, nós precisamos resolver isso. Como você pode me culpar por ficar surpresa com o que você disse? Foi você que me disse que "não lida com amor", e veja o seu histórico com as mulheres. Existem milhões delas, quase todas muito mais desejáveis do que eu. Eu sou uma pessoa confusa, Oliver, e você se cansaria de mim (você sabe que sim) e a nossa amizade acabaria. Não quero isso. Será que não podemos simplesmente voltar a ser como éramos antes? Apareça logo e vamos conversar. Por favor?

Olhar para a tela do computador durante 45 minutos pareceu gerar uma resposta, apesar de não ser a que eu estava esperando:

De: Oliver Webb
Para: Phoebe Henderson
Assunto: Re: Oi

Phoebe, não há mais nada a dizer e acho que é melhor não nos vermos por um tempo. Você está absolutamente certa a respeito do meu histórico com as mulheres e, quanto a me cansar de você, Deus sabe que estou quase lá. De qualquer forma, estou com a Ruth — como você ressaltou, é provável que ela seja mais fisicamente do meu tipo. Boa sorte com Alex, você vai precisar.

Ai! Esse foi um golpe baixo. Nada como atacar uma garota neurótica onde dói. Fiquei muito mal por causa disso. Tentei ir em frente, desejando nunca ter começado nada com Oliver, mas não adiantou. Acho que agora sei em que ponto estou.

Sexta-feira, 30 de setembro

Alex me ligou hoje cedo, enquanto eu estava no trem para o trabalho.
— Eu disse a ela que acabou. Desisti e ela está se mudando. Podemos ficar juntos agora. Posso passar na sua casa hoje à noite?
— Se você me magoar novamente, eu mato você — falei em voz baixa, consciente de que todo mundo no trem podia me ouvir. — Mas tudo bem.
— Não vou, eu prometo. Vejo você à noite.

19:53. Ele está a caminho agora. Obviamente, estou nervosa com tudo isso, e está claro para mim o impacto dessa decisão na minha vida. Nada de Oliver, nada de desafios... Mas, por outro lado, nada de encontros pavorosos e saudades de Alex. Espero estar fazendo a coisa certa.

OUTUBRO

Sábado, 1º de outubro

Nesta mesma época do ano passado eu teria alegremente estrangulado até a morte o homem que está dormindo ao meu lado, mas agora estou quase me levantando, fazendo café para ele e o chupando no chuveiro. Como isso aconteceu? Eu não me importo. Estou apenas grata por ter acontecido. Nós conversamos de novo por um longo tempo ontem à noite. Acho que as coisas vão dar certo desta vez. Não posso evitar a sensação de alívio que sinto lá no fundo por ele ter percebido que estava errado e que ainda me ama. Ele quer que eu vá morar com ele, mas eu disse não. Quero ir mais devagar, nos conhecermos de novo. Se ele quiser nos dar outra chance, vai ter que se esforçar também. Se tudo correr bem, podemos procurar juntos um lugar novo. A antiga casa tem memórias demais, além do cheiro dela e até a marca de sua bunda no colchão. Acima de tudo, estou absurdamente triste por causa de mim e Oliver. Ele é a última pessoa do mundo que imaginei dizer a palavra amor para mim (ou me mandar sumir e realmente querer dizer isso) e eu gostaria que ele tivesse ficado quieto. Por que ele tinha que mudar as coisas?

Domingo, 2 de outubro

Meu vizinho me trouxe uma correspondência enviada por engano para a casa dele. Era um convite para uma festa em papel de cor laranja, com uma abóbora na frente.

Querida Phoebe e Parceiro,
Vocês estão convidados para a Festa de Halloween de Lucy Jacobs no sábado, dia 29 de outubro. Por favor, venham adequadamente vestidos e tragam bebidas. Só para adultos — não tragam crianças, pois a entrada será proibida e a bebida, confiscada. RSVP.

Ahhhh! A última festa de Halloween que participei foi no ginásio da escola. Eu me vesti como Madonna e ganhei um disco do Bros por ser a melhor dançarina do mundo.

Alex viu o convite e suspirou.

— Imagino que você vai querer ir nisso aí.

— CLARO QUE SIM! Vamos de Che e Eva Peron! — disse animada.

— Eu tenho algum poder de decisão nisso? — perguntou Alex.

— Não. Você nos faria vestir como Bert e Ernie, se fosse do seu jeito.

— O que tem de errado nisso? Mas não tenho certeza se eu vou. Seus amigos me odeiam. Não é uma boa ideia.

— Eles não te odeiam. Não de verdade, e é um bom momento para revê-los. Afinal de contas, é uma festa!

Na realidade, acho que eles podem linchá-lo. Vou precisar conversar com eles com antecedência. Alex está direto na minha casa desde que chegou aqui na sexta-feira. É estranho tê-lo aqui; eu tinha ficado tão acostumada a ter uma "Zona livre de Alex" que agora me sinto pouco à vontade em minha própria casa.

— Você devia cortar o cabelo — ele anunciou de repente enquanto eu tomava banho. — Faça algo mais tradicional, talvez, mais feminino. Você fica meio "emo" com essa franja.

Eu o ignorei.

— Você vai precisar voltar à sua casa em algum momento. Não tem nada seu aqui.

— É, vou trazer algumas coisas mais tarde. Por que não vamos àquela churrascaria hoje à noite para jantar? Ouvi dizer que é uma delícia.

— Ah, lá não. Fui com Oliver no aniversário dele... — falei, começando a rir. — Digamos que não passei bem.

— Nunca gostei muito do Oliver. Ele se ama demais, acha que é um presente dos céus.

— Não fala mal dele, Alex. Ele é um cara ótimo e não se ama. Não, eu pensei. Ele me ama.

Segunda-feira, 3 de outubro

Frank pode ser surpreendente às vezes. Ele me enviou um e-mail hoje, depois da reunião matinal:

De: Frank McCallum

Para: Phoebe Henderson

Assunto: E-mail rápido

Phoebe,

Não pude evitar, mas ouvi (e li) que você voltou com seu ex. Não é da minha conta, é claro, mas já que você me ajudou com seus conselhos, gostaria de oferecer o meu. Não faça isso. Quando estava com ele, você não era metade da mulher que é agora. Gosto bem mais dessa Phoebe e odiaria ver você voltar àquele lugar triste onde esteve por tanto tempo. Você merece alguém melhor (não eu, apresso-me em acrescentar — nossa história já está encerrada). Ignore isso, se quiser, mas foi escrito sem outros interesses.

Frank

Obviamente, estou chateada por ele achar que tem o direto de continuar lendo meus e-mails e comentar sobre a minha vida pessoal, mas também fiquei meio emocionada. Aos poucos, vai ficar mais fácil ter o Alex por perto, embora ele esteja em todo lugar para onde me viro no momento. Talvez, quando ele arranjar um novo emprego, as coisas fiquem mais fáceis. Ele parece querer agir como se nunca tivéssemos nos separado, o que eu não quero. Prefiro que seja como um novo relacionamento, embora eu saiba que, com o nosso passado, nunca será exatamente assim. A única área na qual ele não mudou EM NADA é na cama. Tenho certeza de que o sexo só está melhor porque eu estou melhor. Colocar em prática a minha sexlist me fez prestar atenção ao sexo e Alex obviamente continua a ignorá-lo. Aposto que ele se acha ótimo na cama. Acho que vou acrescentar um desafio à minha sexlist: torná-lo mais ousado.

Quinta-feira, 6 de outubro

Ontem à noite acordei com o pau de Alex cutucando as minhas costas e suas mãos nos meus peitos. Ótimo. Agora é a minha vez.

Comecei a me esfregar nele e sussurrei:
— Tem alguma coisa que você sempre quis experimentar?
— Você quer dizer na cama?
— É...
— Não.

Ele levantou a minha bunda e enfiou, sem se importar se eu estava pronta ou não.

— Ah, qual é, deve ter alguma coisa, tipo encostado na parede, me subjugar... Brinquedos sexuais? Ser amarrado?

Nenhuma reação.

— Gozar nos meus peitos? Sentir o dedo no seu cu?

Minhas sugestões foram ignoradas, embora ele tenha continuado a me comer com golpes firmes, porém monótonos.

— ... Alex?

— Não, nada. Agora pare de falar, você está me tirando a concentração. Estou quase lá.

Fiquei em silêncio pelos 54 segundos seguintes e me conformei com o fato de que sexo para Alex diz respeito a ele, e não a nós. Será que eu aguento viver assim?

No trabalho, Stuart anunciou que pedira a Laura, sua namorada, em casamento, e ela disse sim. Eu o parabenizei, pensando: "Será que sua namorada teria concordado se soubesse que você me comeu em abril?" Mas talvez ela *de fato* saiba. Se o ano me ensinou alguma coisa, foi que a) sou incompetente para entender relacionamentos, e b) ir para a cama com o parceiro de outra pessoa é uma coisa realmente horrível de se fazer. Achei melhor recusar o convite para comemorar a notícia com uns drinques pós-trabalho e fui para casa, louca para tomar um banho e relaxar. Alex tinha combinado de encontrar Rob, então eu tinha o espaço todo para mim.

Levei o telefone para o banheiro, para conversar com Hazel pelo viva-voz enquanto relaxava na banheira.

— Oi, Phoebe. Estou colocando Grace para dormir. Como você está? E o Alex?

— Bem — respondi, sem saber se era uma mentira ou não. — Tem sido cansativo, na realidade, mas nós estamos chegando lá.

— Humm, você parece um pouco desanimada. Quer que eu vá até aí?

— Não, estou bem! Estou tomando um banho de banheira neste momento, depois vou assistir um pouco de TV e ir dormir cedo. Acho que Alex vai dormir na casa de Rob hoje.

— Tudo bem, preciso correr, mas me liga se quiser conversar.

Ela desligou e relaxei na banheira por vinte minutos, até me transformar numa uva-passa gigante. Assim que fui para a cama, Alex apareceu, totalmente bêbado e fedendo a molho *pakora*.

— Rob foi para casa e eu comprei comida, mas comi tudo no trem, portanto NÃO TEM *PAKORA* PARA VOCÊ! — ele riu. — Você não queria *pakora* mesmo, né, Phoebe?

Nem perguntei o que ele estava tagarelando. Simplesmente apaguei a luz e fui dormir.

Sexta-feira, 7 de outubro

O carteiro entregou a minha fantasia de Evita. Um vestido vermelho e preto e uma peruca loura que parece o escalpo de uma mulher bem mais velha, mas nem ligo. A fantasia de Alex será facilmente reconhecida, pois não deveria ser assim tão difícil somar dois e dois.

Corri para o trabalho, animada para contar a Lucy.

— Isso parece genial! Acho que vou me vestir de Mulher Maravilha. Descobri uma loja on-line que aluga fantasias.

— As botas e tudo o mais?

— É!

— Você vai ficar sexy, e eu vou ficar parecendo uma política. Isso não é justo.

— Comporte-se. Vai ter comida, bebida e o jogo de morder as maçãs flutuando na água. Vai ser uma noite inesquecível!

Jantei com Hazel hoje à noite. Parecia que não nos víamos há séculos. Há tempos ninguém aparece no meu apartamento. Coloquei um vestido novo que ainda não tinha tido a oportunidade de usar e entrei na sala como se estivesse desfilando.

— Como estou? — perguntei a Alex, dando um rodopio.

Ele levantou os olhos da revista.

— Bem. Queria que você tivesse se vestido assim quando saímos pela primeira vez. Tem certeza de que está indo encontrar a Hazel?

Mordi a língua.

— Vou chegar tarde. Você vai estar aqui ou na sua casa?

— Aqui. Você tem os melhores canais de esportes.

— Resposta errada — falei. — A resposta certa seria: estarei aqui à sua espera, pronto para trepar até cansar quando você voltar.

— Eu gostaria que você não falasse desse jeito, Phoebe — falou ele, e soltou um suspiro. — Não tem nada a ver com você.

Hazel já estava lá quando eu cheguei. Dei ao garçom o meu casaco e me sentei.

— Então, como está a vida de casada? — ela perguntou, enquanto olhava a carta de vinhos. — Tudo cor de rosa?

— Sim — respondi rápido. — Está ótima.

Meu rosto obviamente contou uma história diferente.

— Huumm. O que está errado?

— Eu sei que Alex é... bem, Alex — comecei, bebericando um gole de água —, mas a questão é...

— Ele não deixou de ser AQUELE Alex, não é mesmo? — ela disse.

— Isso — respondi. — Não deixou.

Era exatamente isso.

— Bem, você pode ver até onde isso vai ou acabar com a história. Não existe nenhuma regra que diga que você não pode terminar com o mesmo homem duas vezes.

— Eu acabei de voltar com ele! Não, eu tomei uma decisão, não estou admitindo a derrota. Ainda não. Eu sabia que seria complicado no início.

— Essa não seria normalmente a fase da lua de mel?

— Saco, não tem nada de normal nisso. Podemos conversar sobre outra coisa, por favor?

— Você tem falado com o Oliver?

— Isso também não. Alguma outra coisa.

— Bem, eu estava pensando em colocar silicone.

Ela sorriu.

— Temos um vencedor! Conte-me tudo.

O garçom apareceu e nós pedimos vinho, duas entradas e três sobremesas, e então Hazel me contou sobre seus peitos flácidos e eu ri. Muito. Foi uma noite gostosa.

Quando cheguei, Alex estava na cama, dormindo tranquilamente, e o olhei de um jeito pidão, pensando em como ele era bonito. Depois fui até a sala e tive vontade de gritar. Ele tinha mudado todos os meus móveis de lugar e deixado suas tralhas por toda parte — meias no chão, pratos sujos na pia e latas de cerveja vazias em todos os lugares. Meus olhos já não eram como os de um cachorro pidão; eram os enormes olhos vermelhos do cachorro psicótico Cujo. Coloquei toda a mobília de volta no lugar, rangendo os dentes. Ele já estava começando a tomar posse.

— Não seja estúpida — ele disse quando o acordei e exigi uma explicação. — A casa ficou melhor do meu jeito. Ficou com mais espaço.

— Alex, esta é a *minha* casa. Pelo menos pergunte antes de fazer uma coisa assim. Eu prefiro dessa maneira.

— Faça bom proveito, Phoebe. Não é importante.

— Pare de parecer tão indiferente. É importante. Para mim. Esta é a minha casa.

— Você odeia este lugar. Quando tivermos um lugar mais legal para nós dois, as coisas vão melhorar.

Eu o deixei adormecer novamente antes de me deitar ao lado dele e entender que eu não moraria com este homem de jeito nenhum.

Domingo, 9 de outubro

Alex foi para a academia assim que acordou hoje de manhã. Fiquei na cama, observando-o vestir a calça de ginástica que se amolda como uma luva ao formato do seu pênis.

— Quer vir comigo? — ele perguntou, enquanto colocava uma camiseta extra na mochila.

— Não, vou me mudar da cama para o sofá. Depois, tomar café com croissants.

— Você se lembra daquele vestido amarelo de verão que você tinha? — ele perguntou. — Aquele que você adorava usar?

— Ah, sim! Está pendurado no armário, embora eu não caiba mais nele — eu ri. — Por quê? Você quer emprestado?

— Muito engraçado. — Ele franziu as sobrancelhas. — Estou perguntando porque gostaria de te ver nele novamente, e talvez, se você largasse os croissants e viesse para a academia comigo, isso seria possível um dia.

Tirei as cobertas e saí da cama.

— Isso foi golpe baixo, Alex, mesmo para você — rosnei, tirando a camisola. — Eu aumentei exatamente um manequim desde que nós nos separamos e isso o incomoda?

— Não, achei que incomodaria VOCÊ — ele respondeu, surpreso com a minha reação. — Não te incomoda ter engordado?

— Não, VOCÊ me incomoda — falei de maneira ríspida. — Quem você pensa que é?

Ele me seguiu até a cozinha.

— Olha, desculpe se te ofendi. Só achei que você gostaria de ficar em forma novamente. Esqueça que eu disse alguma coisa.

— Ficar novamente em forma? Então, quer dizer que eu não estou em forma agora?

— É claro que está. Você é bonita. Os quilos extras ficaram bem.

— Ah, suma daqui — falei, enchendo a chaleira. — Vejo você mais tarde, a não ser que eu tenha me empanturrado até morrer enquanto você está fora.

Eu me sentei, bebendo o café devagar, agora zangada demais para comer os croissants. Ele é um animal. Oliver nunca teria falado desse jeito comigo.

Ele voltou no fim da tarde, enquanto eu lia no sofá, e se desculpou, dizendo que quer apenas me ver saudável e estava tentando me incentivar. Aceitei as desculpas e voltei para o livro, mas passei o resto da noite com uma sensação ruim no estômago. Talvez, e apesar de seus protestos, Alex não tenha mudado um milímetro.

Segunda-feira, 10 de outubro

O trabalho foi a habitual mistura de bate-papo vazio da Kelly com as eventuais cantorias de Lucy, que agora estava novamente com o arborista Kyle.

— Ele decidiu não ir a Perth. Deve ser porque sou irresistível. Palavras dele.

— Uau. Você está feliz com isso?

— Surpreendentemente, estou — ela disse alegremente. — Ainda está no começo, mas temo estar entrando num relacionamento de verdade. Acho que estou me transformando em você, srta. Henderson.

— Porra, não diga isso. Você sabe que só quero coisas boas para você.

— Ou você está brincando — ela disse, levantando as sobrancelhas —, ou acha que cometeu um erro com Alex. Qual dos dois?

Dei de ombros.

— Quando eu mudar de ideia, você vai saber.

Às cinco horas, vi Alex conversando com a Senhorita Peitão do lado de fora do escritório e fiquei ansiosa. Odeio essa sensação. Acho que é perfeitamente possível perdoar alguém por traição, mas estou achando impossível esquecer. Será que vou passar o resto dos meus dias imaginando se, ou quando, ele vai fazer isso de novo? Só reatamos há alguns dias e já estou sofrendo, mas, se eu admitir isso, vou apenas confirmar que todo mundo estava certo e ficar com cara de idiota.

Terça-feira, 11 de outubro

Lucy interrompeu a reunião matinal para dizer a Frank que ele tinha uma ligação urgente. Ele atendeu em sua sala e depois saiu correndo sem dizer uma palavra. Todo mundo olhou para Lucy.

— Nem adianta perguntar, eu não tenho a menor ideia para onde ele foi. Era uma mulher chamada Janet.

Ele me ligou uma hora depois.

— Phoebe, você pode pedir para Maureen gerenciar as coisas hoje? — ele pediu num tom formal. — E diga a Lucy para cancelar minha reunião com a agência. Não consigo lembrar quem é, mas está em meus compromissos, no computador.

— Sim, tudo bem. Está tudo bem?

— A mãe de Vanessa morreu. Ela está muito mal. Estou aqui com ela e com sua irmã, Janet. Não posso deixá-la. Conversei com Hugo, então ele sabe que ficarei ausente por alguns dias.

— Lamento saber disso. Vá e cuide dela. Tudo vai ficar bem por aqui.

— Obrigado, Phoebe.

Ele desligou e liguei para Maureen e contei o que tinha acontecido, depois enviei um e-mail para Lucy para avisá-la também. Não quis contar a história de Frank na frente de ninguém. Pobre Vanessa.

Cheguei em casa e descobri que Alex tinha ido a uma entrevista de emprego numa clínica de quiropraxia no lado sul de Glasgow.

— O cara que administra o lugar é bem legal. Menor do que a clínica da Susan, mas o salário é quase igual. Ele vai me dar uma resposta na semana que vem.

— Essa é uma excelente notícia. Dedos cruzados, então!

— Como foi o seu dia? — ele perguntou, passando a mão no meu cabelo. — Mais um dia alimentando a máquina corporativa, né?

— Frank recebeu uma má notícia, mas, tirando isso, foi tranquilo.

— Sempre gostei do Frank. Ele é muito educado. Não sei como ele trabalha com vendas. É uma profissão bastante desagradável. Os profissionais de vendas são idiotas. Bem, tirando você. Eu não quis dizer você.

— Continue criticando. Você está com sorte de que eu estou cansada demais para discutir. Vou tomar um banho e ir para a cama cedo.

— Ainda são seis horas. Tire um cochilo, que acordo você para jantar daqui a pouco.

Eu me deitei na cama e fechei os olhos, rapidamente adormecendo, grata por ficar um pouco sozinha. Mas Alex me acordou novamente alguns minutos depois ao deitar do meu lado e me beijar na nuca, o que me despertou. Começamos a fazer sexo e, pela primeira vez na vida, fechei os olhos e imaginei que ele era outra pessoa. Imaginei ser Oliver. Oliver costumava saber exatamente a hora de ir devagar, a hora de acelerar e o quão perto eu estava de gozar pelo som da minha respiração. Ele teria gasto tempo de sobra me chupando e... Deus, eu sinto falta do rosto dele. Nossas conversas. Ficar deitada com ele na cama. Ficar longe dele está me matando. Ah, merda. *Olá, sentimentos por Oliver! Apareçam e estraguem completamente a minha vida, por favor?* Eu realmente sinto falta dele! Tenho saudades do seu cabelo cacheado e do seu cheiro e do seu sotaque e de como ele ria das minhas piadas e do jeito que ele me repreendia quando eu estava sendo uma idiota e eu o amo. Ai, Deus. Eu. Amo. Ele. Porra. O que é que eu fiz?

Quarta-feira, 12 de outubro

Graças a Deus eu tinha uma sessão com Pam Potter marcada para hoje. Mais uma vez eu estava completamente confusa sobre o que queria e precisava; ou seja, sobre tudo na verdade. Entrei no consultório dela já recusando a oferta de chá antes mesmo que ela fosse feita. Vinte minutos depois, eu não tinha parado de falar:

— Então, eu já tinha recomeçado uma coisa com Alex quando Oliver me disse como se sentia, e foi tão estranho e confuso que eu disse não.

— Você rejeitou Oliver para ficar com o Alex?

— Sim. Que imbecil.

— Tudo bem, vou dizer uma coisa para você. Acho que, após ter se separado de Alex, você encara os relacionamentos como sendo você e um homem que inevitavelmente vai magoá-la, e não acho que considere Oliver como um desses homens. Sendo assim, como poderia pensar em Oliver em termos românticos? Se você pensasse nele desta forma, começaria a vê-lo de maneira diferente, e isso significa que ele se tornaria um homem como qualquer outro. Você nunca realmente superou Alex e ainda precisa da aprovação dele — portanto, quando ele disse que ainda a ama, você se sentiu segura e desejável novamente.

Saí do consultório de Pam Potter sentindo uma clareza que há muito tempo não sentia. Ela estava totalmente certa. Como vou resolver isso? Disse a Alex para passar a noite na casa dele. Preciso de um pouco de tempo sozinha.

Quinta-feira, 13 de outubro

Frank voltou a trabalhar hoje e tive uma conversa rápida com ele na hora do almoço, quando as outras pessoas desceram para o pub, no térreo. Levei um café para ele na sua sala.

— Lamento muito sobre a mãe de Vanessa — falei, oferecendo a caneca a ele. — O que aconteceu? Como ela está?

— Arrasada — Frank respondeu. — Mas vai ficar bem. A irmã dela está tomando todas as providências. Foi um ataque cardíaco.

— Bem, é ótimo que ela possa contar com você também. Independentemente das críticas anteriores, você é um cara legal, Frank.

Ele riu.

— Obrigado. Isso me fez perceber o quanto ela é especial para mim, e eu nunca teria conseguido conhecê-la plenamente se não fosse por você. Portanto, acho que nós dois somos incríveis.

— Você acabou de dizer incrível?

— Vá almoçar. Você não tem permissão de implicar comigo hoje. Estou emocionalmente exausto.

— Estou brincando. Ouça, se houver alguma coisa que você ou Vanessa precisem, é só falar.

Ele concordou com a cabeça e saí para me encontrar com o pessoal lá embaixo, me sentindo um membro valioso da raça humana. Talvez eu não seja tão inútil, afinal de contas.

Sexta-feira, 14 de outubro

— Você pode ir lá em casa hoje à noite? — perguntei a Lucy quando estávamos nos preparando para ir embora. — Preciso conversar.

— Combinei de encontrar o Kyle, mas se é urgente eu posso cancelar.

Balancei a cabeça.

— Não é urgente, eu só queria conversar sobre uma coisa. Pode esperar.

— Me espere lá embaixo — ela disse, tirando o celular do casaco e colocando a bolsa vermelha na mesa. — Estarei lá num minuto.

Fiquei do lado de fora, olhando todo mundo sair do trabalho, imaginando quem estava indo para casa encontrar seus parceiros ou filhos ou seus péssimos relacionamentos, e quem estava simplesmente indo embora sozinho. Não percebi Lucy até ela dar um tapinha no meu ombro.

— Vou encontrar Kyle às oito, em vez de às sete, então vamos comprar umas batatas fritas e levá-las para sua casa. Alex não vai estar lá?

— Não, ele saiu com os amigos hoje. Obrigada, Lucy. Agradeço por isso.

Fomos para a minha casa e liguei o aquecedor. Nos sentamos no sofá e comemos as batatas fritas direto do saco.

— Então, o que está acontecendo? — ela perguntou. — Ah, você ganhou um picles. Queria ter ganho um picles.

Mordi o picles no meio e passei a outra metade para ela. Estava tão ácido que meu rosto pareceu virar do avesso.

— Bem... Estou apaixonada — falei emocionada.

— Sim, todos nós sabemos que você está apaixonada pelo Alex, Phoebe. Ai, meu Deus, você vai se casar?

— Porra, não! — exclamei. — Não estou apaixonada pelo Alex. É pelo Oliver.

— Eu sabia — ela riu. — Fiquei imaginando quanto tempo ia demorar. Quando você voltou com Alex, achei que eu tinha entendido tudo errado, mas aí não seria eu, né? Você já falou com Oliver?

— Ele não quer falar comigo. Tenho tentado, acredite. Estraguei tudo, Lucy, e agora preciso me livrar do Alex. Não quero magoá-lo também. É uma baita confusão.

— Magoá-lo? Qual é, Phoebe, esse cara quase acabou com você ano passado e você está preocupada em ferir os sentimentos dele? Você diz a ele que cometeu um erro e que está acabado. DE UMA VEZ POR TODAS.

— Ah, simples assim, não é? — falei, irritada.

— Na realidade, é. Não sei o que aquele idiota hipócrita tem que transforma você num ratinho, Phoebe, mas estou cansada. Você acabou de admitir que não quer mais ficar com ele, então faça alguma coisa a respeito. Ele seria bastante rápido em fazer o mesmo com você; na realidade, ele *foi* bem rápido quando fez isso com você. Não se esqueça disso.

— Não fique zangada comigo. Eu lhe dei meio picles — murmurei.

— Estou chateada, Phoebe. Por você. Você permitiu que Alex entrasse novamente na sua vida, não porque era a coisa certa a fazer, mas porque era mais fácil do que sentir falta dele. Agora, você finalmente entendeu que ele não é o homem para você porque Oliver é e sempre foi. Não estou dizendo que você tem que ser cruel com o Alex, esse não é o seu jeito, mas não deixe que ele atrapalhe a sua felicidade por mais tempo.

— Quando ele voltar hoje à noite, vou falar com ele — falei, imaginando como terminaria com ele. — Vou fazer isso e descobrir como fazer Oliver conversar comigo.

— Boa menina. — Lucy sorriu. — Acho que você é incrível e corajosa, e Oliver é um homem muito sortudo. Um homem que merece você. Não esse Alex babaca. Agora preciso correr para encontrar o meu namorado, porque agora eu tenho um namorado.

— Você parece feliz. — Dei um sorriso travesso. — Vá e se divirta.

Observei Lucy sair pela porta e me preparei para a volta de Alex para terminar as coisas.

Ele não apareceu.

Terça-feira, 18 de outubro

Acordei com a garganta muito dolorida. Sem Alex para levantar e comprar um analgésico para mim, tive que ligar para o trabalho avisando que estava doente e arrastar a minha bunda doente até a farmácia, sentindo pena de mim mesma.

A senhora atrás do balcão me deu ibuprofeno e fez uma expressão maternal, tipo "você parece estar péssima" enquanto eu pagava. Justo quando eu estava saindo pela porta, quem entra? Senhorita Peitão. Desviei o olhar e fui em frente, mas ela segurou o meu braço.

— Podemos nos falar um segundo, Phoebe? Preciso apenas de um minuto.

— Ai, isso vai ser ótimo — respondi, ficando de pé na calçada ao lado dela e deixando a porta se fechar. — O que você poderia ter para me dizer?

— Quero me desculpar. Sei que fiz uma coisa horrível com você e peço desculpas.

Fiquei abismada.

— Depois que Alex me traiu, eu queria matar aquela garçonete, mas então percebi que eu tinha feito exatamente a mesma coisa com você e...

— Que garçonete? — perguntei. — Quando?

— Há alguns meses. Tentei perdoá-lo, cheguei a acreditar que o casamento iria mudá-lo, mas descobri que ele *ainda* estava dormindo com ela. Eu o dispensei e me mudei. O cara é um oportunista de merda, e sempre será.

Eu podia sentir a raiva crescendo dentro de mim.

— Você. Largou. Ele?

Ela não tinha a menor ideia de que nós tínhamos voltado.

— Onde ele está agora? — perguntei.

— Ah, ele deve ter voltado para o apartamento, eu imagino, à procura da próxima boba. Ele tem medo de ficar sozinho.

E não sabe se virar sozinho. Peço desculpas, e isso é tudo o que eu queria dizer.

— Obrigada — agradeci. — Não posso dizer que lamento não ter dado certo para vocês, mas agradeço isso. Você não tem ideia do quanto.

Andei de volta para casa meio atordoada.

COMO EU PUDE SER TÃO ESTÚPIDA? Ah, eu vou matá-lo quando o vir, EU VOU MATÁ-LO!

Quarta-feira, 19 de outubro

Tudo bem, eu não o matei, mas o mandei embora. Essa foi a parte mais fácil.

— Ela está inventando isso, Phoebe! Está magoada. Nunca houve nenhuma outra pessoa. Eu percebi que não estava dando certo e pedi que ela fosse embora. Isso é tudo o que aconteceu.

— Ah, cala a boca. Simplesmente cala a boca! — falei, saturada de ouvir o som da voz dele. — Não posso acreditar que caí nessa sua conversa idiota DE NOVO. Você não me quer. Está apenas com medo de que ninguém mais aguente as suas mentiras e...

— Não estou mentindo, Phoebe.

— É claro que você está mentindo! — gritei. — Você não consegue parar de mentir. Você é tipo o Rei das Mentiras!

Joguei parte das coisas dele numa bolsa de compras e entreguei a ele na saída.

— É essa coisa de engordar, não é? — ele gritou, enfim mostrando quem ele realmente é. — Eu comentei que você estava engordando e você não conseguiu tolerar isso.

— Quer saber de uma coisa? — gritei, colocando a bolsa à força na mão dele. — Fiquei encucada com meu peso durante um tempo e um grande amigo disse que ninguém se importava se eu perdesse ou ganhasse peso. Eu ainda era a mesma.

— Bem, Lucy *diria* isso — ele ironizou. — As mulheres sempre dizem esse tipo de merda.

— Ah, não foi a Lucy — falei, chegando mais perto dele. — Foi o Oliver, que alegremente transou comigo e com os meus quilos extras durante *meses*. Então, parece que nem todos os homens são tão superficiais quanto você.

Ele parou de rir.

— Você dormiu com Oliver?

— Muitas, muitas vezes — respondi, sorrindo.

— Bem, se ele estava tão feliz com isso, por que não está te comendo agora? Talvez ele tenha encontrado alguém mais magro.

— Não, esse foi o meu erro. Nós ainda estaríamos dormindo juntos se eu não tivesse PERDIDO A PORRA DA CABEÇA! Como pude pensar ALGUM DIA que você era bom o suficiente para mim? Agora, some.

— Olha, posso dizer uma coisa? — ele gritou enquanto estava saindo, desesperado para ter a última palavra.

— Não — falei, e fechei a porta com firmeza.

Agora, a parte mais difícil. Aqui estou eu, de volta à estaca zero. Sem parceiro, sem vida sexual e, o que mais me dói, sem Oliver. De todos os erros que cometi este ano, esse é o meu único arrependimento.

Quinta-feira, 20 de outubro

Ah, pelo amor de Deus, estou me sentindo péssima hoje e não tem nada a ver com aquele merda desgraçado do Alex, apesar de ele ter me atormentado com mensagens a manhã inteira. Estou com febre, minha garganta está me matando e não quero nem um cigarro. Isso deve ser sério. A minha parte egoísta gostaria que eu tivesse mantido Alex por perto para correr atrás de mim e depois infectá-lo com essa doença idiota e misteriosa antes de mandá-lo embora.

Sexta-feira, 21 de outubro

Depois de uma consulta de emergência no médico, voltei para casa com uma receita para duas semanas de antibióticos por conta de uma amigdalite. Quantos anos eu tenho, 12? Ainda assim, estou feliz por ficar alguns dias de folga, mas ninguém virá me visitar com medo de ficar doente. Quero a minha mãe, mas ela está no Canadá. Em geral, são os filhos que se mudam para o mais longe possível dos pais, não o contrário. Todo o restante da família também foi para o Canadá, e pelo menos eles têm alguém por perto se ficarem doentes. Droga. Oliver teria cuidado de mim. Eu quero uma festinha completa, com choramingos e dançarinas emocionalmente instáveis.

Sábado, 22 de outubro

Minhas amígdalas estão do tamanho de bolas de golfe, mas consegui comer sopa de macarrão e tomar chá. Tive febre ontem à noite e podia jurar que estava fazendo sexo com Oliver vestida com meu pijama. Fumei um cigarro, que me deixou péssima. Não consigo achar o controle remoto e quero assistir *Criminal Minds*.

Nada está dando certo. Ah, POR QUE eu fui abandonada?

Quarta-feira, 26 de outubro

Estou me sentindo melhor e voltei ao trabalho, que estranhamente estava me fazendo falta. Mas, então, soube da novidade:

Frank pediu demissão e, a partir de amanhã, entrará numa espécie de licença remunerada.

— Posso falar com você por um momento, Phoebe? — ligou ele de sua sala.

Entrei e fechei a porta.

— Bom te ver de volta. Sentindo-se melhor? — perguntou.

— Bem melhor, obrigada — respondi, tentanto cortar o papo furado e descobrir que merda estava acontecendo.

— Você soube que estou saindo? Vanessa está montando um negócio em Londres e vou com ela. É mais perto da irmã e agora ela não tem mais família aqui. Vai ser um novo começo para nós dois. Viajamos amanhã.

— Uau. Então, era isso quando disse que esperava que Brian não fosse seu problema por muito mais tempo! Espertinho.

Ele riu para mim.

— Sim. Eu não queria dizer nada com muita antecedência e acabar atraindo mau-olhado.

— Boa sorte com tudo. De coração.

— Para você também, Phoebe. Para você também.

— Ah, antes que eu esqueça, obrigada por aquele e-mail. Você estava certo. Terminei com Alex, mas não por causa do que você disse, antes que fique todo convencido e orgulhoso. E esta será a única vez que vou admitir que você estava certo sobre alguma coisa.

Ele saiu às cinco horas, com uma garrafa de uísque e um sorriso cúmplice que nós dois compartilhamos enquanto a porta se fechava atrás dele.

Sexta-feira, 28 de outubro

Eu ia tirar o fim de semana para me recuperar completamente, mas me lembrei da festa de Lucy amanhã. Merda. Não tenho tempo para arranjar outra roupa. Vou ter que usar a minha metade da fantasia de Evita/Che, apesar da presença de Che ser necessária para que possam descobrir quem eu supostamente sou.

Razão número 1.232 para odiar Alex.

Domingo, 30 de outubro

Sentindo-me bem melhor, cheguei à festa de Lucy ontem à noite com a minha fantasia maravilhosa, duas garrafas de champanhe em mãos e muita vontade de ficar bêbada e ignorar os antibióticos e a possibilidade de entrar em coma alcoólico a qualquer momento.

O apartamento estava cheio de convidados e logo vi Lucy, vestida de Mulher Maravilha.

— PHOEBE! Por que você veio de Margaret Thatcher? — perguntou ela, fazendo uma pequena pirueta.

— Eu sou Evita, me respeite. Eu sou uma lenda. Kyle está aqui?

— Não. Ele foi para Thurso ou algum outro lugar. Só volta na terça-feira.

— Que pena. Eu queria muito conhecê-lo!

— Ah, você vai! Em breve. Agora, tome alguma coisa, Maggie — ela riu. — Todo mundo já chegou.

E estavam mesmo. Olhei ao redor da sala, sorrindo: Paul e Dan tinham vindo como Sonny e Cher, Hazel e Kevin tinham vindo como Mortícia e Gomez, e Oliver... Porra... Oliver estava aqui e tinha vindo como o homem que vai me ignorar a noite inteira.

Eu agarrei Lucy.

— Você não me disse que o Oliver vinha!

— É claro que eu não disse — ela concordou, sorrindo amplamente. — Você não teria vindo. Mas ele sabia que você estaria aqui e ainda assim veio.

— Ruth está com ele?

— Não. Agora relaxe, sra. Thatcher, e se o meu leite acabar, sei quem culpar.

E lá foi ela, me deixando escondida na cozinha e bebendo meu champanhe. Precisei de três taças para criar coragem e falar com Oliver.

— Então, do que você veio vestido? — perguntei, olhando para a fantasia de pirata dele e desejando não ter perguntado algo tão idiota.

Por sorte, ele sorriu.

— Bom te ver, Phoebe. Como estão as coisas?

Tudo bem, pensei. Um pouco sério, mas está falando.

— Não muito bem, mas agora estou melhor. A medicina é uma coisa boa, não é? (O que eu estava dizendo?) Mas, sim, é bom ver você também!

Nós dois sorrimos um para o outro e alguém do outro lado da sala o chamou e ele se afastou sem falar mais nada. Então, o que eu fiz? Aquilo que faço melhor: bebi e flertei descaradamente. Sob o efeito do champanhe, flertei com Drácula; sob o efeito do gim, flertei com um caubói, e sob o efeito do Daniel's, dei em cima do James Bond, do Al Capone e até mesmo de uma sereia chamada Dave — apesar de não ter certeza; eu estava muito bêbada nesse momento. Quando o mundo começou a girar, fui para o quarto de hóspedes de Lucy, me deitar. Eu estava lá há cerca de dez minutos, já me sentindo um pouco melhor, quando ouvi a porta abrir e fechar. Depois, ouvi a voz de Oliver:

— Como o Alex está? Soube que ele se mudou para a sua casa. Estou feliz que as coisas tenham dado certo para você.

Eu me sentei rapidamente e depois caí para trás com um sonoro "ai".

— Não. Não. Alex já era. Longe... longe... você tinha razão sobre ele. Até o meu chefe idiota tinha razão sobre ele. Na realidade, *eu* estava certa a respeito dele até decidir me transformar numa idiota e aceitá-lo de volta. Pode ir em frente. Diga que tinha razão. Ria da cara da maluca aqui — falei alto, movimentando os braços no ar acima da minha cabeça.

Não houve reação.

Senti o peso dele ao meu lado na cama. Depois, ele levantou a minha cabeça e a colocou em seu colo, afagando meu cabelo.

— Não vou dizer nada — ele disse —, mas vou me sentir melhor em Chicago sabendo que você não está com aquele merda.

— Você ainda se importa? Ah, isso é bom. Eu e você fizemos sexo de pijamas, sabe — balbuciei.

Então, as palavras deram um jeito de contornar o álcool e penetrar no meu cérebro. Eu me sentei novamente e consegui ficar ereta.

— Chicago? De novo? Você está indo embora? — Meu estômago se revirou. — Quando?

— Semana que vem. Por dois meses inicialmente, e continuo se der certo. Vou morar com a Ruth.

De repente fiquei sóbria.

— Nossa — falei, sem saber bem o que dizer. — Espero que tudo dê certo, então.

Ele sorriu, agradeceu e me deu um abraço. Quando o apertei em meus braços, me dei conta: ele estava indo embora. AI, MERDA, ELE ESTAVA INDO EMBORA COM A RUTH! Pânico total. A ideia de perdê-lo para sempre fez a minha cabeça girar e a minha boca ficar seca.

— Não vá — sussurrei. — Ai, merda, por favor, não vá. O que vou fazer sem você?

— O que sempre fez, eu imagino. Conhecer uns caras, talvez sair com alguns, inventar uns novos desafios se estiver entediada — ele falou com um sorriso amplo.

Eu não podia deixá-lo ir embora. Precisava pensar em alguma coisa.

— NÓS AINDA TEMOS ALGUNS DESAFIOS PARA TERMINAR! — gritei em pânico, segurando o rosto dele com as duas mãos. — Lembra? Nós ainda temos uma encenação para fazer!

— Phoebe — ele começou — eu não acho que...

— Não. Escute.

Eu me sentei direito na cama e me certifiquei de que ele estava olhando para mim.

— Tenho uma ideia. E se nós fingíssemos que somos um casal de verdade? E se nós fingíssemos que nos amamos? Quer dizer, e se fingíssemos que nada dessa merda aconteceu e que não sou uma filha da puta egoísta que não consegue ver o que está bem diante do nariz. E se fingíssemos, só por um segundo, que acreditamos em tudo o que estou dizendo e que estou sendo sincera?

Ele ficou me olhando.

— Sou louca por você, Oliver. Amo você. Eu não sabia disso até pouco tempo, mas agora sei. Estou apaixonada por você.

Ele não disse nada. Foi até a porta... e então parou. E fechou a porta.

Fizemos amor naquela cama. Não houve gritos, posições diferentes ou risos. Fomos lentos e silenciosos e não tiramos os olhos um do outro. Ele foi tão delicado e, na hora em que entrou em mim, fiquei tão feliz de senti-lo novamente dentro de mim, de senti-lo acariciando as minhas coxas e de sentir a sua boca na minha. Foi tão intenso que gozei antes dele. Foi lindo.

Hoje de manhã, quando acordei, ele tinha ido embora.

Liguei para ele do táxi, voltando para casa, mas ele não atendeu. Mas retornou a minha ligação cerca de meia hora depois.

— Estou feliz que você ligou, Oliver. Você vai voltar?

— Não — ele disse mansamente —, não vou.

— Como? Por que não? Pensei que ontem à noite...

Então, eu entendi. Ontem à noite foi o jeito dele se despedir de mim.

— Amo você há muito tempo, Phoebe, mas você tinha razão. O que você disse naquele e-mail depois que dormimos juntos é a mais pura verdade. Eu teria me cansado de você porque eu me canso de toda mulher com quem estou, e não suportaria magoar você e sei que você iria confundir minha cabeça, mais do que já confundiu. Nós somos confusos e isso não é uma boa combinação. Você mudou de caminho para sair com praticamente todos os homens de Glasgow quando eu estava bem na sua frente, passando todo aquele tempo com você, dormindo com você, e você nunca sequer me considerou uma opção. Isso diz muito sobre nós dois. E, depois, novamente o Alex... Não acho que você saiba o que quer, Phoebe, e não acho que seja eu. Não sei o que vai acontecer com a Ruth, mas ela não me deixa confuso e isso é o suficiente neste momento.

Tentei encontrar as palavras para dizê-lo o quanto ele estava errado sobre mim, sobre tudo, mas a única coisa que saiu foi um soluço patético.

— Eu não queria que isso acontecesse, eu realmente não queria, e eu gostaria de poder voltar atrás e simplesmente não me importar com o que você faz. Mas não posso. Vamos deixar como está. Se cuida, Phoebe.

Eu não achava que era capaz de me machucar novamente depois do Alex. Acho que me enganei.

NOVEMBRO

Terça-feira, 3 de novembro

As lojas de Glasgow já começaram a montar suas vitrines de Natal, o que me faz lembrar que este ano maldito está quase no fim. No início, eu estava entusiasmada, mas agora tudo o que desejo é recomeçar.

Ainda estou sofrendo por Oliver, mas acho que estou chegando perto do estágio em que consigo ficar dois minutos sem pensar no que ele está fazendo. Talvez. Apesar disso, o trabalho hoje foi interessante. Dorothy, do escritório de Londres, assumiu como chefe de vendas no lugar de Frank e chegou toda entusiasmada e exuberante; eu gosto dela. Ela parece não levar desaforo para casa, mas secretamente ouve Paloma Faith em seu iPod e anda pelo escritório sem sapatos, admirando os próprios pés. Além disso, saiu para tomar drinques com todo mundo, o que é uma maneira inteligente de conquistar a tropa para o seu lado. Ela me transferiu para a seção de entretenimento, pois acha que isso vai me estimular mais do que os malditos encartes de automóveis, e eu concordo. Preciso de uma mudança.

Sexta-feira, 4 de novembro

Resisti à vontade de enviar um e-mail para Oliver e abrir o meu coração, porque sei que ele não vai responder. Todo mundo está tentando me animar, mas não está funcionando. Tenho vontade de ir para a rua, atirar as mãos para o céu e gritar de dor, porém Lucy me lembrou do quanto isso seria estranho e perturbador, então não o farei. Pelo menos por enquanto. Hoje à noite reorganizei a gaveta de roupas íntimas, de vez em quando olhando para as calcinhas que usei quando fazia sexo com Oliver e as abraçando meio assustadoramente junto ao peito. Chega. Ele não está morto, Phoebe, tome jeito.

Sábado, 5 de novembro

Tudo bem, estou de volta ao trabalho e cansada de ficar chorando por causa disso. Oliver é nitidamente um idiota e uma distração que não preciso. Além disso, ele fez uma escolha — claro que ele não estava assim tão apaixonado por mim quanto disse. Então, dane-se ele. Qualquer resquício de autoestima que eu tinha no começo do ano acabou. Eu preciso resgatá-la e lembrar que quando a vida lhe dá limões é só acrescentar um pouco de gim e parar de merda. Sou perfeitamente capaz de superar isso e seguir em frente com outro desafio. Eu disse que iria até o fim daquela lista e pretendo fazer isso. Voyeurismo. Vamos nessa.

Não tenho certeza de por que isso me atrai tanto, mas talvez seja porque eu gosto de pornografia. Gosto de ver as pessoas fazendo sexo. A visão de duas pessoas sem pelos e meio despreocupadas transando de maneira selvagem me excita. Nem toda pornografia, é claro. Prefiro quando eles se beijam e sorriem, não quando dão a impressão de que vão se matar enquanto transam e gritam. Sexo me excita, e pensar em outro casal transando me excita — mas será que eu realmente ficaria excitada assistindo a um casal de verdade transar na minha frente? Mandei um anúncio para um casal que me ajudará a descobrir. Imagina só, eu toda profissional e sem pensar na barriga de Oliver e na "trilha do tesouro" de pelos que vai do umbigo dele até lá embaixo... Não, não vai dar. Ai, a quem eu estou enganando?

Segunda-feira, 7 de novembro

— Bom dia, Phoebe. O que você acha de performance poética? — perguntou Lucy assim que eu entrei no escritório. Pendurei meu casaco verde de inverno nas costas da minha cadeira e dei de ombros.

— Hum. Não sei. Por quê?

— Porque ontem à noite Kyle me contou que frequenta noites de performance e lê suas poesias a estranhos e estou com a sensação de estar namorando um *hipster*.

— Arrá, ele leu uma para você? Ele seduziu você com ritmo e métrica?

— Não, ele não fez isso, mas você saber o que isso significa me leva a acreditar que você também é uma *hipster* — disse em tom de brincadeira.

— Qual é o problema com os *hipster*s? — eu ri. — Sam era *hipster*, com suas guitarras e tatuagens e aquele cabelo liso idiota.

— Sam era jovem. Ele vai sair dessa. Kyle tem 39 anos. É tarde demais para ele. Eu não odeio *hipster*s. Só odeio a pretensão inerente a eles.

— Vá vê-lo se apresentar antes de ficar julgando o que ele faz. Pode ser divertido.

— Tudo bem, mas se eu for, você vai comigo. Não vou ficar sentada sozinha num café beatnik cercada de garotas descalças com bigodes tatuados nos dedos, enquanto ele recita um soneto sobre perder o iPhone.

— Combinado. Mesmo se a poesia dele for uma porcaria, vai ser divertido ver você implodir sem poder dizer nada.

A tarde foi tipicamente tranquila, mas estou quase gostando da minha nova seção. Proprietários de bares, casas noturnas e restaurantes são bem mais conversadores do que os negociantes de carros mal-humorados com que eu precisava lidar. Também consegui afastar Oliver dos meus pensamentos sempre que ele surgia, todo sensual e perturbador.

Assim que cheguei em casa, me conectei à conta de e-mail especial que criei com um nome falso, e havia um monte de respostas ao meu anúncio de "deixe-me assistir à sua transa" (vinte e três, para ser exata). Examinei-as cuidadosamente. A maioria delas foi enviada por maníacos completos, experts e pessoas que escrevem seus e-mails do mesmo jeito que falam:

> Prof Cpl que fez isso antes + adoraria fazer + uma vez KKKK!

> Por que você está rindo? Pare de fingir que está me enviando um SMS.

Respondi a uns poucos, deixando claro condições bastante específicas, tais como "não pode ser peludo demais" e "sem atividades no banheiro", e agora só posso esperar e ver. Conhecendo a minha sorte, vou acabar assistindo ao Casal Papai e Mamãe, que vai ficar me encarando durante toda a coisa.

Quarta-feira, 9 de novembro

Recebi dois e-mails de resposta hoje. Um de um casal que adoraria me deixar assistir, mas somente depois que o filho deles tivesse dormido (ECA! Cheguei a pensar em chamar o serviço social), e um de "Jamie e Lisa", que parecia se encaixar no anúncio: fotogênicos, trinta e poucos anos, casados e tão novatos nisso quanto eu. Combinamos de nos encontrar. É legal saber que eu não sou a única a querer experimentar esse tipo de coisa. Às vezes me sinto muito errada.

— Tem certeza de que quer fazer isso sozinha? — perguntou Lucy. — Parece arriscado.

— Sei que sim, mas eles parecem ser legais. E não, você não vai assistir comigo, antes que pergunte.

— Tudo bem, espero você no bar do hotel. Só como garantia.

Isso me deixaria mais tranquila, apesar de, conhecendo Lucy, saber que ela vai tomar quatro drinques e mostrar os peitos para o barman no momento em que eu estiver descendo.

Quinta-feira, 10 de novembro

Tirei a próxima semana de folga, pois estou completamente exausta. Dorothy não ligou a mínima, já que bati minhas metas e disse que gostava do anel do dedão dela. Acho que o ano como um todo me pesou de repente e me senti esgotada. Uma semana de relaxamento e reflexão é exatamente o que eu preciso. E tive outras novidades, recebi um e-mail de Jamie, de "Jamie e Lisa". Eles reservaram o hotel para sábado e estou começando a ficar nervosa. E se for muito maluco? E se eu rir? E se não me deixarem ir embora? E se... e se eles me segurarem e começarem a cantar a capela uma versão de "Brand New Key"?

Eu devia ter planejado melhor essa história.

Hazel, Kevin e Grace viajaram para Aviemore no fim de semana, mas ela me mandou uma mensagem a caminho do aeroporto:

Boa sorte com seu último desafio. Você está quase lá! bjs, bjs.

Estou feliz que alguém esteja torcendo por mim.

Sábado, 12 de novembro

A grande noite. Encontrei Jamie e Lisa no bar do hotel, como planejado. Eles já estavam sentados a uma mesa quando entrei, tentando não tropeçar nos novos saltos altos vermelhos. Lisa me identificou primeiro e sorriu, mostrando dentes perfeitos por trás de um aparelho dentário. Jamie, alto e com uma beleza juvenil, educadamente se levantou para apertar a minha mão.

— Phoebe? — ele perguntou.

Segurei a mão dele, que estava suada. Ele devia estar tão nervoso quanto eu.

— Pedi uma taça de vinho tinto para você. Espero que você goste — disse Lisa, prendendo um cacho de cabelo castanho atrás da orelha. — Eu experimentei o Chardonnay e estava horrível.

— Perfeito — respondi, com a sensação de que eu estava lá para entrevistá-los.

Dei um gole no vinho exatamente quando Lucy entrou no hotel. Ela passou pela minha mesa, piscou para mim e se sentou num tamborete do balcão.

Embora a conversa não estivesse embaraçosa, eu ainda estava tensa. Será que eu assistiria a uma coisa que me renderia pesadelos para sempre? Eu me enchi de coragem e dei a deixa.

— Vamos fazer isso, então? — perguntei, tomando meu vinho de um gole só.

— Sim! — falou Jamie com a voz esganiçada.

Ele não tinha bebido nada alcoólico, enquanto Lisa, assim como eu, tinha entornado o vinho. Quando nos dirigimos para o elevador, me virei para me certificar de que Lucy ainda estava lá e — surpresa, surpresa — ela estava conversando com um homem no bar e prestando nenhuma atenção em mim ou na minha perdição iminente.

Uma vez lá em cima, Jamie fechou as cortinas e ambos se sentaram na cama. Eu me sentei numa poltrona grande como se fosse a porra do Ronnie Corbett, desejando ter colocado as lentes de contato, em vez dos óculos, para deixar menos óbvio que eu queria ter uma visão perfeita. Mas quando eles começaram a se beijar eu me senti como uma velha pervertida e pensei no que diabos estava fazendo ali. Seria grosseiro sair correndo e gritando? Eu estava muito consciente da minha presença na sala e um milhão de perguntas surgiam na cabeça: o que eu devia fazer com as mãos? Se eu não tiver um bom ângulo de visão, devo me levantar ou isso seria uma falta de educação?

Num determinado momento eu quase ri alto, mas basicamente porque a minha mente estava cheia de informações e, num ângulo específico, o pau de Jamie lembrava a raiz de um vegetal e comecei a recitar sem parar "Uma batata, duas batatas..." na minha cabeça. Ainda bem que morder os lábios com força conteve qualquer risadinha.

Devo admitir que, quanto mais eles se empolgavam, menos eu me animava com aquilo. Não sei quanto do ato era para me agradar, mas eles transaram como profissionais, até pareceram estar sentindo prazer de verdade um com o outro, mas fiquei indiferente. Eu não estava excitada, apenas me sentia estúpida. Eu não me masturbei, nem mesmo falei nada, e o constrangimento inicial logo foi substituído por um desejo de sair dali. No entanto, me mantive firme e assisti silenciosamente até eles terminarem.

Os dois desabaram de costas na cama, rindo um para o outro. Sem querer parecer deselegante ou insensível, balbuciei algo sobre manter contato, e discretamente saí do quarto. Como assim... manter contato? O quê? Nós vamos trocar cartas agora?

Talvez eu me sentisse diferente se Oliver estivesse lá, mas sei que ele de jeito nenhum teria ficado sentado e resistido à vontade de arrancar as roupas e se juntar ao casal. Uma coisa, no entanto, é certa: eu nunca mais vou olhar para uma batata do mesmo jeito.

Voltei correndo para o bar do hotel, sentindo o rosto queimar, imaginando se alguém de alguma forma sabia exatamente o que eu fazia ali. Lucy quase caiu por cima de uma cadeira ao correr para saber todos os detalhes.

— Como foi? O que aconteceu? Você se juntou ao casal? CONTE-ME!

— Foi normal — falei dando de ombros.

Acho que eu estava em choque. Tirando a última encenação com Oliver, que agora nunca mais vai acontecer, a minha sexlist estava completa. Aleluia, porra! Fim de jogo.

Domingo, 13 de novembro

Eu me encontrei com Lucy e Hazel (e a pequena Grace) para um café hoje à tarde.

— Eu ainda não consigo acreditar que você fez isso — disse Lucy, tirando a espuma de seu cappuccino com a colher. — Isso é muito maluco. Ele era realmente gostoso. Eu teria entrado no meio.

— Será que nós devíamos falar sobre isso na frente de Grace? — perguntou Hazel, dando uma olhada no carrinho de bebê.

Lucy revirou os olhos.

— Ah, ela já viu tudo isso com você e Kevin. Você a deixou marcada para sempre. Esta conversa não tem a mínima importância.

— Nós nunca fizemos isso na frente dela... Ai, na verdade teve uma vez que eu olhei e a vi nos observando, mas ela tinha apenas algumas semanas de vida. Eles não conseguem nem reconhecer as cores nessa fase, imagine... — ela baixou a voz e sussurrou — "pau".

Lucy deu um sorriso malicioso.

— Ah! — Hazel continuou. — Antes que eu esqueça, senhoras, a festa de Ano-novo no hotel Royal está com os ingressos reservados. Vocês podem me pagar depois, Kevin os comprou no cartão de crédito dele. Então, esse foi seu último desafio, Phoebe?

— Eu e Oliver tínhamos mais uma encenação, mas essa não vai acontecer mesmo, então... sim... acho que foi!

— Ótimo trabalho, jovem Henderson — disse Lucy, levantado sua enorme xícara. — Você finalmente completou uma promessa. Você saiu de pegadora suburbana a Mick Jagger de saias! Estou muito impressionada.

Eu não estava. Completei os desafios, mas perdi Oliver. Sorri, me parabenizando silenciosamente por ser a pessoa mais burra da face da Terra.

Segunda-feira, 14 de novembro

9 horas. Semana de férias! Estou acordada e pronta. Essa vai ser uma ótima semana. Vou colocar algumas leituras em dia, limpar esse muquifo, dançar à toa de chinelos ao som de uma música estranha e preparar drinques enquanto assisto a filmes dos anos 1980.

11 horas. Vou voltar para a cama e tirar um cochilo, porque fazer nada de empolgante nas últimas duas horas me deixou com sono. Também matei uma aranha de propósito. Que idiota completa.

17 horas. Ainda estou na cama e perdi o dia inteiro. Não sinto vontade nem de me masturbar. Minha libido está no nível zero, então nem preciso perder tempo procurando novas pilhas para o meu vibrador. Essa é uma frase que nunca pensei em dizer.

22 horas. Encomendei um curry e agora estou esperando o cara da entrega vestida com uma calça de ginástica velha, sem maquiagem e com os chinelos nos pés trocados. Cara de sorte.

1 hora. Ainda acordada e escutando Kate Bush. Ela e Florence Welch me passam a sensação de que eu devia estar correndo por um campo bonito num vestido esvoaçante e com sinos nos dedos dos pés, em vez de ficar deitada na cama, inchada, pensando para onde a porra da minha vida foi. Preciso dormir.

Quarta-feira, 16 de novembro

Estou meio assustada e me sentindo perdida. Completamente desanimada e perdida. Preciso fazer uma festa. Uma grande festa que se espalhe pela rua e termine com uma gigantesca conga em estilo carnavalesco. Preciso dos meus amigos. Preciso de carinho. Preciso de música alta, bolas de encher, serpentinas e um balde de gelo dos anos 70 em formato de abacaxi. Preciso jogar Twiglets nas pessoas e beber Advocaat (mesmo que eu nunca tenha provado o licor e ele possa me matar). Preciso de poesia, de tranças no cabelo e de tiradas feministas de uma mulher com óculos pontudos idiotas, e, acima de tudo, preciso saber que em algum momento vou ser feliz de novo. Porque não estou feliz. Essa jornada de autoconhecimento foi inútil porque, não importa com quem transei e se passamos ou não a noite juntos, ainda estou dormindo e acordando sozinha. Nunca pensei que uma listinha faria toda a minha vida virar de cabeça para baixo.

Quinta-feira, 17 de novembro

Hazel me telefonou logo de manhã:
— Você está bem, Phoebe? Recebi ontem à noite um recado seu totalmente sem sentido na secretária eletrônica. Algo sobre Twiglets e uma mulher pontuda? Não consegui entender nada.

Comecei a chorar — a soluçar incontrolavelmente, para ser mais precisa — e ainda estava com o telefone na mão, quinze minutos depois, quando ela apareceu na minha porta.

— Ai, meu Deus, Phoebe — ela disse baixinho, me abraçando.
— Vai ficar tudo bem.

Sequei os olhos na manga do meu roupão e funguei:

— Eu estraguei tudo. Sou uma idiota completa. Ele sequer fala comigo.

— Não seja tão dura com você mesma — ela sussurrou no meu ouvido. — Isso ia mesmo acontecer. Oliver não tinha nenhuma chance enquanto você ainda sentisse tudo aquilo pelo Alex, e você não pode se culpar por senti-lo. Mas está na hora de seguir em frente, Phoebe, você não pode passar o resto da sua vida desejando que as coisas fossem diferentes. Se você ama o Oliver, então continue dizendo isso a ele e não pare até ele entender que tem agido como um idiota.

Lucy apareceu depois do trabalho carregada de flores e conversamos durante horas. Como era o esperado, ela foi mais dura que Hazel.

— Então, você fez merda. Grande coisa. Ninguém morreu, Phoebe. Este ano tem sido bom para você. Foi o ano em que você deixou de ser indiferente a tudo e escolheu viver a sua vida, em vez de apenas ir levando, esperando que as coisas mudassem. Você mudou as coisas, então aleluia para isso!

Apesar de eu estar no terceiro dia de férias e ter passado um terço do tempo irritada e chorando, não me sinto mais tão desesperada. É verdade, meus olhos estão inchados, mas me sinto incrivelmente sensata. Estou começando a me sentir eu mesma novamente.

Sexta-feira, 18 de novembro

Vou sair com Lucy hoje à noite, mas pretendo evitar o gim e qualquer pessoa que tenha pênis, só por garantia. Vai ser a primeira vez em séculos que eu vou sair com a intenção de *não* paquerar. Eu me sinto livre.

Domingo, 20 de novembro

PELO AMOR DA PORRA, ESTOU COM TESÃO! Andava pensando quando a minha libido ia voltar. Até agora tenho me virado com uma tonelada de pornografia barata e encharquei completamente os meus lençóis duas vezes. Agora estou sentada aqui, desejando que alguém simplesmente venha à minha casa e monte em mim. Eu devia publicar um anúncio para isso: "Mulher emocionalmente indiferente procura homem para obrigações de cama e possíveis amassos." Conhecendo a minha sorte, eu pegaria aquele Stormtrooper que vi on-line aparecendo e batendo a cabeça no portal.

Quarta-feira, 23 de novembro

De: Lucy Jacobs
Para: Phoebe Henderson
Assunto: Amanhã à noite

Olá. Não quero saber o que você tem para fazer hoje à noite, você vai comigo assistir a apresentação do Kyle nesse evento palavra-falada no Centro da cidade. Eu consegui escapar de dois até agora e ele está insistindo que eu vá neste. Às 19 horas na Galeria de Arte Moderna. Você tem que ir.

De: Phoebe Henderson
Para: Lucy Jacobs

MINHA SEXLIST

Assunto: Re: Amanhã à noite

Oooh, tudo bem. Estou louca para conhecê-lo; se ele for horrível, vou mentir.

Quinta-feira, 24 de novembro

Encontrei Lucy do lado de fora da Galeria de Arte Moderna, na Queen Street. Ela estava me esperando ao lado da estátua do Duque de Wellington, que não tinha um cone de trânsito enfiado na cabeça pela primeira vez. Ela acenou para mim.

— Você está pronta para isso? — ela deu uma risada. — Vai ser chato pra caramba.

— Provavelmente — respondi, enfiando um chiclete na boca —, mas nunca fui a um antes. Vai ser uma experiência.

— Saltar de paraquedas é uma experiência. Isso vai ser mais como uma punição de Deus.

Descemos para a biblioteca da galeria, onde montaram uma área com cerca de vinte cadeiras em frente a um pequeno pódio. Os lugares estavam começando a ser ocupados pelo grupo de pessoas mais estranhas que já vi na vida. Havia uma quarentona com um bolo na mão, alternando entre olhar intensamente para o bolo e lamber lentamente o recheio cremoso. E havia um senhor mais velho de gravata, acompanhando com o pé uma música que só ele podia ouvir. Um barulho vindo de trás revelou quatro mulheres de vinte e poucos anos bêbadas, que mal conseguiam dominar a arte de se sentar, e, por fim, diversos poetas nervosos segurando suas anotações. Um sujeito de jeans e camiseta preta com tiras de couro ao redor dos punhos começou a se movimentar em nossa direção, e ouvi Lucy dizer atrás de mim:

— Então, o que você vai ler esta noite, sexy?

Ele sorriu e abriu o papel que estava segurando.

— Vou ler um soneto e um haicai. Essa é a Phoebe?
— Sim — confirmei.
— Que bom finalmente conhecer você!
— Ela também é *hipster*. — Lucy riu. — Não tenho a menor ideia do que seja um haicai.

Ele riu.

— É um prazer conhecê-la, Phoebe. O haicai é um poema curto que segue uma estrutura rítmica, Lucy, e se você me chamar de *hipster* mais uma vez, eu nunca mais vou levar você ao Urban Outfitters.

Acho que eu vou gostar do Kyle.

A primeira pessoa a subir no palco foi o organizador, que agradeceu a todos pela presença e leu um poema próprio sobre uma viagem de ônibus que ele fez um dia e como o cenário o lembrou de fantasmas pretensiosos (ou alguma coisa do gênero). A próxima foi uma mulher baixa que escreveu um poema para um homem que não via há trinta anos — após ouvir cada detalhe de seu "abismo vazio" foi fácil entender por que ele tinha se mandado. Mas quando Kyle apareceu no palco, todo mundo pareceu prestar atenção. Ele falou lindamente, e apesar de eu não ter certeza do tema de seu soneto, o haicai foi lindo e me lembro de cada palavra:

Quando olho pra ela
Meu coração a enxerga
Como os olhos não podem

Quando acabou, Lucy bateu palmas com tanta força que achei que ela machucaria as mãos.

— Eu não achava que ele seria bom! Merda, agora eu posso gostar ainda mais dele.

Nós educadamente ficamos até o final, aguentando poetas de todos os formatos e tamanhos, alguns deles com um talento óbvio e outros que basicamente gritavam palavras sem uma ordem aparente e chamavam isso de verso livre, enquanto eu e Lucy silenciosamente nos sacudíamos de tanto rir.

Deixei Kyle e Lucy se beijando na livraria e fui para casa me sentindo ao mesmo tempo animada pela minha amiga estar entrando nesta viagem com alguém como Kyle, e chateada por eu estar indo a lugar nenhum, a não ser sozinha para casa.

Domingo, 27 de novembro

Estou meio satisfeita que novembro esteja quase acabando. Foi um mês tenso, para dizer o mínimo. Casais foram observados, ataques de raiva aconteceram e lágrimas foram derramadas em mais de uma ocasião, mas eu me sinto melhor depois do meu último ataque de fúria. Não ter Oliver por perto tem sido estranho, mas espero que ele esteja feliz em seja lá o que estiver fazendo. O que quero dizer por feliz é: infeliz como o diabo e sentindo loucamente a minha falta, mas vou enviar bons pensamentos, de qualquer maneira.

Segunda-feira, 28 de novembro

Peguei uma carona com Lucy para o trabalho e me senti mais animada e feliz como há muito tempo não me sentia. Também não pensei em Oliver uma única vez durante toda a manhã. Progresso! Mas, à tarde, ele era tudo o que eu conseguia pensar, e o inevitável e-mail foi enviado:

De: Phoebe Henderson
Para: Oliver Webb
Assunto: Oi

> Espero que Chicago esteja sendo bom para você, assim como o trabalho. O tempo aqui está congelante e, na realidade, dane-se isso — o que eu realmente quero dizer é que sinto a sua falta. Sinto terrivelmente a sua falta e gostaria que as coisas fossem diferentes e que você até mesmo respondesse esse e-mail e me mandasse desaparecer. Sei que não conversamos sobre a última vez que nos vimos, não como deveríamos, mas reafirmo cada palavra (coerente) que eu disse. Eu amo você. Muito.
>
> Bjs, Phoebe.

Até agora nenhuma resposta. Esta tem que ser a última tentativa. Não quero enviar e-mails para ele daqui a dez anos como se fosse uma doida. De qualquer jeito, estou planejando tomar uns drinques com Paul, Dan e Lucy amanhã, o que deve ser divertido, e se eu fingir que ainda estou deprimida, talvez consiga convencê-los a me levar para comer sushi e aliviar o sofrimento.

Quarta-feira, 30 de novembro

Me senti enjoada feito louca o dia inteiro, então tive que cancelar os drinques com a equipe ontem à noite. Estou com tanto enjoo... O que tem de errado com meu sistema imunológico? Primeiro, uma infecção intestinal; depois, uma amigdalite, e agora algum maldito vírus estomacal que está me obrigando a ficar longe da minha cota diária de Bounty. Blá! Eu me sinto péssima e superestressada, e além do mais a minha menstruação está atrasada, o que normalmente é uma coisa boa, já que... Espera aí... Minha menstruação está atrasada? Minha menstruação está atrasada! MERDA!

DEZEMBRO

Quinta-feira, 1º de dezembro

— Estou atrasada.

— Você chegou na hora. Acabou de dar nove horas — disse Lucy atrás de sua mesa —, a chefe não... Ai. Espera. Atrasada? Como se...?

Balancei a cabeça.

— Ai, MERDA.

— Eu sei. São apenas alguns dias... mas eu nunca atraso! Estresse? Você não acha que poderia ser estresse?

— Quando você fez sexo pela última vez? — perguntou Lucy, bem baixinho. — Você se lembra?

— É claro que lembro! Foi na sua festa de Halloween. Com Oliver. Mas estou tomando pílula! Não posso estar grávida. Eu sempre tomo a pílula EXATAMENTE POR CAUSA DISSO!

— Você também estava tomando antibióticos naquela época, Phoebe, e pare de gritar comigo. Eu não te engravidei.

— Antibióticos? Ah. Humm... Eu tinha me esquecido disso. Ai, merdamerdamerda!

— Não entre em pânico. Saia e compre um teste na hora do almoço, vamos fazer isso juntas.

E assim fizemos. Comprei o teste por um preço caríssimo na farmácia e fiz xixi na frente de Lucy. Ficamos no banheiro e esperamos. Deu negativo.

— Acabou o pânico — falou Lucy, me dando uma piscadela. — Agora, pare de agir como uma coelhinha assustada, porque vai descer. Então você vai resmungar comigo sobre a menstruação, em vez de resmungar sobre isso. Confie em mim.

Sábado, 3 de dezembro

Nenhum sinal da minha menstruação e ainda estou me sentindo péssima. Vou ao médico na segunda-feira, pedir algum remédio. Tenho pesquisado on-line os meus sintomas e, descartando a gravidez, pode ser menopausa ou apenas estresse e má alimentação, o que é bem provável. Talvez os meus ovários estejam falhando?

Segunda-feira, 5 de dezembro

Fui à médica, e ela não acha que seja nada demais, provavelmente estresse, mas pediu um exame de sangue para verificar os níveis hormonais, e assim foi. Aparentemente, a menopausa é rara nas mulheres da minha idade, MAS não é impossível. Não sei o que é pior — a ideia de estar grávida ou de nunca mais ser capaz de ficar grávida. Devo receber os resultados na quarta-feira, o que significa dois dias agindo como uma hipocondríaca. Mamãe tinha combinado de me ligar hoje à noite, mas enviei uma mensagem dizendo que não estou me sentindo bem e que falaria com ela mais para o final da semana. É claro que ela ligou mesmo assim.

— Se sentindo enjoada? Seus peitos estão doloridos?
— Não estou grávida, mãe, eu fiz o teste. A médica só pediu um exame de sangue para checar meus níveis hormonais.
— Comecei a rir. — Ela está até checando se pode ser uma menopausa precoce. Tenho só 33 anos!
— Bem, eu passei pela mudança aos 39 anos.
— O quê?
— E a sua avó também.
— O quê?!

— Ai, e a sua tia-avó Helen. Ela também tinha mais ou menos a sua idade. Então, essa teoria não é tão sem fundamento.

— VOCÊ ESTÁ BRINCANDO? Por que você nunca me contou isso? Isso é daqui a seis anos!

— Não contei? Desculpe, amor. Tenho certeza de que não é isso. Sempre justifiquei minha menopausa à enorme quantidade de drogas que usei nos anos 70. Alguma consequência tinha que ter.

Depois que desligamos, eu vomitei.

Terça-feira, 6 de dezembro

Estou me sentindo bem hoje. Nada de menstruação, mas as cólicas e o enjoo sumiram. Eu me sinto boba por entrar em pânico tão facilmente. Consegui ir trabalhar e parei para comprar um chá e um pãozinho com bacon no café do outro lado da rua. Estava pronta para começar o dia.

Dorothy decidiu que as reuniões matinais diárias não são produtivas e as descartou, dizendo que nos quer "às 9 horas a todo vapor". Parece que, apesar de seu jeito peculiarmente afetuoso, ainda existe uma vendedora demoníaca por baixo.

Hazel me enviou uma mensagem confirmando nossas reservas para a festa de Ano-novo no hotel Royal, o que me lembrou que eu não tinha comprado um vestido. Passei a maior parte da tarde no eBay procurando algum e imaginando por que diabos as pessoas vendem na internet maquiagem usada. Blergh! *"Eu tenho uma doença de pele rara, porém contagiosa, que esse corretivo não consegue cobrir. Eu tentei. É seu por apenas dez libras!"* Essa eu dispenso, obrigada, sarnenta.

Quarta-feira, 7 de dezembro

Liguei para o consultório da médica, mas novamente a recepcionista imbecil não quis me passar os resultados do exame pelo telefone, então preciso ir até lá para falar com a médica amanhã cedo.

— Depois do que a sua mãe disse, provavelmente *é* menopausa. — Lucy riu. — Se você tivesse sangue nobre, seria Barren von Henderson.

— Isso não tem graça! Aposto que os meus níveis de ferro estão baixos ou algo do tipo, devido aos milhões de menstruações que chegaram NO PRAZO CERTO ao longo dos anos. Talvez eu esteja anêmica. Isso é possível?

— Você precisa se acalmar. Vá lá para casa hoje à noite. Podemos comer bolo e assistir *The Good Wife*.

— Você fez o bolo?

— Não, Kyle trouxe outra noite.

— Tudo bem, então.

— Ele disse que queria que eu lambesse o bolo da ponta do seu...

— LALALALALA! — gritei, cobrindo as orelhas. — Se você terminar essa frase, não vou a nenhum lugar perto da sua sobremesa indecente.

— Eu estava brincando — ela riu. — Tirei sua cabeça dos resultados, não tirei?

— Não acredito em você, mas obrigada. Vou chegar às oito.

Entrei rapidinho para ver Dorothy e dizer que precisava ir ao médico pela manhã. Ela girou na cadeira para verificar o quadro de férias.

— Você ainda tem um dia para gastar. Tire amanhã, se quiser.

Então, ganhei o dia de folga amanhã e posso comer bolo hoje à noite. As coisas estão melhorando.

Quinta-feira, 8 de dezembro

Dormi na casa de Lucy na noite passada. Conseguimos detonar os três-quartos restantes de um bolo de chocolate (que chequei antes se tinha marcas de pênis) e assistimos a cinco episódios completos de *The Good Wife*.

— Eu poderia ser uma advogada poderosa — disse Lucy, admirando Josh Charles em seu terno. — Eu falaria "PROTESTO!" para tudo. O juiz aceitaria e o caso se desmontaria por causa de coisas que aconteceram. Então, eu dormiria com Josh Charles.

— Ele não é advogado de verdade, você sabe.

— Eu não ligo. É o meu destino.

Saí da casa dela às oito e meia da manhã e fui até o consultório pegar os resultados. Independentemente do que der, me senti muito agradecida por não estar grávida. ISSO teria sido uma tragédia. A médica me chamou imediatamente.

— A partir da data de sua última menstruação, você deve estar com seis semanas — ela disse com um sorriso luminoso. — Você quer que eu marque sua primeira consulta?

Fiquei sentada, chocada.

— Eu estou grávida?

— Sim.

— Eu estou grávida?

— Bem, sim.

— Mas eu fiz o teste. Deu que eu não estava. Eu não... quer dizer... como pode isso...?

— Não é incomum que os testes deem negativo, especialmente nas primeiras semanas. Portanto, posso marcar um horário para você com a obstetra?

— Não… quer dizer, não sei. Estou sozinha. Não sei se posso fazer isso sozinha. O que você faria?

— Ahn, não posso responder isso. Tudo bem. Dedique um tempo para pensar. Ainda está no início, e você tem opções.

Eu sei quais são as minhas opções e não consigo sequer pensar nelas. Não por enquanto. Fui direto para casa e me sentei no sofá por, ah, cerca de quatro horas. Lucy ligou quatro vezes, mas não atendi. Grávida? Estou com 33 anos e solteira. Ai, meu Deus, o que eu digo a Oliver? Isso é péssimo. Isso é muito ruim.

Sexta-feira, 9 de dezembro

O trajeto para o trabalho foi um borrão. Eu me lembro de me sentar ao lado de uma mulher que parecia ter passado todos os perfumes existentes no mundo, e a coisa seguinte que lembro é de Lucy pegando meu casaco, que tinha caído das costas da minha cadeira e estava no chão.

— Você está com cara de sono hoje! — ela falou com a voz aguda. — Não retornou as minhas ligações ontem. Más notícias? Você vai ter ondas de calor e ser obrigada a mastigar pílulas de cálcio o dia inteiro?

— Estou grávida.

Vi o sorriso evaporar do rosto dela.

— Como? Nós fizemos o teste. Eu vi você fazer xixi. Havia apenas uma linha! Duas é para sim, uma é para não.

— O teste estava errado — suspirei, colocando a cabeça entre as mãos. — Isso é um pesadelo.

Lucy puxou uma cadeira e se sentou ao meu lado.

— Não precisa ser — ela falou baixo. — Você não quer isso e... Ainda não é um bebê, você sabe, é um monte de células.

— Não consigo pensar neste momento. Vou tentar trabalhar normalmente hoje e pretendo aproveitar o fim de semana para começar a digerir isso.

— Você me liga, se precisar — disse Lucy. — Promete?
— Prometo.

21:40. Tomei um banho, estou me sentindo mais calma. Acho que preciso fazer um aborto. Não sou nada religiosa e sou muito prática. Não tenho parceiro, minha família mora no Canadá, não tenho economias e, mais importante, não entendo nada de crianças! Nunca fui o tipo maternal. Talvez queira ter filhos um dia, mas não desse jeito. Eu seria uma péssima mãe. Crianças me assustam — elas são barulhentas, desagradáveis e nada cooperativas. E eu teria que parar de fumar. Sou egoísta demais para isso. De jeito nenhum eu vou ter um bebê.

Domingo, 11 de dezembro

Tive bastante tempo para pensar nas coisas. Na realidade, não tenho pensado em mais nada. Tenho um milhão de perguntas — e se eu tiver o bebê? E se esta for a minha única chance, só que eu não sei disso, faço um aborto, e é tarde demais? E se eu passar os próximos vinte anos esperando o Príncipe Encantado e ele não aparecer? O parto dói muito? Dar à luz vai destruir as minhas partes íntimas? (O que não é tão importante assim, mas passou pela minha cabeça.) Não contei a Hazel porque temo que, ao contar sobre a gravidez a outra mãe (não à minha própria — Deus, ainda não), isso a transforme em realidade, e, no momento, ainda parece que está acontecendo com outra pessoa. Bom plano, Phoebe: cabeça enfiada na areia. *Quem dera* isso estivesse acontecendo com outra pessoa. Combinei de ver Hazel amanhã, de qualquer maneira. Então, eu conto a ela.

Terça-feira, 13 de dezembro

Fui jantar na casa de Hazel, apesar de não estar nem remotamente com fome, e nos sentamos na cozinha. Observei em silêncio enquanto ela alimentava Grace — que agora está com 1 ano e muito fofinha — no cadeirão dela. Grace olhava fixamente para a mãe e ficou realmente animada com o seu pudim, mas depois jogou a coisa toda no chão.

— Então, o que você conta de novidade? — Hazel perguntou inocentemente.

— Estou grávida.

Aguardei pelos gritos de felicidade e pelas histórias alegres de como a maternidade é maravilhosa, mas nada aconteceu. Em vez disso, ela disse:

— Certo, tudo bem. Como você se sente a respeito disso?

— Assustada — balbuciei, e podia sentir as lágrimas escorrendo. — Não sei se consigo fazer isso.

Ela me abraçou por um minuto.

— Veja, Phoebe, eu não sou uma especialista, mas sei como você se sente, acredite em mim. A maternidade é uma coisa muito trabalhosa e vai mudar tudo. Você vai perder o sono, seu corpo vai mudar completamente, você vai ficar maluca metade do tempo, vai perceber que na realidade não sabe nada sobre trabalhar duro e vai passar praticamente todos os minutos se preocupando.

— Então, o quê? — funguei. — Você está dizendo para não ter?

— Não — ela disse, olhando para Grace. — Só estou te contando os fatos. Mas o que eu *vou* dizer é que, para mim, ter o meu bebê foi a melhor coisa que já fiz na vida. Você acha que ama Oliver? Tente multiplicar o que você sente por dez milhões e isso não vai nem chegar perto. É surpreendente o que você pode fazer quando ama alguém tanto assim.

— Ser mãe solteira?

— Sim, por conta própria! Você não é incapacitada, Phoebe, e não tenho dúvida de que você vai se sair muito bem. As mulheres fazem isso o tempo todo. Além do mais, você tem a nós. Não vai ficar sozinha.

E esse foi o momento em que eu decidi ficar com o bebê.

Quinta-feira, 15 de dezembro

O vestido do eBay chegou e coube em mim, apesar dos imensos peitões achatados, mas posso viver com isso. Tirando o enjoo e o cansaço, não me *sinto* muito grávida, mas não tenho ideia de como supostamente uma grávida deveria se sentir. Eu *estou* muito sensível e chateada com Oliver, o que infelizmente extravasei hoje de manhã, antes de ir para o trabalho:

De: Phoebe Henderson
Para: Oliver Webb
Assunto: Algumas novidades
Caro Oliver,

Espero que esteja bem. Muita coisa tem acontecido aqui e nós realmente precisamos conversar. Tentei diversas vezes, sem nenhum sucesso, e talvez você tenha me bloqueado ou mudado de identidade (ou algo menos dramático), mas é imperativo que conversemos. Imperativo é uma

> boa palavra, não é? Enfim, sinto a sua falta. Espero que você sinta a minha falta e, AH, PARE DE PERDER TEMPO E ME LIGUE — NÓS VAMOS TER UM BEBÊ, SEU CANALHA MISERÁVEL!

O e-mail acabou nos meus itens excluídos. Vou tentar novamente quando eu estiver menos sensível e menos inclinada a escrever algo terrível.

Quando cheguei ao escritório, marquei uma consulta com a obstetra. Isso é muito estranho. Depois, fui lembrada de que amanhã à noite é a comemoração natalina do trabalho: drinques aqui, seguidos de drinques no pub lá embaixo, somados ao uso compulsório de chapéus de papelão idiotas. Seria menos doloroso se eu pudesse participar de alguma dessas rodadas de drinques. Droga.

Almocei com Lucy na cantina e contei a ela que decidi ter o bebê.

— Você tem certeza de que é isso que você realmente quer?

— Não é o ideal, mas meu coração está me dizendo que sim. Então, é sim.

Ela deu um grito agudo e me abraçou.

— Vou ser a titia Lucy! Isso é tão empolgante!

— Não vou contar a ninguém até depois das férias, então fique quieta. Mas, sim, você vai ser tia e eu vou ser mãe. Merda. Eu vou ser mãe. Puta merda.

— Uma mãe incrível. Seu filho vai te adorar tanto quanto eu adoro. Você já contou a Oliver?

— Ele não atende as minhas ligações nem responde as minhas mensagens, mas, para ser honesta, eu prefiro fazer isso pessoalmente.

— Estou começando a deixar de gostar dele — ela disse, mordendo uma banana. — Ele precisa saber, mas se ele não atende o telefone, o que mais você pode fazer? Escrever no céu com fumaça de avião? Pombos-correio?

— "Expresso cegonha"? — sugeri antes de resmungar e colocar a cabeça entre as mãos. — Ele vai pirar, eu sei que vai.

— O estresse não é bom para o bebê, Phoebe. Ou para o embrião ou seja lá que porra isso se chama. Ele precisa de um lugar calmo para descansar e desenvolver os pés e tudo mais. A história com Oliver vai se resolver por si só. Confie em mim.

Sexta-feira, 16 de dezembro

Tenho tentado não fumar, mas fumei um hoje de manhã, e o cheiro e o gosto pareceram tão horríveis quanto a minha culpa, então o restante do maço foi para o lixo — comprei no caminho para o trabalho alguns adesivos de nicotina e um suprimento de chicletes que vai durar um ano.

Meu cérebro disfuncional e ruim me fez esquecer de trazer uma muda de roupa para o encontro do trabalho hoje à noite; então, enquanto todo mundo se arrumava, só me restou pegar emprestado a maquiagem de Lucy, na esperança de que o delineador me distraísse do terninho cinza sem graça que uso no trabalho.

— Kyle vai para a festa de Ano-novo? — perguntei a Lucy, inspecionando os diversos tons de batom que ela tinha na bolsa.

— Não, os ingressos acabaram — ela respondeu com um suspiro. — E vai ver a família dele no Natal.

— Então você vai estar tão infeliz quando eu? Ótimo. Detesto rolar na lama sozinha.

— Sim, apesar de que eu vou ficar bêbada a noite inteira e falar com ele no Skype nua.

— Você é muito sortuda. Quando essa festa maldita vai começar?

Às cinco da tarde, Dorothy estourou um champanhe, Brian botou para tocar no YouTube uma trilha sonora natalina da pior qualidade e Kelly distribuiu bolinhos de frutas, piscando os cílios postiços na direção de Stuart. Eu recusei o bolo e comi, em vez disso, alguns biscoitos salgados, engolidos com a ajuda de leite para acalmar a azia. Muito rock and roll.

— Não está bebendo, Phoebe? — Dorothy perguntou quando viu minha taça de champanhe cheia.

— Hum, não — respondi, buscando no cérebro uma razão para não beber. — É que... estou tomando antidepressivos.

— Ah. Certo — disse ela, sem saber o que falar. — Vou pegar uma Coca-Cola para você.

Antidepressivos? Ai, merda, prefiro que o escritório fofoque sobre a minha saúde mental a saber a verdadeira razão. Eles vão saber quando eu quiser que saibam.

Às nove, todo mundo desceu, sendo que amigos e parceiros já tinham chegado. Às onze, eu tinha tomado três copos de suco de laranja e estava me sentindo cada vez mais incomodada com os variados estados de embriaguez de todo mundo. Decidi encerrar a noite. Agarrei Lucy no caminho para ir embora.

— Tenha uma boa noite. Estou indo para casa agora. Sou um tédio mortal quando estou sóbria.

Ela riu e me abraçou.

— Você, Phoebe Henderson, é incrível. Ligo para você amanhã.

Andei até o ponto de táxi, parando para comprar uma pizza frita e batatas fritas com molho de curry no caminho, torcendo para eu me esforçar para comer de maneira mais saudável no dia seguinte.

Quarta-feira, 21 de dezembro

Entediada com a minha própria companhia, fui de carro até a casa de Hazel hoje à noite para ajudá-la a embrulhar os presentes de Natal.

— Você está se sentindo mais feliz? — ela perguntou, enquanto mexia na ponta de um rolo de fita adesiva.

— Acho que sim — respondi, refletindo sobre as coisas por um segundo. — Imagino que é como estar na prisão: todos os meus prazeres e privilégios foram revogados, estou passando muito tempo pensando na vida e sei que brevemente uma mulher vai me fazer abrir as pernas e inspecionar a minha boceta.

— Ah, que exagero, Phoebe. — Riu Hazel. — Algum pensamento positivo que você gostaria de compartilhar?

— Sim. Meus peitos estão lindos nesta blusa.

Enfiei um laço no presente perfeitamente embrulhado de Hazel e dei uma risadinha.

— Já estou imaginando se vai ser um menino ou uma menina e o que eu prefiro. Será que quero saber, ou vou simplesmente esperar e ser surpreendida com o que surgir?

— Eles não surgem — corrigiu Hazel. — É mais como uma sensação de pressão, depois um *pluft* e eles saem.

— Ah, então é simplesmente uma sensação de pressão? Isso é bom!

— Bem, você tem a sensação de que está sendo rasgada no meio e que o seu reto pode também fazer uma participação especial, mas sim. Pressão.

— ARGGH! Está combinado, você vai ter esse bebê por mim.

Quinta-feira, 22 de dezembro

O trabalho foi intenso hoje, com todo mundo tentando vender qualquer espaço publicitário que estivesse sobrando antes de fecharmos amanhã para os feriados. Para minha sorte, esse é um período cheio para bares e restaurantes, então vendi tudo e fui embora brincando de girar os polegares e pensando no que eu gostaria de ganhar no Natal. Por mais que apreciasse Papai Noel me trazer Ryan Gosling, o que eu realmente queria era a minha mãe. Eu me sinto insegura, confusa e muito necessitada de carinho. Deixei duas mensagens para ela e papai, mas acho que eles viajaram para algum lugar na semana do Natal. É provável que estejam visitando minha tia hippie Kate e sua prole mística. Espero que ela me ligue o mais rápido possível, pois não quero ter que explicar na ligação de Natal, com a boca cheia de couve de bruxelas, o que esta acontecendo.

Sexta-feira, 23 de dezembro

Último dia de trabalho. Não tinha nada para fazer, os telefones estavam deliciosamente quietos, mas ainda assim precisávamos ficar no escritório e esperar que Londres nos mandasse ir embora. Dorothy deu a cada um de nós um vale de dez libras da M&S, o que foi muito carinhoso, e que irá sem dúvida para um bom sutiã de grávida. A gravidez está finalmente começando a entrar na minha cabeça, embora eu ainda não me sinta fisicamente carregando uma criança. Talvez isso comece quando você sente um pé invisível te cutucando nas costelas. Apesar de tudo, existem algumas vantagens:

1. Minhas manchas clarearam.
2. Meus peitos estão ficando maiores.
3. Não posso ser demitida do trabalho, a não ser que eu deliberadamente mate todo mundo durante uma mudança de humor bizarra.

E algumas desvantagens...

1. Não posso pintar o cabelo. Um motim de cabelos grisalhos está acontecendo.
2. Não posso fumar ou beber, possivelmente as duas únicas coisas da vida que fazem valer a pena me levantar da cama.
3. Vomito pelo menos duas vezes por dia, às vezes mais, se eu sentir cheiro de café.
4. Tiro cochilos regularmente e estou ficando com um tédio gigantesco.

Kelly está indo passar o Ano-novo em Paris com o namorado e está esperando que ele a peça em casamento. Em outra época, eu a acharia idiota, mas dei um abraço nela e desejei sorte. Seria legal se alguém encerrasse este ano feliz.

Sábado, 24 de dezembro

Arrisquei sair para umas compras de última hora no shopping. Neste momento quero agarrar toda mulher grávida que encontro e gritar na cara dela: "EU TAMBÉM TENHO UM NA MINHA BARRIGA! ELE É MUITO PEQUENO, SABE?!"

Cheguei em casa, tomei um banho, deitei-me no sofá e liguei a TV. Isso foi tudo. Obviamente, também fiquei on-line pela milionésima vez para ver que coisas excitantes meu feto estava fazendo. Aparentemente, ele está do tamanho de uma amora agora. Isso é ridículo. Vou para a casa de Lucy no jantar de Natal e, por saber do meu estado e sem querer me envenenar, concordamos em comprar comida pronta, e que ela não faria nenhuma tentativa de cozinhar. Hazel, Kevin, Paul e Dan vão aparecer à noitinha, o que vai ser divertido, até todos eles ficarem bêbados e chatos e eu ficar enjoada de comer biscoitos recheados de chocolate e menta.

Domingo, 25 de dezembro

7 horas. Acordei enjoada, então passei meia hora sentada no chão do banheiro, ao lado da privada, não vomitando, porém emitindo um gemido baixinho impressionante. Depois, voltei para a cama.

Meio-dia. Fui acordada novamente pelo telefone:

— Feliz Natal, querida! Como está a minha garota favorita?

— Feliz Natal, pai. Estou bem. Como você está? E mamãe?

— Ela está aqui, estamos os dois bem, saindo daqui a pouco para uma viagem de onze horas dirigindo até Vancouver, então achei melhor falar com você antes. Vou chamar sua mãe.

— Oi, mãe. Feliz Natal!

— Phoebe, feliz Natal, como você está? Nós depositamos um dinheiro na sua conta, para que você compre alguma coisa legal. Estou acabando de arrumar as coisas, então não posso falar muito. Estamos indo visitar a sua tia Kate, ela finalmente terminou o curso de reiki. Ela usa cristais, você sabe. Estou ansiosa por isso há semanas. Claro que não é o Natal mais convencional, mas o chacra sacral do seu pai ficou totalmente desalinhado desde aquela vez que acampamos. É como morar com John Wilmot. Preciso de um pouco de tranquilidade na minha vida. E você, querida, como vai?

Ah, perfeito. Não posso contar a ela agora, posso?

— Vou almoçar na casa da Lucy, nada muito empolgante. Tudo igual, tudo igual por aqui, mãe.

Sim, exceto que eu sou uma idiota monumental e uma futura mãe solteira. Você se importaria de desistir de sua vida no Canadá e vir correndo ficar aqui por dezoito anos, por favor?

— Bom para você, tenha uma noite maravilhosa! Ah, antes de desligar, nós vamos aí para uma visita, em janeiro. Te aviso o dia exato depois. Tchau, amor.

— Tchau, mãe. Dê tchau ao papai por mim.

Vou contar a eles em janeiro. Pessoalmente é bem melhor, pelo menos posso ver suas lágrimas de decepção bem de perto.

14 horas. Cheguei à casa de Lucy para o jantar e sua casa parecia bem festiva. Tomei uma taça de Cava com suco de laranja e abrimos os presentes. Lucy amou os brincos e ganhei o meu primeiro jeans de grávida.

— Eu caberia nele agora.

— Bobagem. Em poucos meses você vai estar desejando ter o corpo de agora.

Ela viu a expressão de horror no meu rosto.

— Não, eu só quis dizer que você não está gorda agora. Mas vai ficar. Não estou ajudando, né? Tudo bem, feliz Natal!

15:30. Almoço terminado, passamos para a sala de estar e eu imediatamente cochilei no sofá por causa do cansaço da refeição.

19 horas. Acordei no sofá com um chapéu de festa no rosto e Lucy, Paul e Dan rindo na cozinha.

— Desculpe — falei, entrando. — Que grosseria a minha. Feliz Natal!

— Não seja boba! — respondeu Paul. — Durma o máximo que puder enquanto dá. Você vai ficar permanentemente exausta assim que o bebê chegar.

— Por que todo mundo sente necessidade de me dizer o quão bosta vai ser o meu futuro? Espero que você tenha presentes para mim, senão essa vai ser uma longa noite.

Foi uma boa noite e surpreendentemente aguentei até pouco depois de uma hora da madrugada. Paul e Dan me deram um cigarro eletrônico e alguns cartuchos sem alcatrão.

— Achei que fingir que está fumando pode ajudar — Paul disse conspiratoriamente. — Ele tem vapor de água, então parece que você está fumando. Eu não o usaria em público, no entanto, pois os olhares de desprezo podem deixá-la nervosa.

Fui dormir no quarto de hóspedes de Lucy, exatamente no quarto onde o bebê foi concebido, e, na realidade, caí no sono, pensando em Oliver e imaginando se ele estava pensando em mim.

Quinta-feira, 29 de dezembro

Hoje, tentei ligar para o trabalho de Oliver, decidida a contar logo sobre a gravidez e ponto final.

Uma garota americana atendeu o telefone dele:

— Lamento, mas Oliver não está. Quem está falando?

— É a Phoebe. Quando ele volta?

— Ah, não tenho certeza. Acho que ele está passando as festas com amigos.

— Você pode dizer a ele que eu liguei?

— Claro que sim, Fifi. Tchau.

Fifi? Ai, genial. Simplesmente perfeito.

Sexta-feira, 30 de dezembro

Então, este ano horrendo está quase no fim, mas ainda tenho a festa de Ano-novo me aguardando ansiosamente. Na realidade, estar grávida tirou toda a pressão social que a gente tem de se esforçar para sair: não tenho libido ou vontade de dar uma de conquistadora, e a ausência de bebida na minha dieta eliminou a possibilidade de qualquer erro por bebedeira. Posso apenas chegar, comer, dançar, depois ir para a cama cedo como uma chata e ninguém vai me chamar de mala.

Sábado, 31 de dezembro

16 horas. Cheguei ao hotel e fui para o quarto bem a tempo de vomitar por todo o banheiro imaculadamente limpo. Tive que limpá-lo, o que me levou a vomitar novamente. Lucy imediatamente saiu do quarto, jurando que ia dormir na recepção se eles não conseguissem achar outro lugar para ela ficar. Sentei-me na cama e comi uns cream crackers que tinha trazido na mala, xingando todo pênis que já tinha conhecido na vida e jurando nunca mais chegar perto de um novamente, a não ser para castrá-lo. Também xinguei Oliver por não estar aqui para me apoiar, apesar de ainda não ter contado a ele.

17 horas. Hora do cochilo antes do jantar idiota que já paguei. Estou pensando em não ir, pois só de pensar na comida eu já começo a passar mal. Não quero jantar. Quero biscoitos salgados. E sorvete. Ah, e cebolas em conserva.

17:30. Acordei sozinha ao me virar sobre os peitos doloridos. Eu estava tão faminta que comi uns biscoitos amanteigados antes de entrar no banho e começar a me aprontar. Fiquei embaixo do chuveiro por vinte minutos, cantando músicas do Bruce Springsteen e acariciando minha barriga, pensando em quem estava lá dentro.

18:30. Me vesti para o jantar e fiquei apaixonada pelos meus peitos cada vez maiores, que ficaram lindos no novo vestido preto. Comi outro biscoito no caminho até o salão onde me encontraria com todo mundo.

— Como você está se sentindo, amor? — perguntou Hazel, fingindo mostrar preocupação, mas no fundo satisfeita com o meu estado.

19 horas. O salão principal estava lindo. Bolas de encher de Ano-novo repousavam pacientemente numa grande rede no teto, à espera de quicar em cima de todo mundo, me fazendo lembrar que eu logo estaria parecendo uma. Todo mundo se sentou para comer — eu consegui aguentar bem durante toda a refeição, inclusive a sobremesa, quando a textura da minha adorável musse de chocolate me fez engasgar, e tive que correr para o banheiro, deixando meus amigos explicarem para as pessoas que eu estou grávida e que eles podiam continuar comendo e desfrutar a refeição. Voltei a tempo de devorar os bolinhos de aveia de Kevin e de dar um gole no vinho tinto enquanto a senhora da mesa ao lado me dava um olhar desaprovador através de seus óculos pequenos. Então dei uma tragada no cigarro de mentira (ela levantou-se e saiu).

21 horas. O *ceilidh* começou. Em geral é a minha parte preferida, mas este ano fiquei sentada assistindo, quase fazendo xixi na calça, quando um giro mais entusiasmado de Kevin revelou que ele não estava usando nada por baixo do seu kilt. Eu até tentei algumas danças mais lentas e com menos giros, mas meus pés começaram a doer e fui até o quarto para trocar os sapatos e me deitar na cama, me sentindo um grande caroço suado.

23 horas. No caminho de volta, percebi um homem alto, de kilt, e com lindas pernas na recepção. Aquilo me fez sentir falta de sexo por um momento, e quando eu passei pelo homem de pernas sensuais, ouvi um "Phoebe?".

Eu conhecia aquela voz. Aquela voz irlandesa. Eu me virei e em cima daquelas pernas estava Oliver, tão bonito que eu podia simplesmente ter pulado sobre ele do outro lado da sala.

— Oliver! Como... o qu... o que você está fazendo aqui? — gaguejei.

— Me espere lá dentro. Vou apenas deixar a mala. Você está sensacional, a propósito.

Corri pelo corredor, agradecendo por ter trocado de sapatos, e agarrei Lucy, que bebia com Kevin.

— Ele está aqui! Oliver está aqui! — despejei.

— Eu sei. — Lucy sorriu. — Eu o convidei. Estava preocupada de ele não conseguir chegar a tempo.

— O quê? Você contou a ele? Ai, Lucy, por favor, me diga que você não contou a ele.

— Claro que não. Essa tarefa é sua. Eu simplesmente o fiz entender que devia estar aqui para o Ano-novo, com as pessoas que o amam. Como você.

E assim Lucy foi arrastada para dançar com algum antigo conhecido vestindo um terno cinza, e me sentei à mesa. Deus, eu estava nervosa.

Oliver chegou cinco minutos depois e se sentou ao meu lado.

— Então, como você está? — perguntou ele.

Dava para ver que ele não tinha ideia do que me dizer e percebi seu olhar se movendo do meu rosto e se fixando nos meus peitos.

— Por que você voltou, Oliver? Todos aqueles e-mails e mensagens que eu enviei e você nunca respondeu. Nenhum deles. Eu me senti muito idiota.

— Peço desculpas — ele disse, olhando para a mesa. — Eu me comportei muito mal, mas simplesmente não sabia o que te dizer. Eu sou um babaca, eu sei disso.

Dei um gole no meu suco de laranja e tentei pensar no que dizer a seguir.

— Suco de laranja? — comentou Oliver, como se ele tivesse acabado de me ver tomando água sanitária. — Você não está se excedendo, está?

— Não. É, estou... temos uma longa noite pela frente, você sabe.

Ficamos num silêncio constrangedor por um momento, quando o *ceilidh* terminou e a banda começou a tocar.

— Quer dançar? — perguntou Oliver, pegando a minha mão.

— Claro — respondi, não realmente querendo, mas indo para a pista de dança mesmo assim, com Oliver acenando para as pessoas conforme passávamos por elas.

Dançamos de maneira protocolar ao som da versão horrorosa que a banda fez de "Billie Jean", e eu não estava me divertindo. Nem um pouco. Metade de mim queria agarrá-lo e beijá-lo e fingir que nada disso estava acontecendo, e a outra metade queria fazê-lo se sentar e arruinar a vida dele.

— Oliver! — gritei mais alto que a música. — Nós precisamos conversar.

— O quê? — disse ele, se aproximando para me escutar. — O que você disse?

A música diminuiu e: "Damas e cavalheiros, falta um minuto, por favor, preparem suas taças!", anunciou o vocalista.

Lucy passou uma taça com suco de limão e laranja para mim e uma de champanhe para Oliver e vi todo mundo se aproximando para se juntar a nós. Hazel e Lucy olharam para mim como se perguntassem "Você contou a ele?", mas balancei a cabeça e dei outro gole na minha bebida.

Enquanto eu observava meus amigos fazendo a contagem regressiva de Ano-novo, de repente me senti terrrivelmente sozinha. Eles não sabiam o que estava à espera deles, mas eu sabia exatamente o que estava à minha espera. A única coisa que eu não sabia era se Oliver faria parte disso.

— FELIZ ANO-NOVO!

Então, nós nos beijamos, nos abraçamos, cantamos a maldita música tradicional e dançamos ao som da banda feito loucos. Meia hora depois, decidi que estava na hora.

Peguei Oliver pela mão e o levei até seu quarto. Tenho certeza de que o coitado deve ter pensado que eu o estava levando para transar, mal sabendo que estava prestes a ouvir uma notícia bombástica. Ele se aproximou para me beijar e eu o beijei por um segundo, lembrando o quanto senti falta daquele beijo, de seu toque e de seu...

— Espera — falei, me afastando. — Preciso falar com você. É importante e pode acabar com os nossos futuros beijos.

— Merda, você não está saindo com alguém, está? Lucy não falou nada e eu pensei...

— Não, não estou saindo com ninguém, Oliver, é só que...

— Você ainda está fazendo aqueles desafios, não está? Quer dizer, tudo bem, se ainda estiver, mas não me envolva em nenhum outro. Por favor. Não quero que você fique com mais ninguém. Você consegue fazer isso? Por mim?

— Bem, eu tenho mais um desafio — revelei. — Um que não foi planejado, pode-se dizer... e que vai envolver outra pessoa...

— Uma garota? — ele perguntou, de repente ficando interessado.

— Ou um garoto — respondi. — Ainda não sei.

— Não estou entendendo, Phoebe.

— Ah, merda, não estou explicando isso direito. Sente-se, Oliver.

Ele se sentou na beira da cama, parecendo completamente confuso.

— Oliver, estou grávida. Aquela noite na festa de Halloween... o antibiótico atrapalhou a minha pílula e eu engravidei. Sim, é seu, e, sim, eu vou ter. Portanto, existe um novo desafio. Porra, esse vai ser o meu maior desafio até agora. E eu adoraria que você me beijasse e ficasse animado e quisesse se envolver, mas também vou entender se você não quiser. Da minha parte não tem nenhuma pressão.

Ele só me olhou fixamente. Eu podia ver seus pensamentos em movimento.

— Então, eu vou fazer o seguinte: vou voltar para o meu quarto, porque estou exausta. Se você vier para o meu quarto mais tarde, número 202, venha só se quiser isso também. Você tem que ter certeza. Se você não for, vou saber a resposta e te encontro no café da manhã, e aí nós conversamos sobre o que vai acontecer quando você voltar para Chicago. Combinado?

Ele grunhiu sons que pareciam "merda" e "tudo bem", então me virei e caminhei em direção ao meu quarto. Que é onde estou agora. Na cama, esperando. Já se passaram duas horas.

Eu sei que é muita coisa para assimilar. Talvez algumas horas não sejam suficientes para uma pessoa tomar este tipo de decisão. Se ele não vier, eu vou me virar de alguma maneira, mas estou torcendo para ele me amar o suficiente para aparecer...

Domingo, 1º de janeiro

Fui acordada pelo som de Lucy e Hazel batendo na porta lá pelas quatro da madrugada.

— PHOEBEEEEE! ACORDA!

— Vão embora — grunhi, arrasada por não ser Oliver.

— Phoebe. Brinque com a gente. Venha brincar conosco para todo... o sempre.

— Estou dormindo, suas canalhas. Vejo vocês amanhã.

— TUDO BEM! — gritou Hazel. — Mas trouxemos de volta uma coisa do bar. Se eu deixar aqui fora, alguém vai roubá-la.

Levantei-me e me arrastei até a porta, e quando a abri lá estava Oliver, completamente desgrenhado e bêbado, com Lucy e Hazel de cada lado, sorrindo como lunáticas. Ele deu um passo adiante, colocou as mãos na minha barriga e deu um sorriso enorme.

— Vamos fazer isso, merda.

AGRADECIMENTOS

Gostaria de agradecer imensamente às seguintes pessoas:

Ao meu fantástico agente, Kerry Glencorse, da Susanna Lea Associates, e à minha fabulosa editora, Kathryn Taussig, da Quercus, que acreditaram no livro desde o início e me orientaram e apoiaram durante todo o processo de criação. E também a todos que leram o livro em diferentes momentos, e que me deram retornos valiosos.

Aos meus queridos pais, Yvonne e Hassan, e à minha irmã, Claudia, pelo amor, compreensão e apoio, e por nunca terem duvidado de que eu conseguiria chegar ao final, mesmo quando nem eu tinha tanta certeza. E também aos amigos que me encorajaram e apoiaram incondicionalmente — sou muito grata a todos vocês.

Finalmente, gostaria de agradecer a Olívia, minha linda e preciosa filha, que torna cada dia um pouco mais especial e que nunca, jamais terá permissão de ler este livro.

Este livro foi impresso na Intergraf Ind. Gráfica Eireli.
Rua André Rosa Coppini, 90 – São Bernardo do Campo – SP
para a Editora Rocco Ltda.